随感录第四辑

王利明 著

法为民而治

北京大学出版社

让法治照耀人民的美好生活

习近平总书记在党的十九大报告中强调,"把人民对美好生活的向往作为奋斗目标"。良法善治,是美好生活的基石。进入新时代,人民对美好生活的向往和需求日益广泛,不仅对物质文化生活提出了更高要求,而且在民主、法治、公平、正义等方面的要求日益增长。法治应像一座灯塔,为人民的美好生活指引护航;法治也应像温暖的阳光,照耀着我们每一个人。

改革开放四十年,我国的经济和社会发展取得了举世瞩目的成就,现代化的国家转型逐步完成,与此同时,我国的法治建设也成绩斐然,法治国家的转型已在眼前。作为中国法治的亲历者、参与者、建设者,作为耕耘法律讲台三十余载的研究者、教育者,我深深知道,法治建设既需要国家层面宏大的法治规划和安排,也需要讲好微观、具体的法治故事,后者更生动、更形象,更能让法治观念深入人心。

在新时代,讲好法治故事,能见微知著、以小见大,能更深入、更细致地理解和把握我国法治进程的经验得失。在国外讲学或访学时,我乐于向外国同行讲述中国的法治故事,使他们更容易了解中国法治的进步和成就;在国内讲课或研讨时,我常用古往今来的法治故事论证看起来晦涩的法学原理;当我的学生们走上工作岗位,在建设法治社会的道路上前进时,我会告诉他们,要做一个法治故事的记录者、思考者、传播者和奉献者。"天边不如身边""道理不如故事",这其中蕴含着理论与生活对接、认识与实践统一的深刻哲理。正因此,大家从本书能看出,我乐于多讲我国的法治故事,也尽力讲好我国的法治故事。

讲好法治故事,首先关乎立法。法律的酝酿、制定和成型,与社会现实的需求息息相关,立法者只有深入观察社会实践,精确提炼社会规律,科学把握社会动向,才能制定出符合社会发展需要的良法美制。综观古今中外,成功的立法无不如此。这意味着,法律绝非由立法者端坐庙堂之上即可冥想发挥的产物,立法者必须走进社会、贴近民众,方能准确捕捉到立法的恰切动因,方能恰当平衡各方利益,从而为高质量法律的顺利制定奠定良好基础。

讲好法治故事,同样关乎司法。"徒法不足以自行",纸上的法律要想在现实中落地,很大程度上要依靠司法。司法是社会的最后一道正义之线,正是借助公正司法的力量,法律的正义之美才一次次地具体实现,并深入人心,厚植于社会。历史经验表明,每一次公正的司法裁判,都是对法治进步刻度的标注,都浸润着民众对法治的信心和信仰。本书谈及的"于欢杀人案""天津大妈气枪案"等司法故事均是这样的范本。

讲好法治故事,更关乎执法。与司法居中裁判不同,执法是实现政府治理而主动作为的手段。依法而为的良性执法,既能为政府的公信力加分添彩,为良好的官民关系提供正能量,又能强力助推政府乃至全社会的法治建设。如若不然,就像本书谈到的"郑州城管拆梯事件""毛振华视频诉冤事件"等,会与法治相悖而行,负面影响很大。无论如何,现实中发生的一则则引人注目的执法故事均表明,在转型时代加速法治政府建设,刻不容缓。

我深深知道，法治建设不仅仅是自上而下的宏大叙事，其最终仍应当落脚于人们法治观念的转变。与抽象的法律规则相比，法治故事更能让法治观念深入人心。正是在一则则法治故事的推动和累积下，法治观念才能在社会生活中生根、开花，逐渐变成民众的生活经验和内在要求，从而逐步深入人心，照耀人民的美好生活。每一则法治故事都是法治建设的缩影，都记录着法治建设的点滴历程，都是法治进步的重要推动力量。

正所谓"一叶落而知秋"，每一片树叶从发芽到变绿、再到枯黄和凋落，都镌刻着四季的更替和时光的流逝。一则则法治的故事，有时候像一道彗星，惊鸿一瞥；有时候又像生活中琐碎的片段，像相继扑上海岸的浪花，瞬间消逝于无痕。法治的发展就是由一则则法治故事组成的，每一则法治故事都有其特殊价值，因为它们深深根植于社会，体现了社会对法治的渴求，它们恰似小草上的朝露，能真实地把晨曦清晰地映照出来。

在历史长河中，四十年一晃而过，在长度上可忽略不计，但改革开放的四十年太不平凡，有太多的法治故事沉淀其中，需要我们努力去捕捉、去观察、去思索，从中琢磨出法治的意蕴、提炼出法治的道理、把握住法治发展的规律、拿捏好完善法治的着力点，不断推动我国法治的进步。

"但见时光流似箭，岂知天道曲如弓。"我们坚信，历史终会记住那些平凡故事的书写者，也会记录这样一个伟大的新时代。

王利明

2018 年 8 月 6 日

目 录

第一编　法治的一般理论

法为民而治　　　　　　　　　　　　　　　3
法治为中国梦护航　　　　　　　　　　　10
改革开放四十年法治方略的演进　　　　14
合宪性审查：构筑公权力的笼子　　　　21
民主是现代法治的基础　　　　　　　　26
以人民为中心与国家治理现代化　　　　32
法治是人民对美好生活的向往　　　　　38
现代"法治"与古代的"依法而治"　　　45
中国古代的法典为什么大都称"律"而不称
　"法"　　　　　　　　　　　　　　　51
从"权""法"同源谈起　　　　　　　　56
公正是法治的生命线　　　　　　　　　62
也谈"拉德布鲁赫公式"　　　　　　　　68
法的内在价值和外在价值　　　　　　　74
法治："关键少数"是关键　　　　　　　81
从游街示众谈人格尊严保护　　　　　　87
有感于"投资不过山海关"　　　　　　　93

坚持法治　反对人治　　　　　　　　　　98
全球化时代的软法治理　　　　　　　　104

第二编　立法制度

立法要符合宪法精神　　　　　　　　　113
法贵简明易懂　　　　　　　　　　　　118
数字和法律　　　　　　　　　　　　　125
发展人格权体系　　　　　　　　　　　131
使人格权在民法典中独立成编　　　　　135
乌克兰民法典与我国民法典人格权编
　　有何关系　　　　　　　　　　　　139
齐心协力完成民法典编纂　　　　　　　144
为编纂一部新时代的民法典而奋斗　　　147
《民法总则》将有力推进国家治理现代化　151
《民法总则》的时代意义　　　　　　　155
《民法总则》彰显人文关怀　　　　　　164
从"常回家看看义务"入法谈起　　　　170
企业实行"黑名单"制度的几点思考　　175
治理雾霾，法律能扮演什么角色　　　　182
互联网立法应采取专门立法的模式　　　189
从"360 直播事件"看隐私保护　　　　194
强化对未成年人个人信息的保护　　　　201
建立统一的动产担保登记制度　　　　　205
从"大数据杀熟"谈网络隐私自主权的保护　209

新时代国家责任理论的三大研究主题　　216

第三编　司法制度

司法能否成为法治的中心　　221

我对审执分离的一点看法　　227

从执行不能谈起　　232

迟来的正义也强过非正义　　237

司法裁量权与司法标准化　　243

智能机器人能办案吗　　248

情重于法还是法重于情——从于欢案谈起　　255

立案登记制改革向纵深推进　　265

处理家事纠纷理应强化人文关怀　　270

"失信人彩铃"不宜再响　　276

简易案件裁判结果要有可预测性　　281

从"天津大妈非法持有枪支案"谈起　　286

司法裁判应秉持正确的价值观　　292

诉前禁令：预防网络侵权的利器　　296

律师也应"铁肩担道义"　　301

第四编　法治的实践

从严治党　依法治权　　309

公权扰私域：从有奖举报办酒席说起　　316

现代政府职能的转变　　322

法治政府也是有限政府　　326

新官要理旧账	333
行政合同之我见	338
小议"限塑令"	343
从"依法抢劫"说起	348
执法要体现人文关怀精神	354
住宅用地如何自动续期	360
从正月十五前不讨债说起	366
少一些宫斗剧 多一些包公戏	370
家国同构是一种治理模式	375
规矩意识要从小培养	379

第五编 法学教育

人工智能时代提出的法学新课题	387
法学是实践之学	393
智库建设应秉持"实事求是"精神	399
法学教育应注重辩论能力的培养	403
努力构建中国特色社会主义民法学理论体系	408
培养明法厚德的卓越法治人才	411
学好法律要多读书、读好书、善读书、用好书	417

第六编 人生感悟

我爱流水,也爱高山	425
我的"七七级":一个时代的记忆	432

儿时门前的大柳墩	441
仁者如射	
——谈谈射箭与做人	446
敬人者，人恒敬之	452
义利相克吗	
——从关公成为财神爷说起	458
尊师、从师与超师	463
致广大　尽精微	468

后　记　　　　　　　　　　　　475

法为民而治

第一编
法治的一般理论

法为民而治

我曾经看过一幅名为《正义的圣母》的油画，上面有一行题词："SUPREMA LEX ESTO"，写的是拉丁文，完整的表述应该是"Salus Populi Suprema lex esto"，大意是"人民的福祉才是最高的法律"，这句话出自西塞罗的《论法律》。洛克在其《政府论》一书中的题词也援引了这句话，并且将其作为政府应遵循的基本原则。许多西方政府曾把这句话作为座右铭，类似于我们"为人民服务"的口号。

西塞罗是古罗马著名的法学家，他出身骑士家庭，靠个人的奋斗而成名，尤其是他精通政治学、法学等诸多领域，并且以"诡辩"而著名，后担任罗马执政官。因西塞罗非贵族家庭出身，故其在执政期间也颇有平民情怀。但他与另一名执政官安东尼不和，最后遭受诬陷而被判流放，在流放途中被安东尼害死。西塞罗一生留下了大量的著述，但他最著名的一句话仍然是这句"Salus Populi suprema lex esto"，即"人民的福祉才是最高的法律"。千百年来，这句话广为流传，激励了一代代法律人为人民的福祉而奋斗。

说到法治，那么法治究竟为谁而治，这是首先要讨论的话题。法为民而治，说明了法治的实质目标，明确了法治的主体性。坚持人民主体地位，坚持法治为了人民、依靠人民、造福人民、保护人民，要把体现人民利益、反映人民意愿、维护人民权益、增进人民福祉落实到依法治国的全过程。

法为民而治：法治的目的在于实现人民的福祉

中国古代的法具有"定分止争""兴功惧暴""以警愚顽"等功能，但其本质上是为了维护君王的统治秩序。例如，韩非子认为，法"不可一无，皆帝王之具也"。执法所执行的是君王的意志，依法治理旨在实现统治者的利益。而且法本身具有工具价值，所谓"以法治国，则举措而已"（《管子·明法第四十六》）。但我们所建设的社会主义法治，就是为了广大人民的根本利益。坚持法治的人民主体性，就意味着法治是为了人民、造福人民、保护人民。法治的根本目的就是要实现好、维护好、发展好最广大人民群众的根本利益，并以增进人民福祉、促进人的全面发展为根本目的。

现代法治不仅仅具有治国理政的工具价值，而且其本身具有目的性。这个目的就是要实现人民群众对美好幸福生活的向往。在我们进入新时代之后，人民群众的物质文化生活得到了极大的改善，但同时对民主法治、公平正义的需求也更加强烈，法治本身也成为人民群众对生活方式的一种追求。这就是说，幸福安康的生活需要人人都有安全感，人们文明有礼，安居乐业，遵纪守法，秩序井然。幸福安康的生活需要人人都有尊严感、公正感。在法治社会，人人住有所居，老有所养，弱者得到关爱，法律面前人人平等，个人人格都应得到他人的充分尊重，个人的正当诉求均能得到有效表达，个人的正当权利均能得到法律保护，个人的价值都能得到社会认可，人人活得有尊严、有体面。法治包含了人类追求公平正义的诉求，是实现公平正义的重要途径。所以，法为民而治，就是要使法治真正成为人民美好幸福生活的保障。

法为民而治：法治的主体是人民

"法治"有时被阐释为"依法治理"（nomocracy），那么治理权应该归属于谁？党的十九大报告确立了人民中心论，这就意味着，我国的社会主义法治就是在党的领导下，依靠人民、为了人民，实现人民的福祉。人民不仅仅是守法的主体，不仅仅是被管理和规范的对象，而且是一切国家权力的来源，是国家和社会治理的主体。法治的主体是人民，人民是依法治国的主体和力量源泉，坚持人民的主体地位是法治的内在要求。人民权益要靠法律保障，法律权威要靠人民维护。人民既是践行法治的主体，也是依法治理国家的主体，我们要建设的法治从根本上说就是人民的法治。

法治是人类社会长期经验的总结，现代法治（rule of law）既不同于"以法来治"（rule by law），也不同于中国古代的"法制"。区别的关键在于，治理权究竟是交给官吏还是交给人民。"Rule by law"体现的是政府通过法律来控制人民，类似中国古代的"驭民"的观念，也就是把人民当做驾驭、管理的对象。梁启超甚至认为，"驭民之术，各国皆有，但以中国为最"。也就是说，中国古代的法律是用来约束人民的，而不是要让统治者自身受到约束。儒学历来主张以君子治民，所以孟子说，"劳心者治人，劳力者治于人"，"无君子莫治野人，无野人莫养君子"（《孟子·滕文公上》）。法家虽然主张以法治国，但他们的基本思想并不是把民众当做治理的对象，而完全是把民众作为治理的对象，说到底就是以法治民、以法管民。例如，韩非说，"治民无常，唯治为法。"（《韩非子·心度》）而现代法治强调法律至上，治理权归属于人民。因此，现代法治与人民的主体性是密切联系在一起的。法具有权威性，是一切人（包括统治权的主体）都必须遵守的。人民也必须受法律约束，但人民同时又享有依据法律管理国家和社会的权力。

法为民而治：要依体现人民意志的良法而治

法为民而治，首先是因为法体现了人民的共同意志。并不是所有的法都能治国，并不是所有的法都能治好国。罗马法被认为是调整私人财产关系的最为发达的法律，但它本质上仍然不过是奴隶主阶级意志和利益的体现。蒲鲁东就认为，"罗马的野心通过万民法而合法化了"。中国古代的法其实也是君王意志的体现，所谓"朕即国家""朕即法律""言出法随"，就鲜明地体现了这一特征。但现代法治首先认为，法是人民意志的体现。卢梭就曾讲道，法是公共意志或者说公益，强调的就是法律背后所追求和服务的目标、对象。《法国民法典》的制定者波塔利斯有句名言：法为人而立，非人为法而生。法律不仅仅是人民意志的体现，而且要符合人民的根本利益。

在我国，《宪法》总纲第2条第1款规定："中华人民共和国的一切权力属于人民。"这一款是对于"人民主权"的宣告，体现了我们国家的人民性，体现了国家权力的人民性。同时意味着，法律必须要体现人民的意志和利益。我们说法治就是要依法治理，但这里所说的"法"应当是体现人民意志的良法。判断某一部法律究竟是否为良法，就要看其在多大程度上体现了人民的意志、增进了人民的福祉。因此，在立法过程中，要将法律的人民性贯彻到整个立法活动中，真正体现立法过程中的"立法为民"的精神。在我国的一些立法中，存在"部门利益化""行业利益化""既得利益绑架立法"等情况，一些人把立法当做维护小团体利益、部门利益的工具，总是想着怎么维护既有利益甚至扩张权力，总是希望通过立法获得更多的资源。这种意识就是没有贯彻法律的人民性，没有认清法律应该体现人民的福祉，落实人民的最大利益。在立法活动中，应该更好地落实立法的透明、公开，开辟人民参与立法的各种途径和方式，做到"开门立法""民主立法"。立法要造福人民，以人民的福祉为出发点和归宿点，需要通过民主立法、开门立法来反映民意、汇集民智、增进民利，使法律真正体现人民的意志和利益。

法为民而治：执法为民、司法为民

法治的本质特点是最高治权归于"公民全体"。[①] 无论是执法还是适用法律，都要使法律本身具有的增进人民福祉的目的得到实现和贯彻。所以，执法者和司法者忠实地执行法律，这本身就是最大限度实现人民的意志，体现人民的利益。按照法律办事，就是按照最大多数人的意愿来办事。这样一种治理模式能够避免个人的专断、臆断和武断。所以，依法治国从根本上说，就是按照最广大人民群众的意志和利益治国。我们的执法和司法应该站在人民的立场上，守护法律、维护正义。

公平正义是社会主义法治的价值追求，是法治的生命线，因此，全面依法治国也应当紧紧围绕保障和促进社会公平正义来进行。这就是说，执法和司法机关惩恶扬善、伸张正义，让人民群众在每一个案件中都能感受到公平正义，这就是从根本上维护了人民群众的根本利益。在进入新时代之后，人民群众对美好幸福生活的向往就包括了实现社会公平正义。社会越公平、越正义，人民群众就越有安全感、幸福感。因

[①] 参见严存生：《法治的观念与体制——法治国家与政党政治》，商务印书馆2013年版，绪论第4页。

此，司法机关和执法机关都应当以实现公平正义为最高的价值追求。在法律没有明确规定或者法律授予执法者或司法者一定自由裁量权的时候，应当本着有利于增进人民福祉、增进公平正义的标准来执行法律。

法为民而治：人民才是检验和评判法治建设成效的主体

党的第十八届四中全会决定提出，"人民是依法治国的主体和力量源泉……必须坚持法治建设为了人民、依靠人民、造福人民、保护人民，以保障人民根本权益为出发点和落脚点"。法治的内涵包括良法与善治，是否实现了善治应当以人民作为评判标准。因此，在法治建设中，要把体现人民利益、反映人民意愿、维护人民权益落实到依法治国的全过程，我们的公权力来源于人民，权力的行使应当为人民服务，受人民监督，接受人民群众的检验。正如习近平同志所指出的，时代是出卷人，人民是阅卷人。[①] 法治是不是真正符合中国的国情，是不是真正代表人民的意愿，是不是真正符合人民的意志，就要看法治建设的成果能否真正给人民带来幸福感、获得感。在这一点上，人民才有最终的发言权。

法为民而治，就是要落实法治的民主价值，将法治建设与民主建设统一起来，人民通过民主的方式制定法律，并参与到法律的执行中去，使得法治的整个过程都与人民的根本意志保持一致。人民是依法治国的主体，人民的主体地位是指人民是国家治理的主人，在依法治国中处于主要地位，发挥主要作用。著名刑法学家贝卡利亚曾指出：法律的力量

[①]《习近平在学习贯彻党的十九大精神研讨班开班式上发表重要讲话》，载http://www.gov.cn/xinwen/2018-01/05/content_5253681.htm，最后访问日期2018年3月20日。

应当跟随着公民，就像影子跟随着身体一样。① 法治是人民治理国家、实现当家做主的方式。保证人民依法享有广泛的权利和自由、承担应尽的义务，维护社会公平正义，促进共同富裕。必须保证人民在党的领导下，依照法律规定，通过各种途径和形式管理国家事务，管理经济文化事业，管理社会事务。当然，人民也应当受到法律的约束，人民有义务遵守宪法、法律。只有做到人人以守法为荣、以违法为耻，才能为全面依法治国战略的实现奠定坚实的基础。

纵观世界大势，欲兴民族之梦，欲福万民之祉，欲求长治久安，唯有法治一途。以法安天下则天下安，依法治天下则天下治，这是千古不易的经验之谈。

---

① 载镏龄主编：《世界名言大辞典》，广西人民出版社1996年版，第1101页。

法治为中国梦护航①

六集政论专题片《法治中国》从2017年8月18日起在中央电视台综合频道播出，观看完第一集《奉法者强》后感觉十分振奋。党的十八大以来，习近平总书记提出并多次阐释中国梦，激励全体中国人为中华民族的伟大复兴、为人民的美好幸福生活而不懈努力。法治梦是中国梦的题中应有之义，与中国梦紧紧相连，全面依法治国也将为中国梦的实现保驾护航。

近代中国命运多舛，历经战火和民主思想洗礼的法律学科百废待兴。许多仁人志士在法治的道路上不懈地探索，孙中山曾提出《中华民国临时约法》，但在北洋军阀的混战中，外敌入侵，法治梦只能是镜中花、水中月。1949年中华人民共和国的成立奠定了法治的基础，也开始探索法治的道路。中华人民共和国成立后法治建设也走过了一段曲折、艰难的道路。"文化大革命"十年，社会主义法制的基础被摧毁殆尽，国家和人民蒙受了深重的灾难。改革开放的春风吹拂大地，万象更新，伴随着经济的飞速发展，我国在立法、司法、执法、守法等法治建设的方方面面都取得了长足

---

① 原载《光明日报》2017年8月20日。

发展，法治在社会治理的方方面面发挥着重要的作用。各个法律部门具有"四梁八柱"功能的规则体系已经建成，无法可依的时代已经成为历史，中国特色社会主义法律体系已基本形成。可以说，在立法方面，我们用短短几十年的时间走过了西方几百年所走过的道路。与此同时，司法体系已基本齐备，司法作为解决纠纷、维护社会正义最后一道防线的功能也日益凸显，依法行政和法治政府建设也有长足进步。法学教育欣欣向荣，蓬勃发展，法学院从最初寥寥几所发展到今天的600多所，在校法学学生已逾30万。如今中国以昂扬的姿态迈入新时代，全面依法治国也进入了一个新的发展阶段。

正如专题片所展示的，党的十八届三中全会决定将"完善和发展中国特色社会主义制度，推进国家治理体系和治理能力现代化"作为全面深化改革的总目标，这标志着我国治国理政理念的重大转变，凸显了依法治国在国家治理体系中的重要作用。党的十八届四中全会以全面推进依法治国为主题，将建设社会主义法治体系和法治国家、推进法治"五大体系"建设作为实现科学立法、严格执法、公正司法、全民守法，促进国家治理体系和治理能力现代化的具体途径。在"四个全面"战略布局中，全面依法治国将为全面建成小康社会、全面深化改革、全面从严治党提供长期、稳定的制度保障。

首先，全面依法治国是全面建成小康社会的重要保障。依法治国是人类社会进入现代文明的重要标志，也是国家治理体系和治理能力现代化的基本特征。没有法治就不可能有成功的社会主义，只有坚持依法治国，我们才能跳出"历史周期率"，实现长期执政，才能够领导亿万人民奔小康。此外，法治是国家治国理政的基本方式，法治不仅要成为国家与社会核心价值观的重要组成部分，而且要成为保障整个国家兴旺繁荣的不竭动力。市场经济本质上是法治经济，只有有效保护个人的人身和财产权益，才能维护社会安定、和谐，激励人们投资创业，促进社会财富增长，保护人们对美好生活的期待和向往。

其次，全面依法治国是全面深化改革的重要引领和可靠保障。改革和法治如车之两轮、鸟之两翼，缺一不可。一方面，全面深化改革需要法治保障，因为改革必须于法有据，改革的成果需要靠法律确认才能得以巩固并受到法律的保护。另一方面，全面推进依法治国也需要深化改革。为实现国家治理体系和治理能力现代化，全面深化改革的重点之一就是推进全面依法治国方略的具体落实，因此，党的十八届三中全会和四中全会的决定形成了"姊妹篇"。只有牢牢抓住这两个方面，才能如期实现全面建成小康社会，实现中华民族伟大复兴的中国梦。

最后，全面依法治国与全面从严治党是相辅相成、相互促进的。全面依法治国与全面从严治党不是互不相干，而是相互影响、相互交融，二者统一于推进国家治理现代化的整个过程之中。依法治国首先是依法治权。中国共产党是执政党，要确保国家权力属于人民、为了人民，就必须要在宪法和法律规定的范围内，全面从严治党，加强权力监督。习近平总书记指出，"把权力关进制度的笼子里"，这就是把监督制度化、法律化，权力要受到宪法和法律的约束。一些领导干部不仅担任党内职务，同时执掌了公权力，因而为了保障权力的正确行使，必须健全法律，使权力在制度的框架内运行，这也是法治所具有的规范公权的应有内涵。权力的监督只有制度化，才能形成监督的长效机制，不会因时间的推移和人事的变动而发生变化。宪法、法律是保证党依法执政的依据，党内法规则是管党、治党的依据。只有将法律、党规有机结合，才能为全面从严治党提供制度保障，也为全面推进依法治国奠定坚实的基础。

"中国梦"实际上是法治梦,其在内涵上包括两个方面,一是实现中华民族伟大复兴,二是实现人民对美好幸福生活的向往。今天,我们已经乘坐了新命名的"复兴号"高铁,时速更快,但"和谐号"高铁依然一票难求,实现和谐,必将复兴。因此,靠法治保障社会和谐,维护社会和谐,我们必将搭乘"复兴号"高铁,更快地到达我们理想的目的地。

改革开放四十年法治方略的演进

今年是改革开放四十周年。过去的四十年是经济快速发展的四十年，是社会全面进步的四十年，更是法治快速发展的四十年。中国立法用短短四十年的时间走过了西方数百年的道路，同时也为改革开放和社会主义现代化建设发挥了重要的保驾护航作用。经过改革开放四十年的发展，中国已经建设成为世界第二大经济强国，人民群众的物质文化生活水平得到了极大的提高，而立法的作用功不可没。与此同时，司法体系已基本齐备，司法作为解决纠纷、维护社会正义最后一道防线的功能也日益凸显，依法行政和法治政府建设也有长足进步。法学教育欣欣向荣，蓬勃发展，法学院从最初寥寥几所发展到今天的 600 多所，在校法学学生已逾 30 万。

更为重要的是，我们的法治理念发生了重大改变，伴随着中国特色社会主义法治建设的发展而不断进步，法治方略发生了重大变化。在改革的过程中，社会在不断转型，我们对法治本身也有了新的、更为深入的认识。

从法制到法治的发展

改革开放初期，我们整个法制建设的目标都是围绕"法制"而展开的，重点是解决无法可依和有法不依的问题。所以，学界曾经围绕着我们法制建设的目标究竟是"法制"还是"法治"发生过争论，所谓"法制"与"法治"之争，就是从那个时候开始的。但是，随着社会主义法制建设进程的推进，"法治"的概念开始被慢慢接受，1997年，党的十五大提出了依法治国的方略，1999年3月的第三次修宪正式将"依法治国，建设社会主义法治国家"确立为宪法的基本原则，表明我国从"法制"建设转变为"法治"建设。其实这个变化不仅仅是一字之改，更带来了法治理念上的重大差异。"法制"只是强调制度层面有法可依，有法必依，但并没有指出我们究竟需要什么样的法，是良法还是恶法，如何以良法保善治。尤其是"法制"并没有揭示出规范公权、保障私权等现代法治应有的价值。所以，从"法制"转变为"法治"，不仅表明我们的法治理念在不断深化，而且表明我们对法治建设规律性的认识也更为全面和深入。

从依法治国到全面推进依法治国

党的十八大以来，习近平同志提出"四个全面"的战略思想，其中，全面推进依法治国被提升为一项重要的战略布局。依法治国到全面推进依法治国也是一种战略目标的重大完善。"全面"二字表明要将法治当做一项系统工程来进行全局性设计，全面部署、整体推进，从立法、司法、执法、守法等各个方面协调推进，全面落实。坚持依法治国、依法执政、依法行政共同推进，坚持法治国家、法治政府、法治社会一体建设。全面依法治国，是治理国家的基本方略。同时，还应当看到，全面依法治国意味着应当将法治体系和法治国家总目标的实现置于"四个全面"战略布局中来把握，深刻认识全面依法治国同其他三个"全面"的关系，努力做到"四个全面"相辅相成、相互促进、相得益彰。在"四个全面"战略布局中,全面依法治国将为全面建成小康社会、全面深化改革、全面从严治党提供长期、稳定的制度保障。

从法治建设十六字方针到新十六字方针

在党的十一届三中全会召开前的中央工作会议上,邓小平同志强调:为了保障人民民主,必须加强法制,使民主制度化、法律化,做到有法可依,有法必依,执法必严,违法必究。这段谈话,把健全法制的基本要求准确而简洁地概括为 16 个字,体现了邓小平同志民主与法制思想的基本精神,为我国依法治国基本方略的形成奠定了基本理论基础。党的十一届三中全会确立了解放思想、实事求是的思想路线,同时提出了"有法可依,有法必依,执法必严,违法必究"的十六字方针,为改革开放中的法治建设明确了前进的方向。然而,毕竟在改革开放初期,法治建设的重点是要解决无法可依与有法不依的问题,所以还谈不上对法治理念的深刻认识。在社会主义法律体系已经建成后,法治建设进入一个新的历史时期,我们的法治建设就不能仅满足于解决无法可依的问题,正是在这一背景下,党的十八大提出了新十六字方针,即"科学立法、严格执法、公正司法、全民守法"。

新十六字方针在立法层面从解决"有无"问题转变为"科学"问题,从而准确地描述了法治的基本精神内核,阐述了依法治国的基本内涵,为依法治国方略的最终提出奠定了思想基础。新十六字方针的特点在于:一是更加全面地概括了法治的内涵,涵盖了从法律制定到法律实施的全过程,体现了我们党对法治建设认识的深化;二是也体现了良法之治的精神;三是将"司法"列入法治元素,凸显了司法在法治建设中的重要性,反映了现代法治中司法的重要功能;四是强调了对"全民守法"的要求,这对于培育法治建设的社会基础是十分必要的。

从法律体系到法治体系

2011年3月,第十一届全国人民代表大会第四次会议庄严宣告,中国特色社会主义法律体系已经建成,国家经济建设、政治建设、文化建设等方面都已经实现有法可依。这就意味着我们结束了无法可依的历史,国家的政治生活、经济生活有了基本的法律遵循,我们的立法取得了阶段性的成果,但这并不能表明全面推进依法治国已经完成,立法还需要进一步完善,有法不依、执法不公的现象依然严重存在,还需要在执法、司法等各个方面进行全面推进。因此,党的十八届四中全会将"建设中国特色社会主义法治体系,建设社会主义法治国家"作为全面推进依法治国的总目标。从"法律体系"到"法治体系"的转变,体现了我们党对法治建设规律认识的不断深化。

"法治体系"是在"法律体系"基础上形成的概念,这一概念的提出彰显了我们党治国理政方式的重大转型。长期以来,我国法治建设的目标是建设社会主义法律体系。较之于法律体系,法治体系的内涵更为全面,表现在:一方面,法治体系包括了法律体系。法律体系主要是从静态层面观察立法状况,解决的是无法可依的问题,而没有强调法律的实施及实效。法治体系的内涵则更为丰富,其强调从立法、执法、司法、守法、法律监督等多个层面对法治建设现状进行动态观察,只有在法律体系得到有效实施之后,才能形成法治体系。另一方面,在价值层面上,法律体系并没有表现出法治的应有价值,而法治体系则包括了保障人权、制约公权、维护公平正义等基本价值。法治体系包括了民主、人权等价值评价在内的制度运行过程,其目标是要促进国家治理的法治化和现代化。由此可见,"法治体系"与"法律体系"虽然仅一字之差,但却反映出我们党对法治内涵认识的进一步深化,这也为依法治国方略提出了更新的目标和更高的要求,表明我国的依法治国蓝图已经进入新的阶段。

从法律之治到良法善治

改革开放以来,党和国家高度重视法制建设,强调法律之治。中国共产党十八届四中全会在反思古今中外各种法治建设模式的基础上,提出"法律是治国之重器,良法是善治之前提"这一重要论断,这不仅为新时代法治建设指明了努力的方向,更重要的意义在于,其澄清了法治的应有内涵,即法治是由良法、善治所构成。亚里士多德曾经指出,"法治应当包含两重意义:已成立的法律获得普遍的服从,而大家所服从的法律本身又应该是制定得良好的法律"。这两句话也表达了法治是由良法与善治共同构成的完整内涵。一是良法。习近平同志指出,不是所有的法律都能治国,也不是所有的法律都能治好国,只有良法才能治理好国家,这一点是我们过去的法治建设中没有认识到的。所以,简单地强调法律之治,并没有真正解决法治建设的根本问题。良法(good law)是善治的前提。要实现善治,就需要坚持立法先行,发挥立法的引领和推动作用。二是善治。善治包括依法治理、协商共治、社会共治、礼法合治等各个方面,善治既是国家和社会治理的目标,又是国家和社会治理的方式。

四十年来,改革开放和法治建设相互作用,相伴而行。改革开放的客观需要推动着法律制定和法学研究,可以说法治是借着改革开放的历史机遇而全面展开的。随着我们社会经济建设的突飞猛进,民众对法治社会的预期和追求越来越明确，也越来越强烈，法治逐渐成为固定改革开放成果、推动改革开放的重要保障和关键引领。可以说，在改革开放的大船经风迎浪的路上，法治从未离场，一直在保驾护航。正因此，这四十年不仅是中国经济腾飞的四十年，也是中国法治发展的四十年。多少年来，一代代的中华儿女为了变法图强，为了改变国家和民族的苦难命运，苦苦探求法治道路，却都没有成功，而现在中国特色社会主义法律体系已经形成，法治政府建设稳步推进，司法体制不断完善，全社会法治观念明显增强，这个时代的我们比任何时候都更加接近中华民族的伟大复兴。

四十年如白驹过隙，也犹如历史的长河中瞬即消逝的浪花，但它承载了我国民事立法的成就与辉煌、光荣与梦想。中国改革开放四十年取得的伟大成就与立法的引领、推动和保障作用是密不可分的。如今，党的十九大报告宣布，中国特色社会主义进入新时代，"我国社会主要矛盾已经转化为人民日益增长的美好生活需要和不平衡不充分的发展之间的矛盾"。在新时代，人民对美好生活的追求不仅仅是要求更高水平的物质生活，更要追求高质量的精神生活，希望社会更加公平正义，享有更有尊严、更体面的生活。正因如此，党的十九大报告提出了人身权、财产权、人格权的保护，这就对我们民法典的编纂提出了更高的要求。以良法促善治、保善治，需要制定一部高质量的民法典，以为人民谋幸福，为民族谋复兴。

我身为一名法学工作者，恰逢这样的伟大变革时代，深感时代赋予的使命重大。我个人伴随着法治的发展而成长，见证着中国法治从懵懂到成熟、从散碎到体系、从微弱到强大，感叹这发展中所遭遇的筚路蓝缕的艰难，也感叹自己是何等的幸运，是时代给了我跑马拓荒的机遇，能够在这发展的浪潮中用自己的所学所识报效国家和社会，为社会主义的法治事业进献绵薄之力。我深知，基于社会因素的变迁、私权体系的开放，法治事业的建设和发展还有很远的征途，它还要经历更多的修缮，要承载更多的内涵，要完成更多的使命，我也将不忘初心，倾尽毕生，努力推动我国法治事业的建设和发展！

合宪性审查：构筑公权力的笼子[①]

前几年，我多次收到有的当事人来信，提出当事人双方签订了建设工程施工合同，合同明确约定了具体的工程款，但是发包方总是找各种理由拒不付款。后来，有的发包方提出一个强有力的理由，即审计项目工程时对工程款提出异议，因此，必须以审计部门核定的工程款数额为准。我对此经常大惑不解，既然双方签订了合同，就应该按照合同履行，即便事后审计部门对合同进行审计，也应当是审计部门与发包人一方的关系，仅在审计部门与发包人之间发生效力，不能扩及施工人一方。如果当事人都主张以审计部门核定的工程款数额为准，那么，合同的效力还从何谈起呢？后来，听说一些地方颁布了明文规定，要求必须以审计部门核定的工程款数额为准进行支付，有的法院援引该地方性规定进行裁判，直接变更了合同条款，或认定该条款无效，因此引发了不少争议。2016年，全国人大收到不少来信，要求对一些地方性法规规定的以审计结果作为竣工结算依据的条款进行清理，审查其是否符合宪法、法律规定。全国人大明确于2017年2月致函各省、自治区、直辖市人大常委会，要求对类似规定予以纠正，并严格遵循当事人所订立的合

[①] 原载《学习时报》2017年11月6日。

同。这个案例其实就涉及合宪性审查的问题。①

党的十九大报告提出:"加强宪法实施和监督,推进合宪性审查工作,维护宪法权威。""合宪性审查"是现代法治国家实施宪法、约束公权力、保障宪法实施的重要机制,其重要功能已经为许多国家的宪法实施经验所证实。我国许多宪法学者也主张完善由全国人大及其常委会对法律法规以及政府机关的公权力行为进行合宪性审查的机制。党的十九大报告第一次将这一术语纳入党的重要文件,体现了我们党在新时代全面推进依法治国的最新思考,并对依宪治国、依宪执政提出了最新要求。

合宪性审查是维护宪法的根本法、最高法地位的重要机制。我国《宪法》序言规定:"本宪法以法律的形式确认了中国各族人民奋斗的成果,规定了国家的根本制度和根本任务,是国家的根本法,具有最高的法律效力。"习近平总书记在《在首都各界纪念现行宪法公布施行30周年大会上的讲话》中指出:"宪法与国家前途、人民命运息息相关。维护宪法权威,就是维护党和人民共同意志的权威。捍卫宪法尊严,就是捍卫党和人民共同意志的尊严。保证宪法实施,就是保证人民根本利益的实现。"那么,应该如何维护宪法权威,如何保证宪法的有效实施呢?这首先要求国家机关实施公权力的行为都不得违反宪法,一切违反宪法的行为都必须予以追究。从很多国家的宪法实施经验来看,由特定的宪法审查机构对国家机关行为的合宪性进行审查,保证国家的一切行为都严格依据宪法作出,是维护宪法权威最为重要的机制。我们应当根

---

① 参见陈菲、熊丰:《全国人大常委会法工委公布多起备案审查典型案例》,载http://www.npc.gov.cn/npc/cwhhy/12jcwh/2017-12/25/content_2035097.htm,最后访问时间2018年5月12日。

据党的十九大报告的要求，在现有的宪法体制下，完善合宪性审查机制，以更好地维护宪法的权威。

合宪性审查是维护法律体系统一性的重要保障。一个国家的法律体系必须建构在宪法的基础上，形成统一的合宪性法秩序。我国《宪法》第5条第3款规定："一切法律、行政法规和地方性法规都不得同宪法相抵触。"党的十八届四中全会的报告提出，"使每一项立法都符合宪法精神"，这就要求立法必须依据宪法，从而使得宪法的精神、原则和规范在法律中得到具体贯彻。行政法规、地方性法规以及其他的规范性法律文件也应当体现宪法精神。目前，我国的立法主体具有多元化的特点，2015年《立法法》修改之后，282个设区的市拥有地方立法权。截至目前，有立法权的地区已制定了地方性法规4000多件，未来地方性法规的数量还将大幅度增加。实践证明，绝大多数地方性法规起到了良好的效果。但受地方利益的局限，一些地方立法可能无法关注到国家的大局，也可能出现超越立法权限或者不当限制公民的基本权利的情况，这些问题在实践中已经出现。如果不建立有效的合宪性审查制度，将难以有效保障国家法律体系的统一性，无法充分、全面保障公民基本权利。所以，必须建立一个统一国家法律体系的审查机制，十九大报告提出"推进合宪性审查工作"，可以说是针对我国立法的现实问题，正当其时作出的正确决策。

合宪性审查是完善宪法实施监督机制的重要内容。关于如何监督宪法的实施，在1982年《宪法》的起草过程中曾有多种考虑，该法最终规定由全国人大和全国人大常委会监督宪法的实施。但自1982年《宪法》颁行以来，这项职权没有得到有效行使。然而，宪法作为国家的根本大法，其实施关系到能否真正做到依宪治国、能否落实全面依法治国战略的问题。习近平同志指出："宪法的生命在于实施，宪法的权威也在于实施。"但是，我国宪法实施的监督制度长期得不到良好运行，这已经成为我国法治建设的短板，必须尽快予以解决。为此，党的十八届四中全会提出要"健全宪法实施和监督制度"，要求"一切违反宪法的行为都必须予以追究和纠正"。具体而言，就是要"完善全国人大及其常委会宪法监督制度，健全宪法解释程序机制"。党的十九大报告又进一步从加强宪法实施和监督的层面，提出"推进合宪性审查工作"，并将这项工作作为宪法监督的重要内容。这首先要求全国人大及其常委会要切实履行监督宪法实施的职责，不能使宪法监督权继续闲置。从各国合宪性审查的经验来看，设置专司合宪性审查职责的机构是有效的做法。在我国，依据《宪法》规定，可以考虑在全国人大下设置专门的宪法委员会，作为全国人大及其常委会行使宪法监督职责的工作机构，专门负责合宪性审查工作。只有通过专门的机构负责合宪性审查，才能全面落实党的十九大报告的要求。此外，还应该考虑制定有关合宪性审查程序和宪法解释程序的专门法律，使合宪性审查工作有法可依、有序开展。

合宪性审查有助于促进公民对公权力的有力监督。根据我国《宪法》规定，监督宪法实施的职权由全国人大及其常委会承担。但《宪法》同时规定，人民可以以各种途径和形式，参与国家事务的管理，人民对国家公权力也有批评、建议等监督权利。我国《立法法》也规定，公民如果认为行政法规、地方性法规、自治条例和单行条例同宪法相抵触，可以向全国人大常委会提出审查的建议。实践中，公民向全国人大常委会提出的此类建议有1000多件，其中有些建议在废除收容遣送制度和劳动教养制度的过程中发挥了积极作用，但从总体上看，并没有形成制度化、经常化的程序机制，公民参与宪法实施、参与监督国家公权力的作用仍然没有得到充分的发挥。在党的十九大报告的要求之下，应当进一步完善公民对国家公权力提出合宪性审查建议的程序，以及监督国家公权力严格依据宪法行使的机制。

合宪性审查有助于防止出现任何超越宪法和法律的特权，真正把公权力关进制度的笼子。我国《宪法》第5条第5款规定："任何组织或者个人都不得有超越宪法和法律的特权。"合宪性审查不仅仅针对法律法规等规范性文件，还要针对国家机关行使公权力的行为进行审查。我国封建传统历史悠久，等级特权思想根深蒂固，尽管经过几十年的民主法治建设，这种状况有很大改变，但一些掌握权力的人仍然存在权大于法的观念，存在以言代法、以权压法、逐利违法、徇私枉法的行为。建立合宪性审查制度还应当建立对超越宪法法律的公权力的审查机制，允许公民按照相关程序提出对公权力的监督建议，合宪性审查的机构在收到建议后，应该严格依据宪法进行审查。习总书记提出，要把公权力关进制度的笼子里，合宪性审查制度，就是要构建重要的"制度的笼子"。

习近平总书记说："我们就是在不折不扣贯彻着以宪法为核心的依宪治国、依宪执政，我们依据的是中华人民共和国宪法。"推进合宪性审查工作，就是为不折不扣地贯彻依宪治国、依宪执政明确了工作的抓手，指明了相关制度建设的方向，对于我国全面推进依法治国，将产生重大而深远的影响。

民主是现代法治的基础

国家治理必须妥当协调民主与法治的关系。民主和法治的关系问题始终是法治理论的中心议题。最早倡导法治的学者亚里士多德认为，法治是平等的自由人之治，"最高治权"掌握在全体公民之手，寄托于"公民团体"，决定国家大事的"权力实际上寄托于公审法庭或议事会或群众的整体"。① "公审法庭"正是民主与法治统一的最好体现。近代以来的思想家，也大都将法治与民主关联在一起讨论，而不是将二者截然分开。例如，哈灵顿认为，民主共和政体就是以人民为主体和以人民利益为依归的整体，"一个共和国的材料就是人民"，因此，共和政府的内在原则是，按照议会制定的法律来治理，共和国只从法律上获得权威。权威来自法律是共和国的基本品质。② 通过代议制民主制定法律，用法律来治理，民主和法治自然而然地达到统一。霍姆斯等认为，民主与法治是密不可分的，两者是相互支持、相互促进的。但确实也有一些学者，如卢梭、潘恩、杰弗逊等，在对

---

① 参见〔古希腊〕亚里士多德：《政治学》，吴寿彭译，商务印书馆1983年版，第129、147页。

② 参见〔英〕詹姆士·哈林顿：《大洋国》，何新译，商务印书馆1983年版，第80、252页。

民主进行理论建构时，认为民主与法治之间可能存在一定的冲突，甚至是对立的①。

近几十年，有些国家却出现了民主和法治脱节的现象，比如在新加坡等，有法治而缺民主，而在巴基斯坦等国家，有民主但无法治。福山的《政治秩序的起源》一书，在全面考察了一些国家治理的经验后认为，"一个秩序良好的社会离不开三根支柱：强大的政府、法治和民主问责制"。他将民主问责制作为成功治理的必要条件，而没有使用西方经典民主理论所主张的"民主选举"的提法。也就是说，普选这一西方民主的基本特征，并没有被认为是国家治理成功的必然方式。

在我国清末变法时期，伴随着西方法治思想和体系传入中国，学者们也开始关注民主与法治关系的问题。在这个观念近代化的过程中，民主价值占据着话语的主流。虽然也有学者主张民主与法治不可或缺，不可偏废，但更多的人都只是看到了民主的重要性，而对法治的价值有所忽视。在"五四"运动中，"民主"和"科学"成为口号，而法治并未获得应有的重视。

1949 年中华人民共和国成立，中国共产党成为执政党。在党应该如何执政，应该采用什么方略治理国家的问题上，党经历了一个艰难而曲折的探索过程。1954 年，党领导人民制定了共和国第一部宪法，初步奠定了社会主义法制的基础。但之后的历次政治运动，特别是"文革"十年，使得社会主义法制遭到严重破坏。十年"动乱"之后，在总结"文革"深刻教训的基础上，党开始探索治国理政的新方法。"社会主义民主法制"成为新方略的凝练表达。邓小平同志强调：为了保障人民

---

① 参见〔日〕猪口孝、〔英〕爱德华·纽曼、〔美〕约翰·基恩编：《变动中的民主》，林猛等译，吉林人民出版社 1999 年版，第 85 页。

民主，必须加强法制，使民主制度化、法律化，做到有法可依，有法必依，执法必严，违法必究。党的十一届三中全会提出了发展社会主义民主，健全社会主义法制的任务目标，这也是对民主和法治关系的重要阐述。改革开放四十年的发展，有力推动了民主与法制建设稳步前进。党的十八大强调，依法治国是党领导人民治理国家的基本方略，法治是治国理政的基本方式。这实际上也论述了民主和法治的辩证关系：一方面，人民民主下的国家治理一定是通过法律的治理；另一方面，依法治国又是人民民主的基本保障。今天，在全面依法治国的环境下，对法治的重要性，已经形成了广泛的社会共识。对于民主和法治的共同推进、共同建设，也有必要在理论上进一步深入探讨。

民主和法治的确密不可分，因为从"法制"到"法治"的转变，本身就包含了一个向社会法律制度建设这一中性工具注入民主、人权等精神内涵和价值目标的过程。中国古代也有法制，但并不存在法治。这是因为，法是皇权统治的工具，人民只是国家治理的对象，而不是国家的主人。没有民主，就只可能有法制，而不存在法治。可以说，民主与法治是天然一体的概念。强调民主是法治的基础，不是说民主是可以与法治相互分开、分别独立存在的东西，而是说这二者是一种相互交融的关系。从"法制"到"法治"这一概念和观念转变的历史过程来看，就已经蕴含了民主的精神要素。

我国是建立在人民主权原则上的现代民主国家。我国的国体是工人阶级领导的、以工农联盟为基础的人民民主专政，我国的政体采人民代表大会制度。我国实行中国共产党领导的多党合作和政治协商制度，实行民族区域自治制度，实行基层群众自治制度，具有鲜明的中国特色，也具有强烈的民主性。这样一套制度安排，能够有效保证人民享有更加广泛、更加充实的权利和自由，保证人民广泛参加国家治理和社会治理。民主是现代法治的基础，强调法治建设的同时也需要强调民主建设，要发挥民主对于法治的推动作用，这些作用至少包括如下两方面：一是价值目标和价值引导的功能，保证法治的出发点和落脚点以人民福祉为归依；二是价值实现的功能或者说法治监督的功能，保证法治建设在人民的监督下展开，防止法律制度被扭曲、误用甚至滥用。

法治和民主的统一性也是由人民的主体性决定的。十九大报告指出，坚持以人民为中心。人民中心论不仅强调国家主权在民，而且强调国家治理以每个人的福祉最大化为目标，把人民的幸福作为执政追求的目的。人民中心论是对国家治理理论的重大发展。坚持人民主体地位同坚持中国共产党的领导地位一样，都是全面推进依法治国的题中应有之义。民主和法治都是推进国家治理现代化的必要方式，都是以人民为中心思想的具体体现。"权为民所用，情为民所系，利为民所谋。"要做到这些，就必须充分发扬民主，真正坚持人民当家做主的地位。

民主与法治的关系还体现在党的领导、人民当家做主和依法治国的有机统一，依法治国与人民当家做主的密不可分。

一方面，法治以民主为前提，在民主的基础上，人民自主选择治理国家的模式，此种基础上的法治才真正是人民的法治。而不以民主为前提的法治只可能是所谓少数人的统治，缺乏正当性。只有在人民主权的思想基础下依法治国，才能保证正确的目标和方向。民主是依法治国必备的政治基础，也是良法形成的基础。真正的良法，内容上必须符合公平正义，增进人民的福祉，要符合公序良俗，反映最广大人民的意志和利益。缺乏民主立法程序，就不可能使法律充分体现民意，也就不可能真正制定出良法。民意畅通的表达，才真正形成良法。因此，民主是良法的保障。

　　另一方面，民主又必须在法律的基础上有序进行。民主的完善必须要通过法律使其制度化和程序化，并由法律提供充分的制度保障。人民群众管理国家和社会都是通过宪法和法律规定的权限与程序进行的。古希腊没有法治，其民主也与现代民主有很大差异，当时虽然大多数民众能够参与投票，但因为缺乏法治的规范以及受民众素质的限制，最终沦为多数人的暴政，苏格拉底之死便体现了这种民主制度的缺陷。总之，离开法治搞民主必然会导致社会混乱无序，甚至出现无政府的状况，也无法真正实现民主。离开民主搞法治，也无法建立真正的法治国家。所以推进依法治国的战略方针必须与社会主义民主政治的建设相配合、相协调，否则任何的努力都无法最终成功。失去了法律的秩序，即便人们都有对民主的向往，也很难有一个可以切实追求和践行民主生活方式的环境。这也反过来说明了现代法治建设与民主建设的水乳交融关系。

　　还要看到，无论是法律的实施，还是法律的适用，都需要民主的监督。只有通过民主监督，才能有效保障法律的实施。不能体现人民的利益的法律，也不能得到人民的拥护，在实践中将很难实施，也难以甚至无法得到社会大众的认同。福山强调民主问责制的重要性，也是在更加实质的层面强调民主性。没有监督，无论是行政执法还是司法，都有可能背离其原本目的。

　　法治的发展，本身可以形成一种对民主的有力推进。法治的重要内容必然要求法律面前人人平等，所有人都要遵循共同的规则，任何人都不享有法律之上的特权，任何公权力都要受到法律的有效制约。由于法律本身就是民主的产物，因此通过这些制度的实施，本身就可以有力地推进民主。真正实行法治,其实就是在推进民主。例如,通过行政诉讼制度,让人民可以依法要求法院审查行政行为的合法性,本质上就体现了人民群众对公权力进行监督的民主精神。行政法治的推进本身就在极大地推进民主的进程。人民意志通过民主方式的表达形成法律,依法治国就是实现人民的意志,真正落实民主。

以人民为中心与国家治理现代化

在马克思主义理论中,人的地位是最高的,马克思主义倡导人的解放,实现人的全面发展,一切其实都是为了人。革命,在本质上就是为了人的解放。党的十九大报告指出,"坚持以人民为中心。人民是历史的创造者,是决定党和国家前途命运的根本力量。必须坚持人民主体地位,坚持立党为公、执政为民,践行全心全意为人民服务的根本宗旨,把党的群众路线贯彻到治国理政全部活动之中,把人民对美好生活的向往作为奋斗目标,依靠人民创造历史伟业。"这就第一次提出了人民中心论的思想。虽然在此之前也有很多党的重要报告都提到了人民是创造历史的主体,提出了执政为民、全心全意为人民服务等思想,但是,党的十九大报告则第一次系统地阐述了人民中心论的思想。

人民中心论强调人民群众是历史的创造者,这实际上是马克思主义唯物史观的重要体现。人民中心论也是对人民主权学说的发展。人民主权原则最初是由卢梭提出的,后来被美国制宪主义者发展为民有、民治、民享的理论[1]。卢梭认

---

[1] 陈永鸿:《人民主权理论的演进及其启示》,载《武汉大学学报(哲学社会科学版)》2007年第2期。

为，人民应该永远是事实上的主权者，此种主权不可转让、不可分割，也不可被代表，其目的即在于维护人民的主权地位。卢梭的人民主权学说曾经成为法国大革命的重要理论依据，为法国大革命奠定了理论基础①。应当看到，人民中心论其实也包含了人民主权的思想，强调人民是国家的主人，一切权力归属于人民。但其与人民主权之间也存在差异，也就是说，人民主权强调一切权力归属于人民，每个人的幸福靠自己的努力，国家只是提供安全保障。而人民中心论则不仅仅强调国家主权在民，而且强调国家治理以每个人的福祉最大化为根本目的，把人民的幸福作为执政追求的目的。党的十九大报告指出，"必须始终把人民利益摆在至高无上的地位，让改革发展成果更多更公平惠及全体人民，朝着实现全体人民共同富裕不断迈进"。这实际上意味着，以人民为中心不仅要求人民以主体身份参与国家治理，而且要求我们将国家治理的成果归属于人民。在新时代，国家治理成果归属于人民最为根本地体现为促进经济发展和人的全面发展，增加人民的"获得感"，使人民共享发展的成果。

人民中心论对国家治理理论也是重大的发展。卢梭曾经尖锐地批评过英国，认为英国人民只有在投票时才是主人，一投完票马上就变成了奴隶。但孟德斯鸠对此则有不同的看法，他把民主和治理分别对待，认为这是两个不同的问题。他认为从权力的归属上看，人民是主权者，是君主。但是，"握有最高权力的人民应该自己做他所能够做得好的一切事情。那些自己做不好的事情，就应该让代理人去做。"② 也就是说，

---

① 参见陈端洪：《人民主权的观念结构 重读卢梭〈社会契约论〉》，载《中外法学》2007年第3期。

② 〔法〕孟德斯鸠：《论法的精神》（上册），张雁深译，商务印书馆1961年版，第9页。

从治理的层面来看，人民不可能自己直接去管理国家大事，只能由人民选举或者指派自己的代理人去管理。因此，在自己做不好而交给代理人去做的治理活动中，人民就不再是君主，而是臣民。由此可见，人民与代表被截然分开了：在选举代表的意义上，人民是主权者；在治理的意义上，人民是无法行使主权的，而只是被管理者。由此可见，孟德斯鸠虽然坚持了人民主权，但是在治理层面上，又把人民排斥出了治理主体，这种人民主权与人民治理相分离的理论，制约了国家治理体系现代化的发展，与法治的要求也不完全吻合。现代社会，随着民主法治进程的发展，国家治理也走向现代化，治理现代化在客观上必然要求人民是治理的主体，而不能把人民当做治理的对象。所以，人民主体理论在国家治理上就克服了孟德斯鸠的人民主权与国家治理相分离理论的缺陷。我认为，人民中心论在国家治理体系中的重要作用至少体现在如下几方面：

一是明确了国家治理的目的。民之所望，施政所向。人民中心论实际上要求国家治理的目的是实现人民的利益和福祉。要做到以人民为中心，就要求我们的国家治理必须做到"权为民所用，情为民所系，利为民所谋"。福山在《政治秩序的起源》中指出，西方政治集团只是把人民当做选民，对选民只是做短期的承诺。而我们治理的成果归属于人民，从这一意义上说，我们国家治理中的人民概念实际上已经超越了西方民主中的选民概念，我们的国家治理也不是对人民的短期承诺，而是注重实现人民的长期利益。习近平同志指出，"我们要坚持国家一切权力属于人民，既保证人民依法实行民主选举，也保证人民依法实行民主决策、民主管理、民主监督，切实防止出现选举时漫天许诺、选举后无人过问的现象"。

二是明确了国家治理的主体。人民中心论意味着人民是治理的主体。传统儒家学说也倡导民本主义,如孟子提出了"民贵君轻"的思想,强调人民的重要性,但孔子认为,"民可使由之不可使知之"(《论语·第八章·泰伯篇》)。可见,儒家思想虽然认识到了人民在维护国家稳定中的重要性,但其只是将人民作为治理的对象,而没有将人民作为治理的主体。法家更是主张,人民只是治理的对象。例如,韩非子说,"治民无常,唯法为治"(《韩非子·心度》)。所以,我国的传统文化中并没有包括人民参与国家和社会治理的思想。而在我国人民当家做主的今天,人民中心论不仅强调人民的重要性,而且强调国家治理的主体就是人民。习近平同志指出,"切实防止出现人民形式上有权、实际上无权的现象"。执政党是领跑人、是先锋队,人民是国家和社会治理的参与者。但在法治社会,人民不再是纯粹的治理对象,而是治理的主体。虽然在一定条件下,有时人民的活动要受制于政府的管理,但这种管理实际上是依法管理,所以,其实际上是服从法治的管理。随着互联网的发达、技术手段的改进,人民参与国家治理的途径越来越具有广泛性。人民是依法治国的主体和力量源泉。坚持人民的主体地位,是依法治国的基本原则。在我国,人民当家做主,人民群众依据宪法和法律,广泛参与国家的政治生活。人民代表大会制度是保障人们当家作主的根本制度,保障了人民依法享有选举权和参与民主决策、民主管理、民主监督的权利。协商民主制度保障了人民在日常政治生活中能够广泛、持续地参与的权利。

三是明确了治理的手段和方法,这就是要充分体现人民的意志和利益,最大限度地激发人民参与国家治理的积极性。"能用众力,则无敌于天下矣;能用众智,则无畏于圣人矣"(《三国志·吴志·孙权传》)。

改革开放四十年的发展，天还是那片天，地还是那片地，人还是那群人，为什么我们的国家会发生翻天覆地的变化？为什么能够结束挨饿的历史？为什么能够使我们由一个贫穷落后的国家一跃而成为世界第二大经济体，并以昂扬的姿态走向世界舞台的中心？关键在于，在党的正确领导下，通过改革开放，亿万人民群众的创造力得到了充分的发挥，生产力得到了充分的释放。人民代表大会制度保证了政体的人民性，人民经由选举产生的代表选举政府、管理国家的事务和社会的事务，保障了人民可以通过民主选举、民主管理和民主监督的方式确保权力来自于人民，受人民监督。众人的事情由众人协商的民主协商制度决定了重大的事务能够形成共识，并保障了健康、有序的决策形成机制，推进了决策的科学化和民主化。在全面深化改革进程中，我们还要积极稳妥地推进改革，进一步激发人民的创造力和活力。

四是明确了国家治理成果的归属，即由人民共享。党的十九大报告指出，"必须始终把人民利益摆在至高无上的地位，让改革发展成果更多更公平惠及全体人民，朝着实现全体人民共同富裕不断迈进"。这实际上意味着，以人民为中心不仅要求人民以主体身份参与国家治理，还要求我们将国家治理的成果归属于人民。坚持人民主体地位，坚持法治为了人民、依靠人民、造福人民、保护人民，要把体现人民利益、反映人民意愿、维护人民权益、增进人民福祉落实到依法治国的全过程。在新时代，国家治理成果归属于人民最为根本地体现为促进经济发展和人的全面发展，增加人民的"获得感"，使人民共享发展的成果。人民共享发展成果的程度实际上也是善治的重要标尺。

五是明确了国家治理成果的评判人，即由人民来评判，由人民决定。国家治理是否成功，关键要看是否增进了人民的福祉、是否实现了人民对美好生活的向往。能否给人民带来幸福感和获得感，则是评判的关键，而这在客观上要求只能由人民来担任评判人。习近平同志指出，"人民是阅卷人"，这实际上是在回答我们发展的根本目的，即为人民谋福利，为民族谋复兴。我们进行国家治理和社会主义现代化建设的最终目的是实现以人民为中心，坚持以人民为中心才能获得发展的历史动力。因此，坚持以人民为中心，在逻辑上也必然要求由人民判断国家治理的好坏。

国家和社会治理模式是否成功，归根结底还是要看能否给社会成员带来福祉。党的十九大报告将实现国家治理现代化作为新时代的奋斗目标，同时，将法治作为人民美好幸福生活的重要内容，这就意味着，我们检验国家和社会治理模式是否成功，是否符合中国的实际，关键在于它是否满足了人民群众幸福生活的需要。国家治理现代化的重要体现就是在治理的目标上追求以人为本，实现人的全面发展，最终目的是增进人民的福祉[1]。有法治的社会才是美好的社会。法为民而治，在新时代，法治的目的应当是为人民美好幸福生活服务，法治在保障人民美好幸福生活、实现社会公平正义等方面所发挥的重要作用，也是判断国家、社会治理现代化水平的重要指标。

---

[1] 参见姜明安：《行政法》，北京大学出版社2017年版，第20页。

法治是人民对美好生活的向往

经过改革开放四十年来的发展，我国持续稳定地解决了十几亿人的温饱问题，已经成为世界第二大经济强国，人民物质生活条件得到了极大的改善，总体上实现了小康，不久将全面建成小康社会。在这样的背景下，十九大报告提出，"人民美好生活需要日益广泛，不仅对物质文化生活提出了更高要求，而且在民主、法治、公平、正义、安全、环境等方面的要求日益增长"，法治成为人民美好生活的向往，这就为新时代法治建设指明了方向。

法治是人民群众美好生活的目标。自然法学派的代表人物边沁、潘恩等都认为，人能够舒适、幸福地作为一个独立个体而生存，是法律设定权利的基本目的，也是权利的基本功能。拉兹等人也认为，法律的作用之一，正是通过保障个人权利来实现个人的幸福。在今天，我国人民的美好幸福生活首先要丰衣足食、住有所居。但当人民群众的基本温饱问题得到解决之后，人民群众精神上的需求逐渐丰富，人民群众不仅要吃得饱、穿得暖，还要活得体面，活得有尊严。人民群众不仅仅关注个体的安全，还更加重视追求国家长治久安、长远安宁，更加关注改革发展大局、民主法治建设，期待权利有保障、权力受制约、公正可预期的良法善治,对严格执法、公正司法有更高要求,希望对自身发展有更长远的预期和更持久的信心。人民群众希望社会更加和谐、更加安全,人民更加平等、自由。所有这些都表明,法治与人民的美好幸福生活比以往任何时候都更加紧密,甚至可以说,法治已经成为人民的一种生活方式。

具体来说,按照党的十九大报告的精神,实现人民的美好幸福生活,应当包括如下几方面的内容:

一是社会公平正义。公平正义是人类社会永恒的追求,也是理想社会的终极目标。查士丁尼《法学总论》开篇宣称,"正义是给予每个人他应得的部分的这种坚定而恒久的愿望"。[①] 哈耶克也指出,"每个人应当得到他应得到的东西就是正义的"。这就是说,正义就是要各得其所。每个人应当从社会中得到的回报、获益、损失、制裁、奖赏等,都应当得到,所谓"种瓜得瓜、种豆得豆""善有善报、恶有恶报"。而法就是实现正义的工具。在西语中,Jus 就是公平、公正、正直、法的含义。Lex 也有法、公正的含义。中国古代法的产生也与公正有关,正所谓"法平如水"。法治是社会公平正义的保障。孟德斯鸠在《论法的精神》一书中指出,"法律并不必然是正义的,但正义者必成为法律。"[②] 追求社会公正是人们千百年来的理想,也是人民幸福的内涵,只有通过体现了公平正义的良法,才能表达人们对正义的诉求。而良法的实施,就能

[①] 辛辉、荣丽双主编:《法律的精神——法律格言智慧警句精选》,中国法制出版社2016年版,第188页。

[②] 〔法〕孟德斯鸠:《论法的精神》(上卷),张雁深译,商务印书馆1961年版,第28页。

体现人们对正义的追求。如果正义是在法律的框架内实现的，司法程序是人人可及的，人们能够从每一个执法和司法的案件中感受到正义，就会极大地增强人们的幸福感。法治不仅要在争议的解决中体现正义，还要在财富的分配等方面体现正义。社会越公正、越正义，人们的幸福感就越多。

二是活得有尊严。在新时代，人们从实现外在物质文化需要向同步追求精神心理满足转变，不仅希望人身权、财产权不受侵犯，而且期待个人尊严、情感得到更多尊重，隐私、名誉、个人信息等人格权得到有效保障。党的十九大报告明确提出"保护人民人身权、财产权、人格权"，体现了对人民群众基本权利的尊崇，彰显了人民主体的思想。十九大报告将这三项权利的维护写入民生部分，表明最大的民生就是人民的这三项权利，这三项权利得到保障才能真正实现美好生活。维护这三项权利既是保障公民基本人权的需要，体现了党对人民权利的尊重，也表明它是人们美好幸福生活的重要内容。在人们基本的物质生活得到保障之后，对人格尊严的需求就更加强烈。这意味着美好的生活不仅要求丰衣足食，住有所居，老有所养，而且要求活得有尊严。中国梦也是个人尊严梦，是对人民有尊严生活的期许。这就需要依靠法律广泛确认公民所享有的生命权、身体权、健康权等各项人身权益和财产权益，并且为个人各项合法权益提供有力的法律保障，从而保障个人有尊严地生活。当前，我们已经进入一个科技爆炸的时代，高科技的发明给人类带来巨大福祉，但各种高科技的发明，如红外线扫描、远距离拍摄、GPS定位等，也带来了一个共同的副作用，这就是对个人隐私和个人信息的威胁。我们进入了一个大数据时代，但大数据记载了我们过去发生的一切、现在发生的一切,也能预测我们未来发生的一切。因而有学者认为,今天的隐私权已经变成"零隐权"(Zero Privacy)。如何尊重和保护个人隐私和信息,成为各国法律普遍面临的严峻挑战。实践中,网络谣言、网络暴力、"人肉搜索"、信息泄露等现象层出不穷,其侵害的对象主要就是公民的名誉、隐私和个人信息等人格权,网络空间"侵权易、维权难"的问题严重,亟须有针对性地加强人格权立法,通过法律保护人们的人格尊严,使人们活得安全、活得体面、活得有尊严。

三是生活幸福安全。党的十九大报告提出,"使人民获得感、幸福感、安全感更加充实、更有保障、更可持续"。保护人民的人身和财产安全,是法律追求的最基本价值,甚至可以说是最重要的价值。安全是法律作为治国理政的方式提供给社会成员的公共产品。只有保障安全,人民才能安居乐业,并且能够产生一种合理的制度预期,形成一种对财富创造的激励。法治是安全的保障。只有在法治社会,人们才能有安全感。沈家本在总结历史经验时曾言:"秦尚督责,法敝秦亡;隋逞淫威,法坏隋灭。""萧何造律而有文、景之刑措;武德修律而有贞观之治。"① 所以,古代盛世大多以法制严明著称,现代社会更应如此。安全感是法治社会的重要内容,其主要体现为较低的犯罪率、良好的社会治安,人们文明有礼,安居乐业,遵纪守法,秩序井然,人人生活在安全的环境中,呼吸自由的空气,享受安宁的生活,免于一切非法的强制和恐惧。安全感还表现为,公权被"关进制度的笼子",私权得到保障,无论是投资还是创业,无论是创新还是积累,人民的人身和财产都受到法律保

---

① 沈家本:《历代刑法考·附寄簃文存·卷二》,中华书局1995年版,第2141页。

障。安全感也是党的十九大报告所强调的人民美好生活的要求。在法治社会中,较低的犯罪率、良好的社会治安,是人民生活幸福的重要内容。在法治社会中,民众不会对公权力抱有恐惧感,也不会因为合法行使自己权利的行为而担心受到强权的打击和迫害;国家也不能够随意地占有和剥夺民众的财产和人身权利。在法治社会中,公民能够感到制度所提供的持久的安全;民众相信法律会保护自己,从而不会恐惧任何邪恶势力。

四是自由、平等。法律既是自由的起点,也是自由的界限,更是自由的保障。法律所保护的自由,就是在法律规定范围内的意志和行动的自由。社会的进步不仅表现在财富的增加,还表现在人们对自由享有的扩大。亚里士多德认为,人要过一种德性的生活,一旦没有了德性,就会成为财富的奴隶,就会成为最邪恶残暴的动物,就会离幸福越来越远,但要保障这种德性,就必须遵从法律。所以他说,"法律不应被看做奴役,法律毋宁是拯救"①。在古罗马,法也被认为是个人自由的保障。例如,西塞罗指出,如果没有法律所强加的限制,每一个人都可以随心所欲,结果必然是因此而造成自由的毁灭。正是在这一意义上,他认为,"为了自由,我们应做法律的奴仆"。在法治社会中,人们严格按照法律规则行为,如此则可以将规则内化为人们的行动本身,人们在行为时会自动遵守各种规则。基于对守法的预期,人们便可以有计划地安排自己的生活,使人们的生活具有确定性,从而获得自由。所以,法律要成为"人民自由的圣经"。

---

① 〔古希腊〕亚里士多德:《政治学》,吴寿彭译,商务印书馆1965年版,第282页。以法律为邦国的"拯救"的说法最早来源于柏拉图的《法律篇》715D。

法治意味着法律面前人人平等。党的十九大报告提出，要"树立宪法法律至上、法律面前人人平等的法治理念"。因为只有在一个真正实现法律面前人人平等的社会，人们才能切实感受到社会的公平正义。在法治社会中，人是作为公民而存在的，人人都处在平等的地位。应当消除和禁止一切非法的歧视，反对特权，只有在这样的社会中，个人才能够真正成为国家的主人，才能够真正享有尊严。法治通过对每一个人的人格权和财产权提供充分的保护，就从根本上保障了个人的人格尊严。在法治社会中，法律面前人人平等，每个人的人格都得到他人的充分尊重，个人的正当诉求均能得到有效表达，个人的正当权利均能得到法律保护，个人的价值都能得到社会认可，人人活得有尊严，人人住有所居、老有所养，弱者得到关爱。法治建设的目标，就是要建成这样的法治社会。

为人民谋幸福，为民族谋复兴，是我们党执政的初心，也是我们进入新时代的奋斗目标。既然法治是美好生活追求的目标，那么，法治也要服务于实现人民群众的美好幸福生活。法治建设事关社会公平正义，事关人民幸福安康，既是满足人民群众对美好生活需求的重要内容，也是人民美好幸福生活的重要保障。法治不仅仅是治国理政的最佳方式，也是国家和社会治理所追求的目的，更是人民美好幸福生活的应有内容。幸福美好的生活需要靠努力奋斗实现，法治建设道路依然漫长、曲折，需要我们不懈努力，砥砺奋进，我们要制定更好的良法，执法更加公平，司法更加公正，唯有如此，社会才能更加和谐，人民才能更加幸福。

实现人民对美好幸福生活的向往，需要靠法治的保障，同时，法治本身也是人民美好幸福生活的重要内容。正是从这个意义上说，法治梦托起中国梦，同时，法治梦也是中国梦的重要组成部分。总之，法治不仅是为经济社会保驾护航的工具，也是人民群众美好幸福生活的重要内容，更是我们奋斗的目标。

现代"法治"与古代的"依法而治"

经常有人提出这样一个问题：中国古代法家历来倡导的以法治国和我们今天所讲的依法治国有什么区别呢？我国有着悠久的法制传统，我国古代也产生了《唐律疏议》《宋刑统》《大明律》等著名的法典，形成了闻名于世的古代中华法系；我国历朝历代也涌现出了许多清官，如包拯、海瑞等，他们因严格、公正执法而流芳百世。可见，我国古代并不是不讲法，也并非不重视法律的作用。有人甚至认为，在唐、宋等朝代，法制昌明，我们今天的依法治国多学习古代的法制经验足矣。应当指出，这种观点强调我们法治建设借鉴中国传统文化的必要性，具有一定的合理性。但认为今天我们的法治建设要完全照搬古代的法制，显然是不妥当的，因为古代的法制与现在的法治不可同日而语。

诚然，在汉语中，"法治"与"依法而治"似乎差别不大，但在英文中，"法治"（rule of law）与"依法而治"（rule by law）的区别是显而易见的：在"法治"中，"law"是主语，法律是至高无上的，而不是作为工具使用的，其本身就是治理的目标；而在"依法而治"中，"law"本身显然并不是治理的目标，而只是作为工具使用的。我国古代虽然重视法律的作用，但最多只能称为"依法而治"，而不能称为

"法治"。

为什么我国古代的法制不能称为真正的法治？这很大程度上是因为我国古代法制缺少了现代法治所具有的人民主权的理念。或者说，我国古代法制并不具有这样一种价值追求，统治者更多的是将法律看做是统治老百姓的工具。在统治者看来，法律是"帝王之具"，君主不仅在万人之上，而且在法律之上，法律就像是君主颁发给国家官吏的一系列指令，指示他们在何种情形下给何种罪名以何种刑罚。皇帝口含天宪，朕即是法，可见，我国古代法制不同于现代法治。梁启超曾经说过，法家所主张的法制存在一个短处，即"问法律从哪里出呢？还是君主，还是政府"，"法律万能，结果成了君主万能"。[①] 法制不仅与民主发生了脱节，而且出现了对立的情况。

一般认为，现代意义上的法治概念最早是由亚里士多德在其《政治学》一书中提出。亚里士多德认为，由法律来统治胜于个人之治，即使是执法者，也要遵守法律。笔者认为，"法治"不同于"依法而治"，二者的区别主要体现在如下几个方面：

第一，是否体现人民主权思想不同。"依法而治"并没有体现人民主权的思想，而仅仅把法作为工具和手段，是政府的一种治理工具。"依法而治"实际上强调政府高于人民，人民应当服从政府，人民属于消极的被统治者。管子曾言："夫生法者，君也；守法者，臣也；法于法者，民也。"(《管子·立法篇》)这就是说，中国古代是君主立法，大臣执法，百姓守法。但是管子这句话其实还包含另一层含义，即法律就是管老百姓的。韩非指出："治民无常，唯法为治。"(《韩非子·心

---

① 参见梁启超：《饮冰室合集》（第9册），中华书局1989年版，"专集之五十·先秦政治思想史"，第217页。

度》)这实际上也是将法律作为治理百姓的工具。而现代"法治"则强调人民主权原则,其与人民主权原则有着不可分割的关系。对法治社会而言,法律是由人民制定的,是老百姓用来治理政府官吏的一种方式。只有由人民制定、体现人民主权思想的法律,才是治国理政的良法,从这一意义上说,并非任何有法律的治理都可以称为法治。

第二,是否具有规范公权的作用不同。正如梁启超所说,古代的法家所说的法制,目的在于加强皇权,而现代的法治则强调规范公权。古代法律本质上不是用来治官的,而是用来治民的。北宋包拯认为:"法令既行,纪律自正,则无不治之国,无不化之民。"这句话曾经被认为是强调法制的至理名言,但从这句话也可以看出,法律就是教化老百姓的,而不是管官吏的。而现代法治则强调规范公权,保障私权。1959年国际法学家会议通过的《德里宣言》在阐述法治的概念时指出,"法治原则不仅要求为制止行政权的滥用提供法律保障,而且要使政府有效地维护法律秩序"。[①]"只有在法律的权威下,政府的行为才能符合法治的轨道。"[②] 这就是说,只有在法治社会,才能真正将公权力关进制度的笼子中,防止公权力的恣意和滥用,损害人民的私权。而法治的核心理念首先是规范权力,法治与人治相对立,其不仅规范公民的行为,更强调对政府行为的制约。这就是说,要把权力关进制度的笼子中,法治国家就是要限制权力获得和行使的任意性。

第三,是否具有维护自由、平等的价值追求不同。古代的法制虽然也维护社会秩序,但这种社会秩序其实是一种不平等的秩序,所维护的

[①] International Commission of Jurists, The Rule of Law and Human Rights: Principles and Definitions, Geneva, 1966, p. 66.

[②] David Dyzenhaus, "Terrorism, Globalization and the Rule of Law: Schmitt v. Dicey: Are States of Emergency Inside or Outside the Legal Order?", 27 *Cardozo Law Review* 2018 (2006).

是一种封建等级特权的不平等秩序。唐律所规定的"八议"更是体现了人与人之间的不平等。"八议"是指在八种特权人物犯死罪时,在审判处罚时适用的特殊的程序。例如,对皇亲国戚、皇帝的故旧等人,可能会法外开恩,这实际上是为了维护封建的等级秩序。再如,中国古代法律在调整婚姻关系时存在"七出""三不去"的规定,这实际上是反映了古代法律制度中男女不平等的地位。可见,我国古代虽然存在执法上的平等,但人与人之间在法律上实际是不平等的。而在今天,法律是由人民制定的,这就真正实现了法律面前人人平等。

第四,是否坚持法律至上原则不同。法律至上原则是人民主权原则的衍生物之一,也是法治的基本要求。法律至上实际上是要求实现法的统治。任何人都要服从法律,立法者也要遵守宪法。法治不是"以法治国"而是"依法治国",不是"用法律统治",而是"法律的统治"。① 正如托马斯·富勒所指出的:"你绝不是那么高贵,法律在你之上。"② 而古代法制则并不具有这一内涵和价值追求,法并不具有至高无上的地位。中国古代法家所讲的"以法治国"并不体现民主的精神,它所讲的法其实是君主的御用之器,法是专门用来管理老百姓的,君主是凌驾于法之上的。

第五,法律的功能不同。法律究竟是控权的工具还是管理老百姓的工具,正如学者所言,"依法而治是一个程序概念,是将法律规则作为管理的工具",仅具有"工具价值"(instrumental value)③,由此,依法

---

① 参见凌斌:《法律与情理:法治进程的情法矛盾与伦理选择》,载《中外法学》2012年第1期。

② 〔英〕汤姆·宾汉姆:《法治》,毛国权译,中国政法大学出版社2012年版,第5页。

③ Tara Smith, "Neutrality Isn't Neutral: On the Value-Neutrality of the Rule of Law", 4 *Washington University Jurisprudence Review* 65 (2011).

而治可以成为一个价值中立的概念,因为这里的法并没有指出是良法还是恶法。而在法治社会,法律不仅仅具有工具价值,其本身也是国家和社会治理的目标。现代法治首先强调的是依良法而治,体现了规范公权、保障私权的价值,国家公权力的行使必须以宪法为基础,并且权力的行使是形式上和实质上具有合宪性的法律所许可的,旨在保障人的尊严、自由、正义以及法的安定性。[①]换言之,权力的行使必须在法的框架内,应当将保护个人自由作为认定公权力的法律依据及其限制的标准。[②]法治本身要实现国家的长治久安,维护人民的幸福、福祉,保障人民的权利、自由和平等。

第六,治理与统治的不同。古代的法制是皇权统治的工具,是一种纵向的统治关系,所以,依法治理强调的是一种官吏对老百姓的治理,两者之间是一种统治与被统治、管理与被管理的关系。现代法治的体系本质是由宪法、法律组成的治理体系,在这一治理体系下,宪法具有至高无上的地位,即所谓"法由宪生""权由宪赋""责由宪限"。法律是人民意志和利益的体现,不仅仅是一种治理的工具,其本身也应该是社会治理的目标。法律首先是治官的,是规范公权的工具,同时,法律也要保障私权,维护人民的权益,在依法治理的过程中,要广泛吸纳民众参与社会治理的作用,因此,此种治理是一种网状的、交错的、多元的治理体系,其不仅仅要发挥法律自上而下的治理作用,而且需要发挥社会主体的治理能力。我国目前强调国家和社会治理的现代化、法治化,其实也是要追求法治,实现"法的统治"。

孟子说,"徒法不足以自行",法律最终还是要靠人来实施,法律的

---

① Klaus Stern, Das Staatrecht der Bundesrepublik Deutschland, Band I, 1984, §20 III.
② Beck'scher Online Kommentar GG/Huster/Rux, §20 Rn. 138.

生命力在于适用,法律的适用最终还是要靠人。宋代王安石曾言:"守天下之法者,莫如吏。"中国古代法制虽然也注重执法者的作用,但古代封建制度中,行政官同时兼任法官,因为官吏代表国家,所以一旦出现官民对立,其必然庇护的是官方的利益。正如拉德布鲁赫所说的,行政权代表国家,具有官方性。而"司法权则是权利的庇护者","同一官署忽而忙于维护国家利益,忽而又将国家利益弃置一边,忙于维护正义,显然极不协调"。① 而在法治社会,司法权和行政权应当是分离的,司法权应当保持独立性和中立性,能够对行政权的行使形成有效的制约。

严格地说,古代的法制不能称为法治,因为它没有体现现代法治所具有的规范公权、保障私权的理念。而且法制与法治的内涵也不同,法制是一个国家或地区法律制度的总称,主要是从法律规则的层面强调法律体系的完整性。法制将法律作为社会治理的一种工具,法律的地位并不是至高无上的,统治者可能基于不同的需要而对法律的功能进行调整,法律的地位也可能因此发生变化。而对法治而言,法律则具有至高无上的地位。

我们之所以要区分"法治"与"依法而治",就是要强调法治建设有其自身的规律。尤其是在中国,建设中国特色的社会主义法治是中国历史上前所未有的伟大实践,我们需要借鉴古今中外法治的成功经验,但我们的法治建设既不能完全沿袭我国古代的法制经验,也不应照搬国外的法治建设经验,不能崇外,也不能唯古,而应当遵守法治建设固有的规律,立足我国国情,稳步推进法治。

---

① 参见〔德〕拉德布鲁赫:《法学导论》,米健、朱林译,中国大百科全书出版社1997年版,第101页。

中国古代的法典为什么大都称"律"而不称"法"

如果翻一翻我们中国历朝历代的法典，就会发现一个有趣的现象，那就是中国古代的法典大多采用"律"的概念，而很少采用"法"这一表述。例如，秦代有《秦律》，汉代有《九章律》（史称《汉律九章》），西晋有《泰始律》，北魏时期有《北魏律》，北齐时有《北齐律》，隋朝时有《开皇律》，唐代有《唐律》，明代有《大明律》，清代有《大清律例》。当然，个别朝代也有一些例外，如宋代编纂了《宋刑统》，元代制定了《大元通制》《元典章》，这两个朝代的法典并没有采用"律"的表述。在汉代，公文常用"急急如律令"，这也强调了"律"的效力。古代没有法学而只有律学，甚至还有"律博士"一职，专门教授法知识。例如，《晋书·刑法志》记载："请置律学博士，相教授。"直到19世纪七八十年代，同文馆化学教习法国人比利干翻译《法国民法典》时，也不称为民法典，而称为"法国民律"。清末变法时，主持修律工作的法律馆所主张制定的法律并不称为"法"，而称为"律"，将"民法""商法"等称为"民律""商律"等。光绪三十三年（1907年）民政部奏请制定"民律"而不是"民法"。为什么中国古代的立法大多使用"律"而不使用"法"？这是一个值得思考的问题。

其实，在中国古代，"法"与"律"的字义是接近的。《尔雅·释名》记载："法，常也。"《尔雅·释诂》也记载："律，常也，法也。"早期的立法也使用过"法"，如春秋战国时期的李悝就制定了《法经》六篇。公元前359年，商鞅以《法经》为蓝本，制定《秦律》六篇，历史上称为"改法为律"。据《唐律疏议》记载，"悝集诸国刑典，造《法经》六篇，商鞅传授，改法为律"。到秦汉时期，已经出现了将"法""律"合并使用的做法。例如，西汉的晁错说："今法律贱商人，商人已富贵矣；尊农夫，农夫已贫贱矣。"在古代，法的概念通常与刑等同，事实上，我国古代的法律最初被称为"刑"。我国早期的立法活动大都将成文法称为"刑"，法即是刑，"生杀，法也"。我国第一次公布成文法的活动就是郑国执政子产的"铸刑书"，第二次公布成文法的活动就是晋国赵鞅的"铸刑鼎"。所以，《慎子》说："惨而不可不行者，法也。""刑"与"礼"相对应，都是调整社会生活、维持社会秩序的重要手段。"刑不上大夫，礼不下庶人。"刑有法度和刑罚的含义。《说文解字·刀部》记载："刑，罚罪也。从井，从刀。"表明先民已经意识到，通过刑罚手段惩罚罪犯，有利于维持社会秩序。当然，律也具有刑的含义，律法也常常主要是关于刑罚的一些规则，所谓"王者之政，莫急于盗贼，故其律始于盗、贼"。(《晋书·刑法志》)

可见，"法"和"律"在词源和字义上均十分接近，时至今日，我们也习惯用"法律"这一概念，但并不能将二者完全等同。严格地说，法律意义上所说的"法"可以用中国固有的"律"的概念加以对应。从字体结构来看，"律"最初写作"聿"，后来写作"聿"。《说文解字》记载："聿，所以书也，楚谓之聿，吴谓之不律，燕谓之弗。"古代的"律"和"法"虽然词义接近，甚至在一些情形下可以通用，但仔细比较，二者仍存在一定的区别，具体表现为：

一是是否强调法律规则的整齐划一性不同。《说文解字》："律，均布也。"段玉裁《说文解字注》："律者，所以范天下之不一而归于一，故曰均布也。"所谓"均布"，就是"范天下之不一而归于一"，即天下应该一致遵循的格式、准则。"律"字原意指定音的竹笛，后来也指音乐的旋律、节拍，主要含义是稳定。"律"的含义确实有整齐划一、标准尺度统一的内涵。《周易》曰："师出以律。"《尚书》曰："同律度量衡。"商鞅用"律"字代替了"法"字，目的主要是为了阐明法律的稳定性和普遍适用性，把法律解释为一种稳定的必须普遍遵守、执行的条文，即突出强调法律规范的普遍性、稳定性、必行性。也就是说，秦始皇灭六国之后，不仅要车同轨、书同文，同时也要求法律制度的统一，因此，去法用律。正是从这个意义上说，律是秦王朝大一统思想的体现，它表现了统一性、普遍适用性的内涵。与律不同，法虽然也强调规则的统一，但其内涵较为宽泛，也更为抽象。法在产生之初往往与赏罚等联系在一起。韩非子说过："法者，宪令著于官府，刑罚必于民心，赏存乎慎法，而罚加乎奸令者也。"（《韩非子·定法第四十三》）法也可以作为君王治理国家的工具，如荀子主张："法者，治之端也。"（《荀子·君道篇第十二》）。《商君书·修权》曰："法者，国之权衡也。"法家主张，以法治国，任法去私，缘法而治，即认为"法"是一种治理国家的工具，能"定分止争"。法的内涵比较丰富，而律的意义则非常鲜明，即强调法律规则的统一性和普遍适用性。后来的大一统王朝的法律基本都沿用"律"这一名称。

二是价值追求存在一定差别。"法"本身包含公平、正义的价值内涵，在我国古代，法写作"灋"。据《说文解字》记载："灋，刑也，平之如水，从水，所以触不直者去之，从去。""廌"意就是一头生性正直的独角兽，象征着公平或公正，可见，"法"本身含有"平之如水""去不直"的正义观念。"法"字是三点水旁（从水），意思就是说，法要像水一样公平。法家主张，治理国家应当做到"不别亲疏，不殊贵贱，一断于法"。而"律"则侧重于强调法律规则的统一性和普遍适用性，"师出以律""同律度量衡"，"律"包含"均布"的内涵，但并没有凸显"公平""正义"等价值理念。事实上，我国古代的律在很大程度上是维护阶级统治的工具，其与抽象的"法"的概念并不相同。

三是是否强调法律规则的确定性和具体性不同。"律"是指有形的规则，《管子·七主》云："律者，所以定分止争也。"也就是说，"律"可以被用来解决纷争，它是有形的法律规则。所以，采用"律"字更为准确，也更为具体，它强调一种具体的规则指引。司马迁在《史记·律书》中指出："王者制事立法，制度轨则，一禀于六律，六律为万事根本焉。其于兵械尤所重，故云'望敌知吉凶，闻声效胜负'，百王不易之道也。"所以，六律为古代的六个音律。因此，律起源于音律，常应用于军事中，靠声音来指挥士兵，统一行动。因而，把它运用到法律上，也具有整齐划一的特点，表明了它的确定性。所以，违法通常是指违反了某个统一的律条。而"法"字本身从水、从去，不仅"水""去"有其抽象的意义，"廌"更是一种抽象的事物；"法"是一种意识形态上的形而上的理解，是一个比较抽象的概念，难以被一般人所理解，其所表达的是一种相对抽象的含义。严复认为，西方的"法"译为中文，不同情形下应当有"理""礼""法""制"四中不同的译法[①]，

---

① 〔法〕孟德斯鸠：《严复先生翻译名著丛刊·法意》（上册），严复译，北京时代华文书局2013年版，第2—3页。

法的内涵较为宽泛。某种意义上说,从"法"的概念的原本含义来看,其实施具有依赖于神意的内涵,是建立在神判基础之上的概念。

四是侧重点不同。"律"侧重于表述具体的法律规则,而"法"则侧重于从整体上描述法律制度。一般来说,法的范围较广,通常指整个法律制度。古代法的概念常常与制度等同,成为"法度"。如管子说,"法度行而国治,私意行则国乱"。(《管子·明法解》)韩非子认为,"道私者乱,道法者治"。(《韩非子·诡使》)章法有度,自成方圆。而律则是指具体的行为规范。在古代,只有朝廷才有权制定颁行统一的法律规范,具有权威性和唯一性。这种权威性与唯一性随着社会的发展越来越严格,秦汉时制定了多种律典,如汉时除《九章律》外,还有《越宫律》《朝律》等。经魏晋改革后,律典制定和颁行的程序更为严密,任何机构和个人都无权添加改动,只有在皇帝下诏、亲自主持或委任大臣主持的情况下,才可以修订律。

法治是人类社会发展到一定阶段的产物。考察古代"法"和"律"的区别,从古代的"律"到现代的"法律",赋予了"律"一种价值追求,使其回归到了法的本来含义,使法的内涵更为丰富,因此,它能够发挥在治国理政中应有的作用,真正成为国家和社会治理的重要工具。

从"权""法"同源谈起

据史学家考证,"權"(权)字在中国先秦时期的文献中频繁出现,不过,这些文献中"权"字的含义与现在的"权利"不同,其主要是一种用于称量物品的量器,多用于指称度量衡,具有衡量、权衡的含义,也可引申为按规矩办事。《广雅·释器》就此做了更清楚的记载:"集解锤,谓之权。"不少出土的战国文物也表明,战国时期的秦权、楚权大都以铜或铁制成,也有用陶、瓷、石等材质做成的。但这些都是用于称量物体重量的器具,是一种度量衡工具。中国古代所说的"权"还有另一层含义,即权力,但大多是指"王权""皇权"以及官吏的职权。直到近代,才产生了权利的概念。

而古代的"灋"(法)字也有同样的意蕴。前述我国古代思想家在论述法的概念时,也时常表达了规矩的含义。例如,管仲认为,"尺寸也、绳墨也、规矩也、衡石也、斗斛也、角量也,谓之法"。(《管子·七法》)"……悬衡而知平,设规而知圆,万全之道也。"(《韩非子》)商鞅进一步阐释了这种思想,他认为,"法者,国之权衡也"。(《商君书》)今天,关于"灋"字,这样一种理解广为大家所熟悉:"灋,刑也。平之如水,从水。廌所以触不直者去之,从（廌）去。"因此，古代的"法"字中除了强调公平这一基本价值取向之外，在功能取向上，"灋"字中所包含的这种人格化物与"權"字所指称的度量器具具有异曲同工之妙。"法"的意思是"规范、模型"，它过去被用来描述一种工具，如铅锤或者曲尺，用于重新塑造原材料，以便使其符合特别规定的模具。法家后来对"法"的意思进行了引申，将其界定为控制社会行为的规范性条理，"法"也因此与"刑"关联密切。① 管仲说："明主者，一度量，立表仪，而坚守之。故令下而民从。法者，天下之程式也，万事之仪表也；吏者，民之所悬命也。故明主之治也，当于法者赏之，违于法者诛之。故以法诛罪，则民就死而不怨；以法量功，则民受赏而无德也。此以法举错之功也。故《明法》曰：'以法治国，则举错而已。'"（《管子·明法解》）

今天，法律人谈到"权"字，首先想到的是权力，它是一种国家强制力量。这种强制力量不仅具有权威性，凌驾于私人生活之上，而且权力的行使可以对其作用之人产生拘束力。但"权""法"二字的历史起源表明，今天我们关于"权"字的通常理解或者说朴素印象只是一种较为表层的含义。除了"权"字背后的强制力表象之外，还有一种权利的存在。在中国几千年文化中，儒学一直倡导民本主义，但一直没有形成权利理论，民权思想直至近代才开始形成。据学者考证，"权利"一词也只是到了19世纪中叶才开始产生。所以，中国古代的"法""权"同源指的是法如何保护、巩固权力，极少对权利的保障发挥作用，这也决定了中国古代所说的"法"不同于现在的"法"，中国古代的"法制"也不同于现在的"法治"。

---

① 〔英〕凯伦·阿姆斯特朗：《轴心时代》，孙艳燕、白彦兵译，海南出版社2010年版，第382页。

但是，在现代社会，"法"和"权"也具有同源性，此处的"权"主要是指权利。在比较法上，关于权利与法律有非常著名的主观权利与客观法理论。譬如，在法文和德文中，法律与权利都是同一个词（法文是droit，德文是Recht），差别仅仅在于权利是复数形式（droits与Rechts），而法律是单数形式。从方法论上来说，这一理论受到了笛卡尔认识论的影响，认为世界必然区分为客观世界与主观世界。作为行为规范的法律之所以是客观的，是因为其存在的客观性、对所有主体适用的无差别性；而作为行为资格和内容的权利之所以是主观的，是因为各个主体的条件是存在差异的，其享有的权利和内容也存在相应的差别，故称之为主观权利。事实上，客观法与主观权利无非是法律现象的两个层面，如镜子的两面，二者统一于法律实践之中。"法""权"在词义上同源也表明，现代法律的目的在于保护权利。而古代很多法律的目的在于保护当权者的特权，例如唐代的八议制度，其目的在于保护一定范围内的权贵阶级的特权，而不在于保护民众的私权。

从"法""权"同源可以看出，法的核心在于调整权力与权利的关系。一方面，法律是人民权利的宣言书，也是人民权利的切实保障。在确认公民所享有的权利的同时，也规定了人民所应当负担的义务和责任，从而引导人们正确行为。如果法律缺乏权利保障的内容，即便有法，也可能是恶法之治。在我国，人权作为人最基本的权利集合，体现了人民群众的根本利益和意愿。因此，促进和保障权利也是我国社会主义制度的根本任务。构建法治社会的终极目的是实现人民的福祉，因而法治也必然要以保护权利作为其重要内容。另一方面，法律又是规范公权的，政府的公权力，特别是行政权，直接针对具体的社会生活和人民的利益发挥作用。公权一旦失去了约束，将严重威胁甚至损害处于弱势一方的公民合法权益，妨碍社会的和谐有序。美国司法部大楼上镌刻着洛克在《政府论》中的名言："法律终结的地方暴政就开始了。"这句话实际上意味着，法律才是能关住公权的笼子，否则，公权必然恣意、作恶。必须通过法律让人民有效地监督政府，最大限度地防止或减少公权力运行的副作用，使公权力的行使最终造福于国家与人民。

从"法""权"同源可以看出，法律要围绕权利和权力展开，但也应当妥当处理权利和权力之间的关系。法律的规范作用核心即在于规范权力与保障权利，即通过规范公权力与保障私权实现其社会功能。在法律上要处理好权力与权利的关系，我认为，重点要从如下三个方面展开：

一是通过规范权力来保障权利。公权力是一股十分强大的社会组织力量，但也天然地具有膨胀倾向。正如孟德斯鸠所说，绝对权力导致绝对的腐败。为了防止公权力的膨胀给私权利造成威胁，给社会造成危害，需要通过法律来治理权力，减少暴戾，防患以权谋私、公权私用。这也是习近平同志所说的要把权力关进制度的笼子中。这也如哈耶克所言，"法治的意思就是指政府在一切行动中都受到事前规定并宣布的规则的约束——这种规则使得一个人有可能十分肯定地预见到当局在某一情况中会怎样地使用它的强制权力和根据对此的了解计划他自己的个人事务"。[①]按照德国学者施密特的观点，所谓法治国的含义，就是指国家的所有活动都必须纳入法治的范围，国家的权力都受到法律的限制，从而使国家权力的一切表现都具有可预测性。[②]法律本身也转而变作规

---

① 〔英〕哈耶克：《通往奴役之路》，王明毅等译，中国社会科学出版社1997年版，第73—74页。
② 〔德〕卡尔·施密特：《宪法学说》，刘锋译，上海人民出版社2005年版，第143页。

范公权的手段。

二是以保障权利来制约权力。严格地说,人民群众的权利是公权力的源泉,也是公权力行使的出发点与落脚点,充分地保障人民的权利,也是公权力追求的目标。同时,保障权利也划定了公权力的边界。保护人民的权利就是保护人民群众对美好生活的向往,保护人民群众的根本利益,保护权利实际上为公权力的运行确立了基本的价值准则,这也是为什么西塞罗说"人民的福祉是最高的法律"的原因之一。康德也经常讲,"政治或者治国是艰难的艺术,难在如何调和国家与人民的关系以及各自的权限,但治国者必须认识到:'人的权利是不可亵渎的,无论它可能使统治权付出多大的牺牲',在这里,没有中间道路,'一切政治都必须在权利的面前屈膝'"。① 人们普遍地预期法律扮演的是私人权利的保护神。归根结底,法治就是要让人民群众的自由得到维护,权利得到确认和保障。当然,权利不是无限制的,也不应当被滥用。法谚云:"极端的权利,乃最大的非正义。"但对权利行使的限制,必须由法律来制约。所以,近几十年来,出现了禁止权利滥用等规则,以保障权力的正当行使,避免权利行使中的冲突,维护社会的和谐稳定。

三是通过权力间的制约和协调来实现对公权力的规范和约束。中国漫长的封建社会历来存在权谋、权术文化,社会生活中形形色色的潜规则,诸如互相倾轧、勾心斗角、结党营私、诡计多端、阴险狡诈、恶意诋毁等现象频现。这些现象的背后所体现的就是玩弄权术。究其原因,很大程度上是因为中国多年来缺乏法治所需要的明确规则体系。在法治社会,要防止公权力越位,应当摒弃各种"潜规则",而强化法律的

---

① 〔德〕康德:《历史理性批判文集》,何兆武译,商务印书馆1990年版,第139页。

"明规则"，应当在加强各级人大建设的同时，构建权力机关的监督制约机制、行政机关的监督制约机制以及监察机关、审判机关、检察机关的监督制约机制，共同实现对公权力的监督与制约。

法治，顾名思义，就是法律的治理。法治的核心是要处理好权力、权利的各种关系，既要规范公权，又要保障私权，私权保障可以有效规范公权，而公权的规范也有利于落实对私权的保障，二者是相辅相成的。法和权有着天然的关系，无论是规范公权还是保障私权，都需要依靠法律制度的保障，依靠一套法治实施和监督系统来落实。立法机关制定的良法需要充分彰显规范公权和保障私权的价值，执法机关和司法机关则负有具体落实规范公权和保障私权的任务。因此，在法治建设中，抓住了"法律""权力""权利"这三个关键词，实际上就意味着抓住了法治建设的核心问题。

公正是法治的生命线

京剧《苏三起解》第一场中有几句开场白：

> 你说你公道，
> 我说我公道；
> 公道不公道，
> 自有天知道。

这几句话虽然只是京剧的开场白，但其也在某个层面上反映了古代人们追求公道的无奈和无助。古人所追求的公道是一个很宏观和抽象的概念，虽然"公道自在人心"，但缺乏可供检验的明确判断标准和实现机制，因此，人们只能将公道与否的标准诉诸"上天"，即"自有天知道"，而没有考虑借助公正的法律程序去实现公道。中国人崇尚"天人合一"，古人所追求的法律秩序就常常包括民间的事务要与天地合一，共处一体，相互沟通。所以，古代行刑要看天候季节。所谓"秋斩"就是与秋天肃杀的节气特征相符合的。古代戏曲中经常出现这样的场景，即冤狱者呼天喊地，感动上苍，天降大雪，或电闪雷鸣，大雨倾盆，神灵相助，最终蒙冤得雪，正义得到伸张。

"自有天知道"其实是一种实质正义观的体现，强调了

"法网恢恢，疏而不漏"。老百姓相信因果报应，恶人做了坏事，自会受到报应，"不是不报，时候未到"。老百姓心中有杆秤，这个秤其实就是朴素的正义观。"自有天知道"其实也表达了另外一层含义，公道不公道，不是一种是非不清，公说公有理、婆说婆有理的事情，还是有一些基本共识存在的。这句话也表达了一种朴素的自然法观念，相信社会存在公道，但在权利救济途径不畅通的情形下，老百姓只能把实现公道的希望寄托于上天。《苏三起解》中的开场白正是这种观念的体现，这也是封建社会老百姓合法权益得不到有效保护的一种无奈的体现。

"自有天知道"，将实现公平正义的重任完全交给莫测的"天老爷"，这也透露出老百姓对封建法律制度的无奈和无助。漫长的封建社会虽然涌现出了一些清官，但始终缺乏一套固定、透明、公平的司法程序。这也从一个侧面折射了我们古代法制的一个特点，即缺乏完备的正义实现的机制。我国古代法制具有"重实体、轻程序"的特点，程序法极不发达，人们也没有形成程序意识。封建社会毕竟是人治社会，即便是圣明的君主，也不过是开明的专制者而已，人治始终是国家治理的基本方式。古代没有职业的法官和律师，基本上没有一套严格的司法程序，断案全凭主审官是糊涂官还是青天大老爷，没有一套科学公平的司法程序来保障，审理案件的官员惊堂木一拍，一声令下，把犯人带上来，两旁的衙役喝威、打杀威棒，动不动就大刑伺候，"棰楚之下，何求不得"？以至于冤狱遍地，"窦娥冤"比比皆是。所谓"官司一到，十家牵连；一人入狱，一家尽哭"。所有这些案件公正不公正、冤枉不冤枉，全凭审理者是否公正廉洁。遇到了青天大老爷，就能蒙冤昭雪，获得正义，就像苏三起解中因为遇到了王景隆这样的好官，才逢凶化吉；如果遇到了糊涂官，就只能蒙冤入狱；如果再碰上贪官污吏、枉法裁判者，甚至可能令无辜者身陷囹圄、命丧黄泉。所以《苏三起解》中的"公道不公道，自有天知道"这两句话，道出的是老百姓的无奈、无助，只能求助于苍天，祈求感动苍天，神灵相助。

今天，在人民当家做主的新社会，法治以保障公平正义为目标，公正的实现不再依靠天助，而可以通过司法程序这一"看得见的正义"来实现。应当看到，公平正义永远是一个社会不懈追求的目标，也是美好社会追求的内容，是人民群众幸福生活的重要组成部分。党的十九大报告明确提出，进入新时代以后，随着社会主要矛盾的变化，人民的物质生活水平得到了极大提高，对社会公平正义等价值的追求更加强烈。罗尔斯指出，"正义是社会制度的首要价值"。[①] 但正义的实现不能仅依靠上天，而应当依靠法治建设，迄今为止，法治是人类社会历史证明的最为有效的社会治理方式，也是充分保障和实现公平正义的最佳方式。追求法治不能仅靠天助，而应当以法律治理国家、治理社会，这实际上也是我国古代几千年社会治理经验的总结，而只有靠法治，才能真正实现社会正义。习近平同志指出，"公正是法治的生命线"，"全面依法治国，必须紧紧围绕保障和促进社会公平正义来进行"。具体而言：

一是要靠良法实现社会公平正义。良法虽然有不同的界定，但从价值上看，真正的良法必须符合公平正义价值。而违反公平正义的法，即便符合法的外在形式特征，也不是良法，而是恶法。所以，罗马法谚云，"法律乃公平正义之术"。法律是正义和力量的结合，实际上也是强调法应当符合公平正义的基本价值。而凡是不正当的、严重限制公民权利和自由、损害人民利益的法，都不是真正的良法。良法从本质上必须

---

① 〔美〕约翰·罗尔斯：《正义论》，何怀宏等译，中国社会科学出版社1988年版，第1页。

反映人民的意志，维护人民的权利，增进人民的福祉。从价值追求来看，必须在立法层面上体现权利平等、机会平等、规则平等，体现对公权的规范和私权的保障。

二是要靠公正执法实现社会公平正义。孔子说，"临官莫如平"①，也就是说，当官为政没有比公平更好的美德。"欲影正者端其表，欲下廉者先之身。"② 公正执法是实现社会公平正义的重要途径，行政权或者行政执法直接关系每个老百姓的日常生活，和公民有着最为广泛和最为直接的联系，一个人可能一辈子不与法院、检察院等直接打交道，但其生老病死却必须与行政机关打交道。我国目前正处于社会转型时期，也是各种社会矛盾的多发期，从实践来看，几乎80%的纠纷都是通过行政执法手段予以解决的。让老百姓从每个行政执法中看到公平正义，既是老百姓幸福生活的重要内容，也是行政执法活动最为根本的价值追求，这就要求必须做到公正执法和文明执法。实践中，暴力执法、野蛮执法、非法执法、越权执法等行政执法活动，既损害了老百姓的利益，也有违公平正义的基本价值追求，并不符合法治的要求。要依法公正对待人民群众的诉求，要让人民群众在每一个执法案件中都感受到公平正义。因此，执法机关公正、严明执法是维护正义的重要方式。

三是要靠公正司法实现社会公平正义。在现代社会，由于司法不仅具有解决各种冲突和纠纷的权威地位，而且司法裁判乃是解决纠纷的最终手段，司法是维护社会公平正义的最后一道防线。法律的公平正义价值在很大程度上需要靠司法的公正而具体体现。因此，司法公正既是司法机关存在的原因和所追求的目的，也是建立法治社会的关键。西谚

---

① 《说苑·政理》。
② 《盐铁论》。

云:"正义如果有声音的话,裁判才是正义的声音。"千百年来,在民间始终流传着许多秉公执法、刚直不阿、明镜高悬的清官的故事,曾给予庶民百姓莫大的慰藉,包拯、海瑞这些"青天"也因此成为人们崇拜的正义的保护神。德国法社会学创始人爱尔利希曾经宣称,法官的人格是正义的最终保障。法官的职责就是对诉讼当事人的争议作出公正的裁判。司法机构平亭曲直、主持公道、定分止争,就是要实现公正的司法,所以司法公正是司法机构存在的根本原因,是司法所追求的最基本、最神圣的目标。当事人之所以将其纠纷提交司法解决,也正是因为司法机关可以通过一套公正的程序公平而不偏袒地作出裁判,公正是人们对裁判的期望。

无论是行政执法,还是公正司法,都必须有一整套公开透明、科学合理的程序,才能最大限度杜绝执法者和司法者徇私枉法的行为,才能尽可能杜绝苏三似的冤案。法谚云:"正义不仅要实现,而且要以看得见的方式实现。"在案件审理的过程中,不仅要使判决的结果公正,合理的诉求得到合理的对待,同时,整个案件审理的程序应当符合法律的规定,否则,即便案件审理的结果符合人们的公正观念,案件的审理也是不合法的。"公道不公道,自有天知道",这里所说的"天"应当是指"天道",这就是公平正义的观念。"天道自在人心"。一个案件的裁判过程是否符合公正的标准,不仅要由当事人感知到,而且还应当得到社会公众的认可,符合社会一般的公平正义观念。在这一过程中,不仅要实现实体公正,而且审理过程的公正也应当为大家所感知。甚至在某些情况下,实体的正义本身存在一定的不确定性,因为每个问题的实际情况不同,尤其是许多案件在裁判者自由裁量权的范围内,最终是否正义,会存在不同的看法,在这种情况下,通过程序正义让社会公众了解这一过程，接受裁判的结果，也是过程的公正。实现程序的公正，也是公平正义价值的体现。所以无公正的程序，往往导致"法律存而法治亡"。

四是所有的社会主体要参与追求社会公平正义实现的过程。法治社会应当是一个公平正义的社会，每个人都能够受到公正对待，获得公平的机会，其权益受到公正的保障。所以，建立公正的社会，必须要靠全社会参与。一方面，正义和每个人休戚相关，社会正义的实现不仅要靠立法者、执法者和司法者，也要靠公民。公民要信仰法律、遵守法律、全民守法，才能真正实现正义。如果社会没有公平正义，必然会导致暴力横行，邪恶势力猖獗。另一方面，每个人都应该身体力行地捍卫正义、守护正义。按照亚里士多德的看法，公正是个人的美德。培养公民公平正义的价值理念是实现公平正义的社会基础。当然，维护正义必须合法。法国法曾经贯彻了一条原则，即"任何人不得凭强力寻求正义"（Nul ne peut se faire justice à soi-même）。龙应台说："社会秩序不仅只要求我们自己不去做害人利己的事，还要求我们制止别人做害人利己的事。你自己不做恶事才只尽一半的责任；另一半的责任是，你不能姑息容忍别人来破坏这个秩序。"如果人人心存正义、守护正义，公平正义的社会就必然能够实现。

对法学工作者来说，实际上我们承担着追求正义、实现正义的工作。法学本身是正义之学，因此，现代法律教育理念，不仅强调武装学生的头脑，更加着眼于荡涤学生的心灵，建构基本的职业伦理底线，塑造法律人的人格品质。我们需要培养一些合格的法律人，他们都是公平正义的践行者和维护者。

公正是人民群众美好幸福生活的重要内容，也是法治的最高价值追求，每个法律人都应当为追求公平正义而不懈努力。

也谈"拉德布鲁赫公式"

法律是什么?千百年来这一直是困扰法学家的难题,自然法学家和实证法学家对此作出了不同的回答。在自然法学家看来,要回答法律是什么的问题,首先应当回答法律应当是什么的问题。自然法学家从西塞罗开始,就一直认为法律应当是符合公平正义的。但实证法学家并不这么看,他们认为,法律就是法律,法律一旦颁行,就应当具有法律拘束力,"恶法亦法"。第二次世界大战后,德国著名的学者拉德布鲁赫提出了著名的"拉德布鲁赫公式",对该问题作了更为明确的回答。

"拉德布鲁赫公式"是拉德布鲁赫在1946年发表的《法律的不法与超法律的法》一文中提出的,该文先从德国纳粹时期的几个案例谈起,其中一个著名的案例是"告密者案"。在第二次世界大战前,纳粹德国就颁布了《告密者法》,鼓励人们告发各种反希特勒、反纳粹的言论。后来,一个妇女告发其丈夫有反纳粹的言论,导致其丈夫被判处流放。第二次世界大战以后,该妇女受到审判,在审判时,她提出自己是根据《告密者法》而进行的告发。拉德布鲁赫通过分析这几个案例,提出了著名的"拉德布鲁赫公式"。这一公式其实可以用三句话概括:一是应当维护实定法的安定性，而不能随意否定其效力；二是实定法应当具有合目的性和符合正义性；三是如果实定法违反正义达到了不可容忍的程度，也就失去了其应有的属性。

从这个公式可以看出，"拉德布鲁赫公式"的第一项规则其实是维护了法律实证主义的基本观点。这就是说，法律必须具有安定性，要尽可能地维持法律的效力。从安定性出发，法律也应当具有统一性、平等适用性，不能随意曲解法律规则，否定法律规则的效力。从这个意义上说，"法律就是法律"，法律效力与法的道德优劣无关。拉德布鲁赫之所以强调法律的确定性，确实和德国长期以来形成的尊崇法律的法治观念有直接的关系。

但"拉德布鲁赫公式"的第二项规则提出了合目的性和符合正义性的问题，这涉及法律的价值判断。法律本身不是完全中性的，更不是一种技术性的工具，它也要贯彻一定的目的和价值，当法律不符合其应有的目的和存在的价值时，法律规则的有效性就应当受到质疑。这实际上已经改变了法律实证主义的观点。

"拉德布鲁赫公式"的第三项规则认为，当实在法同正义的矛盾达到了"不能容忍的程度"，以至于法律已经成为"非正当法"时，实在法就失去了它的法律有效性。正义、安定性与合目的性这三种法律价值是法理念的三个不同作用方向，它们之间可能发生冲突。所以，拉德布鲁赫认为，在"告密者案"中，《告密者法》本身的目的是不正当的，违背了人类的情感、良知，也违背了基本的正义价值。当法律缺失正义的价值追求时，正义就与法的安定性价值发生了冲突。为了解决这一冲突，拉德布鲁赫认为，在一般情况下，当正义与法律发生冲突时，为了维护法律秩序，实定法应当优先于正义价值，不能为了实现个案的正义而改变法律规则。但是,如果相关法律规则和正义之间的矛盾达到了不能容忍的程度,此时,"法律已经成为非正当法(false law, unrichtiges Recht)时,法律才必须向正义屈服"。所以,在拉德布鲁赫看来,《告密者法》违反正义达到了不可忍受的程度,因而缺乏了法的性质,就是我们通常所说的恶法,恶法非法,不能以执行恶法为抗辩理由。

对上述公式,学者有不同的解读。阿列克西教授将第一公式称为"不可容忍性公式"(intolerability formula)。这实际上就是认为,恶法非法,如果法律违反正义达到了不可容忍的程度,则它根本上就失去了法律的基本属性,阿列克西教授认为,这实际上是确立了"否定公式"(disavowal formula)。① 所以,拉德布鲁赫是从合目的性和符合正义性的前提出发,提出了第三个规则。这一规则其实只是适用于特殊、例外的情形,也就是说,法律达到不可容忍的程度是非常特殊的情形,一般情况下,即便法律规则违反了正义的要求,也不能直接宣布其为恶法,否定其效力,这在一定程度上也维持了法的安定性。1958年,美国学者哈特在《哈佛法律评论》上发表了《实证主义和法律与道德的分离》一文,认为拉德布鲁赫在第二次世界大战后发生了从实证主义向自然法的转向。但实际上,拉德布鲁赫并没有真正完全抛弃实证主义的观点,从这个公式可以看出,他实际上仍然接受了实证主义的基本观点。

"拉德布鲁赫公式"其实既不能归入形式法学派,也不能归入实质法学派,而是对二者的结合,其一方面维护了法的效力和安定性,另一方面又在极其例外的情形下否定特定法律规则的效力。拉德布鲁赫提出这个公式的法哲学主旨是要纠正他前期理论中的一个错误,即对法的安

---

① 柯岚:《拉德布鲁赫公式与告密者困境——重思拉德布鲁赫—哈特之争》,载《政法论坛》2009年第5期。

定性价值强调得更多,而完全牺牲了法的正义价值,导致出现合法的罪恶这种极端情形。

"拉德布鲁赫公式"对第二次世界大战后纳粹德国战犯的审理提供了重要的理论依据,纽伦堡大审判中揭露了纳粹战犯所犯下的一系列滔天罪行,这些罪行令世人震惊,但纳粹战犯在法庭上都振振有词地为自己辩解,主张自己是在履行执行纳粹法律的义务。他们作为军人,作为公职人员,有义务执行纳粹当时的法律,如果要追究,则应当追究纳粹的立法者,而不应当追究他们的责任。这就涉及执行恶法是否有罪的问题,"拉德布鲁赫公式"实际上表明,当法律规则违反正义达到了不可容忍的程度时,其不应当再具有法律效力。所以,被告不能以执行恶法作为免责的抗辩事由。

"拉德布鲁赫公式"对德国法治发展产生了影响。德国基本法强调"法律"(Gesetz)和"法"(Recht)的区别。这两者的不同在于,Gesetz 指的是实体法、制定法、一般的法律原则,所以它具有广泛性;而 Recht 指的是抽象意义上的法,这种抽象意义上的法具有正义的属性,是法哲学理念中自然法的衍生。《德国基本法》第 20 条强调德国是一个法治国,其法治不仅仅是实体法的治理,还包括自然法的治理。这是因为在纳粹德国时期,德国的部分实体法丧失了正义的属性,导致了灾难。为了避免这种情况再度发生,需要将正义的理念重新纳入到法的内涵之中,即 Gesetz 需要和 Recht 重新相互结合,从而防止制定法中缺乏正义的内涵,并强调行政和司法必须遵守与正义观念一致的法。[①] 这种

[①] 参见张翔主编:《德国宪法案例选释》(第 1 辑),法律出版社 2012 年版,第 9 页。

变化是第二次世界大战后德国法学界出现短暂的"自然法复兴"的一种体现。但德国法学界也有不少人反对这一观念，因为这样将导致实体法规则的不确定性①，但制定法应当符合正义观念，已成为德国法学界的共识。

"拉德布鲁赫公式"也对以后的司法裁判产生了重大影响。关于这一点，有一个经典故事：1991年9月，"两德"统一后，柏林的一家法院审理了举世瞩目的"柏林围墙守卫案"。被告是4名年轻的德意志民主共和国守卫。在柏林墙倒塌前，他们射杀了一名偷偷攀爬柏林墙企图逃向联邦德国的人。被告的律师辩称，依据德意志民主共和国的法律，被告不仅有权利而且有职责那样做。但法官严厉地斥责被告："德意志民主共和国的法律要你杀人，可是你明明知道这些逃往德意志联邦共和国的人是无辜的。明知他无辜而杀他，就是有罪。作为警察，不执行上级命令是有罪的；但作为一个心智健全的人，你可以选择把枪口抬高一厘米。这也是你应当承担的良心义务。"据此，法院依据"拉德布鲁赫公式"最终判处开枪的卫兵三年半徒刑，并不予假释。在自然法学家看来，那些要求民主德国士兵开枪射击逃兵的法律或其他类似的法律就不能成为信仰的对象。甚至，欧洲人权法院的不少判决也援引"拉德布鲁赫公式"作出了裁判。正是在这个意义上讲，拉德布鲁赫的《法律的不法与超法律的法》无愧于"20世纪法哲学中最重要的文本之一"。

其实，在今天，"拉德布鲁赫公式"仍然是我们解读法律是什么的经典，"拉德布鲁赫公式"要求立法应当符合公平正义，这也是立法者

---

① 参见张翔主编：《德国宪法案例选释》（第1辑），法律出版社2012年版，第9页。

的神圣职责。而是否符合公平正义也成为区分良法与恶法的重要标准。立法者的职责就是立良法、废恶法，因而，执法者可以声称"恶法亦法"，在恶法没有废除之前，仍应当得到遵守。但立法者不得主张"恶法亦法"，立法者一旦发现立法或者法律的某个条文不符合公平正义价值，则应当及时启动法律的废、立、改、释工作，及时修正该法律或者规则，而不能听之任之，甚至要求执法和司法部门继续适用该法。

法的内在价值和外在价值

我在大学期间学习西方法律思想史时，注意到自然法学派和实证主义法学派观点上的区别，后来，我在美国学习期间，也初步了解了有关实证法学派和批判法学派的立场，但一直没有深刻理解其内涵，对这些学派观点孰是孰非也缺乏相对深入的理解。但是后来研究法治的概念时，我主张法治可以用良法和善治来表述，但在研究良法的概念时，我确实注意到良法和公平正义的关系。这又促使我进一步考虑法律的内在价值和外在价值的关系问题。

从自然法学派到实证法学派，再到当代批判法学派与实证法学派等学派之间的争论，其实都在一定程度上涉及法的内在价值和外在价值的争论。例如第二次世界大战后哈特与富勒、德沃金等人之间的争论，都在一定程度上涉及这个问题。

法治的内在价值观（intrinsic value）主张，法治本身具有内在的美德，不需要依附任何一种其他价值，它自身就有一些值得坚守的属性，自身即成为目标，例如明确性、稳定性、公开性等。法治自身就必须符合和实现某些理想的元素或标准，经受住社会的反思和批评，并引导社会日益建立起对法治本身的追求，这就是法治的内在价值观。持有这种观点的代表性学者就是第二次世界大战后美国新自然法学的领军人物朗·富勒（L. Fuller）。他在《法律的道德性》一书中将道德分为"义务的道德"和"愿望的道德"，前者是一种底线道德，后者则是对外在道德的更高追求。继而，他将法的道德性理解为基于程序的自然法思想，认为法治具有内在道德，建立于形式标准和程序标准之上，构成法的义务性道德，这是法治必须遵循的最低标准，也是一个法治国家建立的基础。在他看来，法的内在价值具有如下八点：法律规则的一般性、法律规则的公开性、法律不溯及既往、法律规定的明确性、法律不自相矛盾、法律可为人遵守性、法律的稳定性、官方行为与法律的一致性。富勒认为，这是法的内在道德，违反上述任何一项，都可以导致法律的不完善性，使整个法律体系名实不副。[①] 富勒认为现代法治无法在外在价值上实现最终的融贯，因此"愿望的道德"对于不同国家的法治来说不具有共同的内容，同时也要祛除法学思维中对外在价值的迷信，以免法治变成某种外在目标的操纵工具。因此法治的内在价值观更能实现法治本身的良好属性，对于法治国家建设来说具有更为务实的意义。

法治的外在价值观（extrinsic value）主张不仅要注重法律本身的完备性等价值，还要兼顾公平正义等法律外的价值，不能就法论法，而应将法治理解为一种战略举措，通过它去实现某种外在的战略目标。亚里士多德在给法治下定义时，实际上已经考虑到了法律的外在价值，即法治是"已成立的法律获得普遍的服从，而大家所服从的法律又应该本身是制定得很好的法律"。[②] 在亚里士多德看来，"良好的法律"并不只是

[①] Lon L. Fuller, *The Morality of Law* (revised edition), Yale University Press, 1969, p.39.

[②] 参见〔古希腊〕亚里士多德：《政治学》，吴寿彭译，商务印书馆1965年版，第199页。

形式上的良好，而且应当是价值层面的良好。因此，有学者认为，亚里士多德实际上是最早提出法治的外在价值观的学者。在古典自然法时期，人类崇信法治的外在价值，也就是法律及其实践必须符合某种外在于法律的实体价值，例如普世的人权、正义、和平等。法律被认为是促进外部实体价值的一种手段和工具。在德沃金看来，法治依附于某一个其他的实体价值之上。在《至上的美德》一书中，德沃金就认为促进政治平等是法治的一项重要价值，而在《刺猬正义》一书里，德沃金则认为"尊严"是法治的最高价值。法治的外在价值观对于抑制恶法，让人类保有对法治文明自身的批判和反省功能非常重要。英国学者拉兹就曾提出"不能在法治的祭坛上将人类所有的其他价值都作为祭品"[①]，法治只是一种价值，并且具有促进其他价值实现和发展（如人权保障）的重要功能。由此，法治国家的建设并非仅仅就法治而谈法治，必须通过法治建设努力实现一个国家综合的价值体系。

但法治的内在价值观和外在价值观存在一定的本质上的区别。这两种主张区别的核心在于：

一是将法治看做是技术性的特点，还是注重其目的性。内在价值注意到法自身的特点，更强调其技术性特征。在实证主义者看来，法律规范本身是一种行为范本的设计，更多的只具有技术性特征，法律规范以行为模式—法律后果的形式出现，以强制和命令为后盾，告知社会公众合法与非法的界限以及二者的不同后果，由公众进行选择。因此，法律规范本身更多地具有技术性特点，对法律规范进行有意义的探讨，应该剥离一切外在的因素，如道德、伦理、宗教等规范；这才是"纯粹"的

---

① 〔英〕约瑟夫·拉兹：《法律的权威——法律与道德论文集》，朱峰译，法律出版社2005年版，第199页。

法学。奥地利学者凯尔森正是从这种纯粹的法学理论出发，发展出其非常著名的纯粹法学理论体系。而外在价值则在重视法的内在价值的同时，强调实现其他价值目标，法律不仅是技术性的规范，其也应当具有追求其他价值的目的。

二是是否要把公平、正义等价值提升为法治的目的，并以此作为检验良法或恶法的标准。对于实证主义者而言，主权者的命令即为法律；极端的命题即"恶法亦法"，只要按照法定的程序所制定出来的法律，无论其内容为何，均为法律，具有强制约束力。实证法学派认为，法是国家主权者的命令，其本身是一个相对封闭的规范—逻辑体系，法律是否符合道德需要，并不影响其具有效力这样一个根本特点，而应当是伦理学等学科研究的对象。而对于自然法学派而言，实定法如果不能满足自然正义的要求，则不能称其为法律，民众可不予遵守。实证法学派强调法律规则本身的价值，忽略了法的外在价值的意义，其认为，法律规则不应当脱离其外在价值而存在，人们对法律应当有敬畏之心。[①] 法律规则一定要贯彻公平正义的价值，否则即为恶法。

三是形式法治与实质法治的区分。内在价值与外在价值和形式法治与实质法治的区分基本上是相通的。形式法治论只关心法治的形式要件，如认为，法律应当是稳定的、公开的，应当具有普遍适用性等，但不考虑法治的实质内容和价值目标，因此，形式法治认为，法律无所谓善恶之分，恶法亦法，对于法的安定性和有效实施特别推崇。而实质法治则强调要考虑法治追求的价值。法律不仅要合乎形式要件，其内容也应当具备良法的特征，法治应当追求实现自由、平等、博爱、公平、正

---

① 参见朱伟一：《法学院》，北京大学出版社2014年版，第39页。

义等价值目标,因此可以说,实质法治是良法之治。① 实质法治认为法治提出了某种实质性的价值要求。法治不是简单的条文之治,其本身应当具备合法性和合目的性,符合一定的价值。实质法治认为,应当区分良好与恶法,恶法非法,不符合正义价值的法律不是真正的法律,不应该真正地实施。从比较法上看,一些国家也注意区分形式法治和实质法治。例如,德国区分了法律(Gesetz)与法(Recht),法律(Gesetz)一词主要指形式意义上的法,即由议会通过相关程序所制定出来的法律,所以也称为"制定法"。法(Recht)主要是指习惯法以及非议会制定的行政法规等,但法应当符合公平正义。在法(Recht)中应当引入正义观念,从而防止制定法中缺乏正义的内涵,并强调行政和司法必须遵守与正义观念一致的法。②

法的内在价值和外在价值的讨论涉及法的和外在形式内在价值之间的关系。法治是社会治理方式中的一种,但是如果将法治等同于社会治理方式,就会忽视法治本身的独立的价值。法治的外在价值和内在价值转化到中国语境里就是正确处理"作为战略举措的法治"和"作为战略目标的法治"之间的辩证统一关系。一方面,法治本身作为一种治国理政的基本方式,同时也是推进国家治理能力和治理体系现代化的一种方式。从这个意义上讲,法治也具有工具性的价值,它应当是实现民族复兴和人民美好幸福生活的基本方式、方法。但另一方面,法治又具有自身独立的价值。法治本身具有追求公平、正义、自由、秩序等价值,这些价值都蕴含在法律文本之中,也是司法实践所应追求的法律效果。

---

① 车传波:《综合法治论——兼评形式法治论与实质法治论》,载《社会科学战线》2010年第7期。

② 参见张翔主编:《德国宪法案例选释》(第1辑),法律出版社2012年版,第9页。

实现了这些价值,就实现了人民美好生活的重要组成部分,也就实现了人民的福祉。总体而言,法律的工具性价值也是为实现法律的这些内在价值所服务的。例如,保护个人的人格尊严,就是要实现人民对美好幸福生活的向往,使人民活得更体面、更有尊严,这就是实现人民美好幸福生活的重要组成部分。所以,它是通过法的外在价值实现内在价值,从这一意义上讲,法的外在价值和内在价值是很难区分的。

区分法的内在价值和外在价值在不同层面具有不同的意义。就立法机关而言,要注重法的外在价值,尤其要注重正义和公平等价值,不能认为依照程序制定出来的法律都是良法。因为立法机关的职责就在于制定良法,要秉持公平正义的观念,将规范公权、保障私权的基本价值体现在制定法之中。因此,立法机关不得主张恶法亦法。相反,一旦发现恶法,就必须修改、完善。实质法治强调法律的公平性,把法看做是有利于促进个人的生活,实现社会公平正义,而不仅仅是具有公开性、统一性等特点。因而更强调把公平正义看做是法的目的。法治的实质在于促进人类美好幸福生活的需要,凡是有利于增进人民美好幸福生活的法律就应当是良法。美好幸福生活不仅仅包括了使人民享有更高的物质生活需要,还要满足人民的精神生活需要,最终实现人有尊严的生活。因此,立法机关在立法中应当秉持公平正义,以最大限度实现人民福祉为原则,努力制定良法、消除恶法。

对执法机关来说,要尊重法的内在价值,注重维护形式法治。这就是说,执法机关应当尊重制定法的效力,受制定法的约束,在法律没有正式修改之前,必须要严格适用法律,而不得以其发现某部法律不是良法为由而随意曲解法律规则,或者拒绝适用法律。法律本身就是一个规则体系,有其独特的要求,譬如安定性、一般性、统一性等,法律必须遵从这些内在的基本要求。离开了这些,法律将无法实现其所追求的目标。执法机关的职责就是执行法律,当然,在执法中应当注重公平正义的精神,不能机械地理解法律规则,但也不能否定法的形式价值,以自己所理解的公平正义价值观念来代替法律规则。

从法律解释层面,区分法的内在价值和外在价值也是不无意义的。法的外在价值论更注重法律规则的目的解释,强调法律解释不应当机械地理解法律规则,而应当穷尽解释方法,实现法律规则设立的目的。耶林在其名著《法律中的目的》一书中,明确宣称"目的是所有法律的创造者","所有在法律之泥土上的一切,都是被目的所唤醒的,而且是因为某一个目的而存在,整个法律无非就是一个独一的目的创造行为"。① 而法的内在价值论更注重维护法律规则本身的稳定性和确定性,因而注重维护法律规则的可预期性,因此,在解释上更重文义解释方法的运用,强调法律规则的解释不能脱离文本。

法的内在价值和外在价值应当相互兼顾,二者并不是相互对立的。按照卢曼的法社会学观点,现代法治的基本矛盾就在于形式合法性(legality)与实质合法性(legitimacy)之间的永恒冲突。例如,如果过度强调实质正义,对某一特定群体提供特殊保护,就会损害债权人平等原则,损害法律的安定性价值。反之,如果过分苛求形式上的平等,而不考虑对特定群体合理诉求的回应与保护,则法律可能有欠公平,过于僵化;因此,必须对二者进行持续的平衡和协调,二者并不存在不可调和的冲突。例如,即使就法律规则解释而言,即便是目的解释方法,也应当在法律文本可能的文义范围内进行解释,而不应当逾越法律规则的文义。所以,在法的价值中,应当注重法的内在价值和外在价值的统一,有效协调形式法治和实质法治之间的关系。

---

① Jhering, Der Zweck im Recht, Bd. I, 3. Aufl., 1898, S. 442.

法治："关键少数"是关键

重庆的"打黑"行动从一开始就引起了社会的广泛关注，不少媒体大唱赞歌，我起初也认为这是为民除害，功德无量。但在这期间，我参加了最高人民法院的一次专家咨询会议，这次会议改变了我对这一事件的看法。在这次会上，已故的武汉大学法学院著名刑法学家马克昌教授正好坐在我旁边。他在开会前就对我说，他专门对重庆的"打黑"行动做过一些调研，在这次会上，他就拿出来一份写好的稿件，就"打黑"行动中的程序违法、违规抓捕和非法没收、查封、扣押甚至刑讯逼供等问题提出了质疑，建议最高人民法院予以干预。马老的介绍让我顿感震惊。我也对这位前辈的举动深感敬意。后来，随着重庆"打黑"事件中的内幕被逐渐披露和揭开，也在很大程度上印证了马老当时的发言。

马老的发言中有一句令我印象深刻的话，至今记忆犹新，他说，领导干部要带头讲法，人民群众才能自觉守法。在当时那种环境下，马老作为一名法学家，仍然能够顶着压力提出异议，守护正义，守护法治，为法学工作者树立了榜样。先生虽然已经驾鹤西去，但他留下的这句话始终萦绕在我的耳边。

重庆"打黑"事件也使我深刻地体会到，在中国，建设法治国家，作为"关键少数"的领导干部是关键。正如习近平总书记所说的，"全面推进依法治国，是一项长期而重大的历史任务，也必然是一场深刻的社会变革和历史变迁"。中国几千年的封建专制统治导致法治土壤十分薄弱，官本位思想、社会等级和特权观念盛行，尤其表现在一些领导干部的长官意识和特权思想严重，不少人认为，法律就是管老百姓的，就是治民的，管不着领导干部。韩非子就说，"治民无常，唯法为治"。（《韩非子·心度》）北宋包拯认为："法令既行，纪律自正，则无不治之国，无不化之民。"这句话曾经被认为是强调法制的至理名言，但从这句话也可以看出，古代法律就是教化老百姓的，而不是管官吏的，这种思想在今天仍有一定的影响。再加上，中华人民共和国成立以后，计划经济时代的行政命令的工作方式，更多的不是法律至上而是权力至上，政府权力可以干预到社会生活的各个角落。有的领导干部随心所欲，践踏法治，或者把法治作为整治对手的工具。再加上监督机制不完善，导致一些地方的党政官员为所欲为，甚至无法无天。近几十年来的社会发展经验表明，大量滥用职权的官员的背后，都有缺乏权力监督这一通病。在中国，全面推进依法治国，需要领导干部率先垂范。

改革开放四十年来，中国的法治建设取得了巨大进步，但如果总结这四十年的成就，其实也不难看出，法治的每一次进步都与党和国家领导高度重视法治有密切的关系。从地方法治的进步更可以看出，凡是法治发展状况良好的地区，其党政领导也大多重视法治，率先作出表率，从而引导民众遵纪守法。可以说，在中国推行法治，不仅要靠民众信法守法，构建良好的法治文化，更重要的是作为"关键少数"的领导干部要带头遵纪守法，依法办事。中国的法治实践表明，规范老百姓的行为容易,但真正约束公权力并不容易。在实践中,普通公民间的人身财产纠纷,只要没有外来干预,法官大都能够作出公正的处理,但在公民的人身财产权利遭受公权力侵害的情形下,想要纠正公权力机关的不法行为就非常困难,而且在"民告官"的案件中,一些官员还想方设法去影响法院的判决,老百姓打赢官司很难。历史发展经验表明,领导干部尤其是"关键少数"领导干部在法治建设中发挥着尤为重要的作用,这些领导干部作为"关键少数",对我国法治建设进程有着举足轻重的影响。要想向高水平的法治社会发展,就有必要发挥领导干部的"头雁效应"。

俗话说,榜样的力量是无穷的。只有领导干部带头遵纪守法,才能起到法治建设的示范效应,并让法治精神蔚然成风,对法治建设起到关键的推动作用。反之,如果领导干部缺乏法治意识,不守规矩,没有底线,那么,这样的官做得越大,对党和国家的危害也就越大,对法治建设的破坏作用也就越大。领导干部不知敬畏,不守底线,私欲泛滥,无法无天,不仅损害了法制的尊严,也严重损害了党的形象和威信。所以,领导干部始终要不放纵、不越轨、不逾矩。习近平同志多次强调领导干部要发挥"头雁效应",在法治建设中,这种"头雁效应"就体现为带头遵法、守法、用法。

一是要带头尊法。在法治建设中,领导干部应当把尊法放在首位,这就是说,领导干部内心应当尊崇法治,信仰法治,牢固树立法治观念,把对法治的尊崇、对法律的敬畏转化成思维方式和行为方式,自觉运用法治思维和法治方式深化改革、推动发展、化解矛盾、处理纠纷。习近平同志指出,"只有铭刻在人们心中的法治,才是真正牢不可破的法治。"这首先要求领导干部要将法治真正内化于心,形成一种思维方法。中国古代历来重视"以法为教,以吏为师",在强调官吏对法制的推动作用外，也强调官吏应当带头尊法。所以，要求领导干部带头遵法、守法，本身就有"头雁"的示范效应，因此，应当按照习近平总书记所指出的，领导干部要做到"心中高悬法纪明镜，手中紧握法纪戒尺，知晓为官做事尺度"，"万事皆归于一，百度皆准于法"。

二是要带头守法。带头守法要求领导干部牢固树立一切权力来自于宪法、法律的理念，必须自觉接受人民群众的监督，行使权力必须严格依据法律规定的权限和程序。任何人都没有超越宪法和法律的特权和地位。在实践中，一些领导干部由于受封建社会官本位、特权思想的影响，习惯于以领导者自居，高高在上，以言代法、以权压法，甚至逐利违法、徇私枉法。有的领导干部把法律作为一种社会治理的工具，法律有用时就强调遵守法律，法律对自己不利时，就将其抛之脑后，想方设法钻法律空子，或者影响司法独立与公正。领导干部带头守法还必须充分尊重老百姓的权利，维护老百姓的利益。实践中出现的野蛮执法、暴力执法、漠视私权，在执法中擅自对行政相对人采取断水、断电停暖等极端措施，都是侵害老百姓私权的行为。尤其需要指出的是，领导干部作为法治建设的"关键少数"，应当坚决维护法律的权威，坚持制度面前人人平等，执行制度没有例外，党纪国法的红线不能逾越。法律不能成为橡皮泥、稻草人，领导干部应当牢固树立法律红线不可逾越、法律底线不可触碰的信念。任何人都不享有超越宪法、法律的特权。任何人违反宪法法律都要受到追究。

三是要带头用法。领导干部应该切实履行依法治国的责任，成为依法治国的重要组织者、推动者和实践者，这样才能把各项工作纳入法治化轨道。作为"关键少数"的领导干部，要在依法治国中起表率作用，必须带头遵纪守法、用法。首先，在遇到社会纠纷和矛盾时，应当依法处理，而不能使用法外手段消除矛盾和解决纠纷，更不能采用非法手段解决矛盾。其次，必须要牢固树立有法必依、执法必严、违法必究的理念。无论是政府决策，还是行使公权力，都要严格依法办事，只要法律没有修改，就必须严格按照法律执行，不能以各种理由、借口规避法律，甚至"闯法律红灯"。例如，某个企业家触犯了刑法，有的党政领导就下令将其公司的财产查封、扣押、"一锅端"，这种做法显然是不合法的，因为即便该企业家触犯刑法，也必须要区分公司的财产和股东的财产，区分触犯刑法的股东的财产与其他股东的财产，区分该触犯刑法的企业家的合法财产和非法财产，只有这样，才能真正落实《物权法》等法律的产权保护精神。最后，必须严格按照法定的程序办事，尤其是做出决策时要严格依照程序。程序是"看得见的正义"，按照程序办事，有利于防止暗箱操作。按程序办事，要求决策或裁判的程序是民主的，各方当事人能够平等对话，充分表达自己的诉求，决策的结果即便有误，也可以通过程序救济予以保障。这样也能够保证领导干部所作出的决策具有科学性和合理性。

为了保障作为"关键少数"的领导干部发挥"头雁效应"，必须从制度上予以完善。一方面，必须要加强对公权的制约。权力行使得好，就会造福人民，如果行使得不好，就会损害国家和人民的利益。权力必须有限，无限权力不可控，可控的只能是有限的权力，权力必须有边界，否则就会无所不为。授而不控，权力必然异化，权力失控，就必然滥用。应当按照习近平总书记讲的，将权力关进制度的笼子。要防止出现"牛栏关猫，来去自如"的现象，应当给民众以必要的知情权、表达权、参与权、批评权、监督权等。形成依规用权的自觉和习惯，不愿、不能、不敢逾规乱权。另一方面，必须加强问责制，对违法者应当严明违规责任。在实践中，公民违法之后，容易受到追究，而政府违法之后，则很难追究其法律责任。因此要严明违规责任。责任也是驯服权力的鞭子，权力一旦冲破制约的笼子，就必须依靠责任将其关进制度的笼子中。责任能够督促义务和职责的履行，让滥用权力者能够通过成本、效益的计算，感到得不偿失，从而自愿履行法定的义务和责任。老百姓违法，造成的损害其实是可控的、有限的，而政府一旦违法，公权肆意妄为，则造成的后果可能是大面积的、有重大负面影响的。党的十八届六中全会指出，要完善权力运行制约和监督机制，形成有权必有责、用权必担责、滥权必追责的制度安排。党的十八大以来，全面从严治党，加强权力监督，就是要把监督制度化、法律化。依法治国与加强党的建设也是内在统一的，依法执政既要求党依据宪法和法律治国理政，也要求党依据党内法规管党、治党。从严治党关键在"严"，要害在"治"，这就需要强化法治意识、规则意识，依法规范权力的运行，加强对权力的监督。

  法安天下、德润人心。我们必须一手抓法治、一手抓德治，既重视发挥法律的规范作用，又重视发挥道德的教化作用，实现法律和道德相辅相成、法治和德治相得益彰。党员干部带头遵纪守法，社会公众普遍崇法尚德，将为落实"四个全面"战略布局创造良好的法治环境，共同推进法治国家、法治政府、法治社会一体建设。

从游街示众谈人格尊严保护

据报载,东莞警方于2010年开展了"创平安、迎亚运"的扫黄行动,其中一组失足妇女赤脚游街的照片在网上引起热议。在这些照片中,这些失足妇女被警方用绳子牵着,赤着脚,当众游街。后来,公安部专门为此下发通知,禁止将违法人员游街示众。

我国自古以来就有游街示众的文化,据班固《前汉书·刑法志》记载,自黄帝时代以来,即开始形成"大刑用甲兵,其次用斧钺,中刑用刀锯,其次用钻笮,薄刑用鞭扑"的五刑制度。"鞭扑"其实就是当众鞭打受刑的人。据史书记载,上古时代惩戒罪过较轻的人,一般是在外朝门左侧立石,命其坐在石上示众,并使其思善改过,称为"嘉石"。① 据《周礼》《左传》《史记》等文献记载,古代将犯人游街示众称为"徇",有单独的"徇罚"。"掌执市之盗贼以徇,且刑之。"(《先秦·十三经·周礼》)《左传·僖公二十八年》:"杀颠颉以徇于师。"我国古代甚至存在将人杀害之后进行游街示众的情况,《史记》就记载了商鞅车裂受刑的情况:"……鞅亡,因以为反,而卒车裂以徇秦国。"同样,

---

① 唐代虞世南的《赋得慎罚》诗曰:"幪巾示廉耻,嘉石务详平。"

《史记》也记载了荆轲刺秦王失败后的情况:"秦王觉之,体解轲以徇。"《史记·司马穰苴列传》记载:"庄贾惧,使人驰报景公请救。既往,未及反,于是遂斩庄贾以徇三军。"《新唐书·藩镇传·吴元济》也记载:"帝御兴安门受俘,群臣称贺,以元济献庙社,徇于市斩之。"

我国古代,游街示众是一种常见的制裁违法者的方式,也可以说是中国执行刑罚的传统。游街示众的方式可谓五花八门,有些甚至可以用惨无人道来形容。据史学家考证,游街示众根据侧重点的不同又可以细分为"游街"和"行刑示众"两大类,而且每一种类又各有多种表现方式:游街类的方式主要包括钳市(以铁制刑具束颈游街)、游示(游街示众)、游刑(押着盗贼鸣锣游街,鞭打示众)、徇(宣示于众)、徇罚(对违法者施以游行示众的处罚)、市刑(市场中的刑罚)以及游乡(押着罪犯或坏人在乡村里游行示众)等;而行刑示众类的方式则更为丰富,如肆(谓处死刑后陈尸示众)、枭(斩首悬以示众)、枭首(斩首并悬挂示众)、木驴(刑具;为装有轮轴的木架,载犯人示众并处死)、号(将人处刑后示众)、耳箭(重犯示众时插在颈后耳旁的箭牌)、号令(将犯人行刑以示众)、签首级(即斩首高悬以示众)、悬首(亦作"悬头",即杀人后挂头示众)、悬枭(处决后悬首示众)、磔暴(斩杀后把尸体暴露示众)、施(陈尸示众)、徇首(传首示众)、枯磔(车裂后陈尸示众)、戮(陈尸示众)、大戮(杀而陈尸示众)、戮尸(陈尸示众,以示羞辱)、弃市(本指受刑罚的人皆在街头示众,民众共同鄙弃之,后专指死刑)、枷示(带枷示众)以及枷号(将犯人上枷标明罪状示众)等。① 沈家本曾言:"迨后有仁慈者出,目睹夫惨毒之

---

① 参见李远之:《历代刑罚之沿革及其研究》,载《中国法制史论文选》(古代部分)(第一分册),北京政法学院法制史教研室(校内用书)1982年,第43—63页。

方,残刻之状,同为人类,何独受此?"① 所以,鲁迅先生曾愤怒地指出:"自有历史以来,中国人是一向被同族和异族屠戮、奴隶、敲掠、刑辱、压迫下来的,非人类所能忍受的楚毒,也都身受过,每一考查,真教人觉得不像活在人间。"(《且介亭杂文·病后杂谈之余》)

清末变法时,沈家本曾力主将明刑改隐刑。所谓明刑,是指"刑人於市,与众弃之",也就是在人口众多的闹市公开处决死刑犯,以"使民颤栗"。鲁迅先生的杂文《药》就生动记载了明刑的场景。但此种方式过于恐怖,与现代法治文明不符,沈家本认为,废除明刑,众人不必见到犯人临死前的惨状,则"斯民罕睹惨苦情状,足以养其仁爱之心,于教育之端,实大有裨益也"。②

游街示众的刑罚传统对我国的法治文化观念产生了深远的影响,这种封建残余文化的影响至今仍难以消除。中华人民共和国成立以后,人民开始当家做主,党和国家高度重视对公民权利的保护。但受我国封建社会游街示众传统的影响,加之极"左"主义思想的推动,示众文化仍未能杜绝,以至于发展到"文革"期间出现了严重侵害个人人格权、践踏人格尊严的暴行。正是基于对"文革"期间侵犯人格权惨重教训的反思,1986年的《民法通则》才在世界立法史上首次专章规定各项民事权利,并用八个条款规定了人身权(主要是人格权),这是我国私权保障道路上具有里程碑意义的大事,有力地推动了中国法治的进步。《民法通则》对公民人身权的保护,在一定程度上有效遏制了践踏公民人格尊严、侵犯公民人格权的示众文化的进一步蔓延。1988年,最高人民法院、最高人民检察院、公安部又下发了《关于坚决制止将已决犯、未决

---

① 沈家本:《历代刑法考·附寄簃文存·卷二》,中华书局1995年版,第2238页。
② 同上书,第2062页。

犯游街示众的通知》，明确规定将已决犯、未决犯游街示众都是违法的；将不准游街示众的范围从死刑犯扩大到一切已决犯、未决犯。这体现了党和国家对个人人格尊严的尊重和保护。

但是，"冰冻三尺非一日之寒"，游街示众在我国是一种具有悠久历史的刑罚传统，因而在人们的思维习惯中有着深远的影响，很难在短期内根除。近年来，媒体又接连报道有的地方又出现了公审公判、游街示众的现象。在网络时代，游街示众也有了一些新的形式，值得我们警惕。例如，在重庆的"雷政富案"中，雷政富因贪腐问题被处以刑事处罚后，其不雅照片仍被挂在网上，至今仍可检索到，这实际上也是一种变相的"游街示众"。之所以将雷政富的不雅照挂在网上，是因为很多人认为，雷政富是腐败分子，应该以此种方式对其进行"游街示众"，从而对腐败形成震慑力。其实，这种方式比过去现实生活中的游街示众更为可怕，因为这种方式可能将不法行为人在全世界面前进行羞辱，对被"游街示众"的人的影响可能更大。

实践中将违法行为人游街示众的现象屡禁不止，这也再次让我们思考，游街示众这种方式是否真的能够起到威慑不法行为的作用？我记得，多年前，我在一个地方讲课时，当地的一位政法委书记跟我说，过去把犯罪分子五花大绑游街，起到的效果是非常明显的，现在连游街都不让做了，法律的威慑力何在？所以他强烈要求恢复游街示众的做法。不可否认，游街示众确实具有一定的威慑作用，毕竟强制将不法行为人暴露在公众视线之下，能够使不法行为人本人产生巨大的心理压力，甚至产生强烈的耻辱感，这也有利于威慑潜在的不法行为人。在古代，将犯人戴上枷锁当街示众，甚至处凌迟酷刑也一定要当众执行，目的就是为了发挥刑罚的威慑力，以示惩戒，从而"使民战栗"（《论语·八俗》）。但我个人认为，今天我们已经进入一个文明社会、法治社会，将不法行为人游街示众并不妥当，存在如下几方面的问题：

首先，将不法行为人游街示众的合法性存疑。我国现行立法并没有将游街示众规定为一种法律制裁方式，将不法行为人游街示众，实际上是一种非法的处罚方法。而且不法行为人在承受法律规定的处罚结果后，又被游街示众，这等于是对其进行二次处罚，而这种处罚是缺乏法律依据的。例如，在前述东莞警方将失足妇女游街示众的事件中，警方的行为没有任何法律依据，这也违反了"法无授权即禁止"这一行政法的基本原则，侵犯了失足妇女的人格尊严。

其次，游街示众侵犯了个人的人格权，是以牺牲个人人格尊严为代价的处罚方式。将不法行为人游街示众，既侵害了其名誉权，也侵害了其隐私权。毫无疑问，即便是不法行为人甚至犯罪嫌疑人，其人格尊严也应当受到法律保护。人格尊严是一切私权产生的来源，对个人人格尊严的保护应当是所有法律制度的根本目的。我国立法历来重视对个人人格尊严的保护，基于对"文革"期间严重践踏个人人格尊严暴行的反思，我国1982年《宪法》第38条规定："中华人民共和国公民的人格尊严不受侵犯。禁止用任何方法对公民进行侮辱、诽谤和诬告陷害。"《民法总则》也在"民事权利"一章之首规定了对人格尊严的保护，该法第109条规定："自然人的人身自由、人格尊严受法律保护。"这就进一步宣示了个人人格尊严受法律平等保护的价值理念。任何一个人，无论其财产多寡、政治地位高低，也无论是无足轻重的普通民众，还是身份显赫的社会名流，无论是好人还是坏人，其人格尊严都是平等的，都平等地受到法律保护。这既是法律面前人人平等的体现，也是人格尊严本身的内涵。将不法行为人游街示众，构成对个人人格尊严的侵害，应当为法律所禁止。

最后,游街示众很难发挥正面的教育作用。从刑法学角度来说,刑罚的目的并不仅仅是处罚,还有一个很大的作用应该是教育。对公民进行任何法律处罚,都必须注重法律的教育功能的实现。游街示众这种非法的处罚方式,对行为人所起的教育作用可谓是"负面"的。因为游街示众可能给被游街的人造成巨大的影响,甚至足以摧毁其回归社会的可能性,极易将被游街人推到社会的对立面,使其走上不归之路。这也违背了现代法治所追求的人文主义精神。

英国著名历史学家汤因比和日本著名宗教学者池田大作在他们的对话录《展望二十一世纪》一书的结尾章节中对尊严有这样的论述:"必须把生命的尊严看作为最高价值,并作为普遍的价值基准,就是说,生命是有尊严的,比他更高贵的价值是没有的。"① 在这价值多元的时代,人类仍然有一个共同的价值基准,那就是人的尊严。著名的史学大家许倬云曾言:中国社会发展到今天,最需要的是完善的法律制度,其中就是要加强对人的尊严的保护,不能为了吃饱饭而不要尊严,而在能够吃饱饭之后,更应当注重对尊严的保护。② 在当下中国,我们已经进入到了新时代,在人的物质生活已经得到了极大发展的情况下,人们对于精神生活的追求更为强烈,甚至可以说这是现代人最为看重的。在这样的背景下,杜绝游街示众行为,保障公民的人格尊严,是全社会必须一起关注、努力的目标。

---

① 〔英〕汤因比、〔日〕池田大作:《展望二十一世纪——汤因比与池田大作对话录》,国际文化出版公司1985年版,第428页。
② 参见许倬云:《现代文明的成坏》,浙江人民出版社2016年版,第4页。

有感于"投资不过山海关"

东北，曾经是我国经济发展的引擎，也是我国经济发展的重镇。20世纪80年代初期，我在读研究生的时候就受当时国务院经济法规研究中心之邀，前往东北开展法制工作的调研。我们走了东三省的很多地方。与我的家乡湖北相比，当时感觉东北的经济发展水平和人民生活水平都要高出一个档次。东北有白山黑水，沃野千里，是祖国重要的粮仓；东北森林繁茂，林木业发达，是我国社会生产和建设资料的重要来源。大庆油田和鸡西、鹤岗煤矿，都是国家当时的重要能源基地。一些重工业企业如鞍钢等，是当时国内工厂的领头羊。但当初谁知道，后来这么一片沃土居然衰落了，营商环境甚至陷入"投资不过山海关"的困境。

我最初听到"投资不过山海关"的说法，是从李克强总理的一次讲话中了解到的。但是，后来从不少商人的闲谈中也的确印证了这种说法。2018年年初，网上流传我校兼职教授、中诚信集团创始人、黑龙江亚布力阳光度假村董事长毛振华的视频，人称"毛振华视频诉冤事件"。在视频中，他为自己在亚布力的投资遭遇"喊冤"。他称自己在当地投资的23万平方米土地被非法侵占，"亚布力滑雪度假区管理委员会来了之后，是亚布力最黑暗的日子"。他说：

"一个正常经营的企业,动不动就有执法机构来威胁我们,今天查这个,明天查那个,又是公安,又是什么视频检验,又是什么锅炉检查,他们没有为我们办一件事情。"此外,管委会和执法机构还存在"建设非法栈道""威胁旅行社""强买强卖"等行为。这段视频出来之后,迅速刷爆网络。后来,黑龙江省政府迅速组织调查组并发布调查报告,认定亚布力滑雪度假区管委会占用了阳光度假村 12.6 万平方米的土地,"管委会下属机构、有关人员存在对企业经营活动进行不正当干预,对企业采取行政处罚、责令整改、调查等方式,存在严重的违纪违规行为"。从调查结果来看,毛振华反映的情况大体属实。

这个例子也从一个侧面反映了我国当前营商环境建设面临的困难。良好的营商环境是至关重要的,也是促进经济平稳有序发展的前提和基础。关于营商环境,应从市场和法治两个方面来思考。

从市场的角度来说,好的营商环境必须要打破垄断、消除不正当竞争和政府摊派等问题。东北营商环境不佳,从经济层面来看,跟长期计划经济的思想残余有重大关系。许多人的观念和思维还停留在计划经济时期。不少人对民企仍持有明显的偏见。在不少地方,不是在政府部门当公务员或在国企工作,甚至被认为不是从事"正当职业"。大量应当通过市场来调节的经济活动,仍然面临来自政府的不必要管控和干预。像亚布力这个例子中,亚布力滑雪度假区管理委员会既是一个政府机构,又是一个经营者,既当运动员又当裁判员,很容易出现公权力越界和滥用的问题。

从法治的角度来看,营商环境的关键,是构建良好的法治环境。现代社会是一个法律至上的社会,社会中各个主体应当在法律的规制下行为,并在法律的规制下自由发展。世界上没有哪个国家能够在没有法治的情况下形成良好的营商环境。党的十九大报告提出，应当"加快社会治安防控体系建设，依法打击和惩治黄赌毒黑拐骗等违法犯罪活动，保护人民人身权、财产权、人格权"。这为我们构建良好的营商环境确立了行动纲领，指明了努力方向。在亚布力事件中，管委会无视合法的私人产权，强制侵夺私人的土地使用权，甚至采用"对企业经营活动进行不正当干预，对企业采取行政处罚、责令整改、调查等方式"变相强迫企业接受政府的条件，显然是滥用公权、侵害私权的行为。一个企业家却成了上访户的现实，从一个侧面反映出法治环境不佳的现状。事实上，在法治环境差的情况下，司法或许能够解决政府有关部门占用毛振华所说的公司土地的问题，但是，执法部门经常时不时地以执法为借口，频繁进行各种调查，甚至要把公司高管带走协助调查，也一样使企业的正常经营难以维系。

从根本上讲，营商环境还需要从市场和法治两个层面来加以完善。许多经济学家做了大量的实证研究，发现在全球范围内，凡是治理成果显著的国家，都离不开"市场"加"法治"这一条基本经验。甚至有实证数据显示，全世界人均 GDP 最高的，都是市场化和法治化程度高的国家。经济发展水平与民主选举并没有必然的联系，但与法治发达却存在正相关性。从历史的角度考察，也可以得出同样的结论。欧洲中世纪后经济大幅度增长的原因，除了市场的作用之外，更重要的是法治的力量。尤其是，政府致力于保护产权，信守契约，维护合同的效力，同时以法治为基础和保障，建立有序的金融和证券交易市场。[①] 从世界范围来看，市场与法治就像是硬币的两面，缺一不可，市场是法治的基础

---

① 详细请参见傅军：《国富之道》，北京大学出版社 2009 年版，第 94—97 页。

和前提，法治是市场的保障。讨论营商环境，其实就是在讨论法治如何在推进市场有序发展中充分发挥作用。

打造营商环境需要抓好市场与法治两个环节。在离开了法治的市场中，很难开展自由、高效的交易活动。这就好比一场球赛，在没有明确的竞技规则和裁判时，很难期待其能够成为公正的竞赛，相反，这样的"比赛"，很可能最终变成一种倚强凌弱的暴力活动。现代法治是与自由市场的发展相伴而生的。一个单纯强调遵纪守法而不发挥市场主体自主性的经济形态，也不可能是一个好的法治。法治既是治国理政的基本方式，同时也是营造良好经济环境最重要的保障。习近平同志在谈到振兴东北时提出，要深入推进法治建设，着力打造全面振兴的好环境，法治化环境最能聚人聚财，最有利于发展。"投资不过山海关"的说法再次印证了法治对经济发展的重要性。

营造法治化的营商环境，关键在于必须坚持"两个毫不动摇"，在产权保护上强化对民营企业财产权的保护。首先，必须规范公权，真正把公权力关进制度的笼子中。正如有人所指出的，振兴东北必须使东北有关政府部门这只"闲不住的手"在"看得见的法律的框架"下进行调节、依法行政、依法办事。真正通过法律把权力装进制度的笼子里。① 其次，必须要树立产权平等保护的意识。保护产权就是保护社会主义市场经济的基石，是保护生产力，保护产权的关键在于规范公权。必须要全面落实《物权法》等法律对私人财产权的保护规则，强化对公权力的制约。从实践来看，民事主体相互之间的产权纠纷是容易解决的，但一

---

① 参见李己平、孙潜彤、倪伟龄：《东北人聊东北 句句直戳软肋》，载《经济日报》2018年2月5日。

且涉及公权对私权的侵害，民营企业的财产权遭到来自于政府的侵害，纠正起来就更为困难。毛振华在视频中所说的亚布力滑雪度假区管委会占用阳光度假村的土地等问题，其实就是公权对私权的侵害。因此，要真正给企业家"长效定心丸"，就必须从法治层面切实保护好民营企业的产权。

坚持法治　反对人治

最近，我的一位教授法学的朋友告诉我，他曾经受某县委书记之邀，去该县做一次关于法治的报告。报告讲了三个小时，县委书记在台下听得很投入，还认真做了笔记。讲座结束后，书记专门宴请教授到当地一家餐馆吃饭。我的这位朋友深受感动，感到法治理念和意识在基层确实已经得到了极大的提高，倍感兴奋。

在席间，酒过三巡，餐馆的老板过来给书记敬酒，提到他想在餐馆门口开一条道，但是按照当地的规划，景观大道两边不能直接开道连接主干道，而必须设置弯路连接。也许是酒喝多了，书记当场表态，同意餐馆老板可在门口开道。老板有点疑惑地问道："您说了规划部门认可吗？"书记一拍胸脯，说："在这里我说了算，你不用担心。"老板顿时吃下定心丸，笑逐颜开，又敬了书记几杯酒。席间觥筹交错，但教授却陷入了疑惑和沉思。

这个故事使我想起了坊间流传的一句话：规划规划，墙上挂挂，不如领导的一句话。这在某种程度上也是现实的写照。所以我们经常见到在城市建设中出现"张书记一条街、李书记一条路"的现象。一些马路修了扩、扩了改，经常要"动手术""开口子"。这在很大程度上与前面的例子相似，都是公权力随意介入城市建设规划的后果。说到底,这就是究竟实行法治还是实行人治的问题。规划是有法律效力的,是经过法律程序制定出来的,要求道路的设计与建设都应当按照规划来,这实际上是依法办事的体现,而县委书记的一句话就可以随意改变既有的规划,这显然是一种人治的做法。

  法治实际上是指法的统治,也就是由人民依据法律管理国家和社会;人治主要是指以统治者的主观意愿来管理社会事务的治理模式。人治本身是一种管理模式,实际上是"一人之治",个人可以凌驾于法律之上。古希腊思想家曾经就人治和法治展开过争论,柏拉图在《理想国》中认为,除非有哲学家成为国王,否则人类将永无宁日,不应该将法律条文强加于"优秀的人"。[①] "对于优秀的人,把这么许多的法律条文强加给他们,是不恰当的。需要什么规则,大多数他们自己会容易发现的。"[②] 柏拉图反对法治,其认为,人类的个性不同,行为也纷繁复杂,而法律无法规定出适合每一种特殊情况的规则,因此,法律就像一个"愚蠢的医生"。[③] 而柏拉图的学生亚里士多德则认为,法治应当优先于一人之治,因为人都是自私的,即使再聪敏睿智,也难免失去理智而感情用事,因而把国家管理的希望寄托在个人身上,无异于"在政治中混入了兽性的因素。常人即不能完全消除兽欲,虽最好的人们(贤良)也未免有热忱,这就往往在执政的时候引起偏向"[④],而"凡是不

[①] 〔古希腊〕柏拉图:《理想国》,郭斌和、张竹明译,商务印书馆1986年版,第141页。
[②] 同上。
[③] 参见〔古希腊〕柏拉图:《政治家篇》,张建华译,商务印书馆2015年版,第294页。
[④] 参见〔古希腊〕亚里士多德:《政治学》,吴寿彭译,商务印书馆1965年版,第172页。

凭感情因素治事的统治者总比感情用事的人们较为优良，法律恰正是没有感情的；人类的本性（灵魂）便谁都难免有感情"。① 法治可以秉公，而人治则容易偏私。因此，法律是最优良的统治者。法律是理性的体现，代表着正义，为世人所公认的公正无偏的权衡，人们遵守法律实际上就是坚持理性和正义原则。柏拉图虽主张人治，但在其晚年时，因其颠沛流离的经历以及苏格拉底的死亡，使其丧失了对雅典和民主制度的信心，也开始重新思考人治，因而其晚年创作的《法律篇》提出了一系列重要的法治思想。

传统中国其实一直存在"治人"与"治法"之论辩。"人"之重要性，典型如荀子从立法、执法与规则有限、人事无穷诸视角已有相当精辟的见解。无论是法治还是人治，都强调人的重要性，"有其法者尤贵有其人"，但人治和法治的区别也是十分明显的：一是法治强调法律至上，任何人不得有超越法律的地位和特权，而人治则强调皇权至上，君王口含天宪，"朕即是法"，高居法律至上。从这一意义上说，中国几千年虽有法制，但无法治，本质上仍然是人治。二是法治强调依法办事，依程序办事，而人治则强调依个别人的意志办事，言大于法，权大于法。三是法治强调法律面前人人平等，任何人都不享有法外特权，而人治则强调人与人之间存在等级特权。法治强调权力来自于法律，受法律的监督和制约，而人治则强调法律来自于权力，目的在于维护权力。四是法治强调以人民为中心，人民是法治的主体，因此，法治和民主存在密切关联，而人治则以统治者个人为中心，因此，人治通常与专制联系在一起。五是法治强调实现民众的福祉，本身具有目的性，而人治则是

---

① 参见〔古希腊〕亚里士多德：《政治学》，吴寿彭译，商务印书馆1965年版，第166页。

为了实现统治者的个人利益,并不当然考虑民众整体福祉的实现。六是法治具有稳定性。法治社会形成完整的秩序,这种秩序是通过法律而公布的,具有长久的稳定性,其秩序的变动必须经过法律上的修法、立法等活动才可以产生,所以其具有程序上的严谨性,不因个人的变动而变更,也不因领导人意志的改变而改变。而人治则强调个人的意志,相关政策可能随着个人意志的变化而变化,因此,其并不具有稳定性的特点。

虽然人治社会也可能会出现盛世,例如,我国古代出现了著名的"文景之治""贞观之治""开元盛世""康乾盛世"等良好的社会治理状态,但有人做过统计,中国几千年的历史,盛世和治世加起来也只有400年左右,剩下的大多是平世和衰世,而且盛世的时间大多不长久。从中国历史上来看,朝代的更替是非常频繁的,大多数朝代的历史都在100年左右,超过200年的很少,强大的秦王朝也不过二世便亡。这也反映出人治依赖于贤明的君主,社会治理如果被某个人的能力所直接决定,就会导致所谓"人存政举,人亡政息",而缺乏维持盛世的制度化机制,因此,很难保障国家的长治久安。而法治则能够形成国家权力组成、权力制约、权力有效运行的一系列体制机制,形成一整套完善的制度化安排,因此,能够保障国家的稳定和长治久安。与我国古代王朝的频繁更替不同,英国从1689年君主立宪到现在已经329年了,美国从1776年建国到现在也有242年的历史。

中国几千年的人治传统在今天仍然流毒深远,人治观念在相当一部分领导干部心中仍然存在。尤其是中华人民共和国成立以来长期实行计划经济体制,行政权力过度干预社会生活,官本位思想和长官意志影响深远,这也成为我们依法治国的一个重大障碍。正是因为这一原因,习近平同志在今年两会上提出,要坚决坚持法治,反对人治,这就抓住了依法治国要解决的关键性问题。坚持法治,反对人治,首先要从领导干部做起,在实践中,坚持法治,反对人治,应当注重如下几点:

首先,要使领导干部真正树立起法治思维和法律意识,不得以领导者自居,高高在上,以言代法、以权压法,甚至逐利违法、徇私枉法。必须坚持制度面前人人平等,执行制度没有例外,党纪国法的红线不能逾越。习近平指出:"一些党员、干部仍然存在人治思想和长官意识,认为依法办事条条框框多、束缚手脚,凡事都要自己说了算,根本不知道有法律存在,大搞以言代法、以权压法。"这种现象必须改变,否则中国不可能真正建立起法治。

其次,要养成合法性思维。在判断任何行为或事件的属性时,应首先判断其是否有规则依据,从法律规则中寻找合法性判断的基准,并以法律规则作为政策设计、纠纷解决的依据。不能为了办成某件事而随意"开口子""闯红灯",突破法律规定。燕树棠说:"法律不是长久不变更的,惟其变更,才有改良。但是在法律未变更之前,必须遵守,必须服从。这一点是法治的真髓,法治的精神。"① 要养成自觉守法、遇事找法、解决问题靠法的理念。领导作为法治建设的"关键少数",无论是解决矛盾还是化解纠纷,都应该通过合法的手段、方式、方法解决,而不能采取法外方式解决。在实践中,如果规则确实存在滞后性,与社会发展脱节,可以依据法定的程序进行修改,但在修改之前,仍应该遵守该规则。

最后,要养成程序意识。程序也是制约权力、规范权力行使的重要方式。法治也被称为程序之治,程序正义是一种看得见的正义。坚持法

---

① 参见燕树棠:《公道、自由与法》,清华大学出版社2006年版,第154页。

治就意味着在适用实体规范时,要遵循特定的法定程序。是否存在合法有效的公正程序并按照程序办事是法治不同于人治的重要体现,"法治的程度,可以主要用国家和人民共同服从程序的状态作为标尺来衡量"①。尤其是在决策过程中必须严格按规则办事、按程序办事,决不能违反程序做"三拍干部"(拍脑袋决策,拍胸脯保证,拍屁股走人)。

回到前面的案例,本来规划的设定应当经过法定程序,即便要改变规划,也应当依据法定程序进行变动,而不能因为县委书记的一句话就可以随意改变。县委书记说道"在这里我说了算,规划说了不算",这是典型的权大于法、以权压法的行为。坚持法治,反对人治不仅仅是一句口号,更应该深入到我们的内心,并真正落实在行为中。

---

① 季卫东:《法律程序的意义——对中国法制建设的另一种思考》,载《中国社会科学》1993年第1期。

全球化时代的软法治理

法者,治国之重器,社稷之根本。因而,法是和国家主权密切联系在一起的。但是,在全球化时代,不具有法律拘束力却能够产生法律效果的软法应运而生,这也是全球治理出现的一种新的发展趋势。

2017年,我在哥本哈根大学讲学时,该校的Joanna Jemielniak教授曾向我提出这样一个问题:在中国国际经济贸易仲裁委员会的仲裁实践中,有多少案例直接援引了罗马国际私法协会制定的《国际商事合同通则》(PICC)?她之所以提出这样的问题,是因为她的一项新近研究表明,伦敦国际仲裁院、斯德哥尔摩商会仲裁院等仲裁机构在处理涉外仲裁案件时,越来越多的当事人约定将《国际商事合同通则》作为仲裁的准据法。她的这一观察让我十分惊讶。众所周知,《国际商事合同通则》是由学者制定的示范法,其本质上是学者所提出的一种立法建议,目的在于推动各国合同法的协调、统一和完善。但这一学者建议稿在现在的国际贸易实践中居然成为了具有约束力的法律规范,这一现象值得我们关注和研究。毕竟,在法律人看来,法是国家意志的体现,具有法律拘束力的准据法除了主权国家制定的法律以外,通常都是国际公约、条约等由主权国家参与和签署的立法文件，示范法既没有经过国家的立法程序，也没有经过主权国家的认可，更没有国家强制力保障，怎么就成为处理国际贸易纠纷的准据法了呢？

这就是全球化时代所出现的特殊现象。21世纪以来，全球化的进程进一步加剧，这种全球化不仅仅限于经济全球化，还包括了环境全球化、公共事务全球化、网络全球化等，甚至法律的全球化也被提上议事日程。从目前来看，在全球化时代，软法在全球治理中发挥着越来越重要的作用。从商事领域来看，学者制定的标准法如《国际商事合同通则》《欧洲示范民法典草案》《欧洲合同法原则》等，已经在调整国际商事合同和交易关系中发挥重要的作用，也成为了国际商事仲裁的重要规则。在许多行业，一些行业协会制定的在本行业内统一适用的技术标准也发挥了重要的行业治理作用。一些国际组织也制定了行业标准。例如，世界卫生组织就在食品、医药、健康、疾病控制、医药卫生标准、反生物恐怖主义等领域制定了许多国际性标准，这些软法在人类的卫生、健康等领域发挥了重要作用。随着全球治理的发展，许多国际组织也颁布了大量的国际法上的宣言、决议、大会公报、指南等规范性文件，这些文件并不具有硬法的功能，但反映了国际社会的共识和呼吁，对推动全球治理起到了十分重要的作用。[①] 当然，所有这些软法都有一个前提，即它们不能违反国内法的强制性规定和公序良俗。全球化时代软法治理作用的加强有多种原因：

第一，硬法制定的谈判、协商成本较高，且修改非常困难。每一项硬法的制定都要求缔约国协商一致，而且修改也同样需要经过复杂的程

---

① 参见严阳：《刍论全球治理中的国际软法——以兴起、表现形式及特点为视角》，载《理论月刊》2016年第7期。

序。例如,《联合国国际货物销售合同公约》制定已经十多年了,不少内容并没有反映互联网时代网络交易的需要,但是,要对该公约进行大规模修改必须所有缔约国意见一致,可见修改成本非常高昂。但如果制定类似于《国际商事合同通则》那样的软法,相关的协商、缔结、修订成本相对较低,易于通过。由于软法的制定程序简单,达成协议以及修改协议的协商成本较低,因而其能够有效适应国际社会出现的各种新问题,并且能够及时反映社会的发展变化。

第二,软法虽然不是主权国家制定的,但是是从社会中产生的,规则更为灵活,也更具有针对性,尤其是在商事领域,往往是一些商事交易实践的归纳、总结,所以,其规则更接地气。德国学者埃尔利希曾将软法称为"活的法"(living law);卡多佐法官将其称为"动态的法",是"扎根于现实社会关系中的和扎根于公平正义信仰中的法"。[①] 软法具有灵活性和社会适应性,这也使得其能够在全球治理中发挥其应有的调整作用。反映了商事习惯的软法在实践中很容易被商人们所接受和采纳,相反,某一个主权国家制定的法律反而很难为他国的交易当事人所接受。硬法在总体上比较封闭,其法源要么是制定法,要么是主权者所认可的少数习惯法等其他非常有限的法源。而软法则不同,其来源非常多元,十分开放,其他法律渊源体系的合理内容,经社会主体的肯认并加以实践后,都可以成为它的内容。

第三,由于法律本身具有本土性,因而在全球治理中,各国法治文化存在一定差异,各国的法律制度之间难免出现冲突。而软法是超越国界和民族的"习惯法",是对国际实践经验的总结,尤其在商事领域,

---

① 参见〔美〕本杰明·内森·卡多佐:《法律的生长》,刘培峰、刘骁军译,贵州人民出版社2003年版,第26—27页。

软法通常是对国际商事交易习惯的总结，所以，它能够克服各缔约国固守本国法律规则的思维障碍，更能够为各国所接受。瓦格纳教授曾经观察认为，在全球化时代，主权国家立法的一个重要特点就在于竞争立法权，即希望通过提高自己国家法律作为准据法的吸引力，来让更多的国际商业交易当事人加以选择和适用。毕竟，这种法律选择和适用将直接影响一个主权国家的国际形象、商业机会以及税收等诸多方面。因此，主权国家的规则制定在很大程度上就成了一个准据法的竞争过程。但这样一来，很容易加剧各国法律之间的冲突，很难想象，那些远远偏离国际交易惯例的国家立法能够被发达国家的当事人主动选用，毕竟，选择不熟悉甚至生僻的立法作为准据法将造成极大的不确定性。通常来说，这类国家立法带有浓厚的地方文化和保护主义的色彩，并不是当事人通常希望获得的中立性规则。而由有关的国际组织以及国际机构、非政府组织等制定的软法，在价值取向上的中立程度通常更高。特别是那些具有广泛国际声誉和影响力的学者所起草的示范法、行业标准、行业规范等，具有更强的共识度，能够为各成员国所接受，且容易修改。

第四，软法所具有的开放性、示范性等特征，都使它具有弥补硬法不足的功能。软法体现了协商民主，使各方能够进行充分协商，在最广泛的范围内达成共识。在当代，大量的软法表现为示范法（model law）、最佳实践（best pratice）、指南（guideline）等形式。例如著名的《国际商事合同通则》，它就只是一个示范法；其目的在于给各个国家的立法者和私人主体提供一个国际性的商事合同规则的范本，具有极强的示范作用；它不仅成为很多国家在制定本国合同法时的重要参考，还成为一部分跨国企业选择适用的准据法。

第五，软法的争议性较小，能够最大限度地保护各方权益。相对于硬法而言，软法是经过缔约各方充分协商而达成的，是各方共同意思的体现，因此，软法的争议性相对较小。但是硬法则很容易产生纠纷，因为一国对另一国法律制度形成的社会背景、规则背后的争议、用语习惯等不可能完全了解，相互之间产生误解也在所难免。在国际交易中，如果一方不得不采纳另一方的硬法，则难免发生贸易冲突，此类贸易冲突的产生很大程度上是源于各国对相关硬法规则理解上的差异。相反，国际商事交易如果能采纳各方共同协商指定的软法，则能有效避免不必要争端的出现，更好地维护各方权益。

软法也是法，它虽然不是主权国家制定的，不具有法律约束力，但却能够产生法律效果。随着社会的发展，出现了许多新情况、新问题，硬法来不及补充和完善，这就需要靠软法弥补硬法的缺失，从而避免实践中无法可依的局面。示范法之所以在仲裁中被选择，也表明一些国家在国际商事规则的渊源上采取了更加开放的态度。至少，这些国家允许当事人在仲裁中通过私法自治选择准据法，接纳示范法的法律地位，这实际上也可以理解为国家对这种法律渊源的认可。从这个意义上讲，当事人选择《国际商事合同通则》作为准据法，并没从根本上改变法的国家属性，体现的仍然是国家的意志，因此也没有从根本上改变法的概念。毕竟，如果当事人约定准据法，无论其来源如何，只要违反了一个主权国家的强行法规则，仲裁裁决最终很可能面临不被承认和执行的命运。

重视软法的作用，也有利于我们广泛参与全球化治理，大力推进国际商事交易，保护我国交易当事人的利益。今天，中国作为崛起的大国，正以昂扬的姿态日益走进世界舞台的中央，理应在全球治理规则的制定中发挥更为重要的作用，争取更大的话语权。因此，我们应当熟悉国际软法规则,并在此基础上熟练运用相关规则。尤其是在国际贸易、投资等领域,熟悉软法也十分重要。例如,在"一带一路"实践中,在与一些新兴经济体进行交易的过程中,我们对对方的法律规则可能不熟悉,而对方又不愿意选择我国的法律,出于各种原因,我们最后可能不得已选择对方的法律,一旦发生纠纷,这些国家的法律对我们可能非常不利。但如果我们能够熟练运用软法规则,就能够避免上述情况的发生。例如,在国际商事交易中,我们可以选择适用《国际商事合同通则》,这些规则至少对我们没有明显的不利后果,如果能够熟练运用软法规则,将有利于我们广泛从事国际商事交往。

在全球化治理中,熟悉软法对于完善我国的国内法也能起到借鉴作用,使我国的法律在更大程度上符合国际发展趋势。在全球化治理中,我们应当积极关注国际法治现代化的成果,跟踪全球法治现代化新的发展趋势,尤其是在商事领域,许多规则越来越具有趋同性,商事法律全球化的趋势也越来越明显,重视这些软法规则,也有利于推动我国国内立法的发展和完善。例如,我国《合同法》的制定就大量借鉴了《国际商事合同通则》的规则,这也使得我国的合同法规则保持了先进性,并且为世界各国所普遍认可。

法治应注重软法治理。在现代社会中,法治的内涵越来越宽泛,已经不限于硬法治理,也包括了软法的治理。所以,埃里克森将此种软法治理称为"无需法律的秩序"。[①] 正是因为在全球治理中,软法的作用越来越突出,我们更应当积极参与软法的制定,掌握软法规则制定的话语权。

[①] 参见〔美〕罗伯特·C. 埃里克森:《无需法律的秩序——邻人如何解决纠纷》,苏力译,中国政法大学出版社 2003 年版。

法为民而治

第二编
立法制度

立法要符合宪法精神

"小智治事,中智治人,大智立法。"古往今来,成功的执政者,无不视立法为治国之要务、理政之圭臬。但立法者也不可任意立法,而必须依宪立法。

国无宪不立。习近平同志指出,"宪法是国家的根本法,是治国安邦的总章程,是党和人民意志的集中体现,具有最高的法律地位、法律权威、法律效力"。在法治之下,宪法是约束国家、政府、公共权力的。宪法也是人民的大法,是人民用来束缚政府权力的大法。孙中山先生有言:"宪法者,政府之构成法,人民之保证书也。"宪法作为国家的根本大法,具有最高的法律地位和效力,是治国安邦的总章程,是党和国家事业发展的根本保障。维护宪法尊严和权威就是维护国家法治的统一、尊严和权威,也是维护最广大人民的根本利益、确保国家长治久安的重要保障。对立法者来说,其首先应当奉行依宪立法的理念,依宪立法的核心就是使立法符合宪法的精神。

按照党的十八届四中全会的提法,"要恪守以民为本、立法为民理念,贯彻社会主义核心价值观,使每一项立法都符合宪法精神、反映人民意志、得到人民拥护。要把公正、公平、公开原则贯穿立法全过程"。就是要使每一部法律都体现宪法的精神。一方面，符合宪法精神能使每一部法律真正体现人民的意愿，凝聚最广大人民群众的共识。另一方面，符合宪法精神就能保障法律的统一性。梁启超曾言：宪法"为国家一切法度之根源"。① 法律在效力层级上以宪法为依据，来自于凯尔森的"规范效力层级理论"。为防止行政法规、规章、地方性法规和宪法发生矛盾、冲突，法律实施以后也要及时进行审查，对不符合宪法规定的，要及时进行修改。还要看到，符合宪法精神也有利于彰显社会主义核心价值观。从某种程度上讲，宪法精神与社会主义核心价值观是一致的，弘扬宪法精神，其实也就是增进社会主义核心价值观。

宪法精神有哪些呢？我认为，宪法精神包括了一切权力属于人民的精神；公权力来源于人民，应当服务于人民、受人民的监督；公民在法律面前人人平等，人权保障、权力受监督、公权受制约等，这些都是宪法的基本精神。党的十八届四中全会强调立法要符合宪法精神，具体体现在如下几个方面：

第一，立法机关负有将宪法具体化的义务。宪法是宪法之外其他一切法律的依据，立法机关的立法任务，就是具体落实宪法的精神、原则和制度，将宪法予以具体化，落实到具体的部门法、单行法之中，让宪法赋予公民的权利义务予以具体实现。因此，立法机关有义务对宪法进行具体化。如果立法机关惰怠而不对宪法进行具体化的立法活动，则构成不作为，而对于立法不作为，其在性质上也属于违宪，应当追究立法机关的违宪责任。例如，对于人格权的问题，不能因为宪法规定了人格权，立法机关就不再需要规定人格权，而要以不同领域的立法来落实，不仅依靠公法落实，民法也要落实。我国《宪法》多个条款都规定了公

---

① 梁启超：《政论选》，新华出版社1994年版，第26页。

民的人格权，这些权利自《民法通则》颁布以来，便得到了民事立法的承认和规定，但一直缺乏具体的、系统的规定，尤其是《民法总则》对于人格权仅规定了三个条文，这对于人格权的保护是严重不足的。

第二，构建合宪性秩序（verfassungsmaessige Ordnung）。该秩序应当被理解为"在实质上和形式上都符合宪法的一般法秩序"，也就是在实质上和形式上都符合宪法的法律规范的总和。① 合宪性秩序的要求本质上源自于宪法的最高效力和根本大法的地位。按照凯尔森的"规范效力层级理论"，宪法规范是最高效力层级的规范，任何其他规范都是从宪法规范中引导出来的，国家的宪法是国家的政治生活和社会生活中具有最高位阶的规范体系。只有所有的法律法规都符合宪法精神，这才能构建一个完整的宪法秩序。

立法要符合合宪性秩序，立法要符合宪法的意思，整个法秩序要向着合宪的方向调整，法律的立、改、废、释活动都应当向着合宪性转变。如果立法机关发现某项规定或制度不符合宪法，不能主张"恶法亦法"，而应立即予以修改、完善。立法活动要符合宪法，不仅只是"立"，其他的解释等也需要。例如，基于宪法对公民住宅自由的保护，刑法对于入室盗窃所施加的刑罚要比一般的盗窃更重，这就是刑罚对于合宪性秩序的构建。对此，民事立法也必须予以考虑。在民法上，为了贯彻宪法对于住宅的保护，应当强调对公民住宅隐私的保护，也要比一般场所隐私的保护更重要，并应当对这一合宪性秩序通过具体法律条文予以表达和构建。

第三，对基本权利不得随意限制。宪法是公民基本权利的根本保

---

① 参见张翔主编：《德国宪法案例选释》（第1辑），法律出版社2012年版，第8页。

障,"权利是公权力止步的地方",对国家和公民之间的关系进行划分,有利于防止公权力对公民权利的侵犯和践踏。例如,物权法规定的征收、征用规则必须符合宪法有关规定的精神。又如,民法典应当通过积极确认各项人格权,并设置相关的保护规则,以实现宪法关于人格尊严保护的规定。从这一意义上说,宪法的精神、理念和具体规则应该成为法律的上位法依据,宪法具有积极形成法律规则的作用。按照王轶教授的观点,"没有足够充分且正当的理由,不得主张对民事主体的自由进行限制。该规则也对应着一项论证负担规则:针对特定价值判断问题,主张限制民事主体自由的讨论者,应承担论证自身价值取向正当性的责任。如果不能证明存在足够充分且正当的理由要求限制民事主体的自由,就应当确认并保障其自由"。① 为了充分保护基本权利,还应当按照宪法精神严格规范公权,要真正把行政权关进制度的笼子中。

第四,设定公权应有宪法依据。法无授权不可为,宪法就是规范公权力的根本大法,是所有公权产生的本源,也是监督公权行使的根本依据。我国此次修宪专门设立了国家监察机关,表明国家相关公权机构的设置应当有宪法依据。例如,宪法确立了权力分工原则、监督原则、正当程序原则、基本权利保障原则等,这些宪法精神都对公权的设定与行使提出了要求。所以,可以说,宪法是关公权力的笼子,所有的公法,包括行政法等法律,在规范公权上都应当以宪法为基本依据。

为了保障法律充分符合宪法精神,既需要发挥宪法的积极引导功能,也要发挥宪法的消极控制功能。所谓积极引导功能,是指宪法所确立的基本原则和制度可以为各个层面的立法活动提供明确的价值和规则指引。而消极控制功能则目的在于保障法律规则不违反宪法,也就是

---

① 王轶:《物权请求权与诉讼时效制度的适用》,载《当代法学》2006年第1期。

说，宪法对法律的内容具有一种消极控制的作用，这也常被称为"不抵触"原则。对此，应当按照党的十九大报告所指出的，建立起合宪性审查机制，防止法律法规与宪法精神相抵触。

立法只有符合宪法精神，才能真正保障我们的每一部法律都成为良法。

法贵简明易懂

奥地利作家卡夫卡（Kafka）曾经写过《在法的门前》这则寓言，它是卡夫卡的小说《审判》中提到的一个故事。小说的主题可以用两个字来概括，即"找法"。在这则寓言中，卡夫卡这样写道：

……在法的门前站着一名守门人。一天来了个乡下人，请求守门人放他进法的门里去。可是守门人回答说，现在不能允许他这样做。乡下人考虑了一下又问：等一等是否可以进去呢？"有可能"，守门人回答，"但现在不成。"

法的大门始终都敞开着，这当儿守门人又退到一边去了，乡下人便弯着腰，往门里瞧……守门人给他一只小矮凳，让他坐在大门旁边。他于是便坐在那儿，日复一日，年复一年。其间他做过多次尝试，请求人家放他进去，搞得守门人也厌烦起来。时不时地，守门人也向他提出些简短的询问，问他的家乡和其他许多情况；不过，这些都是那类大人物提的不关痛痒的问题，临了守门人还是对他讲，不能放他进入法的大门。

乡下人为旅行到这儿来原本是准备了许多东西的，

如今可全都花光了；为了讨好守门人，花再多也该啊。那位尽管什么都收了，却对他讲："我收的目的，仅仅是使你别以为自己有什么礼数不周到。"

在那段漫长的日子里，乡下人差不多一直不停地在观察着这个守门人。对于他来说，这个守门人似乎就是进入法律殿堂的唯一障碍。开始几年，他诅咒自己机会碰得不巧，头一些年还骂得大声大气，后来因为衰老，他只能喃喃自语了，由于长年累月地观察，他连守门人皮领上的跳蚤都熟悉了，他甚至请求这些跳蚤帮助说服守门人改变主意。

最后，他的眼睛变得模糊，这当儿在黑暗中，他却清清楚楚看见一道亮光，一道从法律之门中迸射出来的不灭的亮光。此刻他已经生命垂危。弥留之际，他在这整个过程中的经验一下子全涌进脑海，凝聚成了一个迄今他还不曾向守门人提过的问题。他向守门人招了招手；他的身体正在慢慢地僵硬，再也站不起来了。守门人不得不向他俯下身子，才能听懂他的话。

"不是所有的人都向往法律么？"乡下人说，"可怎么在这许多年间，除去我以外，竟没有一个人来求法，怎么会这样呢？"

守门人看出乡下人已精疲力竭，死到临头，便冲他大声吼道："这道门任何别的人都不得进入；因为它是专为你设下的。现在我可得去把它关起来了。"①

对这则寓言有多种解释，有人认为，卡夫卡是在讽刺法的不平等、

---

① 〔奥地利〕卡夫卡：《卡夫卡中短篇小说选》，韩瑞祥、仝保民选编，人民文学出版社 2003 年版，第 112—114 页。

冷酷，法律只是许多既有利益者为维护自己利益而设下的条条框框，他们借着法律的漏洞保护自己的利益，得到自己的利益。对于一个完全不懂法律的乡下人来说，法律只是统治者承诺为他们而开，却设置许多壁垒不允许他们接近的大门。有人认为，卡夫卡的本意是，法律不是广为人知的，法不是为所有人服务的，它们被"小团体"隐藏和把持。小团体的人要让我们相信，法在一丝不苟地实施着，但事实上，被我们所不知悉的法所统治是一件很痛苦的事。还有人认为，卡夫卡以抽象的形式，把"法"既看成是资本主义社会的法律，又看成是人们所追寻的公理和正义。而尤其令人感觉讽刺和无奈的是，当你彻底丧失了寻求正义的权利的时候，会有人告诉你，公正曾等待你，是你自己放弃了。卡夫卡借助这个寓言实际上是在讽刺那个时代资本主义的法律成为保护资产阶级小团体利益的工具，而没有真正把法律交给人民。

笔者认为，卡夫卡的故事是想要揭示这样一个道理，这就是说，法律应该简明易懂，不应该把卡夫卡所说的普通老百姓关在法的门外，让他们难以选择。在故事的结尾，守门人冲着乡下人大声吼道："这道门任何别的人都不得进入；因为它是专为你设下的。"这个意思其实已经非常明确了，法不应当是神秘的，"法"的真貌不应当被完全地"遮蔽"在守门人的身后，不应当被隐藏在"无限的台阶"之后，隐藏在神秘的大门之后。"法"的意义不仅在于显示，而且在于让人们能够进入到法的门内，知法、懂法、用法。如果把普通民众都挡在法的大门之外，让人们无法选择，法就失去了它应有的引导、规范作用。法不是专门为那些职业律师制定的，更不是为了使少数当权者理解并操纵的，法律应当交给普罗大众，让人们真正地去接纳它、熟知它、运用它。

今天重读卡夫卡《在法的门前》这则寓言，笔者更深刻地理解了法要简明易懂的意义。从数千年法制发展的历程来看,那些流传到现在、仍然为人们耳熟能详的法律,大多是那些简明易懂的法律。例如,《圣经》中的《摩西十诫》,刘邦入关后的"约法三章"等。中国古代的思想家历来重视法的简明性。例如,韩非指出,"法者,编著之图籍,设之于官府,而布之于百姓者也"《韩非子·难三》,法律公开的目的是要使"万民皆之所避就",也可以使"吏不敢以非法遇民,民不敢犯法以干法官"。法律被称为"尺寸也,绳墨也,规矩也,衡石也,斗斛也,角量也,谓之法"(《管子·七法》)。所以,法律必须能够为民众所了解,布告于天下,从而才能起到教化百姓、治理国家的作用。"以法治国"相对于道德以礼治国,更易于操作。据学者考证,中国古代也曾用"宪法"一词,但其与现代意义上的"宪法"内涵不同,在古代典籍中,"宪"有"显"之义,即"非常明快"的意思。《中庸》第十七章中记载:"诗曰,嘉乐君子,宪宪令德。"而同一句在《诗经》中,"宪宪"则为"显显"。这表明,"宪"有"彰显"的含义,所谓"宪法",实际上是强调法应当简明、公开。

"法多则贼亦多"(the more laws, the more offenders)。我国古代也有类似的说法,"法令滋彰,盗贼多有"。法律不仅要简明,而且要容易被人们所理解和掌握,法律最终是要为人们所理解,这也是我国古代法家所倡导的。《法国民法典》就以其语言通俗易懂、简洁而备受世人推崇,据说司汤达在写小说的过程中,每天都要读一读《法国民法典》,从法典优美的语言表达中寻找创作灵感。美国宪法制定者汉密尔顿曾经说过,判例法浩如烟海,因此,应该给法官崇高的待遇,美国法官的工资不仅表现在它的数额较高上,更应当表现在其不得减少方面,《美国联邦宪法》第3条第1款中就规定了所谓的"酬金条款"。美国比较著名的判例汇编是一种名为《全国判例汇编》的非官方的汇编，该汇编收集了从1887年开始的所有判例，有7000多卷，每卷约有1500页，共有500万件左右的判例，每年还在以约4万件判例的数量递增。可见，普通法虽然有很多的优点，但其固有的缺陷是，其法律规则只能为法学专家和律师所掌握，很难为普通人所理解。这也是我国不能采用判例法的重要原因。

"法律是治国之重器，良法是善治之前提。"真正的良法对法律所规范的人应当是一目了然、清晰明白的。穗积陈重指出："法律有实质以及形体的两种元素。一国法律是否真正地制作出简明正确的条文，又是否是以该国人民容易知其权利义务存在的问题就是法律的形体问题。"[①] 这就是说，良法应当使人们知悉自己的权利、义务和责任。因为良法为人们提供了具体的行为模式，明确告诉人们哪些行为可以做，哪些行为禁止做，哪些行为必须做。但前提是必须要让人们从法律文本中清晰地了解自己的权利和义务。"法律为确定保护人民的权利义务之工具，采用应使民知之而依民之主义。"[②] 也就是说，只有民众熟知了法律规则的内涵，了解其权利、义务与责任，才能更好地保障其行为自由，这样，法典才能真正成为"人民自由的圣经"。尽量使多数人民熟知法规，确实是国家的义务。

那么，法律怎样才能做到简明易懂呢？笔者认为，我们的立法应当做到以下两点：

第一，法贵于精。老子曾言：大道至简。法律文本应当尽量简洁明了和明确。只有法律规范简洁明了，才能为人们提供明确的行为指引。

---

① 〔日〕穗积陈重：《法典论》，李求轶译，商务印书馆2014年版，第5页。
② 同上书，第107页。

法律规则的设计应当尽量精致,能够用一条表达的,不要用多条表达;能够在一部法律中包含多项内容的,不要用多部法律;能够用数个字概括的内容,就不要长篇累牍。总之,就是要简约立法。例如,我国《物权法》中使用"权利人"三个字就概括了国家所有权、集体所有权、私人所有权等多种权利的主体。这就是立法简洁性的体现。美国总统威尔逊曾在1885年写过一本《国会政体》(*Congressional Government*),他在该书中高度评价了美国宪法,他认为,"毫无疑问,我们的宪法之所以恒久,就在于它简洁。它是一块奠基石,而不是一座完整的大厦。或者用句古老的话比喻:它是根,而不是完美的藤"。①

第二,法贵于明。这就是说,一方面,法律规范要明确、清晰,尽量减少歧义,尽量减少使用模棱两可的言语,尽量避免法的模糊性;另一方面,法律要通俗易懂,要用朴实无华的语言,为民众所理解。穗积陈重曾说:"法律的条文应尽量平易,尽量使多数人民熟知法规,确实是国家之义务。边沁曾将法律的文辞比作宝玉,法典的价值确实取决于其文章用语。"② 法律文本晦涩难懂,可能导致法律难以施行。此外,法律用语明确也有利于限制法官的自由裁量权,防止出现曲解法律的现象。应当看到,法律中确实难以避免模糊性,法律规则的适当抽象也有利于保持法律规范的开放性,保持法典的生命力。但正如有学者所指出的,"模糊是不能消除的,但是有更多的理由不要这么做"③,也就是说,法律规范的内涵应当尽量明确。

---

① 〔美〕威尔逊:《国会政体:美国政治研究》,熊希龄等译,商务印书馆1989年版,第10页。
② 〔日〕穗积陈重:《法典论》,李求轶译,商务印书馆2014年版,第95页。
③ Timothy A. O. Endicott, "The Impossibility of the Rule of Law", 19 (1) *Oxford Journal of Legal Studies* 3 (1999).

当然，法律语言必须是严谨、规范的，要求法律规范简明易懂并不是要求法律文本必须使用大白话，或者抛弃法言法语。完全使用大白话可能导致法律的庸俗化。例如，在我国制定《公司法》时，有人建议，把"董事长"称为"东家"，把"总经理"称为"掌柜"，这实际上已经不是法了，法的严肃性也荡然无存了。事实上，随着法治文化的普及，一些法言法语也会慢慢地为人们所熟悉。例如，民法中的"法人""物权""人格权""诉讼时效""法律行为"等，起初人们并不了解这些法律概念，在我国《民法通则》规定法人概念时，有人甚至以为"法人"指的是法国人，但人们后来渐渐接受了这一概念。

法律规范的简洁性和明确性之间可能存在一定的冲突，因为过分追求法律规范的简洁性可能导致法律规范的内涵难以明确。笔者认为，在二者发生冲突时，应当优先考虑法律规范的明确性。也就是说，追求法律规范的简洁应当以法律规范的明确性为前提，不能为片面追求简洁性而放弃法律规范的明确性，因为只要法律规范内涵明确，即便其不简洁，也能够提供明确的行为指引和裁判依据，而如果法律规范简洁而不明确，则将难以发挥上述功能。当然，立法应当尽量消除法的模糊性，但也要为未来保持适当的开放性，不能因此使法律封闭，更不能使法律滞后于社会生活。我们应当在法的简明性与开放性之间保持平衡。为适应社会生活的变化，法律需要保持一定的开放性，但不能因此而影响法律规则的简明易懂，法律规则仍然应当内涵明确，否则其规范作用也将难以实现。

卡夫卡描绘了在法的门外，不懂法的人难以选择的困难，即便对法有向往，但由于对法的不了解而不能进入法律之门。今天，我们应当制定简明易懂的法，明晰行为规则，使人们合理作出选择，自由进入法律之门，再也不会遇到找法的困难，更不能把民众挡在法的门外。

数字和法律

在我参与制定《侵权责任法》的过程中，在讨论该法第47条所确立的惩罚性赔偿规则时，对惩罚性赔偿是否应当规定上限，在场专家存在激烈的争议。尽管认为对明知产品存在缺陷，仍然生产销售，导致他人死亡或者健康严重损害，应当规定惩罚性赔偿，但该惩罚性赔偿规定多少合适，能否用准确的数字概括，则存在不同的意见。

在法律规则的设计中，要不要规定具体的数字，例如，3倍、5倍、或者10倍，论者看法不一。我仔细考察了美国的惩罚性赔偿制度，有的州确实对惩罚性赔偿有明确的倍数限制。从我国的实际情形来看，《消费者权益保护法》第55条就采用了倍数的规则。该条规定，经营者提供商品或者服务有欺诈行为的，在赔偿损失的基础上，消费者可以另外要求商品价款或者服务费用三倍的赔偿。可见，法律规则中可以有数字，但是具体的倍数是否合理却值得探讨。我认为，这可能涉及如何对法律规则进行定性和定量的问题。

毫无疑问，数学运用到法学中，确实有很多的好处，有人将其称为"数学理性"，这是一种定量分析的方法，它使法律规则变得相对确定，因为数字本身是确定的，由数字确立的规则也必然是确定的，这一点在刑法中体现得尤为明显。罪刑法定原则产生之初，如何准确把握罪刑法定，成为一道难题。笛卡尔等认为，应当在法律规则中引入数字，法学可以量化并依数学的方法进行度量和计算。① 至今，数字在刑法中，尤其是在各个罪名中仍然十分常见。例如，根据最高人民法院，最高人民检察院《关于办理利用信息网络实施诽谤等刑事案件适用法律若干问题的解释》的规定，针对特定对象捏造、散布破坏名誉、贬低人格的言论，被点击、浏览次数达到 5000 次以上，或者被转发次数达到 500 次以上的，就可以诽谤罪论。再如，依据最高人民法院《关于审理破坏野生动物资源刑事案件具体应用法律若干问题的解释》第 6 条的规定，违反狩猎法规，在禁猎区、禁猎期或者使用禁用的工具、方法狩猎，狩猎野生动物 20 只以上的，就属于非法狩猎"情节严重"。

西方近代哲学寻求确定性，因而重视数学；而法学同样重视安定性，其实也是强调确定性，因而，数学的引进就成为实现法的安定性和可预期性的重要方式。著名哲学家培根也说过，数学是打开科学大门的钥匙。现实生活中各种行为纷繁复杂，例如，非法狩猎野生动物的情形很多，要确定何种情况下构成犯罪，难以通过设计出十分精确的法律规则实现；但如果将裁量权完全委诸法官，又缺乏明晰的标准，在法官整体法律素养不高的情形下，有可能会出现"同案不同判""同法不同解"的后果，甚至使一些法官翻手为云、覆手为雨，危及法律的安定性。而以数字确定规则，就非常简便了。

但是，法官简单地以数字作为裁判的依据，所作出的判决结果未必能真正实现法律规范的目的，也未必能实现良好的社会效果。试举两例

---

① 参见杨代雄：《私权一般理论与民法典总则的体系构造——德国民法典总则的学理基础及其对我国的立法启示》，载《法学研究》2007 年第 1 期。

加以说明：

一是"河南大学生掏鸟案"。2014年7月，河南某职业技术学院大一学生闫某某，在河南省辉县市高庄乡某村过暑假。7月14号，他和朋友王某某去河边洗澡时，在邻居家门口发现鸟窝，于是二人掏了一窝小鸟共12只。后闫某某又通过朋友圈和QQ群将小鸟分别售卖给郑州市和辉县市的买鸟人。后二人又发现一个鸟窝，掏出4只鸟，但被辉县市森林公安局民警发现，并被刑事拘留。辉县市人民法院认定二人掏的鸟是燕隼，属于国家二级保护动物，以非法收购、猎捕珍贵、濒危野生动物罪判处闫某某有期徒刑10年半，以非法猎捕珍贵、濒危野生动物罪判处王某某有期徒刑10年，并分别处罚金1万元和5000元。

二是"深圳鹦鹉案"。几年前，深圳男子王某在工厂里捡到一只鹦鹉，带回家小心饲养，后又买回一只配对。王某经过细心钻研，自学养殖鹦鹉技术，最后孵化出40多只鹦鹉。2016年4月他出售过两只鹦鹉。但没多久买者（贩鹦鹉者）被抓，供出了王某。后经查实，王某所饲养的鹦鹉俗称小太阳鹦鹉，学名为绿颊锥尾鹦鹉，属濒危野生动物。事发后，警方还从王某家查获45只鹦鹉，经鉴定分别是35只小太阳鹦鹉（人工变异种）、9只和尚鹦鹉、1只非洲灰鹦鹉，均属于濒危野生动物。一审法院判决王某犯非法出售珍贵、濒危野生动物罪，判处有期徒刑5年，并处罚金3000元。

这两个案件发生后，都在媒体引发了广泛争议，大家普遍认为，法院的判决过重。在第一个案件中，大学生并不知道所掏的鸟属于濒危野生动物，其虽然将鸟出售，但毕竟没有把鸟打死，并没有产生太严重的后果，所以，判10年未免太重，一个正值青春年华的大学生的前途就这样被葬送了。在第二个案件中，如果王某没有收养那只鹦鹉，那只鹦鹦几年前可能也就死了，我国《刑法》《野生动物保护法》主要是为了禁止非法捕猎野生动物，防止野生动物的数量人为减少，而王某收养、繁殖鹦鹉的行为不仅没有使鹦鹉的数量减少，反而使其数量增加，和"河南大学生掏鸟案"一样，王某的行为也没有导致严重的危害后果，判处5年有期徒刑也未免太重，与社会公众的预期也有较大差距。虽然判决作出后引发热议，但法官明确指出，因为司法解释规定，非法捕猎20只以上即构成"情节严重"，并不需要过多考虑其他情节，即便裁判结果不符合人们一般的公平正义的观念，也只能怪规则设计不合理，法官的裁判并不存在问题。笔者认为，法官的解释有一定的道理，法官的行为也可以说是"依法裁判"，因为法律条文引入数字后，其规则十分具体，可供法官解释的空间很小。这就需要我们回头考虑，将数字引入法律规则是否合理？

实际上，与上述案例相类似的判决在实践中还不少，只不过是这两个案例被媒体披露后，才引起了大家的广泛关注。有人认为，没有数字就没有标准，就没有统一的尺度，就可能给法官过大的自由裁量权，造成"同案不同判"的后果，甚至会导致司法腐败。然而，数字设计的规则都是刚性的，完全把社会生活当做数字统计的做法，本质上属于定量分析方法，但法律现象往往需要进行定性分析。例如，非法狩猎20只野生动物，属于"情节严重"，可能要判10年以上的徒刑。但捕杀、销售野生动物的情况千差万别。一方面，国家本身就对野生动物进行了分类。例如，捕杀一级保护动物和捕杀二级保护动物相去甚远，各种一级保护动物也相差很大，捕杀熊猫、华南虎等濒危野生动物与捕杀其他非濒危一级保护动物之间也有所不同。因此，同样是捕杀野生动物，具体情形和社会危害性却是不同的。另一方面，非法狩猎行为也有很多差异，有人捕获野生动物后，将其喂养，事后可能再次放生；而有人将其捕获后宰杀，享受野味；有人捕获野生动物是为了驯养、繁殖；还有人就是为了享受狩猎活动本身的乐趣。上述情形都属于狩猎野生动物，但后果完全不同，很难以20只的数字来统一认定其行为的法律后果。

　　从法理学层面来看，数字的运用有助于维护法律的确定性，但可能损害法的妥当性。以上述"深圳鹦鹉案"为例，被告人并不是非法捕猎，而是在工厂捡到，即便实施了售卖行为，其情节也是十分轻微的，但根据司法解释规定，数字就代表了危害后果，并不过多考虑其他情节。如果饲养几只鹦鹉就被当作非法捕猎，一旦符合数字的要求，就要因此获刑，锒铛入狱，这显然与人们普遍的正义观念不符。将数字引入法律规则，看起来是使问题简单化了，但实际上可能导致问题更为复杂。

　　法律规范中如果过多地规定数字等量化标准，可能会极大地损害法律的生命力和适应性。社会生活的发展变化极快，基于过去的经验所确定的一些数字标准，可能随着现实的发展，很快就显得过时，硬性适用会导致违反正义的结果。例如，在20世纪80年代，盗窃价值500元的物品，可谓危害严重；但是，在今天，一部再普通不过的手机都价值上千。贪污、受贿罪的量刑标准也随时间推移有所调整。更何况中国幅员辽阔，地区差异很大，东西部地区的经济发展与民众收入等差别十分大，在很多领域，很难在全国范围制定一个统一的数字性的认定标准，而应该交给法官根据本地的实际情况予以认定。

　　将数字引入法律规则，有利于限制法官的自由裁量权，甚至使法律规则和法律适用保持统一，但是，由此也会带来一些负面效果，比如可能导致法官机械适用法律。因为法官只是简单地考虑到了数字，但并没有考虑到行为的性质、行为的社会危害性等，这些实际上都属于定性分析的范畴。而人类社会生活是纷繁复杂的，否定了定性分析，只是简单地根据数字比对，以定量代替定性，虽然可以简化法律适用过程，但可能导致裁判结果的不合理。

再回到前面所说的惩罚性赔偿的数字问题，如果简单地将数字引入惩罚性赔偿规则，虽然可以便利法官裁判，但可能难以发挥惩罚性赔偿制度的功能。例如，我国《消费者权益保护法》第55条采用了3倍赔偿的规则，但其在实施过程中存在许多不合理之处。例如，某人购买了一瓶价值10元的假酒，饮用后导致双目失明。采用我国《消费者权益保护法》第55条所规定的3倍惩罚性赔偿规则，只有30元的惩罚性赔偿，这能起到什么样的惩罚性作用呢？正是考虑到了具体数字所造成的不妥当，我国《侵权责任法》第47条采用了"相应的"这一表述。这就是说，在确定惩罚性赔偿的数额时，并没有采用固定数额的赔偿标准，而是根据行为的性质、过错程度、造成的损害后果等因素考量。我认为，如此规定更富有弹性，更有利于法官结合实际案情作出裁判。

我并不是完全排斥在法律规则中引入数字，而是要分具体情形加以确定。在有些情形下，为了给法官自由裁量提供必要的参考，可以考虑在法律规则中引入数字，规定上限和下限，这也有利于对法官的自由裁量权进行必要的限制。但即便在法律规则中规定具体数目，也不应当以数字作为行为定性的唯一标准，还应当设置其他参考标准。例如，在前述狩猎野生动物的案件中，尽管法律规则规定了狩猎20只野生动物的标准，但在刑法总则等其他相关条文中还设置了社会危害性等考量标准，法官在适用法律时应避免机械适用，从而实现法律效果和社会效果的统一。

发展人格权体系[①]

按照马克思主义理论,人的地位是最高的。马克思主义倡导人的解放,实现人的全面发展,归根结底都是为了人。在党的十九大报告中,习近平同志指出:"保护人民人身权、财产权、人格权。"为实现这样的目标,需要在制度设计上作出回应。人格权制度的建立与发展,是现代民法尤为重要的一个发展趋势。从世界范围看,许多国家都加强了对人格权的保护。我国自1986年颁布《民法通则》以来,立法和司法实践也在强化对人格权的保护。在一些法律规定中,人格权保护的理念得以体现。为了解决司法实践中遇到的问题,最高人民法院颁行了大量的司法解释,为法院审理人格权纠纷提供裁判依据。2017年通过的《民法总则》,广泛确认了公民享有的各项人格权。

人格权制度的基本价值就是维护个人的人格尊严。人格尊严是指每个人作为"人"所应有的社会地位,以及应受到的他人和社会的最基本尊重。在康德哲学中,人是目的而不是手段,黑格尔也认为,"法的命令是:'成为一个人,

---

① 原载《人民日报》2017年11月6日。

并尊敬他人为人。'"① 人格尊严是各项具体人格权的价值基础,具体人格权的规则设计应当以维护个人的人格尊严为根本目的。例如,物质性人格权是为了维护自然人生理上的存在,精神性人格权则彰显了自然人的精神生活需要。美国学者惠特曼(Whitman)认为,整个欧洲的隐私概念都是奠基于人格尊严之上的,隐私既是人格尊严的具体展开,也是以维护人格尊严为目的的。随着社会的发展,对个人私人生活安宁、私密空间、个人信息的自主决定等的保护日益强化,其背后实际上都彰显了人格尊严的理念。人格尊严不仅是具体人格权的价值基础,其本身也是一般人格权的内容。在民法中设置人格权制度体系的目的,在于保护个人的人格尊严。虽然各项民事权利都体现了尊重人格尊严的价值理念,但人格权制度更为直接地彰显出对人格尊严的保护。例如,名誉权、肖像权、隐私权等属于个人内在或外在特性,是个人人格尊严的构成要素,不受他人侵犯。

一些国家传统的民法理念"重物轻人",将物法设于优越地位,突出对财产权的保护。与此不同,我国《民法总则》第五章在确认民事权利时,将人身自由、人格尊严置于该章第1条,规定:"自然人的人身自由、人格尊严受法律保护。"该规定宣示了人格权制度的立法目的与根本价值,即尊重与保护个人的人身自由、人格尊严。《民法总则》确立了一般人格权,为人格权的兜底保护提供了法律依据,使得人格尊严在各项权利保护中具有更为基础的地位,体现出鲜明的时代特点和中国现代民事立法的人文精神、人文关怀。

当今时代,科学技术快速发展,在给人类生活带来巨大便利的同

---

① 〔德〕黑格尔:《法哲学原理》,范扬、张企泰译,商务印书馆1961年版,第46页。

时，也使人格权保护面临日益复杂的环境。技术是一把双刃剑，一旦被滥用，就可能损害人格权益。比如，网络侵权信息一旦发布，瞬间就可能实现大范围传播，损害后果也比传统传播手段放大很多，人格权益的恢复也更为困难。大数据技术能够有效分析、处理碎片化的个人信息，具有可观的经济效用。但个人信息实际上也携带了个人的数字化形象，对个人信息的非法收集、利用、泄露同样可能侵害个人的人格权益。人工智能如果未经他人许可而模仿、使用他人的声音、表情，也可能构成对他人人格权益的侵害。电子商务迅猛发展，网络购物已经成为许多人日常生活的必备内容。电子商务运行过程中涉及对消费者住址、购物记录、消费习惯、银行卡账号等大量信息的收集和使用，这也给个人信息、隐私等人格权益的保护带来现实挑战。总之，各种特定类型人格权的保护，在现代社会中所遭遇的问题都在增多，需要在立法上加以回应。

加强人格权保护，需要在学理上进一步发展人格权的法理体系。事实上，每一种具体人格权本身就是一项制度，可以进行类型化分解。比如，隐私权可进一步类型化为独处的权利、个人生活秘密的权利、通信自由、私人生活安宁、住宅隐私等。就私人生活秘密而言，又可以进一步分类为身体隐私、家庭隐私、个人信息隐私、健康隐私、基因隐私等。不同的隐私因为类型上的区别，在权利内容以及侵权构成要件上，都可能有所差异。对这种差异应加强学理研究，以便在立法上予以体现。同时，人格权体系也具有开放性，其类型和内容是不断发展的。尤其是现代社会生活日益复杂，科学技术的发展持续给人与社会的关系带来影响，而人对自身发展的诉求也将随之提升，人的主体意识和权益保护需要也在加强和多样化。在这样的背景下，人格权的类型和内容都会不断发展,在法学研究中需要加强应对。

加强人格权保护,人格权的行使、利用等规则也需要进一步细化。作为一种具体权利,基于维护公共利益等目的,法律可以对人格权的行使进行一定程度的限制。如何限制、在何种程度上限制,需要加强研究。随着实践发展,人格权的财产利益逐渐受到重视,这使得肖像权等人格权益的商业化利用更为重要。各类人格权益的许可使用,也将为社会经济发展提供新的增长动力。人格权制度是民法中富有时代气息的领域。在人格权领域实现制度创新,在人的全面保护中发展民法理论,是中国民法可以对世界法律发展作出的贡献。

"民之所望,施政所向。"为人民谋幸福,就是要让人民群众生活得更体面、更有尊严,这就必须要强化人格权的保护,保护人格权正是实现人民群众对美好生活的向往。

使人格权在民法典中独立成编[①]

人格权是关系到个人人格自由和人格尊严的基本民事权利。党的十九大报告明确提出"保护人民人身权、财产权、人格权"。"人格权"一词首次写入党的全国代表大会报告，具有重大深远的意义。这体现了我们党对人民权利的尊重和保护，体现了以人民为中心的发展思想，体现了对实现人的全面发展的不懈追求。我国正在编纂的民法典应当根据党的十九大报告的精神，加强人格权立法，并使其在民法典中独立成编。

人格权独立成编是我国立法经验的总结。我国1986年制定的《民法通则》以专章的形式规定民事权利，在"人身权"一节中规定了公民享有的几项主要的人格权，该法因此也被称为"中国的民事权利宣言"。制定独立成编的人格权法，是对《民法通则》成功立法经验的继承和总结，体现了立法的连续性和稳定性。

人格权独立成编是适应新时代发展的需要。中国特色社会主义进入了新时代，"我国社会主要矛盾已经转化为人民日益增长的美好生活需要和不平衡不充分的发展之间的矛

[①] 原载《光明日报》2017年11月15日。

盾"。人民美好生活需要日益广泛，我们不仅要使人民群众生活得富足，而且也要使每个人活得有尊严，维护个人的人格尊严本身就是人民幸福生活的重要前提。通过人格权独立成编，明确规定公民具体享有哪些人格权，这些权利的内容是什么，以及在权利遭受侵害的情形下如何保护这些权利，就可以充分地实现好、维护好、发展好最广大人民群众的根本利益，这也是坚持人民主体地位的体现。人格权法就是最直接和最全面保护人的尊严的法律，著名的史学大家许倬云曾言：中国社会发展到今天，最需要的是完善的法律制度，其中就是要加强对人的尊严的保护，不能为了吃饱饭而不要尊严，而在能够吃饱饭之后，更应当注重对尊严的保护。① 中国梦也是个人尊严梦，是对人民有尊严生活的期许。因此，只有通过人格权的独立成编来进一步全面规定和保护人格权，才能够落实党的十九大精神，保障人民群众对美好生活的向往。

　　人格权独立成编是适应互联网、高科技时代的需要。我们进入了一个科技爆炸的时代，高科技的发明给人类带来巨大福祉，但大量的高科技也具有一个共同的副作用，这就是对每个人隐私和个人信息的威胁。科技的爆炸已经使得人类无处藏身。我们进入了一个大数据时代，大数据记载了我们过去发生的一切，也记载了我们正在发生的一切，同时能够预测我们未来发生的一切，所以，有人说我们现在好像进入了一个"裸奔"的时代。在开发和利用大数据时如何尊重和保护个人隐私和信息，也是各国法律普遍面临的严峻挑战。实践中，网络谣言、网络暴力、"人肉搜索"、信息泄露等现象层出不穷，其侵害的对象主要是公民的名誉、隐私和个人信息。网络空间"侵权易、维权难"的问题严重，亟须有针对性地加强人格权立法，提升互联网、高科技时代人格权的保

---

① 参见许倬云：《现代文明的成坏》，浙江人民出版社2016年版，第4页。

护水平。

人格权独立成编是回应审判实践的需要。自我国1986年《民法通则》确立人身权制度以来，有关人格权的案件每年都在快速增长，其中大量涉及名誉、肖像、隐私等。这些案件虽然标的不大，但因涉及公民的基本权利，社会关注度很高。由于现行立法对人格权规定的欠缺，出现了不少"同案不同判"现象，在一定程度上影响了司法公正。为此，必须在法律上确立人格权保护的具体规则，为法官解决日益增长的人格权纠纷提供明确的裁判依据，同时也能够使宪法所确立的尊重和保障人权、人格尊严不受侵犯等原则转化为民法上的人格权制度，实现对人格权的全面保护。

人格权独立成编是完善民法典自身体系的需要。我国《民法总则》用3个条文规定人格权，这远远不够。事实上，随着社会的发展和技术的进步，一方面，人格权的类型日益复杂，涉及的法律关系种类繁多。例如，身体权在当代社会可能涉及医疗、器官移植、人体捐赠、生物实验、遗传检查和鉴别、代孕、机构监禁、精神评估等特殊问题，这就有必要对人格权进行更多层次和更复杂的调整，客观上也需要使人格权法独立成编。另一方面，在我国《民法总则》规定的几项基本民事权利中，物权、债权已有专门的《物权法》《合同法》保护，身份权有《婚姻法》《继承法》《收养法》等保护，但人格权还没有专门的法律保护。因此，应从完善民法典的分则体系出发，编纂民法典，加大人格权法的立法比重，将人格权法独立成编，详尽规定人格权种类、内容。

还要看到，经过三十多年的发展，人格权保护的理论和实践不断丰富，隐私权、个人信息权等已经家喻户晓。2017年3月通过的《民法总则》对人格权保护作了概括规定。但是，不论是立法还是司法实践，对人格权的保护还比较薄弱,特别是互联网时代的人格权保护,还不能满足人民日益增长的美好生活需要,亟须立法完善。

人格权独立成编是我国民法典的重大创新。我国自清末变法以来,历次民法典编纂皆采纳潘德克顿的五编制体系,深受德国法影响,但"世易时移,变法宜矣",今天,我们虽然要借鉴外国法的经验,但又不能定于一尊。我们要从中国实际出发,立足于解决中国现实问题,制定面向21世纪的民法典,我国正在编纂的民法典应当根据党的十九大报告的精神,加强人格权立法,并使其在民法典中独立成编。要从跟跑者、并跑者变为领跑者,为解决21世纪人类共同面临的人格权保护问题提供中国智慧、中国方案。如此,才能使我国民法典真正屹立于世界民法典之林。

乌克兰民法典与我国民法典人格权编有何关系

现在学界个别学者有一种提法，说我国民法典所采取的人格权独立成编的做法，实际上是照搬乌克兰民法典的做法。其实简要回顾一下我国民法典的起草过程，就可以看出这个说法是没有任何依据的。

早在1998年，在王汉斌同志的倡议下，全国人大法工委就成立了由九人组成的民法典的研究小组。在民法典起草工作中，由中国人民大学牵头组织的民法典草案专家建议稿已经提出了人格权独立成编的立法建议。后来在法工委带领下，研究小组的成员与法工委民法室的同志共同努力，完成了民法典草案的第一稿，并提交全国人大常委会审议。在那次全国人大常委会审议时，李鹏委员长亲自参加了审议。我记得当时在分组讨论会上，我就民法典分则的体例编排提出了意见。我认为，人格权应为各项权利之首，是最重要的权利，从重要性上应当将人格权排在分则的第一编，而不应该排在第四编。当时李鹏委员长听完我的发言之后，就问法工委胡康生主任，说排在第四编有什么理由？胡康生主任当时解释说，这个问题已经经过了讨论，大家主要认为，民法典分则是在《民法通则》关于民事权利体系规定的基础上形成的，而人格权在《民法通则》中是在第五章第四节规定的，排在物权、债权等之后，因此民法典分则体例就按照这个体系来排列了。这个顺序是：第一编总则，第二编物权法，第三编合同法，第四编人格权法，第五编婚姻法，第六编收养法，第七编继承法，第八编侵权责任法，第九编涉外民事法律关系适用法。李鹏委员长听过之后说，看来这样排列也有道理，后来就没有把分则体系的顺序再重新编排。

当时胡康生同志的解释也说明了一个问题，即民法典的体系结构与《民法通则》是一脉相承的，把人格权独立成编也是对《民法通则》立法和审判实践经验的总结。2002年的民法典草案已经采纳了独立成编的人格权法，从起草工作小组到法工委内部，以及学界对这种独立成编的安排并没有大的争议，大多数人均赞同此种体例。草案提交全国人大常委会审议时，当时的一些常委会委员如周强同志等，对人格权的规定也是表示赞赏的。今天我们民法典中的人格权独立成编，实际上就是采纳了2002年民法典草案的做法。这是我们自己在总结民事立法经验的基础上所提出的，确实具有中国元素和本土特色。

现在突然冒出一种说法，说我们今天制定民法典人格权编是采纳了乌克兰民法典的做法，这就让我极度困惑，因为无论是在2002年民法典草案提交审议之前，还是在2002年全国人大常委会审议人格权编的过程中，当时的学术讨论都未涉及乌克兰民法典。事实上，乌克兰民法典是2003年出台的，在我们2002年民法典草案之后，认为我们的民法典体例设计参考了乌克兰的立法经验，简直是天方夜谭。

最近这两年听有的学者说乌克兰民法典也规定了人格权，我带着好奇心认真查阅了一下，想了解一下乌克兰民法典究竟是怎么规定人格权的。结果查来查去，根本没有发现乌克兰民法典有所谓独立成编的人格权法，乌克兰民法典规定的是包括了公权和私权在内的各类人身非财产权（Personal Non-Property Rights），并未专门规定独立成编的人格权（Personality Rights），甚至没有规定人格权（Personality Rights）的概念。我随后又查阅了两位乌克兰学者的论述，他们认为，乌克兰民法典之所以要规定人身非财产权，主要是为了与有关国际公约（如1966年的《公民权利和政治权利国际公约》）的规定保持一致，所以该法典就公民所享有的、财产权之外的各种私法上的和公法上的权利作了规定。由此可见，乌克兰民法典中的人身非财产权是一个综合性的权利，是一个包含了公法上的权利和私法权利在内的权利集合体。① 从该法典第二编所规定的自然人的人身非财产权来看，除了生命健康、获得医疗服务、自由、人身豁免、器官捐赠、姓名、肖像、信息等权利，还包括享有家庭生活的权利、受监护后辅助的权利、环境安全权、保有个性的权利，以及自由创作、自由选择住所和职业、迁徙自由、结社自由、和平集会等权利。② 显然，该法把宪法上所规定的公法权利和私法权利一并纳入民法典之中作出规定，这个意义上的民法典已经不是传统意义上的民法典了。该法虽然涉及姓名、肖像、信息等人格权利，但远不限于此，可以说是公私不分的混合体，这也难怪乌克兰立法者没有用人格权而是用人身非财产权来概括这一编，其重点强调的是非财产性，而不是强调私法上的人格权。这就也表明乌克兰民法典根本就不存在独立成编的人格权法，这样一种公私法不分的体例结构与我们的民法典有何关系呢？我

---

① 参见 O. Kokhanovska, R. Stefanchuk, "Personal Non-Property Rights in the Civil Law of Ukraine", 2012 Law Ukr.: Legal J. 44 (2012).

② 详细内容请参见周友军译：《乌克兰民法典第二编自然人的人身非财产编》，载中国民商法律网，http://www.teplydim.com.ua/static/storage/filesfiles/Civil%20Code_Eng.pdf，最后访问日期2018年7月30日。

国民法典人格权编草案第1条就明确宣示，该法调整的是民事主体之间的人格关系，因此，人格权编仅规定作为私权的人格权，不涉及对宪法权利的规定。我国民法典草案是有明确的人格权概念的，并且围绕着人格权的概念、类型、行使以及保护等作出了规定，是围绕人格权构造的体系，这与乌克兰大杂烩式的民法典毫无关联，不能将二者相提并论。

此外，乌克兰民法典规定的好坏主要还是乌克兰自己的事情，与我国的民法典编纂并不存在关联。为什么一个外国的立法就要影响到我国民法典的制定？这实在是令人费解。更何况，如前所述，中国几十年来的人格权立法发展进程与乌克兰八竿子打不着，生硬地联想在一起，未免过于牵强附会。我国的立法是按照中央的要求，反映全国人民意愿的活动，是在总结我们立法经验的基础上形成的。以乌克兰民法典的规定为由，来反对我国民法典人格权编的制定，是不是给人一种关公战秦琼的感觉？

最后我想说的是，我们的民法典将人格权独立成编是我国立法的创新。放眼世界，这是前所未有的创举，反映了中国法治文明发展的进程和经验。做出这种创新绝不是标新立异，而是立足于我国现实需要，反映了21世纪的时代需要。特别是，这种创新反映的是互联网、高科技、大数据、信息社会时代对人格权保护所作出的回应，也是对实践中为有效遏制各种网络谣言、网络诈骗、信息泄露等社会问题所作的及时、必要的回应。这是一百多年前、两百多年前的德国和法国民法典所无法预料的社会现象和无法构想的时代场景。这种创举是进入新时代以后，党和国家在为人民谋福祉的过程中采取的重要措施。说到底，强化人格权保护就是要在解决温饱之后，使每个人活得更有体面、更有尊严，从而保障人们对美好幸福生活的向往。

　　总之，我国民法典人格权独立成编与乌克兰民法典是毫无关系的，不应把这两者扯在一起。与其投入大量精力去做此种无谓的联想，还不如将有限的时间用来把人格权编中的规则设计得更好，实现几代民法学人的梦想！

齐心协力完成民法典编纂①

2017年3月15日第十二届全国人民代表大会第五次会议通过了《中华人民共和国民法总则》,实质性地开启了民法典编纂的任务。接下来的任务同样非常艰巨,因为要把现有的《物权法》《合同法》《侵权责任法》《婚姻法》《继承法》等民事法律,按照民法典的体例和要求进行全面修改,然后与《民法总则》衔接起来,作为民法典进行颁布。更重要的是,针对立法中争议极大的重大立法问题,比如人格权法是否独立成编或是否提取债法总则等,学术界也要展开进一步的研究,为立法机关提供有益的参考。民法学者如果能够有幸参与法典的制定,这是我们治学报国的最好机遇,一部伟大的法典是民族智慧的结晶。民法学者参与其间,建言献策,其中有些意见被采纳,这固然是好事,即便意见、建议没有被采纳,也是从另一个角度提出了相关论证,也与有荣焉。让我们共同努力,"聚万众智慧,成伟大法典"。

就民法学而言,我们要构建具有中国特色的民法学理论体系。众所周知,自清末变法以来,西学东渐,古老的中国法制实现了转型,我国步入大陆法的法律体系。在这个过

---

① 原载《中国社会科学报》2017年7月5日。

程中，我国民法曾经全面借鉴甚至照搬德国民法。旧中国民法绝大多数内容都直接或间接来自德国法，今天我们的民法话语体系也基本上来自欧陆国家。我一直认为，人在天地间贵在自立，国家和民族贵在自强。我们的民法，也应当在世界民法之林中有自己的重要地位。作为民法学工作者，我们所做的一切，都应朝着这个目标而努力。习近平总书记指出，我们不能做西方理论的搬运工，要做中国学术的创造者，做世界学术的贡献者。这就要求创建我们自己的民法学理论体系和话语体系。

首先我们要有这种理论自信。中国已经是世界第二大经济体，也是崛起中的大国，改革开放以来，社会主义市场经济的伟大实践和法治建设的巨大成就，都为民法学理论体系奠定了坚实的理论基础。我们面临一个改革的时代，这是产生伟大法典的时代，也是产生民法思想的时代。对于我们法律人而言，这不仅是理论创新的时代，也是大有可为的时代。历经半个多世纪，中国的法学发展从中华人民共和国成立初期的百废待举，学习国外的法律内容和格局，到如今逐渐形成自己的理论体系和话语体系，经历了从"照着讲"到"接着讲"的局面。在这个改革的时代，我们也会面临许多新情况、新问题，这些问题的解决无先例可遵循，国外的民事法律制度不能完全为我们提供符合我国国情的解决方案，而中国古代的法制理论也不能解决现实的问题，这就要求我们积极构建自己的民法学理论体系，有效回应社会转型时代的各种新问题、新挑战。因此，构建具有中国特色、解决中国现实问题的民法学理论体系，是广大民法学人肩负的责任。这就需要我们回归法治的本土实践，以问题为导向，解决中国的现实问题，大胆进行理论创新。我们要多研究中国的案例，讲好中国的故事。理论联系实践是我们基本的研究方法，有的学术论文在讨论中国当下的法律问题时，还在引国外一百多年甚至二百多年前的案例作为解决方案，这实际上是时空错乱，也解决不好中国的现实问题。其实，我们现在有大量的实践资源、案例资源，中国裁判文书网中有几千万份裁判文书，这些裁判文书既是我们学术研究的对象，也是学术研究的宝贵资源。

我们的民法学理论要体现时代性，要与时俱进。社会在不断发展，理论也要随之不断创新，不断丰富和发展。尤其是我国正处于空前广泛、深刻的社会变革时期，要有独创性的理论研究，便要总结实践的经验成果，并经过实践检验，从时代出发，发出时代之声。同时，也要积极借鉴国外法治建设经验和法学理论的有益成果，通过借鉴先进文化和文明成果，丰富我们自身的学科体系、学术体系。但是，不能在外国学者所设计的理论笼子中跳舞。不可"削中国实践之足，适外国理论之履"。我们的民法学研究方法也需要创新，在注重解释方法的同时，也要注重实证研究，并充分借鉴经济学、社会学等学科的研究方法。尤其是要秉持百花齐放、百家争鸣的学术氛围，要开放包容地对待学术问题。民法的问题还是要回归到民法的学术平台上进行讨论，有不同的观点非常正常，甚至在争鸣中学术才能发展。我们一定要秉持开放、理性、平和的态度对待学术问题，才能实现民法的繁荣和发展。

为编纂一部新时代的民法典而奋斗[①]

民法典被誉为"社会生活的百科全书",是市场经济的基本法,是保护公民权利的宣言书,也是解决民商事纠纷的基本依据。编纂民法典有助于解决我国民事立法中存在的相互矛盾、不协调、缺乏体系等问题,保障创新、协调、绿色、开放、共享的"五大发展理念"的落实,推进中国特色社会主义法治体系不断完善和国家治理体系、治理能力现代化,为全面深化改革、全面依法治国、实现"两个一百年"奋斗目标和中华民族伟大复兴的中国梦奠定坚实的制度基础。

我国民法典编纂始于清末民初对大陆法系国家民法典的继受(移植),标志性的成果是1929年至1931年间颁行的《中华民国民法典》。1949年9月,中国人民政治协商会议第一次会议通过的《中国人民政治协商会议共同纲领》明确宣布废除国民党的"六法全书"后,这部民国时期编纂的民法典不再适用于我国大陆地区,只在台湾地区继续适用。从20世纪50年代开始,我国历经四次起草民法典,即50年代中期(1956—1958年)、60年代前期(1962—1964年)、

[①] 原载王利明总主编:《民法典研究争鸣系列》,厦门大学出版社2017年版,总序。

70年代末至80年代初（1979—1982年）以及21世纪初（2002年）四次起草民法典。然而，由于社会经济条件不成熟以及理论准备不充分等原因，四次起草均半途而废，民法典成为我国法律体系的一大缺失。2014年10月23日，党的十八届四中全会通过的《关于全面推进依法治国若干重大问题的决定》，明确提出了"编纂民法典"的立法任务，加快了民法典编纂的进程，这是我国民事立法的一个重要里程碑。

步入21世纪的中国正处在一个重要的历史阶段。我们要制定的民法典是21世纪的民法典，必须要回应21世纪的时代需要，彰显21世纪的时代特征。如果说1804年的《法国民法典》是19世纪风车水磨时代民法典的代表，1900年的《德国民法典》是工业化社会民法典的代表，今天我们要制定的民法典应当成为21世纪互联网、高科技时代的民法典的代表，这样我们就必须要充分反映时代精神和时代特征，真正体现法典与时俱进的品格。沈家本曾经指出，"窃谓后人立法，必胜于前人，方可行之无弊。若设一律，而未能尽合乎法理，又未能有益於政治、风俗、民生，则何贵乎有此法也"。① 我们需要制定的是21世纪的民法典，在民法典的体系和规则设计方面不能囿于两百多年前的《法国民法典》和一百多年前的《德国民法典》，因为法、德民法典虽然是大陆法系民法典的典范，但其毕竟是19世纪初和20世纪初的产物，无法有效应对21世纪互联网、高科技和信息社会的需要。如果只能仿照这些法典所设立的体系，岂非作茧自缚？进入21世纪以来，互联网技术、人工智能、生物技术的发展，为民法典的规则设计提出了新的要求，人类也面临着全球化生态环境保护的现实问题。我国民法典作为社会生活的百科全

---

① 沈家本：《历代刑法考·附寄簃文存·卷二》，中华书局1995年版，第2084页。

书，理应回应人类社会发展的新问题。

我们要制定的民法典必须立足于中国国情，向世人展示我们依法治国的新形象和我国法治文明的新高度。在全面依法治国的新时期，这部民法典应当吸收我国立法、司法和理论研究的成果，总结法治建设经验，真正成为一部具有中国特色的、屹立于世界民法之林的法典。我们要制定的民法典必须反映改革成果、推进并引领改革进程。改革开放的伟大实践，创立了一条中国特色社会主义的发展道路，这是一条不同于其他法典化国家或地区的发展道路。民法典作为时代精神和民族精神的立法表达，不能忽视这样一个特殊的社会经济条件。但如何充分反映中国特色社会主义这一社会经济条件，是我们所面临的前所未有的问题。民法典的编纂，应当凝聚改革的共识，确认改革的成果，为进一步改革提供依据，从而推动改革进程，引领改革发展，实现国家治理体系和治理能力的现代化。

从民法法典化的历史来看，我国民法典编纂所面临的新问题也是其他已经法典化的国家或地区所未曾有过的，这也决定了我国民法典编纂问题的复杂性和难度。编纂这样一部民法典，不只是立法机关的任务，也是民法学界的任务。"聚万众智慧，成伟大法典"，民法典编纂所面临的问题，需要民法学者进行、认真深入的研究，积极提供有力的理论支持。成就一部伟大的民法典，是我国民法学界几代人的夙愿。早在上个世纪50年代，老一辈民法学者就以极大的热情投入民法典的起草工作。改革开放以来，随着法学教育和学术研究的恢复，民法学者围绕着民商事立法和民法典编纂问题进行了广泛而深入的研究，取得了丰硕的成果，也为民商事立法提供了有力的理论支持。从《民法通则》到《合同法》《物权法》《继承法》《婚姻法》《侵权责任法》，从《公司法》

《合伙企业法》《个人独资企业法》到《保险法》《证券法》《信托法》等商事特别法，民法学者都作出了积极的理论贡献。尤其是进入21世纪以来，民法学者围绕着民法典编纂问题，掀起了一波民法典理论研究热潮，民法典研究成为我国民法学乃至新时期法学研究一道亮丽的风景线。

"法安天下"，需要民法。在此，我想起了一个19世纪的故事，1870年，曾有不少中国和日本的学者在德国留学，当时的德国首相俾斯麦发现，日本人大多在一起讨论学术，翻译德国的典章制度，回国后，对国家做一些法律制度的改造，而中国学者在一起主要学习德国的炮舰等技术，也有不少中国人在德国想法做生意、挣大钱。为此，俾斯麦预言，三十年内日本必将成为强国，而中国将沦为弱国，这一预言不幸被言中。不到三十年，在甲午战争中中国就败于日本，而这次战争中，我们的舰炮并不弱于日本，但却惨败于日本，究其根源，是政府的腐败、法治的不彰最终导致了国家的衰落、军事的失败。诚如沈家本所说，日本"国之骤张，基于立宪"。[①] 今天，我们从历史的教训中也深刻地体会到"奉法者强则国强"，要实现中华民族的伟大复兴，必须求诸法治之道，制定良法，以良法促善治、保善治。而民法典正是法治社会具有里程碑式意义的法典。

让我们为编纂一部新时代的民法典而努力奋斗！

---

① 沈家本：《历代刑法考·附寄簃文存·卷二》，中华书局1995年版，第2235页。

《民法总则》将有力推进国家治理现代化[①]

依法治国是国家治理体系现代化的重要标志。而作为民法典最重要部分的《民法总则》的颁行，完善了我国市场经济法律制度，将有力地推进国家治理的现代化。

《民法总则》通过全面确认和保障私权而起到有效规范公权的作用，为国家治理的现代化奠定了制度基础。众所周知，现代法治强调规范公权、保障私权，将公权力关进制度的笼子中是国家治理现代化的重要标志。法律的功能主要是确认权利、分配权利、保障权利、救济权利，我国《民法总则》是以民事权利为"中心轴"而展开的，该法广泛确认了公民享有的各项人格权、物权、债权、知识产权、亲属权、继承权等权利；针对互联网和大数据等技术发展带来的侵害个人信息现象，《民法总则》第一次确认了隐私权的概念，规定了个人信息的保护规则，维护了个人的人格尊严，并将有力遏制各种"人肉搜索"、非法侵入他人网络账户、贩卖个人信息、网络和电信诈骗等现象。

《民法总则》首次在法律上使用了"民事主体的财产权利受法律平等保护"的表述，这是对《物权法》的重大完

[①] 原载《光明日报》2017年4月17日。

善。该法对知识产权的客体进行了详尽的列举,扩张了知识产权的保护范围,进一步强化了对知识产权的保护。《民法总则》第一次在法律上确认了对数据、网络虚拟财产进行保护的规则。这些规定使其真正成为"民事权利的宣言书"。《民法总则》对民事权利的全面确认和保护,回应了21世纪的时代需要,彰显了时代精神和时代特征。对私权的保障其实也明确了公权行使的边界,因为依法行政就是要求行政机关不得非法侵害和干预个人依据民法所享有的各项民事权利。

《民法总则》更充分地确认和保护了民事主体的自治空间。保障私权还意味着要尊重个人的"私法自治",其本质上是尊重个人的自由和自主,即充分发挥个人在现代社会治理中的作用。与公权力"法无明文规定不可为"相反,私权的行使是"法无禁止即可为",即只要是法律没有明文规定禁止个人进入的领域,按照私法自治原则,个人均有权进入。这既有利于节约国家治理成本,也有利于增强社会活力,激发主体的创造力。

《民法总则》赋予了民事主体在法律范围内的广泛自由,具体而言:一是《民法总则》第5条确认了自愿原则,赋予民事主体依法享有在法定范围内广泛的行为自由,该原则贯穿于整个民法之中,并具体体现为保护所有权、合同自由、婚姻自由、家庭自治、遗嘱自由以及过错责任等民法的基本理念。二是《民法总则》确定了法人、非法人组织等社会组织的法律地位,并对其名称、住所、章程等作了更为细致的规定,这有利于充分实现社会自治。三是在法律行为中扩大自治的空间。《民法总则》在法律行为概念中增加了意思表示的内涵,增设了意思表示的相关规定,使当事人依法作出的意思表示能够产生法律拘束力,从而形成当事人通过意思自治来形成相应法律后果的意定主义调整方式。只要民事主体在法律规定的范围内行为，不违反法律、行政法规和公序良俗，法律就尊重当事人的意志。四是《民法总则》的代理制度旨在扩大民事主体的意思自治的空间，使其突破时间、空间和专业能力的限制，借助于代理人广泛实施各种民事行为。

《民法总则》确认了多元化的社会规则体系。在现代社会，法治的内涵越来越丰富，不限于国家机关制定的法律，即硬法，更包括乡规民约、自治性的团体规则、行业章程、习惯等软法，软法具有具体针对性、参与性、灵活性等特征。《民法总则》第一次在法律上确认了习惯可以作为法律渊源的效力，明确规定在法律没有规定时，可直接适用习惯。这就使民法可以从符合善良风俗的习惯中汲取营养，完善民法规则，也有助于民众将民法规范内化于心、外化于行。《民法总则》还第一次确认了法人、非法人组织依据法律和章程规定所作出的决议行为及其效力，从而使大量的团体规约、章程等也可以适用民事法律行为的规则，并受民法调整。这些规定都有助于降低国家治理成本，提高治理效率，从整体上提高国家治理体系的科学性和正当性。此外，软法治理也有利于市民社会的培育，实现国家治理和行业自治的良性互动，从而不断推进国家治理的现代化。

《民法总则》维护了家庭生活的和谐有序。家庭是社会最基本的细胞，家庭稳定是社会稳定的基础。家庭治理水平的提升也是国家治理现代化的重要体现。俗话说，"家和万事兴"，儒学倡导"家齐而后国治"，其实就是把家庭作为社会的细胞，以治理家庭作为治理国家的基础。因此，《民法总则》充分重视维护家庭关系的和谐、有序。例如，《民法总则》完善了监护制度，规定了遗嘱监护、意定监护、临时监护人制度以及监护人的撤销制度，还规定了成年人监护制度，以有效应对老龄社会的现实需要，强化对老年人的保护。再如，《民法总则》明确规定了因婚姻、家庭关系所产生的人身权利受法律保护，并以调整因婚姻、家庭产生的人身关系作为其重要内容，这也有利于构建良好的夫妻关系、家庭关系。

《民法总则》的时代意义①

第十二届全国人大第五次会议审议通过了《民法总则》，这在中国民事立法史上具有里程碑式的意义。该法进一步提升了我国民事立法的科学化和系统化，完善了市场经济和社会生活的法律规范，保障了创新、协调、绿色、开放、共享的"五大发展理念"，为全面深化改革、全面依法治国、实现"两个一百年"奋斗目标和中华民族伟大复兴的"中国梦"奠定了坚实的制度基础。

《民法总则》的颁行正式开启了民法典编纂的进程

《民法总则》的颁行正式开启了我国民法典编纂的进程。中华人民共和国成立以来，我国曾于1954年、1962年、1979年和1998年四次启动民法典的起草工作，但受当时的历史条件所限，民法典的制定始终未能完成。党的十八届四中全会决定提出"编纂民法典"，为我国民法典的制定提供了新的历史契机。由于民法典内容浩繁，体系庞大，涵盖社会生活的方方面面，因此，制定民法典首先需要制定一部能够统领各个民商事法律的总则。从我国民事立法的发展来

---

① 原载《学习时报》2017年3月22日。

看,虽然我国已经颁布了二百余部法律,其中半数以上都是民商事法律,但我国始终缺乏一部统辖各个民商事法律的总则。正是在这样的背景下,《民法总则》的制定不仅实质性地开启了民法典的制定步伐,并成为民法典的核心组成部分,而且也有力地助推了法律体系的完善。《民法总则》颁行后,未来民法典各分编的编纂都要与《民法总则》进行协调,并以《民法总则》所确立的立法目的、原则、理念为基本的指导,从而形成一部价值融贯、规则统一、体系完备的民法典。

《民法总则》的制定确立了民法典的基本制度框架。民法是权利法,民法典的体系构建应当以民事权利为中心展开。以权利为民法典"中心轴"的思想最初起源于自然法学派,并为近代潘德克顿学派所采纳。一些大陆法系民法典,如《德国民法典》《日本民法典》等,实际上都是以权利为中心构建的。我国《民法总则》也是以民事权利为"中心轴"而展开的。在《民法总则》中有关自然人、法人等的规定,是对权利主体的规定;民事权利一章的规定,是对民事权利的类型、客体、权利行使方式的规定;有关民事法律行为和代理的规定,是对民事权利行使的具体规则的规定;有关民事责任的规定,是对因侵害民事权利而产生的法律后果的规定;有关诉讼时效的规定,是对民事权利行使期限的限制。《民法总则》采取提取公因式的方式,就主体、客体、法律行为及民事责任等的一般规则作出规定,而分则体系将以物权、合同债权、人格权、亲属权、继承权等权利,以及侵害民事权利的侵权责任为主线而展开,在此基础上形成了完整的制度体系。从这一意义上说,《民法总则》不仅奠定了民法典分则制度设计的基本格局,而且也为整个民事立法的发展确定了制度基础。

《民法总则》从中国实际出发,借鉴两大法系的先进经验,充分彰显了时代精神和时代特征。我们要制定的民法典是 21 世纪的民法典，必须要回应 21 世纪的时代需要，彰显时代精神和时代特征。21 世纪的时代精神首先体现为对人的关爱、对人的尊严的尊重。人文关怀侧重于保障个人享受一种有尊严的生活，从而实现对个人的全面保护，维护每一个人的尊严。从《民法总则》的体系结构来看，其关于民事权利、民事义务的规则设计也都是以人为中心而展开的。《民法总则》"自然人"一章的许多条文都体现了人文关怀的价值理念，如宣示了对弱势群体的特殊保护、强化对胎儿利益的保护、降低限制民事行为能力的年龄标准等；为了强化对被监护人的保护，《民法总则》在《民法通则》规定的基础上，规定了遗嘱监护、意定监护、临时监护人制度以及监护人的撤销制度；此外，《民法总则》还规定了成年监护制度，以有效应对老龄社会的现实需要，强化对老年人的保护。

《民法总则》的颁行极大地推进了我国民事立法体系化进程

《民法总则》是民法典的总纲，纲举目张，整个民商事立法都应当在《民法总则》的统辖下具体展开。由于《民法总则》是采取"提取公因式"的方式确立的规则，是民法典中最基础、最通用，同时也是最抽象的部分，所以它可以普遍适用于各个民商事单行法律，《民法总则》的制定将极大地推进民事立法的系统化过程。法典化就是体系化，《民法总则》的制定将使整个民事立法体系更加和谐、更富有内在的一致性。长期以来，由于没有民法典，我国民事立法始终缺乏体系性和科学性，这不利于充分发挥民法在调整社会生活、保障司法公正等方面的功能。例如，在合同效力的规定上，《民法通则》与《合同法》就存在明显的冲突。再如，诚实信用原则在《民法通则》中被确认为一项基本原则,但在《物权法》等法律中则未被确认为基本原则,从而导致各个民事立法所认可的内在价值和原则并不具有一致性。《民法总则》确立了普遍适用于各个民事法律制度和规则的基本原则,消除了各个法律相互之间的冲突和矛盾,这就使民事立法体系更加和谐一致。

《民法总则》的颁行有效协调了民法和商法的关系。我国实行民商合一的立法体例,民法与商法(如《公司法》《保险法》《票据法》等)都是规范、调整市场经济交易活动的法律规则,在性质和特点等方面并无根本差异,两者实际上还都具有共同的调整手段和相似的价值取向,都以调整市场经济作为其根本使命。但《民法总则》应当是适用于所有民商事法律关系的一般性规则,可以说是私法的基本法,因而可以有效地指导商事特别法。民商合一的体例并不追求法典意义上的合一,其核心在于强调以《民法总则》统一适用于所有民商事关系,统辖商事特别法。一方面,通过《民法总则》的指导,使各商事特别法与民法典共同构成统一的民商法体系。民法总则是对民法典各组成部分及对商法规范的高度抽象,诸如平等原则、自愿原则、诚实信用原则、公平原则和等价有偿原则等,均应无一例外地适用于商事活动。另一方面,《民法总则》与各个商事法律构成了有机的整体,二者之间是普通法与特别法之间的关系,也就是说,在出现商事纠纷后,首先应当适用商事特别法,如果无法适用商事特别法,则可以适用《民法总则》的规则。

《民法总则》整合了司法解释中的大量规定,体现了强烈的实践性。针对民法规范的适用,司法机关曾颁行了大量的司法解释,对民事立法作了细化性、补充性的规定,对我国民事立法的完善起到了重要作用。《民法总则》在制定过程中,通过认真总结司法实践经验,将比较成熟的司法解释的规则吸纳到法律中。例如,诉讼时效的效力、起算、中止、中断等规则，都大量吸收了司法解释的合理规则，并且也解决了司法解释与民事立法之间不协调的问题，消除了二者之间的矛盾，这将促进我国民事立法的体系化发展。

《民法总则》完善了私权体系，强化了私权保护机制

民法典被称为"民事权利的宣言书"。众所周知，现代法治的核心在于"规范公权、保障私权"，法律的功能主要是确认权利、分配权利、保障权利、救济权利。《民法总则》广泛确认公民享有的各项人格权、物权、债权、知识产权、亲属权、继承权等权利，使其真正成为了"民事权利的宣言书"。《民法总则》继续采纳《民法通则》的经验，专设"民事权利"一章，集中地确认和宣示自然人、法人所享有的各项民事权利，充分地彰显民法对私权保障的功能。《民法总则》在全面保障私权方面呈现出许多亮点，主要表现在：一是时代性，即体现了当代中国的时代特征，回应了当今社会的现实需求。例如，该法首次正式确认隐私权，有利于强化对隐私的保护。再如，针对互联网和大数据等技术发展带来的侵害个人信息现象，《民法总则》规定了个人信息的保护规则，维护了个人的人格尊严，并将有力遏制各种"人肉搜索"、非法侵入他人网络账户、贩卖个人信息、网络和电信诈骗等现象。二是全面性，即系统全面地规定了民事主体所享有的各项人身、财产权益。从保护公民财产权利的角度来看，《民法总则》首次在法律上使用了"平等"保护民事主体的财产权利的表述，这是对《物权法》的重大完善。该法对知识产权的客体进行了详尽的列举，扩张了知识产权的保护范围，进一步强化了对知识产权的保护。该法强化了对英雄烈士等的姓名、肖像、名誉、荣誉的保护，有助于弘扬公共道德、维护良好的社会风尚。三是开放性。《民法总则》第126条规定:"民事主体享有法律规定的其他民事权利和利益。"依据该条规定,不论是权利还是利益,都受到法律保护。这不仅与保护民事权益的基本原则相对应,而且为将来对新型民事权益的保护预留了空间,保持了对私权保护的开放性。保障私权就是为了更好地保障最广大群众的根本利益,保护人民群众对美好生活的向往。此外,由于私权的保护在一定程度上界定了公权行使的范围,从而也将起到规范公权的作用。

《民法总则》的颁行完善了社会生活的基本规则

民法典被称为"社会生活的百科全书"。民法调整的人身关系和财产关系涉及社会生活的方方面面,直接关系到人民群众的切身利益和社会的生产生活秩序。《民法总则》从维护广大人民群众根本利益出发,完善了社会生活的基本规则。一方面,《民法总则》开宗明义地宣告,要以弘扬社会主义核心价值观为立法目的,倡导自由、平等、公正、法治等价值理念,并确认了诚实信用、公序良俗等基本原则,要求从事民事活动,秉持诚实、恪守承诺,这有利于强化人们诚实守信、崇法尚德,推进诚信社会建设。《民法总则》规定了民事权利行使和保护的规则,规定"民事主体行使权利时,应当履行法律规定的和当事人约定的义务"(第131条),禁止滥用权利(第132条),为人们的交往活动提供了基本的准则。另一方面,《民法总则》广泛确认了民事主体所享有的各项权益,规定了胎儿利益保护规则、民事行为能力制度、老年监护制度、英烈人格利益保护等,实现对人"从摇篮到坟墓"各个阶段的保护,每个人都将在民法慈母般爱抚的目光下走完自己的人生旅程。该法规定了民事责任制度,切实保障了义务的履行,并使民事主体在其私权受到侵害的情况下能够得到充分的救济。

《民法总则》贯彻了私法自治理念,保障民事主体按照自己的意愿依法行使民事权利,不受非法干涉(第130条),并确定了私法自治的边界,保障权利的正当行使。《民法总则》第一次在法律上确认了法人、非法人组织依据法律和章程规定所作出的决议行为及其效力,从而使大量的团体规约、章程等也可以适用民事法律行为的规则,并受民法调整。为强化社会自治,提升社会治理水平,《民法总则》确定了以家庭监护为基础、社会监护为保障、国家监护为补充的监护体制,形成了国家和社会的良性互动。同时,《民法总则》确定了法人、非法人组织等社会组织的法律地位,并对其名称、住所、章程等作出了更为细致的规定,这有利于充分实现社会自治。另外,《民法总则》在法源上保持了开放性,第一次明确规定在法律没有规定的情形下可以适用习惯,这就保持了民法对社会生活调整的开放性,同时,使民法可以从符合善良风俗的习惯中汲取营养,完善民法规则,也有助于民众将民法规范内化于心、外化于行。

《民法总则》的颁行完善了市场经济基本法律制度

民法典被称为市场经济的基本法。《民法总则》的颁行有力地促进了市场经济法律制度的完善,提高了国家治理能力。一方面,《民法总则》确认了自愿原则,弘扬私法自治,为社会经济的创新和发展提供了法律保障。马克思说,"法典是人民自由的圣经"。[①]《民法总则》通过一系列规则,充分保障了民事主体的行为自由。另一方面,《民法总则》

---

① 全国人大常委会办公厅研究室编:《马克思主义关于人民代表大会机关的论述》,中国民主法治出版社1992年版,第84页。

通过对各项权利的保护,有力地维护了市场经济的法律环境和法治秩序。《民法总则》确定了绿色原则,顺应了保护资源、维护环境的现实需要。

《民法总则》完善了市场经济的基本法律制度。在市场主体制度方面,《民法总则》确立了主体平等的原则,有助于市场经济主体之间的平等交易;同时,该法明确了法人的分类标准,丰富了法人的类型,确立了营利性法人的一般规则,规定了非法人组织的民事主体地位及其责任,从而将有力地释放和激发市场主体的活力。在市场行为规则方面,《民法总则》确认民法的各项基本原则都是市场主体所应遵循的基本规则,该法详细规定了民事法律行为的成立、生效等具体规则,并对意思表示的一般规则进行了规定,进一步完善了代理规则。在交易客体层面,《民法总则》广泛确认了市场主体所享有的各项财产权利,如对知识产权的客体进行了详尽的列举并确认了对数据等的保护,适应了创新型社会的发展需要。在市场秩序维护方面,《民法总则》强化了对交易第三人的保护,注重对信赖利益的保护,保护交易当事人的合理预期。

适用《民法总则》需妥当处理三方面关系

"天下之事,不难于立法,而难于法之必行。"《民法总则》颁布之后,需要进一步加强对《民法总则》的解释,并完善配套规则,及时清理相关立法中不合时宜的规则,从而保障该法的有效实施。当前亟须处理好以下三方面的关系:

一是《民法总则》与民法典分则之间的关系。《民法总则》是采取"提取公因式"的方式所确立的规则,它和民法典各分编之间实际上是普通法和特别法的关系。从《民法总则》的规定来看,该法的许多规定都与分则有一定的重复，尤其是在民事权利、民事法律行为、民事责任等章中，不少条款都和分则的相关规则存在交叉与重复，在即将展开的民法典分则各编的编纂中，需要妥当处理好《民法总则》与分则的相互关系。原则上，对于《民法总则》已经作出规定的内容，分则应当尽量避免作出重复规定；对于总则中已经作出原则性规定的内容，分则应当作出细化规定；但如果总则的规定较为具体，则可以考虑将其纳入分则之中。

二是《民法总则》与《民法通则》的关系。《民法总则》是在《民法通则》的基础上制定的，许多规则都是在总结《民法通则》经验的基础上制定的。原则上，《民法总则》制定后，《民法通则》应当废止，但由于《民法通则》涉及的内容比较宽泛，一些条款不能都为《民法总则》所替代，在民法典最终颁行之前，两法将同时并行，这就需要处理好二者之间的关系，原则上还是新法与旧法之间的关系，两法规定不一致的，都要适用《民法总则》。但《民法通则》的有些规则究竟是应当被《民法总则》替代，还是应当将其认定为特别规定而继续适用，需要通过立法解释或者司法解释尽快予以明确，以保障法官准确地适用。

三是《民法总则》与其他民事单行法的关系。《民法总则》中大量采用了引致性条款，以连接《民法总则》与民事单行法之间的关系。在有引致条款的情况下，应当适用民事单行法，但如果《民法总则》的规定已经改变了民事单行法的相关规则，则应当适用《民法总则》。如果《民法总则》引致条款并没有对应的民事单行法，则应当尽快完善相关的民事立法。例如，《民法总则》第127条规定："法律对数据、网络虚拟财产的保护有规定的，依照其规定。"但我国目前尚未颁行针对数据和网络虚拟财产的单行立法，因此，需要完善相关民事立法，以更好地实现《民法总则》的立法目的。

《民法总则》彰显人文关怀①

民法是社会生活的百科全书,是社会主义市场经济的基本法。《民法总则》的制定,重新开启了我国民法典的编纂进程。《民法总则》是民法典的总纲,整个民商事立法都将在民法总则的统辖下具体展开。《民法总则》的制定将极大推进民事立法的体系化进程,在中国民事立法史上具有里程碑意义。《民法总则》的内容有许多亮点,其中比较突出的一点就是它充分彰显了人文关怀的价值理念,彰显了21世纪的时代精神。

人文关怀是《民法总则》的基本价值取向

我们要制定的民法典是21世纪的民法典。如果说1804年的《法国民法典》是19世纪风车水磨时代民法典的代表,1900年的《德国民法典》是20世纪工业社会民法典的代表,那么,我国民法典则应当成为21世纪信息时代民法典的代表。这就要在我国民法典中反映21世纪的时代精神与时代特征。

21世纪是弘扬人格尊严与价值的时代,这个时代的精

---

① 原载《人民日报》2017年8月13日。

神理应倡导对人的权利的保护。21世纪的民法，更应突出体现对人格尊严和人的合法权益的尊重。在当今信息时代、网络社会，科技进步的成果面临着被误用或滥用的风险，有可能对个人隐私等人格权带来现实威胁，而大数据技术的发展，使得个人信息的收集和利用更为便捷，这也给个人信息和隐私的保护带来了一定的威胁。这样的形势要求把对人的保护提到更高程度。

人文关怀在今天已不仅仅是重要的价值理念，它使整个民法规则发生了重大改变甚至是革命性变化。比如，传统的侵权法主要以制裁、追究责任为目的，侵害了别人的合法民事权利就要给对方赔偿，其更侧重于制裁不法行为人。但在今天，随着人文关怀成为民事立法的基本价值取向，侵权法的立法不再更多考虑怎样制裁行为人，而侧重于考虑如何向受害人提供更全面的救济、如何充分体现对受害人的关爱，因此，现代侵权法确立了停止侵害、消除影响、赔礼道歉等多种责任形式。

对人的关怀与尊重，体现了民法的本质和功能。民法本质上是人法，倡导关爱人、促进人的全面发展。民法的这种精神，体现了社会主义的本质特征，也体现了对仁者爱人的中华优秀传统文化的传承与弘扬。今天，广大人民群众在温饱问题解决之后，对自身权利的追求更多，保护自身权利的意识和要求也更高。这对民法典的编纂提出了更高的标准和要求。一部充分关爱人、保护人的民法典，才是符合广大人民群众需要、面向21世纪的民法典。

《民法总则》突出体现对人的保护

民法与人民群众的生活息息相关。《民法总则》从立法基本原则的确定到具体制度的完善，都将对人的尊重、对权利的保障作为一条主线，体现了浓厚的人文关怀。

《民法总则》确立了保护权利的立法目的。《民法总则》所确立的基本原则，彰显了意思自治和权益保护，致力于促进人的全面发展。《民法总则》第1条开宗明义地指明："为了保护民事主体的合法权益，调整民事关系，维护社会和经济秩序，适应中国特色社会主义发展要求，弘扬社会主义核心价值观，根据宪法，制定本法。"可见，我国民法的立法目的之一是保护民事主体的合法权益。接下来的几条明确了平等、自愿、公平、诚信等原则，强调民事主体的人身权利、财产权利以及其他合法权益受法律保护，任何组织或者个人不得侵犯。这些都体现出《民法总则》追求对个人全面保护、维护人的价值、调动人的积极性，进而弘扬社会主义核心价值观，促进经济社会发展。

《民法总则》的体系结构彰显对人的保护。从《民法总则》的体系结构来看，其关于民事权利、民事义务的规则设计也都是以人为中心的。该法虽然也调整交易关系，但其本质上是以保护人、关爱人为中心的。一方面，它确认了自然人的人身自由、人格尊严受法律保护的原则。人格尊严是人格权法律制度的立法基础。在今天，人民的基本生存权已经得到了保护，在此背景下，更应让人格尊严作为基本人权得到法律保护。另一方面，它强化了对财产权的保护。只有有效保护个人的人身和财产权益，才能增强人们的投资信心、置产愿望和创业动力。在广大人民群众物质生活条件得到极大改善、个人财产不断增加的情况下，对财产安全的保护显得尤为重要。保护财产，就是保护人们诚实劳动，保护人们对美好生活的向往。例如，《民法总则》明确规定"民事主体的财产权利受法律平等保护"，在《物权法》的基础上完善了平等保护原则，将《物权法》中的物权平等保护扩展到所有财产权的平等保护。

这彰显了民事法律"私权平等"的价值取向,适应了我国当前改革中强化产权保护的现实需要。

《民法总则》增加了对特定主体民事权利的保护。比如,该法增加了对胎儿利益的保护。《民法总则》第16条规定:"涉及遗产继承、接受赠与等胎儿利益保护的,胎儿视为具有民事权利能力。但是胎儿娩出时为死体的,其民事权利能力自始不存在。"虽然胎儿没有出生,还不能完全作为独立主体存在,不可能完全适用自然人的权利能力和行为能力规则,但是在涉及遗产继承、接受赠与、提出损害赔偿请求等方面,又有受保护的必要。所以,《民法总则》专门对此进行了规范。再如,《民法总则》规定8周岁以上的未成年人为限制民事行为能力人,实施民事法律行为由其法定代理人代理或者经其法定代理人同意、追认,但是可以独立实施纯获利益的民事法律行为或者与其年龄、智力相适应的民事法律行为。这一规定有利于保护未成年人,允许他们从事一定的民事活动,可以方便他们的生活,并培养其社会交往能力。此外,《民法总则》监护制度的规则也发生了重大变化,即从传统上把被监护人作为管理对象转变为把被监护人视为独立主体,力求实现被监护人利益的最大化,充分尊重其独立意愿,这也体现了民法的人文关怀精神。

《民法总则》将真正成为民事权利的宣言书

众所周知,现代法治强调规范公权、保障私权,现代法律的功能主要是确认权利、分配权利、保障权利、救济权利。《民法总则》广泛确认公民享有的各项人格权、物权、债权、知识产权、亲属权、继承权等权利,从而真正成为"民事权利的宣言书"。民法调整的人身关系和财产关系涉及社会生活的方方面面,直接关系到人民群众的切身利益和社会的生产生活秩序。《民法总则》从维护广大人民群众根本利益出发，完善了社会生活的基本规则。

《民法总则》确立了民法作为权利法的基本制度框架。民法是权利法，民法典的体系构建应以民事权利为"中心轴"展开。我国《民法总则》正是以民事权利为"中心轴"展开的，其有关自然人、法人等的规定，是对权利主体的规定；有关民事权利的规定，包含对民事权利的类型、客体、权利行使方式的规定；有关民事法律行为和代理的规定，是对民事权利行使具体规则的规定；有关民事责任的规定，是对侵害民事权利而产生的法律后果的规定；有关诉讼时效的规定，是对民事权利行使期限的规定。《民法总则》就主体、客体、法律行为及民事责任等的一般规则作出规定，而分则体系将以物权、合同债权、人格权、亲属权、继承权以及侵害民事权利的侵权责任为主线展开，在此基础上形成完整的制度体系。从这个意义上说，《民法总则》不仅奠定了民法典分则制度设计的基本格局，而且也为整个民事立法的发展确立了制度基础。

《民法总则》构建了完整的民事权利体系。《民法总则》专设一章规定民事权利，构建了完整的民事权利体系，体现了对民事权利的重视，这本身也是一个亮点。《民法总则》在民事权利体系规定方面的进步性，主要体现在如下几个方面：第一，首次在法律上明确规定隐私权的概念。《民法通则》只规定了名誉权，而没有规定隐私权，司法实践一直通过名誉权保护隐私权，此种做法不利于保护隐私权，因为侵害隐私权并不必然导致个人名誉权受损。《侵权责任法》虽然也规定了隐私权，但只是在保护范围中规定了隐私权。《民法总则》第一次明确规定了隐私权受法律保护，有力地推动了人格权制度的发展。第二，规定了个人信息。虽然《民法总则》没有明确使用"个人信息权"的概念，但可以认为其承认了独立的个人信息权益。个人信息权益主要是指对个人信息的支配和自主决定的利益。近年来，个人信息被随意侵犯、买卖的现象比较严重，《民法总则》的这一规定有利于强化对个人信息的保护。第三，规定了对数据和网络虚拟财产的保护。现代社会，数据的开发和利用已成为科技创新的重要内容，数据和网络虚拟财产也成为民事主体的重要财产，《民法总则》对数据和网络虚拟财产进行保护正是对社会发展需求的回应。第四，规定了民事主体享有法律规定的其他民事权利和利益。也就是说，不论是权利还是利益，未来出现任何新型的民事利益，都受到法律保护。这不仅与保护民事权益的基本原则相对应，而且为将来对新型民事权益的保护预留了空间，体现了民法总则规则的开放性。

《民法总则》充分尊重个人依法享有的行为自由。保障私权需要确认个人所享有的各项人身和财产权益，还应系统规定私权的救济机制，全面保障私权。同时，保障私权还意味着尊重个人的"私法自治"，其本质上是尊重个人的自由和自主。与公权力"法无明文规定不可为"相反，私权的行使是"法无禁止即可为"，即只要是法律没有明文规定禁止个人进入的领域，按照私法自治原则，个人均有权进入。这既有利于节约国家治理成本，也有利于增强社会活力，激发主体的创造力。《民法总则》第5条确认了自愿原则，规定："民事主体从事民事活动，应当遵循自愿原则，按照自己的意思设立、变更、终止民事法律关系。"该条赋予民事主体依法享有在法定范围广泛的行为自由，并可以根据自己的意志设立、变更、终止民事法律关系。自愿原则作为民法的一项基本原则，贯穿于整个民法之中，体现了民法尊重人、保护人的基本精神。

从"常回家看看义务"入法谈起

一曲"常回家看看"打动了无数人的心弦,也唱出了许多游子的心声。现代社会,高节奏、快频率的生活,使得年轻人无暇回家探望老人。而父母对孩子回家也有深深的企盼,希望看到孩子,切实感受子女在外生活得幸福、平安。这首歌很好地刻画了父母与在外子女之间心里相互牵挂、相互慰藉的情感,因此引起了社会广泛共鸣,"常回家看看"也一度成为了全社会的流行语。

问题在于,是否有必要把"常回家看看"作为一项法定义务,纳入法律调整的范畴,曾经引发过争议。2012年《中华人民共和国老年人权益保障法》在修订时,专门在第18条规定:"家庭成员应当关心老年人的精神需求,不得忽视、冷落老年人。与老年人分开居住的家庭成员,应当经常看望或者问候老年人。"该条通过后获得了社会普遍好评,大多数人认为,法律倡导子女常回家看看是必要的,这既是中国传统伦理道德的法律化,也是发扬传统美德、促进家庭和睦、亲人相亲相爱的必要举措。

该法颁行后,客观上确实促进了子女回家探望老人,产生了良好的社会效果。毫无疑问,"常回家看看"值得法律予以提倡,但子女确实因为各种原因无法做到"常回家看看",是否应当承担一定的法律责任?对此,在该条入法时就存在不同的看法。2013年无锡市发生的一起案例再次引发了人们对这一问题的讨论。在该案中,原告储某是77岁高龄的老太,被告马某、朱某则是她的女儿、女婿。此前,储某与一双儿女签订协议,写明其由女儿、女婿负责养老,但多年相处之后,储某与女儿一家产生矛盾,后赌气出走住到儿子家。但女儿马某在老太离家后,并未前往看望。储某一怒之下将女儿、女婿告上法庭。无锡市北塘区人民法院依据上述法律规定,判处被告马某每两个月至少到储某居住处看望问候一次,端午节、重阳节、中秋节、国庆节、元旦节这些节日,马某也应当至少安排两个节日期间内看望储某。① 该案法官当庭指出,如果子女不履行看望义务,权利人可以申请强制执行,甚至可以予以罚款或者拘留。这起对"常回家看看"案例的判决,是《中华人民共和国老年人权益保障法》施行后的国内首例判决。

应当看到,中国是一个礼制社会,以儒学为代表的中华传统文化主张孝道,"父严、母慈、子孝"是传统家庭追求的标准。"百善孝为先",《孝经》中明确提出:"夫孝,天之经也,地之义也,人之行也。"这实际上是把"孝悌"与天道联系起来了。古代家庭法律制度也具有较深的伦理色彩,甚至在很大程度上是对家庭伦理道德规范的直接转述,将"以孝悌为本"等道德观直接转化为法律。只要子孙存在违反人伦孝道等行为,法律就要予以惩戒,而符合孝道的行为,即便违反法律规定,也有可能得到赦免。从孝道出发,"父母在,不远游",因此,根本不存

---

① 王珏玢、杨绍功、王若遥:《中国首例精神赡养案判决引发法律与道德思考》,载http://www.legaldaily.com.cn/legal_case/content/2013-07/02/content_4609045.htm?node=33834,最后访问时间2018年5月12日。

在要求子女常回家看看的道德诉求。但在现代社会，随着社会分工的发展，人口流动加快，许多年轻人都要到城市谋生，不论是对在城市打拼的"蚁族""鼠族"，还是对事业有成的白领而言，由于工作繁忙，常回家看看客观上十分困难。"孝"文化是中国传统文化的精髓，四世同堂、儿孙绕膝是老年人期盼的幸福生活。但这种场景主要是建立在农业社会的背景之下，现代社会的发展对这种生活场景造成了极大的冲击，因此，常回家看看即便是绝大多数人的道德共识，客观上也很难实现。青岛的一份针对外来人员的调查显示，23%的受访者每月和父母见一次面，14%的受访者每三个月才和父母见一次，27%的受访者表示半年才能见一次父母，32%的受访者称一年回家一次，还有4位受访者称几年没有回家了。① 法律不能"强人所难"，更何况，子女回家探望父母本应属于家事道德领域，情感问题十分复杂，不是简单地通过权利、义务、责任就能予以解决的。

法安天下，德润人心。法律拘束人们的外在行为，是一种社会行为的规范。道德拘束人们的内心，且是为了使人们内心自省，并改善自己的言行。法律应当提倡孝道，增加亲情，倡导子女常回家看看，目的在于加强父母与子女之间的道德维系，但如果因此课以不能常回家看看的子女承担法律责任，则可能破坏这种道德的认同感，其效果恰恰适得其反。严格地说，上述规定本身属于倡导性的规范，其实质是在将道德义务法律化，表明了立法者对老年人精神世界的关爱，是一种人文关怀精神的体现。但其主要也是起倡导作用，而并不是与法律责任相联系的法定义务。违反了这种义务，并不一定要遭到制裁。例如，在无锡的上述

---

① 魏巍：《"常回家看看"入法将沦为一纸空文》，载 http://news.ifeng.com/opinion/special/changhuijiakankan/，最后访问时间2018年5月12日

案件中，法院判处被告人马某、朱某除承担原告储某一定的经济补偿外，还需至少每两个月到老人居住处看望问候一次。如果被告确实和老人居住在一个城市，还是可以做到的，但如果不住在一个城市，甚至在国外生活，要求其至少两个月探望老人一次，客观上是很难做到的，如果来回花费过大，是老人不愿见到的，如果子女因此而丢掉了工作，更是老人不愿看到的。

对父母而言，其并不希望子女因为没有回家探望而受到制裁。在上述无锡的案件中，法官当庭指出，如果子女不履行看望义务，储女士可申请强制执行，执行过程中将根据情节轻重予以罚款直至拘留。这种判决实际上是脱离现实的，也不符合原告的真实想法，因为没有一个父母愿意看到自己的子女被拘留。将常回家看看入法的目的主要是为了倡导子女回家探望父母，而并不是要将其定位为一种法律责任，如果以强制执行的方式实现这一义务，可能违背了设置这一规则的初衷。还应当看到，如果为常回家看看设置一种法律责任，这种责任承担的前提是父母在法院提起诉讼，但这样一来，无疑会促使父母与子女对簿公堂，本来属于家庭内部的矛盾纠纷可能因此而激化。更何况，在现代社会，尤其是在广大农村，儿女远离父母外出打工，"空巢老人"迅速成为严峻的社会问题。如果都鼓励父母到法院打官司，会引发人伦悲剧，这也是许多家庭所不愿意看到的。

有人认为，如果没有相应的法律责任，"常回家看看"的法定义务就会落空，通过法律责任才能形成一种制度保障。但一方面，我们必须要看到，法律的力量看起来是强大的，因为它可以改变人们的生活方式，限制人们的自由，甚至可以决定人们的生死。但人类生活中有不少领域是法律无法规范的，人类的心灵和思想有许多是法律所无法涉及的,人类相互之间的爱也是法律所无法强迫的,虽然法律可以鼓励家庭成员之间相亲相爱,但无法通过法律责任强行拉近人们的情感距离。而这些问题还需要靠道德的教化和倡导。另一方面,家庭的和谐、和睦更多的还是要靠家庭成员之间的道德自觉,而不是靠法律强制,过多的法律强制不仅起不到好的作用,反而会适得其反。在家庭关系中,法律可以通过法律责任保障家庭成员的基本物质生活,如课以子女对父母的赡养义务,这一义务可以通过财产的给付来实现,其与个人的道德情感并不存在直接关联。例如,我国法律将赡养义务规定为子女依法负有的一项法定义务,如果子女没有尽到赡养义务,则法院可以通过强制执行等方式予以实现。赡养义务的规定侧重于为老年人提供一种基本的保障,物质性的赡养义务可以通过强制执行的方式予以实现,而精神性的关爱则主要是倡导性的,其目的在于对老年人进行精神上的抚慰,无法通过强制执行的方式实现。本案中,法官判决子女负有"常回家看看"的义务,实际上很难起到抚慰老年人精神的立法目的。

波塔利斯指出:"家庭是良好品性的圣殿:正是在其中,私德逐步培养为公德。"① 一个充满仁爱的家庭,也是理想国家的结构状态,是一个国家的雏形和缩影。西方近现代传统注重家庭成员个性的张扬,而中国传统则更注重家庭的和谐、和睦,追求"父严、母慈、子孝"。俗话说"家和万事兴","常回家看看"入法正是体现了这样一种传统道德观念,对家庭的和睦、和谐具有重要促进作用,但我们更应当注重该规则的倡导作用,而不应当将其理解为一种与法律责任相对应的强制性义务。

---

① Portalis, "Discours préliminaire sur le projet de Code civil", in Jean-Etienne-Marie Portalis, *Discours et rapports sur le Code civil*, Centre de Philosophie politique et juridique, 1989, pp. 103—104.

企业实行"黑名单"制度的几点思考

据报载,2017年6月1日上午,武汉天河机场国际航站楼发生了一起晚到旅客情绪失控、冲进工作区域掌掴机场地服公司值机员的事件。据悉,该旅客系武汉名校女博士,机场公安局已依法对其作出拘留10日的处罚,后该乘客所乘坐的法航决定将其列入黑名单,在全球范围拒绝承运,其在全球范围内将无法再坐法航航班,同时,该机场地服也向中国民航局申请将这名旅客列入中国民航黑名单,如果申请成功,该女博士将无法乘坐国内任何一家航空公司的航班。①

事实上,早在2008年,我国就发生了著名的"航空黑名单第一案"。在该案中,范某原是厦航特招的安全员,2004年因选招空警与厦航发生矛盾后离职。但由于范某与厦航矛盾重重,因此,厦航认为,范某可能会对厦航安全构成威胁,于是双方达成调解意见书,载明:范某自愿在有子女前放弃乘坐厦门航空公司航班的权利。范某女儿出生后,其购买厦航的机票,被厦航连续5次拒绝,范某认为,其已

---

① 胡勇谋、叶文波:《打人女博士追踪:法航全球范围拒绝承运,或列入中国民航黑名单》,载《楚天都市报》2017年6月2日。

经被厦航列入"黑名单",于是将厦航告上了法庭。①

严格地说,这两个案例的情形并不完全相同。第一个案例是因为乘客殴打航空公司的工作人员而被列入"黑名单",拒绝承运,以示惩罚。而第二个案例中,原告是因与航空公司发生矛盾而离职,双方约定原告自愿放弃乘坐厦航航班的权利,但双方的约定中有一个条件,即在原告子女出生后,其即可乘坐厦航的航班,但航空公司单方将其列入"黑名单"。显然,第二个案例中,航空公司已经构成违约。但两起事件都有一个共同点,即航空公司因各种原因而将乘客纳入"黑名单"后,航空公司拒绝乘客搭乘,并由此引发争议。

企业实行"黑名单"制度是近几年的事。2014年6月14日,国务院发布了《社会信用体系建设规划纲要(2014—2020)》,该文件也是社会信用体系建设的纲领性文件。该文件指出,"强化行政监管性约束和惩戒。在现有行政处罚措施的基础上,健全失信惩戒制度,建立各行业黑名单制度和市场退出机制"。建立黑名单制度,其实就是要形成一个联动机制,对失信人予以惩戒,使其"一处受限,处处受限"。例如,建立网络信用"黑名单"制度,将实施网络欺诈、造谣传谣、侵害他人合法权益等严重网络失信行为的企业、个人列入"黑名单",对列入"黑名单"的主体采取网上行为限制、行业禁入等措施,通报相关部门并进行公开曝光。再如,银行将一些"老赖"列入失信人名单,使其办理各种银行业务甚至其他业务处处受阻。除此之外,中国人民银行征信系统中心对那些呆账坏账的债务人的违约信息作了记载,有的旅游业主管部门和旅行社也对严重违背社会公德的旅游者(如在红军雕像头上小

---

① 参见安雨、向凯:《航空公司离职人员被列入"黑名单"案二审将开庭》,载《新安晚报》2008年11月27日。

便者）采用了"黑名单"制度。

"黑名单"制度对建立我国信用体系具有重要的意义，它既是市场经济条件下完善信用制度的一项重要举措，也为我国政府监管方式改革提供了有效的途径。也就是说，随着"黑名单"制度的建立，政府的监管方式将逐步由事先的行政审批转化为事中和事后的监督。有人把"黑名单"制度视为与积极审批相对应的一种"消极许可"方式，其使得不合规的企业和个人的行为受到必要的限制，此种观点不无道理。由于政府的资源十分有限，借助"黑名单"制度，政府可以对被纳入"黑名单"的企业和个人进行重点监管，这也可以提高政府监管的效率。

关于"黑名单"制度，有几个问题值得讨论：

一是应当建立纳入"黑名单"的程序机制。例如，在前述我国"航空黑名单第一案"中，双方当事人已经就选乘航班的限制条件作出约定，但航空公司没有遵守约定，这实际上具有一定的报复性质。航空公司可能认为，作为一个企业，其应当有权选择乘客。但将乘客列入"黑名单"，不仅影响乘客选择航班，而且可能侵害乘客的信用利益等其他利益，使其处处受限，寸步难行，对其正常的经济活动和社会交往乃至于正常的生活都可能造成不当妨碍。因此，应当建立纳入"黑名单"的程序机制，尤其是明确纳入"黑名单"的标准，不应当由企业单方面任意决定纳入黑名单的条件。从目前黑名单制度的施行情况来看，许多企业的标准极不统一，各个企业的做法也形式多样，彼此之间的认同度也很低，这就难以形成有效的联动机制，影响"黑名单"制度功能的发挥。

二是企业应当负有通知的义务。被纳入"黑名单"的人应当享有被告知权。被纳入"黑名单"可能会对相关当事人的活动造成一定的妨碍，这实际上是向当事人施加的一种"不利后果"，被纳入"黑名单"的人可能随时随地面临各种资格上的限制，如不能获得银行的贷款，无法预订高铁票、卧铺票和飞机票，无法报名参加旅游团等。因此，企业应当负有一定的通知义务，被纳入"黑名单"的人也应当享有被告知权。因为一方面，一些当事人根本不知道自己上了"黑名单"，如果没有给予这些人必要的申诉、请求纠正、申请复议等权利，可能影响当事人正常的经济活动安排和正常的社会生活。另一方面，设置"黑名单"制度的重要目的在于教育相关当事人，以使其尽可能改正其行为，惩戒只是实现其教育功能的手段。如果当事人根本不知道其已经被纳入"黑名单"，则很难起到相关的教育作用。因此，在纳入"黑名单"以后，信息使用人或者信息传递人应当及时通知相关当事人。

三是"黑名单"期限制度。任何人一旦被列入"黑名单"，不仅影响其信用权，而且可能影响其社会交往，甚至会影响其基本生活、正常出行等。所以，不能长期、无期限地将个人列入"黑名单"，否则可能导致一个小错影响终身的不利后果。比如，在高铁上吸烟可能被列入"黑名单"，如果被列入"黑名单"后，个人长期无法乘坐高铁，对个人的惩罚就过于严苛。因此，有必要设置"黑名单"的期限制度，并根据不同的违法行为或失信行为设置相应的期限，而不能允许企业自行设置长期的"黑名单"制度。

四是查询权。根据中国人民银行《个人信用信息基础数据库管理暂行办法》第15条第1款的规定，"征信服务中心可以根据个人申请有偿提供其本人信用报告"。目前相关征信服务机构已经建立了个人征信信息库，当事人有权查阅自己的信用信息，有关机构应当给予配合。同样，在企业将个人纳入"黑名单"后，当事人也应当有查询的权利，尤其是查询其被纳入"黑名单"的原因、被纳入"黑名单"后的救济方式以及被纳入"黑名单"的相关不利后果等,相关企业应当予以配合。

五是更正、删除权。"黑名单"制度涉及个人信用利益的保护,如果相关企业因为所掌握的信息错误或者违反法定程序而将某人纳入黑名单,则可能对个人的信用状况产生不良的影响,而且该"黑名单"一旦公开,将直接影响社会公众对其信用状况的正确评价。因此,在企业因不实信息而将个人纳入黑名单时,个人应当有权请求相关企业及时予以删除,或者更正其信用信息。如果某人被列入"黑名单"后,已经改过自新,纠正了其失信的行为,则可请求相关机构将其从"黑名单"中移除,以维护其良好的信用状态。① 应当看到,国务院于 2013 年颁行了《征信业管理条例》,其中规定了如果信息主体认为征信机构采集、保存、提供的信息存在错误、遗漏的,其有权向征信机构或者信息提供者提出异议,要求更正。但该条例并未上升到法律层面,将来的立法应当对权利人的更正、删除权作出规定,以更好地规范"黑名单"制度的运用。在许多国家的个人信息法中,法律都赋予被记录人请求更正的权利,并且可以通过司法渠道来实现这种权利。这显然是十分必要的。因为一个人的信用状况是不断变动的,人非圣贤,孰能无错? 有错能改,善莫大焉。相应的,纳入"黑名单"也不能是终身的,在个人及时作出改正后,应当及时将其从"黑名单"中删除,或者更正相关的内容。

六是对被错误纳入"黑名单"的人提供法律救济。在相关企业将个人不当纳入"黑名单"的情形下,当事人有权请求予以删除或者更正,如果企业拒绝更正,则将构成对个人信用利益的侵害,而且即便企业愿

---

① 参见张国栋:《信用修复让黑名单管理更有效》,载《北京晨报》2017 年 11 月 20 日。

意删除、更正，在其采取删除或更正措施前，当事人也可能已经遭受一定的损害，这就有必要对其提供必要的救济。应当指出的是，"黑名单"本身并不是法律责任，但它也会给被纳入"黑名单"的人施加一种"不利的后果"，在一定程度上限制其社会活动。从这个意义上讲，黑名单制度与法律责任之间具有很高的相似性，都是对个人施加相关的不利后果。我个人认为，纳入"黑名单"具有一种准法律责任的性质，既然其带有制裁性质，就应当给予被纳入"黑名单"的人一定的救济措施。

最后需要讨论的是，"黑名单"制度还涉及个人基本生活保障的问题，因为在将个人纳入"黑名单"之后，个人将面临各种资格上的限制，如不能获得银行的贷款，无法预订高铁票、卧铺票和飞机票，无法报名旅游团体计划等。与通常意义上的人身自由和财产自由相比，这些资格限制所造成的"不自由"并不一定更小，这实际上涉及黑名单制度与强制缔约义务的协调问题。强制缔约又称为契约缔结之强制、强制性合同、强制订约，是指合同的订立不以双方当事人的合意为要件，只要一方当事人提出缔结合同的请求，另一方当事人就负有法定的与之缔结合同的义务。强制缔约制度保护了社会弱势群体。例如为实现对人的关怀，法律要求提供公共服务的企业不得拒绝个人要求提供服务的合理要求。依据我国《合同法》的规定，在公共运输合同中，承运人若无正当理由，不能够拒绝旅客的缔约请求。这就强化了对弱势群体的保护，体现了合同正义。但被纳入"黑名单"的人是否仍受强制缔约义务的保护，是法律上仍未解决的一个问题。我个人认为，将他人纳入"黑名单"的行为不应当影响其基本的生活需要，因为这涉及对个人基本民生和基本人权的保障。例如，凡是在高铁上抽烟的，要处以罚款，并可能被纳入高铁乘客"黑名单"。我认为，纳入高铁"黑名单"是有必要的，但是否可以仅限制其乘坐商务座甚至一等座以示惩罚，如果其购买高铁二等座都不允许，将会严重影响其正常出行和基本生活。有关企业虽有权依法设置"黑名单"，对相关个人的交易行为进行必要的限制，但并不能完全排除其强制缔约义务，对于被纳入"黑名单"的人所提出的合理缔约要求，相关企业仍应当依法作出承诺，否则可能需要承担缔约过失责任。

治理雾霾，法律能扮演什么角色

"雾霾"是我国近几年刚兴起的一个词汇。《说文解字》记载："霾，风雨土也。"《释名》是古代一本探究事物得名来源的书，东汉的刘熙在其《释名·释天》中说："风而雨土曰霾。霾，晦也，言如物尘晦之色也。"《晋书·天文志》中就有关于霾的记载："凡天地四方昏蒙若下尘，十日五日已上，或一月，或一时，雨不沾衣而有土，名曰霾。"2011年雾霾天气入选中国十大天气气候事件，社会公众对城市雾霾天气关注程度显著提高。2016年11月，在华北地区，有长达一周多的时间内PM2.5浓度持续达到重度污染级别，甚至好几天连续多次"爆表"。空气中弥漫着刺鼻的怪味，令不少人呼吸障碍、出行困难。这不仅严重影响了人们工作的心情，打乱了人们的生活节奏，让人变得十分压抑，而且严重影响了人们的生活质量。因此，从中央到地方都提出了"打一场蓝天保卫战"的口号。

今天，关于雾霾的成因，几乎没有人再去追问是"天灾"还是"人祸"，社会各界有广泛共识的是，虽然目前尚难量化不同污染源对雾霾的贡献率，但雾霾与人们在生产生活中的各种污染排放有关。毕竟，在人烟稀少、工业不发达的地域，并没有雾霾之痛，即便有，也很可能是从其他雾霾

"重灾区"漂移过去的。既然雾霾是人为造成的,那么,治理雾霾就应当从治理排放污染物的行为入手。从发达国家的经验来看,依法治理是应对雾霾的重要经验。在历史上,英国首都伦敦也曾遭受雾霾之困,甚至被戏称为"雾都"。美国在20世纪中叶的工业化时期,也曾面临"雾霾围城"的难题。例如,美国在1943年就出现过"洛杉矶光化学烟雾事件",经过数十年的治理才得以脱离困境。英国和美国治理雾霾最重要的经验就是依法治理雾霾,即以法治的思维去研究雾霾的成因,并依法针对性地采取治理措施。

治理雾霾,法律是否可以发挥作用?有人认为,治理雾霾主要是关停污染企业的问题,所有的污染企业都被关掉了,污染也就不存在了,因此,不需要法律发挥作用。其实不然,雾霾的成因是多样的,雾霾的发生是多因一果的,其背后是复杂的生产链条,这也决定了,雾霾的治理无法通过"阅兵蓝""APEC蓝"等模式来实现。在短时间内关停相关污染企业,可以在短期内达到雾霾治理的"奇效",但如果长时间关停生产企业或者大幅限制机动车使用,则可能影响相应产业及其人员的基本工作和收入,影响居民的基本生活,产生重大的社会现实问题。有新闻调查曾发现,对华北雾霾重灾区的普通工人而言,他们所担忧的不是"何时被雾霾毒死",而是可能"因为丢了工作被饿死"。① 这也预示着,治理雾霾不能仅依靠简单地关停企业来实现,而应当以法治的手段予以应对。只有通过法律,才能形成治理雾霾的长效机制。关停污染企业是容易的,但关停以后,其是否像"离离原上草"那样"一岁一枯荣"呢?这就需要建立治理雾霾的制度保障。

---

① 参见王家乐:《石家庄工人:真怕雾霾没把我们毒死 先把我们饿死》,载《凤凰周刊》2016年12月21日。

从法律角度看,至少有以下重大问题需要法律人积极思考、共同应对:

一是排放标准的科学性和合理性问题。现代工业生产和都市生活必然面临的一大问题就是废水、废气等污染源的集中排放问题。一方面,在普及清洁能源之前,工业生产和都市交通必然需要向有限的自然空间排放废气;就企业排放来说,现在许多排放标准明显不合理,有些标准具有滞后性,或者在制定时并没有经过科学的论证。因而,污染者即使遵循了该标准,仍然可能造成环境污染。① 而另一方面,社会在发展,一些排放标准也要不断地调整,自然空间对污染的自洁和消耗能力毕竟是有限的,在排放超过一定限度之后就会出现不同程度的空气污染。国家作为社会生产和生活的组织者,需要在二者之间找到一个平衡点,即在保证必要的生产经营、满足经济生活的同时,防止出现重大污染,其中最为有效的手段就是以法律的形式制定排放指标和排放标准。也就是说,企业在排放污染物时,应当符合法律规定的排放标准。制定污染物排放标准,有利于从源头上控制污染物的排放,预防雾霾污染的发生。

二是排污执法的严格性问题。执法不严是我国当前法治建设中普遍存在的一个问题。在污染排放执法活动中,有的地方政府为了追求 GDP 增长率,即便意识到相关排放的严重后果,也很可能睁一只眼闭一只眼,并不去严格执法。执法成本高、违法成本低的问题也是排污执法的一大难题。不少新闻调查发现,在华北不少地区,常常出现企业夜间偷排的情况。有的企业甚至顶风作案,偷排偷放、违法生产。即便政府要求一些企业进行整顿,或者停工停产,但在政府阶段性执法活动结束以

---

① 参见竺效:《生态损害的社会化填补法理研究》,中国政法大学出版社 2007 年版,第 70—71 页。

后，企业又重新开工生产，继续排污。为了督促和落实地方环保执法的职责，环保部创新了"大气污染量化追责"措施。2018年2月，环保部环境监察局向社会公布了京津冀及周边地区量化问责首起案件。关键的问题是，如何通过制度切实保障严格执法成为一种常态，而不是一种运动式的执法，风头一过又死灰复燃。因此，需要在环保法中完善相关的规则，真正建立起严格执法的长效机制。我国《环境保护法》2014年修订时增加了对拒不改正的排污企业实施按日计罚、对严重的违法行为采取行政拘留等措施，但关键的问题是怎么落地，怎么使纸面上的法律规则变为行动中的法。

三是雾霾治理中的责任追究问题。雾霾治理中的责任追究对象不仅包括违规排放的企业和个人，而且还应当包括负责治理雾霾的行政官员本身。我国当前之所以面临严重的雾霾问题，除了污染排放标准的制定不合理之外，还在很大程度上与执法不严格有关。一些地方执法官员不但没有足够的动力去兢兢业业地履行自己的工作职责，甚至还在一些地方滋生了寻租行为，让相关的法律制度要求成为空谈。因此，治理环境污染问题，也应当强化对行政机关的问责。例如，兰州市近年来集中治理空气污染，成效显著，并曾经在2015年巴黎气候大会上荣获"今日变革进步奖"，其一项重要的经验就是严格问责制，对一千多名治理不力的干部进行问责。长期以来，我国的法律问责机制主要针对市场主体，对政府官员的问责机制不够，我国《环境保护法》2014年修订时增加了政府及有关部门在8种情形造成严重后果的情况下，主要负责人引咎辞职等内容，强化了对政府官员的问责，该法也因此被称为"史上最严"环保法。该法实施三年取得了良好的效果，环保部负责人说这部"最严环保法"长出了"牙齿"，确实"不虚此名"。仅2017年，全国查处的违法案件就比2014年增加了180%,罚款达到了115.8亿元,相比2014年增加了265%。① 可见,只有加强问责,才能真正督促严格执法。

四是重大雾霾事件的应急措施问题。雾霾的治理不可能一蹴而就,而是一个长期的过程。在雾霾得到有效治理之前,突发性的雾霾事件还是会对民众的基本生产生活产生重大影响,这就需要我们在依法治理雾霾的同时建立完善的应急机制,从而最大限度地减轻雾霾对民众生产生活、身心健康的危害。雾霾污染作为一项公共事件,需要政府及时作出决策,积极予以应对。从各地情况来看,有的地区以《大气污染防治法》《大气污染防治行动计划》《突发事件应对法》等法律文件为依据,制定了相关的应急管理体系,尽可能地降低雾霾污染的负面影响。当然,在重大雾霾期间,政府采取应急措施也应当具有合法性,不应当在法外过度妨碍个人的权利。例如,在雾霾期间限制机动车行驶、限制企业生产经营等行为,都涉及对相关财产权利的限制,这些限制措施应当符合法律规定。

五是大气污染防治的多元治理和公众参与问题。从单一的政府管理转向多元的社会治理,是国家和社会治理现代化的重要体现。《环境保护法》第5条已经明确将"公众参与"作为我国环境保护的基本原则,雾霾防治也必须依靠公众,探索多元治理的法律机制。例如,大气污染相关的环境信息的公开、环境影响评价公众参与、公益诉讼、行政许可听证等都是我们建设生态文明不可或缺的重要机制,这些机制的运行都

---

① 参见《环保部部长李干杰:"最严环保法"实施三年 不虚此名》,载http://news.cnr.cn/native/gd/20180318/t20180318_524169020.shtml,最后访问日期2018年3月22日。

离不开公众的有效参与。从这一意义上说，动员全社会力量参与环保工作，是解决我国当前环境保护问题最为重要的途径。在治理雾霾过程中，由于政府的资源有限，技术手段也相对滞后，单独通过政府治理成本过高、效率低下。从国外的经验来看，政府与企业、非政府组织等多元力量共同参与治理环境问题，取得了良好的治理效果。在我国，此种方式在治理雾霾中也取得了一定的效果。据澎湃新闻报道，中国生物多样性保护与绿色发展基金会认为，大众柴油车废气作假对大气造成了严重污染，是雾霾等严重污染天气的原因之一，因此，该环保组织向法院提起了公益诉讼。其在诉讼请求中要求被告在国家级媒体上向民众赔礼道歉，根据环境损害评估结果承担相应的惩罚性赔偿，采取措施或采取替代修复的措施修复被污染损害的环境。[1] 可见，与单向度的政府治理相比，调动社会组织、个人参与雾霾治理，更有效率，在解决雾霾问题时也更有针对性。

此外，雾霾的治理工程也是一个创新工程，法律应当在此种创新中发挥一定的作用。从美国治理雾霾的经验来看，排污权交易就是一项行之有效的措施。所谓排污权交易，是指在污染物排放总量、控制指标确定的条件下，通过发挥市场机制作用，允许合法排放污染物的权利像商品一样在市场上交易，这有利于保障相关企业正常的生产活动，而且也有利于对污染物的排放总量进行控制，从而达到减少排放量的目的。排污权定价收费机制也是雾霾治理的重要举措，也就是说，如果某一企业要获得排放指标，则其应当向政府等污染治理机构支付治理相关污染的

---

[1] 刁凡超：《大众汽车"排放门"余波未平，环保组织提公益诉讼获法院立案》，载 https://www.thepaper.cn/newsDetail_forward_1409050，最后访问时间 2018 年 5 月 12 日。

成本，这一方面有利于控制企业排放污染物的总量，另一方面也可以运用价格机制调整企业的排污行为，从而起到控制污染物排放的效果。上述机制都是比较法上行之有效的雾霾治理机制，我国也可以考虑积极尝试引入相关的机制，通过市场调节的方式，在保障企业正常生产活动的同时，控制污染物排放总量，保护生态环境。

进入新时代，蓝天白云、青山绿水、清洁空气已经成为人们心中美好生活的重要组成部分。治理雾霾、打赢"蓝天保卫战"，法律应该先行，充分发挥引领、规范的作用。

互联网立法应采取专门立法的模式

《法国民法典》之父波塔利斯在两个世纪前就曾告诫后世的立法者:"不可制定无用的法律,它们会损害那些真正有用的法律。"① 这句话对于互联网时代如何加强网络立法,仍然有相当的启示意义。

我们已经进入了互联网时代,互联网给我们带来了巨大的福祉,"互联网+"也彻底改变了我们的生产和生活方式。但是,就像各种不断涌现的新技术在促进人类文明的同时也会带来副作用一样,互联网也带来了网络暴力、人肉搜索、网络谣言、网络欺诈、信息泄露等一系列副作用,由此,加强互联网立法也成为学界强烈的呼声。在这一背景下,许多人主张要尽快制定一部统一的互联网管理法。

应当说,加强互联网立法是正确的,单从数量来讲,我国目前涉及互联网的规范性法律文件已超过70部,其中不乏法律、行政法规、部门规章,并广泛涉及刑法、民法、商法、经济法、行政法等多个法律领域,可以说法律规则的数量已初具规模。然而,从质量上来看,这些制度规范大多是

---

① Portalis, "Discours préliminaire sur le projet de Code civil", in Jean-Etienne-Marie Portalis, *Discours et rapports sur le Code civil*, Centre de Philosophie politique et juridique, 1989, p. 4.

部门规章和政策性规定，存在立法效力层级较低、规范内容模糊、缺乏可操作性等问题。更严重的是，由于法出多门，不同规范的制定者之间又缺乏必要的沟通、协调与配合，因此不同规范之间相互冲突的情况时有发生，甚至一些领域依旧处于未被规范的"野蛮生长"状态。因此，有必要从宏观上对我国互联网立法进行全盘规划和统筹设计。

但是，从世界范围来看，没有任何一个国家或地区曾制定过一部大一统式的、系统完整的"互联网管理法"，大多数国家和地区是通过单行法对各类互联网行为和相关的法律问题相应地予以调整。例如，针对网络安全、网络侵权、隐私权和个人信息保护、电子商务、互联网金融、数据资产保护、网络搜索引擎等不同领域，分别制定相应的单行法。[①] 对这种成熟的经验做法，我国在进行互联网领域立法时应当加以借鉴。也就是说，就互联网法律制度的立法模式而言，我国也应当采取专门立法的模式，不宜制定一部大而全的"互联网管理法"，具体理由在于：

第一，互联网技术和应用涉及的范围过于广泛，很难抽象出一套普遍适用的治理原则和行为规范。现代社会中互联网技术已经广泛应用于科学、文化、教育、交通、商务、出版、娱乐等各个领域，所涉及的主体关系和行为类型十分复杂。[②] 这些领域中所涉及的网络规范往往各具特点，很难抽象出普遍的规则和规范进行无差别地适用。例如，网络平台约、租车业与网络平台购物业之间就存在很大差异，特别是网络平

[①] 以德国为例，涉及规定互联网领域内的公私主体行为的法律就包括：《联邦数据保护法》(Bundesdatenschutzgesetz/BDSG)、《电信法》(Telekommunikationsgesetz/TKG)、《电话服务法》(Teledienstegesetz/TDG)、《电话服务数据保护法》(Teledienstedatenschutzgesetz/TDDSG)、《通讯设备法》(Fernmeldeanlagengesetz/FAG)、《信息和通讯服务法》(Informations- und Kommunikationsdienstegesetz/IuKDG) 等等。

[②] Vgl. *Strömer*, Online-Recht, Heidelberg, 1997, S. 3.

对消费者（乘客或购物者）的损害赔偿责任有很大差异。在网络约车平台，服务的实际提供者（私家车主）和消费者承担同样的道路风险，不会因为平台承担赔偿责任而降低开车时的谨慎水平，毕竟，乘客不安全时自己也不安全。而在购物平台，则不尽相同。如果由网络平台对消费者承担消费中的损害赔偿责任，网店店主相对消费者不需要承担任何责任，易导致道德风险。因此，在具体设计互联网法律制度时，应当依据不同的治理对象和行为方式，有的放矢，确保互联网法律规范的针对性和可操作性。

第二，互联网本质上是一种信息技术手段和社会公共资源。而信息背后所涉及的具体领域相当宽泛，难以对其进行整体的法律调控。因互联网技术而产生的各种关系本质上可以分为公法关系和私法关系，需要与之对应的公法和私法分别加以调整。例如，因"互联网＋"产生的网络平台购物的纠纷，应当属于民法的调整对象，而如果因网络诈骗严重损害社会经济秩序，或者严重损害他人人身、财产权益的，则可能属于刑法的调整对象。这两类法律调整方式在调整方法、调整原则、责任方式等方面存在较大差异，因此，很难将其笼统地归入一部法律之中。正是因为互联网本质上只是一种通用的工具和手段，各个领域都可能需要利用，故其本身并非独立存在的领域。再进一步分类，因互联网所产生的民事法律关系也错综复杂，有的属于合同纠纷，有的属于侵权纠纷，有的还可能属于知识产权纠纷，简单地将其归入到一部法律中是十分困难的，也是不现实的。事实上，我国正在制定的民法典本身要对各种民事法律关系进行分门别类的调整，涉及不同法律部门的法律关系，应当归入其相应的法律部门。故此，对于社会生活各个领域利用互联网过程中产生的问题，应当在各自领域内的立法中分别予以规范。

第三，统一立法可能影响法律制度的实效，造成立法资源的浪费和法律适用的困难。一方面，由于互联网所涉及的领域过于宽泛，通过统一立法的方式进行调整可能无法取得很好的效果。实践业已证明，借助网络的技术规则、自治规则、服务协议、服务公约等，能在一定程度上较好地调整相关事项。把这些做法加以完善，上升到专项规范和制度，既能节省立法成本，又能实现良好的成效[①]，但无须通过统一的法律规则予以调整。立法要产生实效，就应当具有问题导向，即针对实践中出现的重大问题进行积极回应，而不是对互联网作出巨细无遗的规定。另一方面，在一部法律中笼统地规定各种规范，会给执法者寻找法律带来不便。随着"互联网+"时代的到来，互联网技术已经渗透到社会生活的方方面面，此时，对互联网所涉及的各个领域都抽象出普遍适用的法律规则，在立法技术上也难以实现。

"问题是时代的声音"，就互联网立法而言，我们需要发现问题、提出问题、直面问题、研究问题、回答问题。互联网立法并不需要泛泛解决所有的互联网问题，而应当解决现实生活中迫切需要解决的问题，如网络安全问题、个人信息保护问题、人格权保护和知识产权保护问题、网络交易平台的规范、互联网金融的安全等，对这些重点问题加强立法，才能解决现实生活中需要解决的重大问题。因此，互联网立法不宜采用大一统的互联网法典模式，而应当重点规范当前迫切需要立法解决的重大问题，将其纳入专门立法的议事日程。在进行操作时，应以问题为导向，梳理既有法律规则无法有效解决的问题，总结网络技术的自身规律，斟酌市场的发展需要，制定具有实际可操作性的规则。具体而

[①] 参见尹建国：《我国网络信息的政府治理机制研究》，载《中国法学》2015年第1期。

言，当前网络安全、网络侵权、隐私权和个人信息保护、电子商务等领域问题相对突出，且法律规范存在缺失，有必要在这些方面制定专门的法律。

但在制定这些专门立法时，也应当处理好其与正在编纂的民法典之间的关系。从大的方面来看，因互联网产生的法律关系主要包括民商事法律关系、行政法律关系和刑事法律关系，其中民事法律关系主要包括网络侵权、网络服务合同以及借助于互联网平台而订立的运输、买卖、租赁、承揽、保管等各种合同关系。因网络技术而引发的知识产权纠纷，因个人信息的收集、利用而产生的法律关系，以及因个人信息、隐私受侵害而产生的法律关系等，都可能需要借助专门立法解决，民法典无法对其事无巨细地作出规定，但民法典可以对上述法律关系的基本规则作出规定。例如，有关个人信息权利的基本民事权利属性，应当由民法典加以规定，但有关个人信息的收集、利用、保存、跨境流动等规则，则应当通过专门的个人信息保护法予以规定。

从"360直播事件"看隐私保护

前段时间,一篇题为《一位92年女生致周鸿祎:别再盯着我们看了》的文章在网上广为流传,该文指出,一些360智能摄像头用户将自己在餐厅、网吧等公共场所监控到的画面在水滴直播平台进行直播,导致他人的隐私受到侵犯。原来,一些安装在公共场所的360智能摄像头自带直播功能,只要打开这个直播功能,不论是在健身房、养殖场,还是在餐馆后厨、游乐园等场合,也不论安装摄像头是用于监控内部人员工作情况,还是用来全程"记录"普通消费者的消费行为,直播用户都可以在手机App应用中的水滴直播页面看到该摄像头下的一举一动。[1]

对于该事件,双方各执一词,商家回应说不知道摄像头有直播功能。而360公司则回应道,水滴直播功能是否使用完全取决于商家,摄像头本身是默认关闭的。最终,360公司于2017年12月20日发布公告,宣布永久关闭水滴直播平台,此事也暂时画上一个句号。

值得考虑的是,如果不是这位92年女生的调查,360水滴摄像头侵害公民隐私权的行为何时才能终止?应该说,

---

[1] 赵新培:《360宣布关闭水滴直播平台》,载《北京青年报》2017年12月21日。

360公司宣布永久关闭水滴直播还算比较及时,防止了事态的进一步扩大,否则难以预料将产生何种后果。这一事件再次引起了人们对隐私保护的广泛关注。

现代科学技术日新月异,各种科技发明层出不穷,互联网、高科技的发展极大地便利了人们的生活,但科学技术的发达对隐私权可谓存在天然的威胁,科学技术的发展也都普遍带来了一个共同的副作用,即对个人隐私的侵害。据说,Facebook创始人马克·扎克伯格很早开始就习惯将电脑前置摄像头和麦克风口用胶带封住,以免被监视和监听。"斯诺登事件"所揭露出来的"棱镜计划"就是公权力利用这些不被人注意的摄像头对个人隐私进行侵犯的典型例证。据媒体报道,现在家里安装的监控摄像头都可以被轻易破解。一定程度上,甚至可以说,在现代社会,掌握技术的一方想窥探他人隐私,是极为容易的事情。例如,通过手机定位系统可以轻松知道你所在的地方,可以轻松查出你和谁待在一起,甚至智能手机的云端还存储了你的所有电话、短信信息……所以说,现代社会对于隐私的挑战是极为严峻的,如何在法律上对现代社会的隐私权加以强化保护是不容回避的现实问题。在"360直播事件"中,互联网企业未经被直播人同意而将其行为直播到网上,将他人私人生活完全公开,对个人隐私权的保护带来了巨大的威胁。事实上,早在一百多年前,Samuel D. Warren和Louis Brandies在论述隐私权时就曾警告:"无数的机械设备预示着,将来有一天,我们在密室中的低语,将如同在屋顶大声宣告般。"① 随着互联网的发展,各种"人肉搜索"泛滥,非法侵入他人邮箱、盗取他人信息、贩卖个人信息、窃听他人谈话的现象时有发生,通过网络非法披露他人短信、微信记录等行为更是屡

---

① Ellen Alderman & Caroline Kennedy, *The Right to Privacy*, Alfred Knopf, 1995, p. 323.

见不鲜,此类的行为不仅污染了网络空间,更是构成对他人人格权的侵害。例如,在著名的"艾滋女网络谣言案"中,行为人就是通过散布网络谣言的方式侵害他人的人格权益。互联网登录和使用的自由性使得通过网络侵害人格权的行为具有易发性,同时,互联网受众的无限性和超地域性也使得其对损害后果具有一种无限放大效应。也就是说,相关侵权信息一旦发布,即可能在瞬间实现世界范围的传播,相关的损害后果也将被无限放大,这也使得损害后果的恢复极为困难。因此,在互联网时代,如何预防和遏制网络侵权行为,是现代法律制度所面临的严峻挑战。

毫不夸张地说,大数据技术记载了我们过去和现在发生的一切,并能够准确分析我们将来的行为,使我们进入了一个"裸奔"的时代。现代科学技术手段的发展,给我们的隐私权保护带来巨大的挑战,因此,美国学者 Froomkin 认为,隐私权已经变成了"零隐权"(Zero Privacy),隐私已经死亡。在新科技、新技术面前,隐私保护显得非常脆弱,"360直播事件"就是典型的例证。360公司在开发和应用智能摄像头时,本身可能并没有刻意收集社会公众隐私的目的,其本意是为了技术创新,从而吸引更多的用户,扩大商业经营范围和产品用户范围,但在该技术应用过程中,并没有关注隐私权的保护问题。从事后360公司及商家的解释来看,360公司认为其已经履行告知义务,也要求直播之前商家必须告知客户,故无须对直播行为负责;但商家则否认知道直播行为的存在,虽然双方各执一词,但从中可以确定的是,被直播的人确实不知道直播行为的存在,360公司事实上也没有对商家是否对顾客履行告知义务进行过任何审查。那么,360公司是否应对直播画面承担审查义务?就此,《人民日报》曾发表评论指出:"直播的画面是否涉及侵犯隐私,公司直播平台应该承担审查义务，如审查直播区域有无明显直播提示，直播提示有无出现在画面中等等。"①《人民日报》的社评仍然是一种主张和呼吁，尚不能作为规范相关主体行为的标准和法官裁判的依据，还需要从法律层面对相关主体的隐私保护义务作出规定。也就是说，应当对360公司之类主体的审查义务作出规定。

但如何确定审查义务的内容？如果360公司确实告知了相关商家直播之前必须告知被直播人，是否就意味着其无须对商家侵犯被直播人隐私权的行为负责？严格来说，恐怕360公司仅仅履行告知义务并不够，其仍应当在直播画面公之于众之前对顾客是否知情、是否同意直播行为进行必要的审查，即360公司还需要对被直播人是否授权直播进行"二次审查"，以确保直播行为的合法性。毕竟直播对于被直播人而言是将特定场所的全部生活都被公之于众，是一个对公众影响极大的行为，甚至涉及私密隐私的侵犯。例如，水滴直播曾将上海市闵行区景谷路一家牛奶店吴姓夫妇亲热的画面予以公开直播，遭八千人围观，着实给当事人生活造成了巨大影响。②

就水滴直播所涉及的公众隐私权保护问题而言，还有如下问题值得探讨：

首先，公共场所隐私权的保护问题。一般认为，隐私权是他人不愿意公开的私人信息和私人生活秘密，公众场所不应当享有隐私权。按照这一逻辑，即便安装智能摄像头，拍摄他人的私人活动，也不构成对他人隐私权的侵害。但事实上，公共场所也有保护个人隐私权的必要，只

---

① 徐隽：《直播了，隐私咋办？》，载《人民日报》2017年12月19日。
② 张佳琪：《水滴直播正直播你点滴：夫妇店员亲热遭八千人围观》，http://finance.stockstar.com/SS2017051900000700.shtml，最后访问日期2018年2月17日。

要是个人不愿意公开的私人信息和私人活动,即便在公共场所,也应当受隐私权的保护。近一百多年来,隐私权的内涵和外延不断扩张,从最初保护私人生活秘密扩张到对个人信息、通信、个人私人空间甚至虚拟空间以及私人活动等许多领域的保护,不仅在私人支配的领域存在隐私,甚至在公共场所、工作地点、办公场所都存在私人的隐私。私人领域还可能及于住宅之外的公共空间之中。空间隐私除个人合法占有的房屋之外,还包括个人在公共场所中合法支配的空间。例如,1999年德国联邦最高法院关于摩洛哥卡罗琳公主案的判决表明,隐私也存在于公共场合。只要此时权利人相信其活动不在公众视野中,具体标准应依赖个案的情况判断。① 虽然在通常情况下,工作场所、公共场所不属于绝对的私人空间,但是不排除这些场所具有相对的私人空间的性质。② 因为一方面,虽然工作场所和公共场所并非由个人完全支配,但仍可能存在由个人支配的空间,如更衣室等;另一方面,即便是公共场所,在个人使用的时候,也有可能形成隐私。公共场所内的个人隐私不同于个人的私人住宅,因为个人暴露于公共场所,其隐私已经受到了一定的限制,但此种限制不意味着在公共领域个人的隐私权完全丧失。例如,他人在公共场所的私人谈话,即应当受到隐私权的保护。未经他人同意,不得擅自拍摄他人的私人活动;设置智能摄像头时,应当标示出探头区;对所录视频的使用,也应当依法,而不能随意在网上直播。

其次,出于隐私保护的需要,个人私人信息和私人活动的采集应当经过同意。有观点认为,在个人知道某区域存在智能摄像头的情形下,

---

① Michael Henry, *International Privacy, Publicity & Personality Laws*, Butterworths press, pp. 157, 169.

② *Katz v. United States*, 389 U. S. 347 (1967).

只要其自愿进入该区域，就视为其同意他人采集其私人信息、私人活动等，其也就放弃了隐私。笔者认为，此种观点并不妥当，而应当根据对象的不同加以区分：一方面，如果成年人知道相关场所设置了摄像头而仍然在该场所活动或者消费，则可以认定其同意自己的相关信息被他人采集。另一方面，如果被直播的对象是未成年人，则必须经过未成年人监护人的明确同意。因民事行为能力的欠缺，未成年人尚不能完全独立从事民事活动，采集其私人信息和私人活动应当经其监护人的明确同意。当然，为强化对未成年人的保护，应当赋予未成年人的法定监护人要求私人信息采集方及时删除未成年人私人信息和私人活动的权利。

从实践来看，一些网络服务提供者在收集个人的隐私信息时，可能利用格式条款的方式取得个人的同意。网络服务提供者可能利用其订约上的优势地位，拟定不利于个人隐私保护的条款，个人只能选择同意，否则将无法获取相关服务。我国《合同法》虽然规定了格式条款的规制规则，但仍不完善，完全采用契约手段和行业自律模式在很大程度上保护的是行业的利益，并不见得对社会公众有利。笔者认为，不能纯粹靠行业自律，而应当依靠立法完善人格权的保护规则。随着高科技和互联网的发展，现代民法所遇到的最严峻的挑战是互联网环境下的人格权保护问题，21世纪民法需要与时俱进，把人格权保护提上重要日程，我国正在制定的民法典应当因应这一时代需要，加大对隐私的保护力度。

最后，隐私权的行使问题。有观点认为，隐私权仅仅是一个消极的防御性权利，不可能存在行使的问题，只要披露他人隐私，就构成侵权，与隐私权人是否同意无关。对此，笔者持不同见解：从"360直播事件"来看，如果相应的直播行为是经过被直播人同意的，事实上就是一个经过被直播人同意的对隐私信息加以利用的行为。在实践中，一些人出于"刷存在感"等原因，愿意生活在众目睽睽之下，愿意将自己的形象公之于众，还有的直播平台为了吸引观众，会与明星签约，直播明星的行为，近些年来网络主播、真人秀电视综艺节目的兴起都是典型的例证。只要这种行为本身不违反法律、不侵犯他人的权益、不违反社会公序良俗，法律就没有任何理由对此加以禁止。由此可知，隐私信息是可以被隐私权人加以利用的，隐私权也并非纯粹是一个防御性权利，其具有积极性权利的功能。事实上，隐私的商业化利用或隐私的无偿利用行为在现实生活中均存在，举例而言，有人若愿意将自己内心的隐私让他人拍摄成影视作品、写成纪传体文学作品，这些都是积极利用隐私的行为。

21世纪初，华裔著名经济学家杨小凯就提出：如果中国仅仅重视技术模仿，而忽视制度建设，后发优势就可能转化为后发劣势。① 因此，我们不能仅注重技术的引用，而忽视其可能带来的负面效果。为有效应对互联网、大数据时代个人隐私、个人信息保护的现实需要，我国应当在现行立法中明确隐私权究竟应当如何保护，设立司法裁判及学界所达成的共识标准，在这一基础上不断探索隐私权保护的新路径，明确与时代相适应的新规则，积极回应大数据、人工智能等新兴科学技术所带来的一系列法律挑战。

"不谋万世者，不足以谋一时"，法治不仅仅是要考虑当下，也要考虑未来。法治要提供制度环境安排，为新兴科技等的发育预留法律空间。特别是要充分认识和拥抱科学技术对社会生产和生活带来的结构性、革命性的影响，尽早观察和预测未来法治发展的方向，促进良法制定，使我们的法律和未来的发展尽可能地契合，成为未来科技发展的一股制度支持和保障力量。

---

① 参见涂子沛：《数据之巅》，中信出版社2014年版，第337页。

强化对未成年人个人信息的保护①

在震惊全国的"徐玉玉案"中,徐玉玉的个人信息被非法泄露,并被犯罪嫌疑人掌握。2016年8月21日,因被诈骗电话骗走上大学的费用9900元,徐玉玉伤心欲绝,郁结于心,最终导致心脏骤停,虽经医院全力抢救,但仍不幸离世。

一个花季少女因几个诈骗电话就断送生命,不能不引起我们对强化未成年人个人信息的保护问题的高度关注。

近年来,未成年人个人信息泄露严重,电信诈骗的魔爪也不断伸向尚不具备足够辨识能力的未成年人,或者以此威胁、诈骗未成年人的家长。个人信息泄露的渠道是形形色色的,例如,各种网络购物需要填写个人的姓名、电话、地址等,网络游戏也可以收集个人的地址、联系方式、生活习惯等个人信息。在学生办理各种证件业务时,留下的一些个人信息可能被泄露给一些不法分子。一些视频网站的不法分子引诱未成年人面对镜头裸露身体,并作出猥亵动作,殊不知,这些都会被记录下来并传播出去,以后会成为敲诈勒索他们的工具。有的未成年人的网络空间被侵入,个人照片被

---

① 原载《新京报》2017年12月5日。

盗取并散布出去，也可能造成损害。有的未成年人的照片被收集后，可能被再次贩卖，给未成年人的成长留下了难以消除的阴影和心理上的创伤。

一些犯罪行为人利用其收集到的未成年人的信息，敲诈其家长和亲友。2015年，北京警方成功打掉一个敲诈勒索的犯罪团伙。犯罪嫌疑人利用其掌握的大量学生信息，打电话给家长，准确说出孩子的姓名、出生年月、就读班级以及家长的姓名、工作单位和地址，并警告家长花钱"消灾"，否则孩子将受伤害。此案暴露出学生个人信息泄露的安全隐患，决不能容忍。① 还有的不法分子利用收集到的未成年人的个人信息不断给其家长打各种骚扰电话，推送各种广告，甚至转而诈骗家长，谎称学生在学校遭遇不测，借机实施诈骗或敲诈勒索犯罪。

由于未成人不具备完全民事行为能力，社会经验也严重不足，对于社会上的敲诈、诈骗犯罪现象缺乏防范经验，因此当未成年人的个人信息泄露出去之后，一旦遭到滥用，则极有可能造成十分严重的后果。所以，在《民法总则》明确提出保护自然人个人信息之时，我们应当将未成年人的个人信息进行特殊保护，以更好地贯彻对未成年人合法权益的保护。

尤其是我们已经进入了一个互联网、大数据时代，互联网技术的发展深刻地影响了社会生活的方方面面，而青少年是最为活跃的互联网用户群体，但同样由于其分辨能力、识别能力的不足，无法应对通过网络泄露其个人信息进而造成危害的行为。所以，在网络时代，如何更好地保护未成年人的网络权益，是整个社会所普遍关注的重大问题。根据有

---

① 欧甸丘、吕梦琦：《泄露学生个人信息不能容忍》，载http：//www.xinhuanet.com/2015-09/20/c_1116618068.htm，最后访问时间2018年5月12日。

关的报告显示，截至2017年6月，中国网民总数已经达到7.5亿，其中，10岁以下青少年网民占比约为3.1%，约0.23亿；10—19岁的青少年网民占比约为19.4%，约1.46亿，上述未满19岁的总计已经达到1.5亿人，占中国网民总数的近五分之一。① 在未成年人网络权益受到侵害的情况下，如何通过多种法律责任来强化对未成年人的保护，这是我们立法需要进一步完善的。

首先，在民法典中强化对个人信息的保护、对未成年人合法权益的保护以外，还应当进一步加强人格权立法，强化未成年人人格权保护。我们现在正在加紧制定民法典，笔者建议在民法典分则中设置独立的人格权编，尤其需要设置专门保护未成年人人格权的规则。在未成年人所享有的各项权利中，人格权应居于核心的地位。强化对未成年人人格权的保护，也是适应互联网、高科技时代的必然要求。特别是对未成年人而言，他们正处于敏感、冲动、心智尚未成熟的年龄，隐私、个人信息非常容易受到侵害，这就需要特别强化对未成年人的网络权益的保护。例如，对未成年人个人信息的收集，如果涉及敏感信息，那么必须经过其监护人的同意。再如，对未成年进行网络直播的，未经其监护人同意，不得进行。

其次，还应当采取单独立法、制定行政法规和规章的方式。此类专项立法，应当根据未成年人的特点来设置有关网络权益保护的规则，尤其是采用多种法律手段，包括刑法、民法等各项保护手段，以保护未成年人合法权益。值得肯定的是，有关部门已经注意到了这个问题，如国家网信办已经起草了《未成年人网络保护条例》，这个条例已经在网上

---

① 智研咨询：《2017年中国互联网络发展状况》，载 http：//www.chyxx.com/industry/201708/549142.html，最后访问时间2018年5月12日。

公开征集意见。这个条例明确规定了未成年人网络保护的一些管理体制，建立了网络管理的相关制度，增加了公共上网场所预装过滤软件的义务，强化未成年人个人信息和隐私的保护，规范了一些沉迷于网络游戏等网络成瘾行为的矫正活动，这对于有效保护未成年人网络权益具有重要意义。

最后，应当完善民法典侵权责任编中网络侵权的规则。鉴于互联网对损害后果具有一种无限放大效应，侵害未成年人网络权益的信息一旦在网上发布，即可能在瞬间实现全球范围的传播，损害后果将被无限放大。这就需要在侵权责任法中，着力预防通过网络侵害未成年人人格权的行为，并采用删除侵权信息等预防性的责任方式，最大限度地防止损害的发生和扩大。只有这样，才能全面加强对未成年人人格权益的保护，从而为未成年人守护干净、晴朗的网络空间，共同成就他们的美好未来。

建立统一的动产担保登记制度①

我国《物权法》第 10 条第 2 款规定:"国家对不动产实行统一登记制度。统一登记的范围、登记机构和登记办法,由法律、行政法规规定。"该款规定了不动产统一登记制度,极大地推进了我国登记制度的完善,也使我国的登记制度进入了科学化、规范化的发展轨道,该款规定也成为我国《物权法》的最大亮点之一。但是,该款只是规定了不动产的统一登记制度,就担保领域来看,并没有规定统一的动产担保登记制度,动产担保登记制度在很大程度上仍然处于部门化、分散化的状态。

产生这一问题的重要原因在于,长期以来,我们把登记视为一种行政管理方式,而没有把它看做是物权的公示方法,不同的政府部门管理不同的动产和权利的相关事务,因而负有不同的登记职责。例如,某个企业要以其企业财产担保,如果要设立抵押,则需要到工商部门办理动产抵押登记和企业动产登记;如果要进行融资租赁交易,则需要到商务部或者中国人民银行办理融资租赁登记;如果其办理应受账款质押,则需要到中国人民银行办理;如果其要办理相关的

---

① 原载《法制晚报》2018 年 1 月 15 日,原标题为《建立统一的动产担保制度,是现代财产交易发展的要求》。

知识产权质押,则需要分别到知识产权局、商标局、版权局等部门办理专利、商标以及著作权的质押登记……从我国目前的登记管理体系来看,共有15个部门负责不同类型的动产、权利登记。由于不同的登记机关可能会规定不同的登记申请和审查标准,因此,登记机关的不统一也会导致登记规则的不统一,甚至相互冲突。由于到不同部门办理动产、权利担保登记,不同机关会有不同的登记审查标准,这样会给登记申请人办理登记带来极大的不便。

更为严重的是,这种分散的动产担保制度为信息的披露和公开造成了极大的障碍。有的机关登记已经实现电子化了,而有的机关仍然实行传统的纸质化登记,因而交易相对人在交易时很难一次性查询特定动产或权利的全部权利登记状况。即便实行电子化的登记,由于相关的登记系统并未联网,也会产生"信息孤岛",这不仅造成查询登记的困难,而且会影响登记信息的充分披露,甚至有可能给欺诈行为提供可乘之机,妨碍交易的安全、有序。从交易实践来看,由于查询的困难,也会极大地增加交易相对人查询动产登记的成本和负担。例如,要以企业现有的存货、设备等动产以及知识产权等财产作为集合财产进行交易,受让人要到多个部门去查询、了解这些财产是否办理了抵押或质押登记,查询成本很高,甚至很难查询。

除了信息公开、降低查询成本、鼓励交易、维护交易安全外,建立统一的动产担保制度也有利于明确各种权利之间的优先顺序。因为与债权相比较,物权具有优先性,但物权的效力常常需要依据登记而确立。如果没有登记,则只是在当事人之间形成合同关系,第三人对是否设立物权、能否产生物权的效力并不知晓,因而就容易产生各种纠纷。例如,所有权保留是一种担保方式,经过登记后,出卖人对已经交付的物享有优先于第三人取回的权利，但如果未经登记，则第三人可能基于善意取得而获得对标的物的所有权，从而影响所有权保留担保功能的实现。而建立统一的动产担保登记制度，则可以完整展示特定动产之上的担保状况，并明确不同动产担保之间的效力顺位关系。

建立统一的动产担保制度，也是现代社会财产及其交易发展的要求。不少人认为，动产的价值不如不动产重要，因此没有必要规定统一的动产登记制度，此种看法是不妥当的。事实上，动产的价值在不断增长，其价值可能超过不动产，且以权利作为融资手段的需要日益增长。现代社会是知识经济的社会、信息爆炸的社会，是以信息、知识、技术等生产、分配和使用为主体的时代，知识产权等权利的重要性越来越突出，丝毫不逊于有形财产。随着动产交易日益频繁，动产担保登记的需求也在日益增长，因此，动产和权利登记的类型日益增长。例如，《物权法》并未规定保证金、账户质押、收费权质押、数据权利质押的规则也不清晰，这也会影响相关交易的发展，需要在法律上作出规定。当动产和权利担保的类型增加之后，在客观上也要求建立统一的动产担保登记制度。

建立统一的动产担保制度事实上也适应了互联网、高科技时代的要求。21世纪是大数据、互联网的时代，我们的法律制度应当与时俱进，体现21世纪的特色，在这个互联网时代，与时代相一致的登记制度应当资源共享、信息共享，动产和权利的担保应当互联互通、可以查询。这就要求我们尽快建立一个统一的登记制度，以适应时代的要求。《联合国动产担保交易立法指南》和《电子移动设备国际利益公约》都倡导要建立基于互联网的计算机化的统一电子登记系统。

建立统一的动产担保制度也可以极大地鼓励动产担保。同一动产之上可以存在多项担保，而各项动产担保之间的效力冲突可以通过完善登记制度予以解决。动产担保登记机关不统一，会导致实践中各部门相互推诿或相互争抢的现象，影响交易秩序和交易安全。例如，就融资租赁登记而言，商务部和中国人民银行均从事登记，这可能导致当事人不知在何机构进行登记，融资租赁登记的物权公示效力和公信力也无法产生。建立统一的动产担保登记制度，则可以有效解决相关担保的公示问题，也有助于提高动产担保登记的公信力，从而鼓励动产担保交易的发展。

我国民法典应当完善各编的动产担保登记规则，构建统一的动产担保登记制度。例如，在合同编中，对于起到担保作用的合同（如融资租赁合同和所有权保留买卖合同），可以考虑规定统一的登记系统，明确相关担保登记的效力。再如，在物权编中，随着动产抵押、质押交易的发展，可以设定担保物权的动产的范围也在不断扩张，这在客观上也需要构建统一的动产担保物权登记系统，以明确不同动产担保物权之间的效力顺位关系。

从"大数据杀熟"谈网络隐私自主权的保护

近期,脸书软件受到了公众质疑。脸书将5000多万网民的信息泄露给英国的一家名为"剑桥分析"的数据分析公司,该公司利用大数据分析技术对选民进行精准的信息投递,影响选民的决策,从而帮助特朗普在选举中胜出。据《纽约时报》称,"在网上点个赞,网络公司就能左右你的想法"。这就是说,如果你在脸书上看到某个信息并随手点了个赞,则广告公司会自动向你投放特定类型的广告,而且网络公司还会据此分析你的个人兴趣、偏好,从而对你个人的性格等进行评判。该新闻爆出后,引发舆论哗然。尽管脸书的老板扎克伯格一再道歉,但也难以获得选民的谅解。

近年来,在我国,也流行一种说法叫"大数据杀熟",意思是说,通过收集用户的消费等信息,运用大数据分析技术分析用户的消费癖好,并针对性地设定商品或者服务的价格,使老客户在选择同样的商品或服务时所看到的价格明显高于新客户。据调查发现,机票、酒店、电影、旅游等网络交易平台中都存在类似情况。此外,网络用户的信息还存在被不同网络服务提供者共享的情况,许多人在一个网站搜索或浏览的内容会被另一网站利用,并对用户进行精准的广告推送。虽然相关的网络平台如滴滴等否认存在"杀熟"的现象，但不论如何，这一现象确实提出了现代社会客观存在的现实问题，即大数据分析技术对个人隐私、个人信息等权利的保护提出了严峻的挑战。也就是说，在未经用户同意的情况下，收集、利用网络用户的个人信息，并对网络用户的私人生活进行分析，甚至用作其他用途，是否构成对个人隐私权、个人信息权的侵害？

确实，在今天，随着 cookie 等技术的广泛使用，绝大多数网络用户在互联网上的一举一动都可能时刻处于网络服务提供者的监视和记录之下，而通过对这些行为轨迹的收集和分析，网络服务提供者将可以根据自己的需要，从消费偏好、生活习惯、地理位置、学历、年龄、工作收入等不同维度，对网络用户的人格形象进行建模。由于构成这些模型的基础数据来源于用户自己的行为，因此在大多数情况下都具有相当程度的准确性。例如，不少人经常在邮件中收到好友邀请其加入群聊朋友圈的信息，但打开一看，实际上都是各种广告。这就是运用 cookie 技术进行个性化广告推送的体现。事实上，早在 2000 年亚马逊网站就开始了差别定价实验。其选择了 68 种 DVD 碟片进行动态定价，根据潜在用户的人口统计资料、在亚马逊网站上的购物历史、上网行为以及上网使用的软件系统，确定不同的报价。① 近年来，这种行为已经大有流行的趋势。"大数据杀熟"行为性质上属于违背诚实信用原则的行为，此种行为是一种利用信息的不对称而形成的一种价格歧视、损害消费者利益的行为。信息的提供方通过所掌握的大数据，分析消费者的行为习惯，明确消费者所能接受的价格区间，然而在进行商业信息推送时，并不全面提供所有的价格信息，从而侵害了消费者的知情权。毫不夸张地说，借

---

① 参见陈轩棋：《大数据"杀熟"，熟客如何不寒心》，载《中国民航报》2018 年 5 月 2 日。

助于大数据技术的深度分析,网络服务提供者可以精准地了解和把握用户潜在的内心需求。正是因为这一原因,不少人认为,在网络世界,个人的网络自主权、隐私权受到来自各方的威胁,因此,主张法律应当保护个人的网络隐私自主权。

应当看到,在市场经济社会,互联网广告的投放是一种重要的商业经营模式,尤其是对互联网公司而言,投放广告是整个产业的重要营利方式之一,如果严格禁止,可能影响商业实践的开展,也不利于相关领域的商业创新,因此,严格禁止并不是妥当的应对方式。但对互联网用户而言,虽然接受广告投送是其获得产品资讯的重要方式,但频繁的广告投送也会影响其私人生活安宁,构成对其隐私权的侵害。网络服务提供者利用cookie技术和大数据分析技术对个人的兴趣爱好进行分析,并投送相关的广告,有可能会对消费者产生误导,影响其正确的消费判断。尤其是,这种方式被大量运用到社会生活的方方面面,例如,对影片的点赞、对文章的评价、对某个新闻事件的看法,甚至对政府某个决策的意见,都有可能被网络服务提供者收集,并在进行分析之后对个人推送相关的信息,这就在一定程度上影响了个人的隐私自决。

所谓个人隐私自决,是指个人对于自己私人生活事务的自主决定。在私人生活领域,只要不影响公共利益,应当尊重个人对其私人生活的判断和决定。这也是个人私人生活安宁的重要组成部分。个人对自己事务的自主决定,保持自己私人生活的安宁和不受他人打扰,这本身就是个人幸福生活的重要内容,因此,应当受到法律保护。在Warren和Brandies 1890年的论文中即持此种观点。他们认为,隐私是人类价值的缩影,这些价值可以概括为"个人自决""个性"和"个人人格"。① 近来,有不少学者呼吁,在法律上应当创设个人网络隐私权(Internet Privacy Rights),尊重个人的隐私自决,使每个人不受到网络上各种信息的不当影响。② 这就使得权利人在私生活的领域内获得了自主发展其个性人格的可能。否则,个人生活长期处于社会公众的注视之下,每个人的生活因时常受他人打扰而不能自主决定,其个性人格也难以健全发展。因此,维护隐私也是为了尊重人的个性,促进其全面发展。

毋庸置疑,准确把握用户的需求特点,并据此进行广告推送,提供个性化的网络服务,有利于提升网络服务的用户体验,使网络用户能够在海量信息中更为方便和快捷地找到自己所需的内容。但也应当看到,此种个性化的网络服务是以海量的个人信息和隐私被收集和利用为代价的,也正是因为这一原因,此种商业实践也给网络用户的经济利益乃至人格的自由发展带来了巨大威胁。一方面,网络服务提供者向网络用户推送商业广告的行为看似是中立的,但其实际上是以大量收集网络用户的性格、癖好、消费习惯等信息为基础的。网络服务提供者在对网络用户进行广告推送时,可能基于对网络用户消费习惯等的分析,对其进行歧视性定价,甚至为达到自己的经营目的而有意对网络用户的消费行为进行误导。另一方面,网络服务提供者在根据网络用户的个人习惯向其推送信息时,也可能基于某种因素的考虑而限制其信息选择的自由,这可能会对网络用户的视野、价值观的形成与变化产生不当影响。就"大数据杀熟"而言,有观点认为,所谓的"大数据杀熟"只是同样产品

---

① 参见〔美〕阿丽塔·L. 艾伦、理查德·C. 托克音顿:《美国隐私法:学说、判例与立法》,冯建妹等编译,中国民主法制出版社2004年版,第17页。

② Paul Bernal, *Internet Privacy Rights: Rights to Protect Autonomy*, Cambridge University Press, 2014, pp. 29—30.

或者服务的不同价格销售,在商业实践中是合理的,比如一罐可乐在超市和五星级酒店的售价是不一样的。但事实上,可乐售价不同与"大数据杀熟"是完全不同的现象,前者是为社会公众所接受的正常商业实践,而后者则是通过传递误导信息而使消费者作出了错误的消费行为。很显然,"大数据杀熟"在伦理层面具有可谴责性。从法律上说,此种行为已经侵害了个人的网络隐私自决。

总而言之,在现代社会,随着cookie技术和大数据分析技术的发展,网络用户在网络服务提供者面前已经成为"透明人",网络服务提供者有条件、有能力在网络用户毫不知情的情形下,通过信息收集、推送等方式对网络用户施加影响,这可能对个人的行为自由和独立意志造成不当影响。实践中,有观点认为,"大数据杀熟"应当属于"大数据精准靶向坑人";这一说法确实有些夸张。严格地说,大数据技术具有技术中立性,运用得好,它将造福于人类,但运用得不好,也将损害人类的福祉。大数据运用中所衍生的"杀熟",就是对大数据技术进行不当运用的结果,因此,法律上有必要对其予以规范。笔者认为,要强化对个人网络隐私自主权的保护,保障个人人格的自由发展,必须有效规范网络服务提供者对网络用户的信息收集、利用行为,加强个人隐私和个人信息保护的相关法律制度建设,具体而言:

第一,法律既应当规范网络服务提供者收集、利用个人信息的行为,也应当规范网络服务提供者向个人投放相关信息的行为。我国《民法总则》第111条对个人信息的收集、利用行为作了规定,未来立法应当对该规则予以细化。例如,可考虑制定技术标准,将无痕访问作为浏览器以及其他客户端的默认设置,从而在技术层面确保未经用户同意,网络服务提供者不得收集、保存、利用用户的行为轨迹,从而使网络用户对于个人信息的知情同意权真正落到实处。同时,立法还有必要对网络服务提供者建立在个人信息收集、利用基础之上的个性化的广告推送行为进行规范,以防止网络服务提供者基于其他目的而左右个人的自主选择和自主决定,侵害个人隐私权。

第二,应对获得用户同意的程序进行细化规定,要求网络服务提供者在收集用户个人信息前,必须明确告知收集信息在其网络服务中的具体用途,以及可能给用户造成的影响,而不能仅笼统告知收集信息的种类和总体用途。未经用户许可,不得在网络界面上随意弹出相关的信息;对于网络界面弹出的相关信息,应当设置明显的关闭标志,确保能够做到一键关闭。如果相应的广告投放行为已经被用户明确拒绝,则不得继续投放,否则就会侵害他人的私人生活安宁。

第三,为了有效规范网络服务提供者的信息投放行为,防止网络服务提供者通过信息投放行为不当干预个人私人生活的自主决定,甚至危害社会公共利益,可考虑要求网络服务提供者向有关监管部门说明其算法的基本运行原理,以防止"暗箱操作"可能带来的不利影响。

第四,在网络服务提供者已经收集了用户的相关信息后,如果网络服务提供者要将其转移给第三方,或者与第三方分享该信息,则必须取得网络用户的明确同意。网络服务提供者在获得用户的上述授权时,应当对网络用户尽到明确的提示说明义务,尤其是对涉及隐私、个人信息的收集、利用条款,更应当以显而易见的方式提供,并取得网络用户的明示同意。

第五,平台企业在定价时应当做到价格公开,而不能依据所收集到的消费习惯等信息制定不透明的商品和服务价格,对不同的消费者区别对待。消费者就商品或服务享有知情权,这对应的就是平台企业的价格公开义务，在价格不公开的场合，消费者的权益会遭受侵害。

　　随着社会信息化程度的不断提升，对于个人信息的收集和使用已经逐渐成为一种常态，信息主体较之于信息控制者，往往处于无法逆转的劣势地位。在互联网和大数据时代，法律在规范个人信息的收集、利用行为时，应当妥当平衡个人信息利用与个人信息保护之间的关系，既不能因为过度保护个人信息权利而不当限制个人信息的利用，也不能因为过分注重个人信息利用而忽视个人信息权利的保护。这就需要妥当界定个人信息"合理使用"的边界，在划定这一边界时应当考虑多种因素，如信息使用的目的和方法、网络服务提供者的有效通知以及网络用户是否已经支付对价等。法律规则的设计应当妥当协调信息权利保护与信息利用之间的关系，即通过有效规范个人信息的收集与利用，在确保个人人格尊严和人格自由的基础上，实现个人信息的有效利用。

新时代国家责任理论的三大研究主题[①]

国家责任是法治国家的重要原则，体现了一个国家的理性精神和道义担当。国家需要对自身的行为承担起责任，从侵权责任法的角度来看，一个整体的趋势是在范围、标准、责任承担方式上越来越扩大和多元；以国家及公职人员的违法行为为要件的赔偿责任是国家责任的最初实践形态。从中世纪最开始流行的"国王不能为非"，到自由法治国时代发展出来的"雇主赔偿责任"，再到完全吸收公职人员职务侵权行为的"代位赔偿责任"，乃至适应新的时代条件发展出的国家救助、国家补偿、国家预防义务、国家安全保障等一系列更广泛和深刻的责任体系，国家责任日益成为一个超越侵权责任规范体系的基础性概念，成为以维护人的尊严为价值核心的深刻的国家承诺。

党的十九大作出了"中国进入新时代"的重要政治判断。新时代既是社会主要矛盾发生重大转变的时代，也是中国迈向强国复兴、对法治国家建设提出更高和更多要求的时代。对于国家责任的法学研究来说，这不仅意味着我们需要继续完善传统的以国家赔偿责任为核心的课题，更要因应时

[①] 原载《人民法院报》2018年4月19日。

代变化，在新的国家哲学、社会经济发展条件和法学自身转型的背景下，明确新的研究主题，并作出积极的理论贡献。我以为，新时代国家责任理论的研究主题至少应围绕如下方面展开：

第一，在既有的宪法法律理论和规范框架里思考新问题。国家侵权引起责任承担，并通过法律填补损失，这是法治的基本要求。我国《宪法》第41条规定"由于国家机关和国家工作人员侵犯公民权利而受到损失的人，有依照法律规定取得赔偿的权利"。随后颁行的《民法通则》第121条进一步规定"国家机关或者国家机关工作人员在执行职务中，侵犯公民、法人的合法权益造成损害的，应当承担民事责任"，将国家责任放置在民事责任的框架下。

1995年颁布的《国家赔偿法》确立了独立的公法上的国家赔偿责任，全面建构了国家赔偿的构成要件、范围、程序、责任承担方式与标准等。新的《民法总则》第97、98条明确了"机关法人"的概念及民法上的权利义务主体地位。由此，我们已经有了较为完整的国家责任的二元理论与规范体系。但是，新时代仍然需要对这个体系的内容做进一步思考。例如，国家赔偿责任除了独立责任，可不可以也是一种补充责任？在民事侵权主体不明确或大规模侵权行为致害，无法有效填补损失的情况下，国家可以考虑作为补充责任主体而存在，设立专门的赔偿基金以实现对受害人的充分救济和损失填补。又如，国家赔偿责任是否一定要以发生实际损害后果为构成要件？

现实生活中由于国家致害行为导致当事人合法预期利益损害的情况时有发生，现行《国家赔偿法》仅仅以实际损害作为赔偿构成要件，不利于充分保障人民合法权益。因此，我们需要完善既有的理论和规范框架，在既有的框架里思考新的问题。

第二，构建一个以赔偿为核心，兼顾补偿、救助、保障、预防等重要方面的新的国家责任体系。新时代确立了"以人民为中心"的坚持和发展中国特色社会主义的基本方略。"以人民为中心"意味着国家责任不仅仅是一种侵权责任，更要求国家肩负起对人民全面的生存照顾的责任，为人民美好生活的实现作出更好的制度安排。国家责任应该成为一种托底责任，当市场和社会失灵的时候，国家必须更加积极有为，为此需要我们将研究视野扩展到国家在资源分配中的补偿责任，对于弱势群众的救助责任，面对风险社会建立起预防责任，对于公共服务体系建立起基本的社会安全保障责任体系。

第三，应对风险社会的挑战，扩展国家承担责任的方式。中国正日益步入风险社会，很多时候，社会行为与危害后果之间的因果关系不再绝对确定。这个时候国家要从"危险消除"责任转向"风险预防"责任，国家承担责任的方式不是事后填补损失，而是必须未雨绸缪，建立起"风险评估——风险交流——风险管理"的过程责任，要做更多"风险点分析与控制"的工作，国家责任的承担方式也将由传统的金钱赔偿向更有效地履行职责这个角度和思维转变。尤其是在以互联网、大数据、云计算等为代表的新技术革命浪潮下，技术在改变社会、带来便利的同时也在制造新的风险，尤其是信息自决、隐私权保护，需要国家在风险预防方面承担起更大的监管、预防责任。

国家责任是一个跨越宪法和部门法、公法和私法理论与实践的综合性话题，它既是法治国家的内在要求，是中国在新时代全面推进依法治国必然要不断强化的主题，也是"以人民为中心"的深刻政治承诺的必然体现。同时，在新时代，它也日益成为一个跨学科研究的领域，我们应该从中国的实践出发，贡献这个研究领域的中国概念、中国理论和中国方案。

法为民而治

第三编
司法制度

司法能否成为法治的中心

在讨论司法与法治的关系时，人们常常提起德沃金的这句名言："法院是法律帝国的首都，法官是法律帝国的王侯。"(The court is the capital of the reich, the judge is the law of the princes.) 按照德沃金的观点，司法应当是法治的中心。

德沃金的上述观点其实由来已久，现代法治最早的倡导者戴西就主张，法治应当以法官为中心。他在1867年给"法治"(rule of law)下定义时，其实都是围绕法院的作用而展开的。例如，他说，法治的第一层含义是指除非是根据法院的判定，某人已经违反了法律，否则，任何人不应受到处罚，其人身和财产也不应该遭受侵害；法治的第二层含义是指任何人都应当受到法律的制约，服从法院的管辖。戴西的观点影响深远。博登海默指出，法律体系建立的全部意义不仅仅在于制定和颁布良好的科学的法律，还在于被切实执行。[1] 亚伯拉罕指出："只有当法律完全被法院公正地作出解释后适用时，法律才会被社会的大多数成员所接受。"[2]

---

[1] 〔美〕埃德加·博登海默：《法理学——法律哲学和方法》，张智仁译，上海人民出版社1992年版，第220页。

[2] Henry J. Abraham, *Judicial Process*, Oxford University Press, 1998, p. 1.

其实在他之前许多法学家在论述法治时,都提出过类似的观点。

之所以出现法治以司法为中心的观点,也与现代社会司法权的扩张存在密切关联。从国外法治发展来看,出现了如下趋势:一方面,随着行政诉讼的发展,司法权在制约行政权方面发挥越来越重要的作用。司法权是控制行政权滥用的有力武器,也是实现立法权的保障。司法权能够宣告公权力的违法行使,而且,相关主体也会承担违法行使权力的责任;司法权能够限制公权力进入私权利的程度与效力,从而使得私权利也在一定程度上得到保障。另一方面,随着司法审查、违宪审查等制度的发展,司法权对立法权也产生了重要的作用,甚至能够宣告议会所制定的法律无效,这就对立法权形成了强有力的制约。随着司法能动性的发展,司法对社会的调控能力也在逐渐增强。因而,不少人认为,法治出现了由以立法为中心向以司法为中心转化的趋势。这一说法也不无道理。还需要指出的是,司法判决在社会治理中的作用日益凸显,尤其是在普通法系国家,具有重大影响的判决作出后,不仅为后世的裁判提供依据,而且对整个国家法治的进步和发展产生重大影响。例如,美国法治发展过程中具有里程碑意义的事件都是一个个标志性的个案,如美国著名的"布朗诉托皮卡教育局案",从地方法院一直打到联邦最高法院,最终判定南方省份种族隔离政策违宪。在该案之后,所有类似案件的判决均须遵循该案所作出的判决。这也使许多人认为司法权在现代社会中的作用更加凸显,甚至被认为是法治的中心环节。

在中国传统社会,司法在国家和社会治理中的作用是十分有限的。日本学者滋贺秀三曾经考察了中国的法律制度,认为由于儒家学说关于无讼观念的支配,使人们不习惯以诉讼的方法保护权利,而诉讼也不是一种双方争斗式的竞赛,而是一种父母官型的诉讼,官吏如同父母对待子女一样对待诉讼当事人,从而导致法的观念与权利的观念不能从诉讼中产生出来,法与诉讼在本质上是分离的。而西方的法的概念正是从其竞技型诉讼中产生出来的,正是从诉讼的对抗中孕育出权利的观念。①从我国的实际情况来看,自改革开放以来,人民法院在"文革"被砸烂的废墟中重建,法院在解决纠纷中的重要作用日益突出,可以说,出现了如下重要的趋势:一是司法在社会生活的纠纷解决机制中处于主导作用。多元化的纠纷解决机制包括调解、仲裁等,但在这些纠纷解决机制中,司法是最为重要的一种机制。二是司法在社会生活中的作用日益凸显。据统计,2017 年,全国法院共受理了 2800 多万件案件,并且每年都在以约 20% 的速度增长。三是司法在控制行政权力方面也发挥着重要作用,行政诉讼保障了行政机关按照法定权限和程序行使权力、履行职责。四是随着司法改革的深化,司法公信力和权威性不断提升,司法机关注重加强权力制约和监督,优化司法职权配置,规范司法行为,推进司法民主和司法公开,注重保障司法机关依法独立行使职权,司法公正进一步得到了落实。所有这些都表明,司法在社会生活、社会治理中的作用在不断强化。

司法是维护公平正义的最后一道防线,公正的司法要使公民、法人在其权利受到侵害以后,通过司法途径获得充分的补救和保护,正是由于司法的充分补救,才使法定的权利得以充分实现。司法不仅维护社会的公平正义,也维护了社会秩序,维护了人民群众的获得感、安全感,司法在其中的作用也十分重要。但我个人认为,从中国法治建设的现实来看,司法虽然是整个法治建设中的重要环节,但很难将其认定为法治的中心,主要有如下几个理由:

---

① 〔日〕滋贺秀三:《中国法文化的考察》,载《比较法研究》1988 年第 3 期。

第一,法治建设是一个完整的系统,该系统以良法、善治为内容。其中,良法是基础,这就意味着立法是关键。以良法保善治、促善治,良法才是善治的基础,如果把整个国家治理作为一个体系,则司法只是广义上社会治理的一个环节。从这一意义上说,虽然司法会对其他环节产生重大影响,甚至延伸到社会生活的方方面面,但其无法替代其他环节的功能。我们说要实现国家治理的现代化,司法也只是治理体系的一个环节而已,目前其在国家治理体系中很难说是处于核心地位。

第二,司法的核心功能在于解决纠纷,但法治的内容并不限于纠纷解决。法治建设是一个立体的、动态的体系,包括了立法、司法、执法等多个环节。在今天,就纠纷解决而言,已经出现了多元化的纠纷解决机制,司法虽然是纠纷解决的最后一道防线,但大量的纠纷并不是通过司法予以解决的。从实践来看,社会生活中大部分纠纷都是通过调解等方式予以解决的,进入司法程序的纠纷只占一小部分。这就意味着,即便就纠纷的解决而言,也很难说司法处于中心地位。

第三,在我国,司法在创制规范等方面的作用是有限的。一方面,我国不是判例法国家,司法不能创设规则,司法只是适用法律。因此,在规范的创设方面,司法的作用是十分有限的。另一方面,在法律规范的审查方面,在我国,法官不能援引宪法规范裁判,更不能在裁判中宣告法律规则无效。从这一意义上说,在我国,在法律规范创制方面,显然立法机关的作用更为突出。

第四,从社会层面来看,毫无疑问法院判决对社会的法治观念和理念起到引导作用。一个案例胜过一摞文件,但这种引导作用毕竟是有限的,因为一方面,社会生活纷繁复杂,判决涉及的都是已经进入诉讼程序的纠纷,但大量的纠纷并没有进入诉讼,或者即便有诉讼争议,法院也未必都能通过判决形成合理的规则，引导社会。法治社会真正的形成，还应当借助于社会自治，靠各种乡规民约等软法的治理，靠法治理念的宣传、普及和传播。另一方面，司法虽然也能够确立一系列规则，但这些规则主要是裁判规则，主要是在司法过程中为法官提供裁判依据，而很难为人们的行为提供指引。

党的十一届三中全会明确提出了十六字方针，即"有法可依，有法必依，执法必严，违法必究"，而党的十八大也提出了法治建设的新的十六字方针，即"科学立法，严格执法，公正司法，全民守法"。新的十六字方针是我国改革开放四十年法治建设经验的总结，其中"科学立法"是前提，"严格执法"是关键，"公正司法"是保障，"全民守法"是基础，四者缺一不可。党的十八大提出的新的十六字方针涵盖了法治建设从立法到法律实施的全过程，是全面落实依法治国方略的基本指南。新的十六字方针将公正司法凸显出来，表明司法的作用在日益扩展，这也体现了中国法治的进步，同时也表明司法本身是法治体系中的重要环节。

从今后的发展趋势来看，司法在国家治理体系中的地位将愈加凸显。近年来，诉讼案件每年大幅度增长，大量的司法解释统一了司法裁判，弥补了法律的缺陷。一些裁判规则不仅起到了定分止争的作用，而且对人们的行为起到了指引、规范的作用。随着司法改革的深化，司法权威性和公信力的提升，司法在社会生活中将会发挥更大的作用。法律本身是不会自行治理国家和社会的，它必须要靠执法和司法机关将"书本中的法律"转化为"行动中的法律"。我个人认为，司法的作用越凸显，表明社会的法治化程度越高，司法越具有权威性，表明法律越具有权威性。所以，衡量一个国家法治文明的发展水平，可以依据其司法在规范社会生活中的作用加以判断。正是从这个意义上，我个人期盼，在社会主义法律体系形成之后，司法能够成为法治的中心。当然，法治建设是一项系统工程，需要形成司法与立法、执法、守法的良性互动，而不应仅依靠司法孤军深入、单兵突进。司法应当与法治建设的其他环节协调一致，共同推进全面依法治国战略这一系统工程的实施。

我对审执分离的一点看法

多年前,我在参与一次优秀法官评审活动中,现场听到一位负责执行的法官讲述他的办案经历。他反复强调,执行就是战场,再苦再累也不能下火线,为了执行一个案件,他曾经三次半夜到某个被执行人家门口附近蹲守,最后堵住了被执行人。为了查找这个被执行人的财产,他在几个城市往来奔波,反复调查,自己老母病重,他都没有回去看望,最后终于顺利地把这个案件执行完结了。在场的人听了以后,无不感动。我本人作为评委,投了他一票,因为我从内心感觉,他是一名爱岗敬业的好法官,如果我们每个法官都像他这样忠于职守,可能就不会出现执行难的问题了。但我当时也在思考,他所做的事是否应当是法院所承担的工作?法官在我们的心目中应当是坐堂问案、居中裁判的,是否应当从事蹲守、堵截被执行人和四处调查财产等行为?这实际上涉及法官的职业定位问题,在执行方面,就涉及审判权和执行权是否应当分离的问题。

党的十八届四中全会《决定》指出,要完善司法体制,推动审判权和执行权相分离的体制改革试点,但此处所说的审执分离究竟应该是指法院内部审判和执行部门的分离,还是法院与司法行政部门的外部分离,一直争议很大。我认为，泛泛地说内部分离好，还是外部分离好，都过于简单化，还是应当从执行权本身的性质着手，对该问题进行具体的分析和探讨。

从比较法上看，各国对执行权性质的认识并不统一，各国的执行实践也是各具特色。我国民事执行可以说是"执中有审、执审糅杂"，即民事执行中同时包括了裁判行为与实施行为，我认为，执行权虽然有判断权的内容，但主要不是判断权，而是行政权。

在国家权力结构中，司法权和行政权同属公权力，但两者性质是不同的。司法权本质上是判断权，而行政权本质上是管理权。判断就其本意而言，是指辨明真假、判定是非、判断曲直。判断一定意味着独立，基于自己主观作出的，才叫判断，如果依据别人指示作出的，就不叫判断。其实，中国古代一些思想都体现了司法权是判断权的思想。例如，从"辨"的字义来看，其由两个"辛"和一个"人"组成，两个"辛"表示涉及刑事的双方，即原告与被告，中间是"人"（也疑似"刀"），指的就是法官，表示升堂后诉辩双方分立两侧，法官居于中间。"辨"字的造字本义为：法官中立听取原告与被告的陈述，作出符合客观事实的是非判断。依据《说文解字》：辨，判也（判别）。其实就是强调司法的居中裁判的特点。由于判断通常都是在发生纠纷之后进行，不能提前介入，因此，法官所从事的判断都是被动的，司法权在行使中必须采被动主义，而不能像行政权那样主动行使、积极干预。

应当承认，执行权中确实也包含一定的判断因素，这种权力我们通常称之为执行裁判权。所谓执行裁判权，是指法官就执行中的重大事项或争议作出裁定的权力，此类权力涉及的范围较广。例如，对于不予执行的仲裁裁决和债权文书的裁定；在被执行人提出执行异议的情形下，是否追加第三人为被执行人；在宣告失踪和宣告死亡情形下，如何执行财产等。执行裁判权常常涉及执行过程中的一些重大的程序事项。应当看到，执行事务中确实有一些事项涉及裁判的问题，包括：一是审理有关案外人执行异议之诉、申请执行人执行异议之诉、执行分配方案异议之诉、代位析产之诉等案件。二是发布实施执行的命令，作出查封裁定书、变卖裁定书、拍卖裁定书等，此种权力也应当由执行法官行使，而不能交给行政机关。无论是大陆法系还是英美法系，实施命令都是由法院签发。三是执行中涉及对债务人采取强制措施的，由人民法院决定执行。四是执行过程中的执行异议、执行复议、执行程序是否终结等问题，在性质上属于程序法为当事人和利害关系人所提供的救济途径或者司法程序的运行问题，对此类事项的裁定其实也是一种判断权，在性质上应当是审判权的组成部分，或者说是审判权的延伸。从比较法上看，在大陆法系，执行裁判权也都是由法官行使的。在我国，此种裁判权也理应由法官行使，而不宜由行政部门行使。

但执行权的大量内容仍是行政权，我们称之为执行实施权，它是指法院在执行事务时所涉及的对具体事务进行处理的权力。从实践来看，大量的执行事务并不是裁判的问题，而主要是一些具体的行政事务，如法官签发查封裁定书后，对该裁定书的送达以及如何查封，如何张贴封条、制作财产清单、管理执行财产以及如何对财产进行评估、酌价、拍卖、变卖等。此类事务在性质上并不属于判断权，而应当属于行政权的范畴，此类事务是否都需要由法官具体执行值得探讨。

我认为，执行事务虽然也涉及判断的问题，但执行裁判权和执行实施权在性质上并不相同，审执分离也应当是指这两种权力的分离。执行裁判权在性质上属于判断权，应当由法官行使；而执行实施权则不宜由法官行使，可以考虑将其从法院分离出来，主要理由在于：

第一,执行实施权在性质上不是判断权,不是审判权的组成部分。执行实施权所主要解决的执行过程中的具体事项是法院在作出裁判之后交给他人实施的问题,其并不涉及判断权,应该由一般的警察或司法行政部门来完成,而不宜由法官来完成。司法具有自身特殊的规律,其专业性更强,应当由经过专门训练的法官享有。没有经过专门职业训练的人,不能担任法官。但对大量的执行事务而言,其并不具有很强的专业性,也没有必要要求执行者必须经过专业的法学职业训练。

第二,判断过程本身体现了司法的艺术,所以无论是事实判断,还是法律判断,本身都需要给予法官一定的自由裁量权,法律需要规范法官的自由裁量权,但无法禁止法官的自由裁量。我们说,同类案件同类处理,但事实上,正如世界上并不存在两片完全相同的树叶一样,世界上也不存在完全相同的两个案件,所以,对司法裁判无法采用标准化的管理。但对执行事务而言,其本身是一种标准化的行政管理,并不需要赋予执行者过多的自由裁量权。

第三,由法官承担执行实施权也有损司法权威。法官的职责是居中裁判,作出裁判结果,而不宜具体参与到裁判的执行过程,否则可能不利于维护司法形象,有损司法权威。例如,由法官具体实施贴封条、办查封、搞拍卖、寻找被执行人等事项,或为四处查找被执行人及其财产而疲于奔命,甚至就像前面说的,法官在被执行人门口蹲守,确实有损法官形象。这本身并不涉及判断问题。更何况,由法院包揽执行实施权,容易引发司法腐败。过去相当一段时间,法院为更好地承担事务执行权,自己设立了一些拍卖公司,结果导致了不少腐败现象,这在今天仍然是一个教训。

第四,审执分离有利于提高司法效率。近几年来,随着立案登记制改革的推进，法院的案件几乎以每年20%的速度增长，现在法院遇到了前所未有的案多人少的压力。在这样的背景下，不仅要提高办案效率，更要注重办案质量。在执行活动中，法官应当将注意力集中于执行裁判权，而不宜将过多的精力花费在执行实施权上。因此，应当将执行裁判权和执行实施权分开，分别由法院和司法行政部门行使。

  我并不是说一定要把执行机构从法院分出来，交给行政机关，对审执分离而言，不论是内部分离还是外部分离，都应当将二者分开，二者有不同的工作规律和机制，只有准确认识到二者的不同特点，我们才能更准确把握司法判断权的本质和规律。

从执行不能谈起

司法权威的树立离不开公正的司法裁判,也离不开对司法裁判的有效执行。最高人民法院提出"用两到三年时间基本解决执行难",这是对全社会的庄严承诺,也是树立司法公信力、彰显司法权威、全面推进依法治国的重要举措。

应当看到,解决执行难问题近几年取得了突出成效。主要表现在,人民法院攻坚克难,加大执行力度,建立联动机制,推进多部门联合惩戒,使"老赖"一处受限,处处受限。人民法院以信息化为基础,加大查人找物力度,创新执行方法,极大提高了执行的效率,应该说,在执行方面的成绩有目共睹。

但是,全国法院要在两到三年时间内基本解决执行难的问题,遇到的一个巨大的难题即执行不能的问题。所谓执行不能,就是指穷尽一切查找财产的方法,仍然不能发现被执行人的财产,如果被执行人没有财产可供执行,在此情形下,法院客观上已经无法执行,这究竟属于执行难还是执行完毕的范畴?从目前来看,全国法院全年共受理2800多万件案件,其中执行的案件占到近八分之一,而在所有这些执行案件中,将近40%的案件是无财产可供执行的案件,这些案件年复一年地累积下来,迄今为止已经超过千万件。如果把这些案件算作已经执行的案件，毫无疑问，两到三年解决执行难问题并不是难事。但是，如果把这些案件也纳入执行难的案件范围，那么两到三年显然不可能基本解决执行难的问题。

执行法官普遍认为，其已经穷尽一切手段查找被执行人财产，确定被执行人已无财产可供执行，法院对此也无可奈何。因为在被执行人无财产可供执行的情形下，法院无法变出财产用来执行，而只能中止执行，如果经过一定期限仍无法执行，则应当终结执行程序。否则，法院将永远无法解决执行难问题。

但是，执行申请人可并不这么看，他们大都认为，只要胜诉判决没有得到执行，就属于"执行难"的问题。只有把真金白银装进了自己的口袋，才算是解决了执行问题，如果本应执行到位的财产没有拿到手，怎么能算是已经执行了呢？执行申请人常常说，什么是"已经穷尽各种手段"？你说你查了工行，你查了农行吗？你说你查了北京，你查了上海吗？你说你查了中国，你查了国外吗？你说你查了线上的，线下的你查清楚了吗？你查了动产，你查了不动产吗？你现在查不到，并不等于将来查不到，如果将来查到了，难道能以已经执行终结为由而不执行吗？执行申请人的这些说法虽然有些强人所难，但也确实不无道理。

立场不同，看法各异。这是可以理解的。一方面，应当承认，我们现有的技术手段还不能说能查到债务人的所有财产。因为从全国范围来看，虽已建立了不动产统一登记制度，但动产和权利还没有建立统一的登记制度，因而仍难以全面查询。截至 2018 年 3 月 31 日，已经有 21 家银行联网，具有网络冻结和网络扣划功能，但确实还有一些银行和金融机构仍然没有联网，因而，大多数银行的存款以及股票、证券是可以查清楚的，但有些银行以及金融机构的存款仍然难以查清。所以，法院认为穷尽了一切方法，但毕竟因现有技术手段、人力、物力等限制，还无法全面查清被执行人的财产。另一方面，一些被执行人为逃避债务，转移财产，花样翻新，手段多样。比如说，本来从某家银行取了一大笔钱，但就是不进账，因而从账上查不到，从资金流向上也发现不了。有人明明买了几套房，但写在他人名下。还有人投资入股多家企业，但是以隐名股东的方式投资，由他人代持，这就极大地增加了查找被执行人财产的难度。在此情形下，很难说是穷尽了一切手段。还要看到，现在查不到，将来仍可能查到，如果把这些案件都作为执行完毕的案件，万一将来查到了财产怎么办？即便法院做了很多的查找财产的工作，当事人仍然不相信，这与我国过去执行难、司法公信力不高有关。曾几何时，许多法院裁判文书被当做白条，甚至有的把判决书打折当街叫卖，所以，如果把执行不能的案件作为已经执行完毕的案件处理，显然难以为申请执行人所接受。

　　我个人认为，要解决执行不能的问题，首先，要加大清理僵尸企业的力度，依据《企业破产法》的相关规定处理执行不能的案件。据统计，全国每年工商局吊销营业执照、注销资格的企业有一百多万家，但到法院提起诉讼并被受理的只有1万多件，每年被宣告破产的仅数千件。2017年，全国法院加大了破产条件审判力度，共审结新收企业破产申请案6257件，比上年同比上升73.7%，但与僵尸企业的数量相比，破产案件的数量依然过低。事实上，执行不能转化为破产案件在我国是有明确依据的，但在实践中很难执行，主要是因为许多地方政府担心，企业一旦破产，会引发职工安置等问题，影响社会稳定，不愿意也不支持法院受理过多的破产案件。但如果不走破产程序，这些僵尸企业的退出机制仍然难以建立起来，执行难的问题也无法解决。所以，要真正解决执行不能的问题，只能根据《企业破产法》，通过和解、重整、破产等程序来最终决定是否终止执行。

在依据《企业破产法》解决僵尸企业破产问题的同时，还有必要建立个人破产制度。一般来说，自然人破产可分为两类：一是自然人因不能清偿经营活动产生的到期债务而被宣告破产；二是由于人身伤害、交通事故等产生的损害赔偿支付不能；三是自然人在各类消费关系中因消费借贷而发生支付不能，从而被宣告破产。近几年来兴起的支付宝、网络贷款等也引发了诸多的借贷纠纷，不少借款人借了钱之后无力清偿债务，法院采取各种措施也无法执行到位。我国《企业破产法》中没有规定个人破产制度，这也使得许多民营企业家在经营过程中，一旦资金链断裂，因经营不善资不抵债，就无法获得破产保护。对那些善良的债务人，不能根据破产制度而被免责，从而无法东山再起，只能一生背负债务，甚至父债子还。尤其是在其能够进行重整的情况下，由于个人破产制度的缺失，其无法进入破产程序并通过重整程序获得债权人的谅解，也不能通过重整制度再度崛起。从执行层面来看，大量的被执行人是自然人，因为没有个人破产制度，这些自然人一旦丧失偿债能力，就会转化为执行不能，最终造成老百姓心目中的"执行难"问题。这就需要借助个人破产制度，确定其是否到了无法再执行的程度。国外绝大多数执行不能案件都是走破产程序作出了断的。也就是说，不应当由法官个人认定是否属于执行不能，而应当借助破产程序予以认定，否则可能会不当扩大法官的自由裁量权，也会影响破产程序的有序进行。

创新查找财产的方式方法也是解决执行难的有效方式之一。应当说，从司法实践来看，想完全借助于法院查找财产确实存在无法突破的瓶颈，毕竟司法资源是十分有限的。面对花样翻新的逃债行为，公权力不可能做到面面俱到的监管，但是债权人会穷尽自己的一切社会资源对被执行人的财产进行追查，通过寻觅被执行人在现实生活中留下的生活痕迹、交际圈子等，也有可能突破法院查找其财产所存在的瓶颈。破解执行难问题，还需要采用多样化的方法。事实上，司法实践已经就此展开了探索，例如，有的省开始试行法院授权律师调查被执行人财产的做法，并已经取得了很好的效果。从域外司法经验来看，这一方法已被广泛采用并被证明存在实际效果。但是我国的司法习惯上对律师调查权心存疑虑，担心被滥用，因而一直没有建立起相应的制度。我认为有必要在被执行人无财产可供执行的情况下推广法院授权律师调查财产的做法，至少这在保护申请执行人财产的问题上有百利而无一害，不但节省了法院的执行成本，还可以避免申请执行人寻求讨债公司通过非正当方法讨债的做法。当然，对发布调查令的条件和程序，应当由法律作出明确规范，防止被滥用。

除此之外，还必须进一步借助信息化手段，加大查人找物的力度，有效破解查人找物和财产变现难题。目前，各级人民法院与银保监会等单位合作，通过信息化、网络化、自动化手段查控被执行人及其财产，共查询案件3910万件次，冻结款项2020.7亿元，极大提高了执行效率。但迄今为止，因为信息联网还不能覆盖所有的财产领域，"信息孤岛"现象依然存在，导致了法院查人找物的困难，因此，需要进一步推动不动产信息的联网，以信息技术为支撑，增强财产查询能力，有效破解执行难的问题。

总之，解决执行不能的问题，既要靠方式方法的创新，也要靠立法的完善，需要多管齐下，同步推进。

迟来的正义也强过非正义

2016年，最高人民法院启动了对"聂树斌案"的再审程序，并最终宣告聂树斌无罪，纠正了二审的有罪判决。这个案件从二审判决，到最终平反，历时整整12年。整个过程跌宕起伏，不少法律人为了该案的平反而四处奔走疾呼，对该案的最终处理作出了贡献。最后，最高人民法院经过反复核查，组成了专门的调查组，最终纠正了该案的错误裁判。

12年是漫长的，对人的一生来说，的确没有几个"12年"。历经"12年"的司法过程，无论是给聂树斌本人还是其家属亲友，都带来了身体和精神上的莫大痛苦。从这个意义上讲，12年才纠正错案，的确是来得晚了一点，12年后获得的正义确实可称为迟来的正义。

然而，我们并不能仅仅因为正义的迟到而否定其积极意义。从最高人民法院纠正后的大众舆论来看，反响是十分正面、积极的。正义虽然来得迟了一些，但赢得了民心，赢得了民意，充分体现了我们党长期坚持的"实事求是、有错必纠"的原则。正如周强院长所指出的，对于冤假错案而言，"不管这些案件是形成于什么时间，有什么客观原因，错了，我们发现了就一定要纠正，这是我们党的实事求是路线的体现,是法治精神的体现,是保障人权、保护人民的题中应有之义"。

这个案例说明,迟来的正义也强过非正义。英国有一句著名的法谚:"迟来的正义非正义。"(Justice delayed is justice denied.)其意在强调司法的程序正义,也就是说,即便裁判结果是公正的,但如果过迟作出裁判结果,其在程序上也是不公正的,这也最终导致裁判成为非正义的裁判。之所以会产生这句谚语,可能与西方诉讼经常迟延甚至旷日持久有很大的关系。莎士比亚曾经在戏剧中将"法之迟延"(law's delay)与贪官之侮、暴君之政等相并列,表达了对诉讼迟延的强烈不满。

怎么理解"非正义"?是不是说只要案件迟延,就是非正义?显然不能这么理解,在西方国家漫长的法治发展过程中,迟延是司空见惯的事情。据记载,历史上最长的诉讼案件就发生在英国,史称"Berkley事件",该诉讼始于1416年,终于1609年,前后持续190余年。[①]即便在今天,司法迟延也屡见不鲜,一项诉讼持续数年之久也是较为常见的事情。更何况,在许多国家,甚至没有明确的审限规定,判断迟延与非迟延也缺乏明确的标准。但是,只要整个诉讼符合程序,且裁判能够给出一个公正的、充满说服力的理由,民众也是接受的。

"聂树斌案"也反映了另外一个问题,无论是民事诉讼还是刑事诉讼,法官所要追求的价值是公平正义还是诉讼效率,抑或两者兼而有之呢?这的确是一个重大的司法理论问题。众所周知,近几年,自立案登记制实行以来,进入法院的案件呈大幅上升的趋势。每年以几乎20%的比例上升。2017年全国各类案件已经达到2800多万件。各地法院也遇

---

① 参见〔日〕穗积陈重:《法窗夜话》,曾玉婷、魏磊杰译,法律出版社2015年版,第66页。

到了人少案多的空前压力。面临结案的压力，加班加点已经成为大多数法官的生活常态。"五加二、白加黑"成了一些法官的生活方式。在这样的背景下，提高办案速度、追求审判效率，成了当前司法工作中的一个重要考核指标。对法官的业绩考核，很大程度上就是要考虑结案数量。不少民事法官平均一天办结一个案件是常态，而平均每天办结多个案件的情形也时有发生。"法官不是在开庭，就是在去开庭的路上"成为流行的话语。据报载，郑州市高新技术产业开发区人民法院的33名员额法官，人均结案数连续6年位居全省第一名，2017年人均结案1264件，在全国基层法院中名列榜首。① 这就是说，加上双休日，每名法官每天也要结案将近4件，这个速度快得惊人，也同时引发了人们对办案质量的担忧。

西方有一句法谚，"快速的裁判乃不祥的继母"。类似的，中国俗话也讲，"萝卜快了不洗泥"。这就是说，如果只求结案率，而忽视办案质量，可能会导致裁判质量下降。法律本身是正义之学，是公平正义之术。所以，人们对法律的一大普遍预期就是司法能够成为维护社会正义的最后一道防线，能够切实带来一个公正的社会。千百年来，正义是法律的永恒主题和品质。老百姓之所以愿意对簿公堂，就是以为能够通过司法审判获得一个公正的结果。即便是败诉，一纸公正、有说服力的裁判文书，也往往让当事人感受到法律的正义和权威。刑事案件都是人命关天的事情，即使不涉及人命，罪与非罪、轻罪与重罪都是每个人的重大关切，甚至关系到一个人整个生活的全部。一旦出错，不仅可能毁掉本人的一生幸福，使一个无辜的人锒铛入狱，毁掉自己的人生，毁掉公

---

① 参见周青莎：《33名员额法官人均结案量全国第一，这个法院是怎么做到的?》，载《河南日报》2018年3月29日。

司和事业，甚至可能殃及亲友，祸及家庭，影响子孙后代。对刑事审判来说，一个错案，甚至可能使一个家庭几代人都翻不了身。即使事后平反昭雪，给予补偿，但已经失去的很多东西，如覆水难收，是无法用金钱弥补的。从这个意义上讲，司法不能因为过度强调效率而忽略公正。

　　对刑事案件这样，民事案件又何尝不是如此？郑玉波先生曾经说过："盖忙中有错，尤其刑事案件，有时判人死刑，不可草率。不惟如此，即民事案件，动辄关乎人之身份或财产，亦不可不谨慎从事，否则欲速则不达，有悖正义可乎？"民事案件虽不涉及牢狱之灾，但直接牵涉到诉争当事人的重大利益。一纸判决下来可能导致一个企业的倒闭，大量员工失业，也可能让一个经营者走上穷途末路，甚至给一个家庭带来无妄之灾。即便是在那些不涉及巨额财产的案件中，诸如婚姻家庭纠纷、人格侵害纠纷等案件，一纸错误的判决同样可能让一方当事人蒙受巨大的精神痛苦。这种损失和伤害甚至无法用金钱赔偿来补救。所以，办案质量的高低，不因刑、民而有所区别，也不因是否涉及重大财产而有所差异。可以说，凡是到了法院的案件，都不是小事，丝毫马虎不得。

　　办好一个案件，首先要认真阅卷，对案件的事实进行抽丝剥茧，防止事实认定错误，同时要对法律进行准确的解释和适用，对整个判决作出充分的说理。开庭过程应当严格依据法定程序，开庭前不仅要认真做好准备，庭审过程要严格遵循程序，任何一个环节都不能省略，如此才能使当事人也能从庭审中感受到公平正义。要做好上述工作绝非易事，都离不开时间的保障。有一次我从媒体上看到，一位法官居然在一天内连开了 68 个庭，速度如此之快，令人震惊。① 过于追求速度，赶时间、求进度，难免对某些环节有所省略，办案质量令人担忧。前不久在已经上网的裁判文书中，竟然出现了一份"七错判决书"，该判决书将地名、当事人姓名甚至当事人的性别都写错了，弄得啼笑皆非，司法的公正性和权威性也受到较大影响。究其原因，还是因为仓促办案，片面追求结案率所致，"天下之事，必作于细"，无论是庭外阅卷、庭内听审，还是作出判决，都不得有半点马虎，仍然要坚持慢工出细活的基本工作理念，最大限度地保障事实认定的准确性、法律解释和适用的妥当性、判决说理的充分性，最终使每一位老百姓在案件中感受到公平正义。

迟来的正义也强过非正义。许多法院提出，以公正和效率为目标。之所以会把效率当做最高目标之一，理论基础之一就是"迟来的正义非正义"。我认为，强调效率是必要的，但应看到，司法的最高目标现在是将来也应该是公正，只能是在保障司法公正的前提下追求效率，在确保办案质量的前提下追求结案率。追求效率是必要的，但效率与公正并不属于同一价值位阶，效率本身是服务于公正的，应当以公正为前提。如果我们把效率等同于公正，就会产生一种误解，以为只要能多办案、有效率，就是履行了其司法的职责。其实，司法不同于工厂的流水作业，其最高的目标应当是追求公正，这个公正不是抽象的，正如习近平同志所指出的，应当让人民群众从每一个个案中感受到法律的公平正义。工厂的流水作业，为了追求效率，可以允许有误差，有次品，只要在合理的幅度内，都是可以接受的，但司法不能为了追求效率而有丝毫误差，也不能有一件次品。习近平同志指出："人民群众每一次求告无

---

① 梁千里:《"一上午 68 个开庭"的纪录并不值得夸耀》，载 http://wemedia.ifeng.com/24025659/wemedia.shtml，最后访问时间 2018 年 5 月 12 日。

门、每一次经历冤假错案,损害的都不仅仅是他们的合法权益,更是法律的尊严和权威,是他们对社会公平正义的信心。要懂得'100－1＝0'的道理。一个错案的负面影响足以摧毁九十九个公正裁判积累起来的良好形象。执法司法中万分之一的失误对当事人就是百分之百的伤害。"这句话揭示了非常深刻的道理。

迟来的正义也是正义,强调的是司法裁判的公正性,即不能因为片面追求效率而忽视裁判公正的根本要求,但这并不能成为法官拖延办案的借口,也就是说,法官应当尽可能在案件的审结期限内处理纠纷,但办案的前提仍然是保证质量。我一直认为,法院在确立考核标准时,不能单纯考虑结案率,而首先应当考核办案的质量。离开了办案质量的结案率,常常可能是没有效率的。道理很简单,如果一个案子办得不好,引发当事人无止无休地上访、申诉,不仅社会效果不佳,而且效率上也可能更差。

西方法谚中的"迟来的正义非正义"主要强调的是司法的效率价值,强调纠纷的及时、依法解决,而并没有否定司法所应追求的正义的价值。从根本上看,司法公正和司法效率并不存在冲突,但两者并非具有同等的价值地位,当公正与效率发生冲突时,应当优先追求司法公正,只能在保障司法公正的前提下追求司法效率,否则,将从根本上动摇司法的基础,司法活动的正当性也会受到影响。正是在这个意义上说,迟来的正义也强过非正义。

司法裁量权与司法标准化

近来，司法标准化逐渐成为一个热门话题。所谓司法标准化，简单说就是类似案件必须恪守同一个裁判标准，准确说来，应该是司法规范化的问题。天津法院在这方面进行了有益的探索。据报载，经过三年多的司法实践，天津法院已建立起司法流程、司法裁量、司法质量、司法权责、司法公开和诉讼服务等六大标准体系，先后出台实施了26个司法标准化文件，涉及402个程序环节、1020项程序标准、240项法律问题适用标准，并有19个标准化文件也即将出台。"用标准思考、以标准管理、依标准办案"，天津法院用标准的尺度对立案、审判、执行全过程进行指导、检验和评价，为法官办案列出了权责"清单"，为百姓衡量司法公正提供了"标尺"。①

标准化使得司法程序更加严格、规范，办案效率也能得到保证。我在天津市高级人民法院进行考察和调研时，也对他们标准化的做法印象深刻，认为这是一个有益的探索。对立案、审判、执行等各个环节进行严格的标准化管理是必要的。从管理学层面讲，规则越具体、越明确，越能让整个司

---

① 《天津高院发布司法标准化工作白皮书》，载《人民法院报》2017年8月22日。

法过程、管理更加精细化，裁判质量更加有保障。例如，通过对司法工作流程的管理，如对立案、程序和执行等进行管理，就确保了裁判的公正和效率。司法标准化对于裁判过程具有指引作用，有利于提升裁判质量，并能够防止司法裁量权被滥用，保障司法公正。

虽然司法标准化建设具有重要意义，但不能普遍运用于司法的每一个环节，不能把它作为司法改革的唯一目标。尤其是就案件裁判而言，法律文书的格式可以标准化，但法律文书的内容、案件的实体裁判、法律适用、自由裁量权的运用等则无法标准化。毕竟司法过程不同于产品制造过程，不能将司法标准化等同于产品标准化，进而对司法过程采用完全标准化的管理，主要原因在于：

第一，产品是物，是民事法律关系的客体，制造物本质上属于大规模的生产活动，自然可设计出所需遵循的产品标准。但是，司法裁判面对的则是作为民事主体的人，不能简单地将针对物的规则套用于人之上。

第二，产品可以大规模制造，而从客观上来说，司法裁判不可能制造大量相同的裁判结果，因为裁判所需依据的客观事实不可能完全一致，每一个裁判都是为了保障裁判结果的公平，需要追求一个案件的公平正义。司法生产的产品是一种公共产品，以裁判文书表现出来的司法产品，它和一般的工业生产的产品不同，工业生产制造的是一种物品，可以用标准化的流程来规范。而司法产品是与人打交道的，具有很强的个案性。

第三，产品的制造侧重于考虑终端的结果，并不重视整个制造过程，只要产品质量是合格的，工序过程本身并不重要，而且产品生产过程允许出现一定的误差。换言之，只要最终的产品符合质量，制造过程是无须追究的。但是，司法不仅需要追求实体正义，也要追求程序正义，即使实体结果最终是正义的，只要程序违反法律规定，则整个裁判结果也将是"不正义的"。举例而言，我国现行《刑事诉讼法》就已经确立了非法证据排除规则，就是为了保障程序的正义。

第四，产品的制造可以允许次品，可以存在大量实验，能够允许制造方法的探索失败。一个产品主要是满足单个消费者的物质需求，而一个司法判决则在很大程度上有精神上的影响。产品的生产过程是可以有大量实验和失败的，虽然最终选择的生产工艺和出产的产品是合格产品，但达成这个结果的过程中可能有不少失败的实验和废品、废料。而司法裁判则不允许所谓的"次品"，在规则设计之时不可能预留试错空间。产品有次品率，但司法的目标是要保证每一个案件的公平正义，无论是在观念上还是在实践中，次品司法都是不能被容忍的。一个案件的错判不仅会毁掉一个人的前途，而且还可能摧毁一个家庭，甚至损害社会公众对法律的信仰

从根本上而言，司法实行标准化主要是通过限制法官的自由裁量权的方式保障裁判结果的公正。从某种意义上说，标准化对法官自由裁量权的规范是有一定必要的，其有利于防止法官滥用自由裁量权，但其目的并不是要剥夺法官的自由裁量权。关于法官的作用，孟德斯鸠在《论法的精神》中曾经提出著名的论断：基于权利的分立，司法的职责是严格执行立法机构所制定的法律；法官只能充当"法律的嘴巴"的角色，机械地根据立法者的法律来宣布行为的后果。这一命题已为后世法治的发展所根本否定。正如庞德所指出的，司法是一项充满艺术性的工作。这种艺术性主要体现在法官在审时度势中的自由裁量权。法律是普遍的、一般的规则，且常常具有滞后性，而社会生活是纷繁复杂、变动不

居的,必须由法官巧妙灵活地适用法条,才可能产生立法者所追求的公平正义的效果。法官的自由裁量权就是要能够实时跟进社会的发展和变动,能够对社会变迁作出准确的认识和反映,以确保人们在变迁的社会中也能够获得公平对待。

自由裁量权本身并非导致司法裁判不公的根本原因,甚至可以说这是司法裁判并不可少的组成部分。如果禁止自由裁量权,则法官将成为"法律之嘴",不能将抽象的法条准确运用于案件裁判,反而可能导致司法不公。之所以需要自由裁量:一是立法者不可能在立法之时预测到实践中可能出现的各种情况,无法在立法时事先做好事无巨细的安排,实践始终是变化莫测的,立法者的理性也是有限的。所以,法律的规定都只是概括一般的原则和规则,而无法与纷繁复杂的个案完全对应,立法者只能设计一般的法律规则,至于相应法律规则是否能适用于特定的案件,这必须由裁判者运用规范解释学的方法来证成。因此,应当给法官一定的自由裁量权。二是司法活动中的案情总是不一致的,不可能有完全相同的案件。对于法官的裁判,追求同案同判的效果是必要的,但是同案同判是为了说明法官不能对法条以及类似案件做肆意的解读,而不是说同一类案件的裁判结果必须完全一致,世上没有完全相同的两片树叶,裁判所依据的事实不同,就必然导致裁判结果会存在相应的差异。所以,完全否定裁判者的自由裁量权是不符合司法规律的,违背了法律适用的基本逻辑,因为不论是大前提还是小前提的概括,都必然涉及法官的主观能动性。三是我国幅员辽阔,地区差异很大,很难在全国范围制定一个统一的、一致的裁判标准,而应该交给法官根据本地的实际情况予以具体认定。因此,法官的自由裁量权依然是必要的,对涉及自由裁量权的问题,更多要靠标准进行指引,而不是设置整齐划一的标准进行管理。

因此，进行司法标准化的创新必须针对不同的情形来确定是否有必要标准化。在标准化制订过程中，要针对不同的事项，区分标准化的管理和标准化的指引。一方面，对办案过程中的程序性事务，诸如案件受理、开庭通知、庭审笔录、案卷装订等可以设置相应的标准，这具有合理性，也能提高司法效率。另一方面，对司法裁判中的自由裁量权问题法院可以提出一定的指引与规范要求。例如，要求法官作出自由裁量时应当考虑同类案件的裁判所考虑的裁判因素，要求法官在裁判之时强调说理并规范说理所需要的基本内容，最高人民法院前段时间要求法官在判决之前必须检索同类案件的裁判结果就是一个典型例子。

律法有限，人事无穷。司法需要标准化，但又不能完全标准化，应当给自由裁量权必要的空间，而不能将司法过程等同于产品制造过程。

智能机器人能办案吗

近年来,法院普遍面临着严重的案多人少的压力,为了提高办案效率,不少司法机关积极推动信息化建设,甚至开发人工智能办案的裁判系统,从而缓解办案压力。据报载,江苏吴中区检察院首次引入"法律服务机器人"办案,据悉,该机器人已经具备了冷静、客观、全天候、可移动和可交互性等"本领",已经成为"智慧检察"的"小明星"。①不少地方法院也开始效仿,我到过一些法院的立案大厅,就看到有机器人协助立案,极大地提高了立案效率。不少人认为,用不了几年,智能机器人将会大范围取代人工办案,可以在很大程度上解决法院"案多人少"的矛盾。

智能机器人能否独立办案、正确裁判?笔者始终对此心存疑惑。应当看到,随着科学技术的发展,人工智能在许多领域都有了广泛的应用。在金融领域,银行可能运用人工智能系统进行金融投资分析、管理金融财产等;在医疗领域,医院可能将人工智能用于疾病诊断、分析医学图像等。当然,人工智能也可以应用于司法领域,在实践中,一些司法

---

① 参见丁国锋:《江苏:检察"案管机器人"大显身手》,载《法制日报》2018年3月4日。

机关也开始运用人工智能机器人协助处理案件，办理简单案件。据报载，一些法院也委托相关科研机构研发了"案管机器人"，参与处理审阅卷宗、甄别疑点、提出量刑意见等工作。归纳起来，智能机器人至少可以在如下一些方面发挥作用：

第一，检查裁判文书的文字错误。例如，错别字、法条引用等笔误，可以借助机器人自身携带的强大系统加以甄别，这是人工所无法比拟的。最近，媒体报道的湖南省永州市东安县人民法院的一份裁判文书在网上引起广泛关注，只有一页纸的执行裁定书，却出现了7处书写差错，包括地名、姓名、性别。这份裁判文书两处把"东安县"写成"东这县"，把两名被执行人的名字反复写错，把性别"女"写成"吕"，令人难以想象。① 如果可以采取机器人进行检索，这种常识性的错误或许就能够发现并修改。

第二，有效统一裁判立场。在具体案件裁判过程中，机器人能够轻易通过检索类似判决的裁判规则，为法院裁判案件提供必要的参考，尽量减少"同案不同判"的现象。机器人甚至可以对涉及特定问题的裁判规则进行归纳整理，从浩瀚的裁判结果中找到类似案件，从而使案件能够得出最优的裁判结果。相比而言，法官则难以有充足的时间、精力和能力去了解其他法院的裁判立场，甚至对于本院法官裁判类似案件持何立场都不了解。2016年10月，全国首个智能辅助办案系统在贵州省高级人民法院诞生，"办案系统案例推送功能"可以建立精准匹配的案由模型，通过案件精准要素查找，实现类似案例的推送，从而为法官裁判提供参考。

第三，避免案件中涉及的相关数学计算差错。从司法实践来看，案

---

① 徐隽：《"七错"裁判文书带来的思考》，载《人民日报》2017年11月22日。

件中经常出现利息计算、违约金计算等问题，法官在计算过程中难免发生一定的误差，而借助机器人加以计算，则可以大大提高计算结果的准确性，这也可以有效减轻办案人员的工作负担。

第四，对偏离常规的裁判活动进行有效预警。人工智能强大的记忆和检索功能，能够通过对中外成千上万的判决书进行分析，对不同判决书的说理充分度、公示及时性进行识别，从而将这些质量好的文书和做法予以提炼和推荐，并及时对那些偏离常规的司法判决或者行政处罚发出预警信息。"偏离分析系统"可以通过类案结果统计、关联法律法规分析、查询案件与历史类案对比系数等数据的分析，实现对司法裁判偏离的预警机制，从而为法官裁判案件提供参考，这有利于规范审理标准，统一裁判尺度，减少法官的误判，从而保证办案质量。例如，在司法大数据系统中输入交通违章信息，就可以得出大致的处罚决定，如果实际的处罚明显偏离一般的处罚强度，那么，人工智能机器人就可以作出相应的预警。

第五，协助处理相关的程序性事项。人工智能机器人可以协助处理司法流程中的一些程序性事项，如登记立案、立案收费、案件编码、随机分案、通知开庭、证据编号、证据排序、案件材料归档、审限通知、卷宗移转、相关法条搜集、类似案件搜集、信息录入等。这些毫无疑问都可以借助人工智能进行，而且在我国目前案多人少的情况下，人工智能的引入无疑有利于缓解这一困境，提高司法效率。

据悉，美国律师事务所 BakerHostetler 已经推出了名为 ROSS 的机器人律师，ROSS 可以帮助查询相关法律条文，并可以有效检索立法、判例等相关文献，而且还能够记录法律系统的变化，提醒律师注意相关领域法院的最新判决。在某个破产案件中，原本需要几个助手花费数小时才能处理的法律事务,在 ROSS 的协助下,仅需要一个助手花费很少的时间就可以完成。从人工智能机器人今后的发展趋势来看,其将在更多领域替代法律人的劳动。

然而,智能机器人是否可以独立办案、正确裁判?不少人认为,一些简易案件,如欠债还钱、伤人赔偿、欠薪补钱等案件,完全可以交给机器人来办。这些案件事实较为清楚,法律关系较为简单,并不需要进行复杂的法律推理,所以,借助机器人办案,可以极大地提高办案效率。但我对此仍然持怀疑态度,因为即便是简易案件,也可能存在一些复杂的情节。例如,欠债还钱就可能涉及是否经过诉讼时效,所欠的债是否合法有效应、受法律保护等问题,这就涉及法律的价值判断,智能机器人难以作出妥当决断。当然,智能机器人能够利用其强大的信息收集、学习和分析系统,对各种可能的价值立场予以呈现,但究竟如何在各种利益和价值冲突之间作出抉择,则很难委任于人工智能了。

笔者认为,尽管人工智能机器人可以在司法裁判中发挥重要作用,但其不能也不具有能力成为真正的裁判者。孟德斯鸠曾把法官比喻成"法律之嘴",关于法官的功能,韦伯曾经有过经典的论述:"现代的法官是自动售货机,投进去的是诉状和诉讼费。吐出来的是判决和从法典上抄下来的理由。"随着人工智能技术的发展,这一形象的比喻似乎正在人工智能身上逐渐变为现实。其实,一百多年来的司法实践证明,孟德斯鸠与韦伯的论断都只看到了法官适用法律的表面现象,而忽视了司法裁判活动本身的艺术性与复杂技术这一特征。正如马克思所指出的,"要执行法律就需要法官。如果法律可以自动运用,那么法院也就是多余的了"。① 从这一意义上说,自动售货机的理论设想是不可能实现的。

---

① 《马克思恩格斯全集》(第一卷),人民出版社 2002 年版,第 180 页。

司法裁判是一种复杂的技术性的劳动。美国学者庞德指出，司法是一门艺术。为什么说司法是一门艺术呢？因为它首先要对证据进行分析、对逻辑进行推理、对经验进行判断，整个过程体现的是一种需要依靠法官的司法能力，这种司法能力包括对法律的理解、对事实的认定，乃至于长期的司法经验和社会经验的积累。这个判断过程很难采用一个模式和标准进行，也不可能完全公式化。这个判断过程可能需要遵循共同的逻辑推理规则，但其并不属于纯粹的逻辑推理过程，还需要依赖于法官的经验、分析能力等，因此，这一过程无法完全标准化。霍尔姆斯曾言："法律的生命不在于逻辑，而在于经验。"这种经验产生于各种典型案例的司法实践。应当说，裁判分析之中三段论的推理适用并非一个简单的过程，不论是大前提的确定还是小前提的确定，都必须进行复杂的分析与判断，尤其是在很多案件中，法官在三段论推理的过程中还需要进行价值判断。即使是简易的诸如欠债还钱的案件，也并不一定简单，诸如事实的否认、时效抗辩权的存在等，都决定了机器人不可能机械地按照表面的法律关系来加以判断，这些都是较为复杂的事实，没有想象的那么简单。

裁判的复杂性还在于案件事实认定及法律适用的复杂性，不论是通过证据取舍对法律事实进行固定还是选择法条、理解法条并加以适用，都是一个伴随着价值判断的极为复杂的论证过程。现代社会纷繁复杂，社会生活气象万千，各种纠纷也是错综复杂。我们说类似案件类似处理，但世界上很难找到两个完全一致的案件，就像没有长相完全相同的人一样，每个案件之间都可能存在细微的差别，而这些差别有可能对案件的处理结果有实质性的影响。因此，每个案件的定性、证据的采信、法律的适用等问题，很难标准化。智能机器人所依赖的大数据是通过对历史数据的分析从而对未来的趋势进行预测和预判,但是司法办案追求的是对个案的精准,除追求法律效果外,还要追求社会效果,并通过裁判对社会一般人进行教育和引导。一旦通过人工智能将案件通过标准化的方式来加以识别和处理,就有可能遗漏那些纷繁复杂的重要细节,进而影响那些重要案件的公平处理。即便是对普通共同诉讼而言,每个纠纷也会存在些微的差别。因此,司法裁判虽然需要遵循法定的程序,但法官在案件裁判过程中对事实的认定、价值判断以及利益衡量均存在差别。现在一些新类型案件层出不穷,大量的案件甚至找不到法律依据,自动售货机理论会遇到极大的障碍。

 裁判的复杂性还在于裁判者所要面对的是人,而人具有复杂的情感,无法借助简单的数据分析予以应对。普罗泰戈拉提出"人是万物的尺度"。法官在对案件做裁判的过程中,必须站在特定的历史发展、社会现状、价值抉择中来进行法条的理解与选择,而不能机械化地直接援引法条。法律及其适用远不仅是标准化的科学技术那么简单,毕竟,法律规则的背后蕴含的是人伦道德和价值取向。虽然人工智能也能够对人类的人伦价值进行一定的认识和表达,但这种认知和表达毕竟是"机械的",很难达到真情实感的程度。尤其是在涉及婚姻、家庭等案件中,不能机械地适用法律,还要更多地进行情感慰藉,彰显人文关怀,这些都不是机器人所能做到的。中国古代司法就存在"诉诸情感"的传统,在我国传统司法活动中,裁判所遵循的是天理、国法与人情的综合,之所以如此,本身就在于人是万物之灵,具有极为丰富的情感与多元的价值观念。比较法上一百多年来的法律现实主义也深刻地揭示了法律的商谈属性和情感因素。在法律适用过程中,要真正实现公平正义,必须要在法官的思维活动中融入对社会情感的认知和分析。理解人、关爱人、尊重人是司法者必备的素质，而这些素质是机器人很难灵活掌握的，即便向机器人的大脑内输入对特定弱势群体的关照变量，那也只是通过一套内部算法（algorithms）来实现的，很难对多元、复杂的人类情感进行充分反映和实时的调整。

人工智能已经展现出强大的分析能力，并且还有无限的发展和发挥空间。具体到司法领域，我们在推进法院信息化建设、利用大数据开发裁判系统的过程中，一定要对机器人的作用有个准确的定位，其只是发挥一种辅助作用，而非替代法官裁判。当然，未来如果纠纷双方共同选择并愿意接受机器人的裁判结果，能否完全由人工智能机器人裁判案件，则值得进一步研究。

情重于法还是法重于情——从于欢案谈起

2016年，山东聊城发生了震惊全国的"辱母杀人案"（即"于欢案"）。在这个案件中，案发当日，有十多名社会闲散人员组成的催债团队来到女企业家苏银霞的工厂讨债，这些人在讨债过程中不断辱骂、殴打苏银霞，"杜某用污秽语言辱骂苏某、于欢及其家人，将烟头弹到苏某胸前衣服上，将裤子褪至大腿处裸露下体，朝坐在沙发上的苏某等人左右转动身体"。① 后来，于欢目睹其母受辱，忍无可忍，便从工厂接待室的桌子上摸到一把水果刀刺向讨债的人，致使杜某等四名讨债人员被捅伤，其中，杜某因未及时就医导致失血性休克死亡，另外两人重伤，一人轻伤。该案发生后，引发了社会广泛热议。

关于于欢伤害他人的行为，是否构成防卫过当并因此承担刑事责任，在理论界和实务界都是一个争议较大的问题。不少人认为，对于于欢的行为，不能简单地比照法律条文来作出裁判，而要着重考虑于欢不忍其母受辱的基本人伦感情，他一怒之下刺伤侵犯其母亲的人，是中华传统美德中"孝"的体现，因此，该行为不仅是正当的，而且应当是法

---

① 山东省高级人民法院刑事附带民事判决书（2017）鲁刑终151号。

律所鼓励的举动。还有人认为,面对社会的大奸大恶,面对亲人遭受侮辱,执法者又不愿介入,应当鼓励个人私力救济,因此,亲情应当大于法。但也有不少人认为,法应当重于情,于欢案发生后,应当严格比照法律规则的规定来评判于欢的行为,而不是先入为主地引入情感判断。法官不能因情废法,更不能因为过度考虑情而枉法裁判。

其实,情与法的关系问题是古往今来困扰法律人的一大难题。如何看待和协调严格适用法律规则与照顾灵活多变的人情世故之间的关系,是一个历久弥新的话题,因时因人而异。在不同的语境中,很可能形成多元的认识。

情与法并非对立,而应兼顾

众所周知,中国是个人情社会,一提到情与法,人们就会自然想到"人情大于王法"的说法,就会担心因情废法、情大于法。但事实上,从历史发展的视角看,情与法并不是完全对立的。中国几千年历史中,官员判案主要的依据是"天理、国法、人情",十分注重三者的有机结合,这既是我国特有的法制文化,也是我国古代法制有益经验的高度概括和总结。有人将中国封建社会的法制实践概括为"儒表法里",其实传达的也是情与法相结合的理念。

我国古代重视法律的作用,但也强调法的适用过程中应当兼顾人情。"法不外乎人情",这是中国古代人们的一般共识。早在《周礼》中就有"以五声听狱讼,求民情"的记载,反映了民情、民意对司法裁判的重要影响。古代判例中大量采用"推理求情"。[①]《管子·匡君大匡》云:"令国子以情断狱。"《周礼·秋官·小司寇》规定:"以五声

---

① 参见汪世荣:《中国古代判例研究》,中国政法大学出版社1997年版,第175—197页。

听狱讼,求民情:一曰辞色,二曰色听,三曰气听,四曰耳听。"《曹刿论战》中记载:"小大之狱,虽不能察,必以情。"可见,古代裁判特别强调对人情的考量。儒家学说强调人情,最初人情是指个人发自内心的七情六欲,《礼记·礼运》明确指出:"何谓人情?喜怒哀惧爱恶欲七者,弗学而能。"郭店楚墓竹简《性自命出》中说"凡人情为可悦也","苟以其情,虽过不恶,不以其情,虽难不贵。苟有其情,虽未之为,斯人信之矣",这就是儒学所强调的真情实感。"人情可悦",就是指凡是真实情感的表达,都能带来审美上的愉悦。"情理"在中国司法传统中一直占据非常特殊的地位,如"原情定罪""不能舍情理而别为法也""原情度事以得其理"等,甚至有"原情而略法"之说。①

我国司法传统上重视情理主要包括如下几个方面的内容:

一是强调"情法兼到",注重兼顾儒家的孝悌等道德观念。汉儒董仲舒最早提出了"春秋决狱",就是要将儒家的经典著作《春秋》所宣扬的大义作为裁判依据,这就开创了以礼断案的先河。所谓"春秋决狱",本身就是把儒家的纲常伦理作为人情,引入裁判活动之中,如果犯罪违背了纲常伦理,则可能加重刑罚,而如果符合纲常伦理,则可能减轻刑罚。所谓"人情莫过于父子""人情莫亲于父母",孝道伦理不仅成为维系社会的基本纽带,也成为裁判的重要依据。

二是考察人情世故。这里讲的"人情"其实就是人际相处的道理。"人情尚俗,各处不同,入国问俗,为吏亦然……体问风俗,然后折中剖断,自然情法兼到。"所谓"世事洞明,人情练达",日本著名学者滋贺秀三在研究中国法时,认为中国传统上重视"情理"或"情谊",他指出,"情谊即在这样的情境之中被培育起来的人与人之间的友好的

---

① (清)汪辉祖:《学治续说·能反身则恕》。

关系"。由此出发,既然每个人都出生在特定的场所、特定的关系之中,并在这种格局中有限的时间内生存,那么,审判就必须充分考量每个人所处的具体情形。也就是说,审判并非严格遵从伦理道德,而是必须重视有限生涯中芸芸众生悲喜交集的普通生活,考虑人们对生活感怀的自然心情。

三是强调执法要顺民意,符合民心民意。管子说,"令顺民心",就是强调法令要符合民心。慎子曰:"法非从天下,非从地出,发于人间,合乎人心而已。"这就更加强调法应当顺应民心、顺应民情。不仅法律规则要顺应民情,而且裁判活动本身也应当顺应民情民意,正所谓"三尺律令,人事出其中"(《汉书·薛宣朱博传》)。其实就是强调法律的适用应当顺应民意,应当注重实现良好的社会效果。

应当承认,从我国古代的法制实践来看,情与法的结合确实能够使法律的适用实现良好的社会效果,值得我们今天予以借鉴。情与法的结合同时也体现了儒学所倡导的人文精神,有效贯彻儒学所倡导的孝道、仁义等道德价值,可以使司法彰显人情和道德,使司法更有温度、更接地气。在西方人看来,法律是不带人情味的行为规则,司法、执法过程不应受人情的影响。但我国古代历来重视法律与人情的结合,在裁判中注重情与法的结合,也有利于避免机械司法,使裁判更加贴近民情。古代裁判中经常可以看到一些案件,即便行为人已经构成犯罪,但如果该行为符合《春秋》之义,就可能被法外开恩,甚至可以给予表彰。尤其是对为父母复仇的孝子、为节试法的烈女、为义而犯禁的侠客义士等,经常网开一面。所谓"志善而违于法者免,志恶而合于法者诛"(《盐铁论·刑德》),此种做法目的即在于追求法背后所蕴含的礼义孝道等伦理价值,向社会传递一种正确的价值观,从这一意义上说,也有其可取之处。可以说，裁判中重视情理是我们优秀法律文化的传统，也是我们法治建设应当从传统文化中汲取的营养。但不可因情废法，否则就走向了另外一个极端。

回到"于欢案"，不少人认为，在现代社会，司法裁判应当严格依据法律规定，不论是定罪还是量刑，都应当严格依据刑法规定，而不能考虑人情，更不能因为情而变通适用法律规则。但实际上，如果法官在裁判时一概强调"依法裁判"，而枉顾人情，则可能导致司法裁判与社会公众普遍的道德认知之间存在一定的差距，从而产生所谓"合法不合理"的裁判结果。这种做法实际上是对立了法和情之间的关系，是一种机械司法。英国哲学家培根曾经说过："为法官者，应当在法律范围内以公平为念而毋忘慈悲；应当以严厉的眼光对事，而以悲悯的眼光对人。"在这个案件中，不能单纯地看于欢杀人和伤人的后果，而应当考虑案件的情节，如于欢是为了防止母亲受辱，不考虑该情节，法院的裁判可能会与人们的道德观念产生一定的偏差，也难以实现良好的社会效果。一审判决虽然认定，"鉴于本案系在被害人一方纠集多人，采取影响企业正常经营秩序、限制他人人身自由、侮辱谩骂他人的不当方式讨债引发，被害人具有过错，且被告人于欢归案后能如实供述自己的罪行，可从轻处罚"①，但并没有凸显被害人侮辱于欢母亲的情节，也没有将其作为量刑的重要考虑因素，最后判决于欢无期徒刑。该判决也受到公众的普遍质疑，这就是因为没有充分兼顾情与法的关系。

情法兼顾但不能因情废法

一概强调情大于法，将会导致法治建设的困境，给法官"以情变

---

① 参见山东省聊城市中级人民法院刑事附带民事判决书（2016）鲁15刑初33号。

法"的过大的自由裁量权，使法律条文沦为具文，甚至诱发权力寻租、司法腐败等问题。汪辉祖曾在《学治臆说》中指出，"法贵准情"，但"故法有一定，而情别于端"。这就是说，所以法律也有一定的准则，而人情却千差万别。人情包含多重含义，既有人情世故，也有亲情、友情、民情等，人情本身就是一个较为复杂的概念。古人常"问世间情为何物"，这本身就说明，"情"就是一个弹性很大的概念。

由于中国古代在裁判中过分强调情与法的结合，也带来了不少副作用。一方面，由于人情的含义其实有多种，当人情与王法相抵触时，官员就有相当大的权力，可以以情变法。另一方面，这给了官员过大的自由裁量权，使得裁判很容易偏向情感定罪、道德审判。所以，古代一些讼师往往利用这一点，尽量夸大情的作用，打动官府。例如，诉状中经常故意示弱，诉诸情感，或夸大其词，采用"冤蔽覆盆，非天莫救""冤黑无诉，冒死奏天"等表述，以打动官府，或者大量搬引儒家经典、孝道、仁义等，为犯罪行为开脱，这也在一定程度上影响了法律的严肃性。到了后来，人情的概念也变味了，变成了人情大于王法，"八字衙门朝南开，有理无钱莫进来"，"法能为买卖，官可做人情"，以至于冤狱遍地，"官司一到，十家牵连；一人入狱，一家尽哭"。

正是考虑到以人情问罪，将会导致因情废法的后果，严重损害国家法纪的严肃性。因此，不少朝代也强调严格区分情与法，不可因情变法、因情废法。例如，唐代武则天时发生过一件著名的"徐元庆复仇案"，武则天赞赏徐元庆为父复仇之举，主张免其死罪，改判流放。谏官陈子昂在分析了案情后主张对徐元庆先处以死刑"以正国法"，再树碑立坊，"旌其闾墓"以表彰孝道。[①] 最终，陈子昂的主张被采纳。这

---

① 马小红：《礼与法：法的历史连接》，北京大学出版社2004年版，第15页。

一案例曾被后人奉为经典。可见，古人也不主张因情废法，仍然主张维持法纪的严肃性。今天，法治建设的目的是要实现"法的统治"，即法律规则应当是解决纠纷最为重要的依据，法律规则具有确定性和普遍适用性，如果允许法官过多考虑人情，甚至因情废法，则可能从根本上动摇法治的根基。同时，认定情在法前也可能导致法官裁判的不确定性，这也为权力寻租和司法腐败问题埋下了伏笔。而一概强调法大于情，则可能产生一定的道德困境。

实际上，从法律形成和产生的过程来看，法律与情理在很大程度上是相容的。立法本来应当"夫必熟审乎政教风俗之故，而又能通乎法理之原"。① 特定法律规则之所以产生，常常是因为立法者对特定社会情理关系的洞察，并通过法律规则的方式将特定社会情理项下的行为规则标准化。例如，我国《民法总则》规定见义勇为，提倡尊老爱幼，这本身就是对这些社会情势观念的承认和宣扬。但是，立法的过程主要还是一个化繁为简的过程，将复杂的社会情理加以简化和标准化为成文的法律规则，以便人们认识和遵守。而恰巧是这个简化的过程，决定了法律可能在一些情形下缺乏对社会复杂语境的特别关注，并在相应的社会现实发生后呈现出与现实中的情理脱节的现象。于欢案就反映了这一问题。

回到于欢案，确实有不少人认为，于欢为避免母亲受辱而持刀杀人，此种行为是一种正义之举，甚至有人认为，于欢的行为是一种壮举，面对暴徒侮辱自己的母亲，能够勇敢反击，是一个保护家庭、保护母亲的孝子，这种行为是应当鼓励的行为，不应当承担法律责任。这种看法将情置于法之上，这实际上又走向了另一个极端。在这个案件中，

---

① 沈家本：《历代刑法考·附寄簃文存·卷二》，中华书局1995年版，第2237页。

于欢确实是基于孝道亲情奋不顾身地与恶行作斗争,并在抗争中刺伤他人。从情理上说,其行为是符合大多数人的人情观的。作为人子,目睹其母受辱仍然不能挺身而出,而是漠然视之、置之不顾,如何可以称其为人?这也是为什么法律明确承认针对恶行的正当防卫行为,承认这种自力救济的合法性。但私力救济本身也伴随着潜在的副作用。如果人们基于人伦亲情的出发点,而可以毫无限度地对抗恶行,容易引起滥杀无辜,使人们回到丛林法则时代,以恶报恶,导致恶性循环,危及社会的稳定和秩序。这也是为什么法律要对私力救济措施作出一定的限制。法律禁止过当防卫和过当避险等行为,实际上也是对社会情理的一种考虑。

二审法院认为,"于欢面临的不法侵害并不紧迫和严重,而其却持利刃连续捅刺四人,致一人死亡、二人重伤、一人轻伤,且其中一人即郭某1系被背后捅伤,应当认定于欢的防卫行为明显超过必要限度造成重大损害"。因此,认定于欢的行为应当构成犯罪,应当依法追究刑事责任。这实际上也是考虑到法律的严肃性。但是,二审法院明确指出,"案发当日被害人杜某2曾当着于欢之面公然以裸露下体的方式侮辱其母亲苏某,虽然距于欢实施防卫行为已间隔约20分钟,但于欢捅刺杜某2等人时难免不带有报复杜某2辱母的情绪,在刑罚裁量上应当作为对于欢有利的情节重点考虑。杜某2的辱母行为严重违法、亵渎人伦,应当受到惩罚和谴责",因此,作出了减轻处罚的判决。这就做到了情法兼顾,也避免了因情废法的后果。

法在情先,法大于情

即便是在古代,注重天理、国法、人情,国法也是排在人情的前面，所谓"情法兼到"，并不是说，在裁判过程中，情与法具有同等的地位，其主要强调在法律适用过程中要兼顾情。在今天，我们的司法裁判虽然也应当兼顾情，但应当将法置于情之上，法应当大于情。

法在情先，法大于情，也是现代法治社会的必然要求。如果将情置于与法律平等的地位，甚至认为情大于法，可能会对法治造成巨大的冲击，因为这可能给法官过大的裁量权，使其能够根据人情随意变通适用法律。这就会使得法律规则形同虚设，使法律规则被随意变通，从而可能赋予法官过大的权力，甚至可能出现有的法官"翻手为云、覆手为雨"、颠倒黑白、混淆是非的现象；同时，也可能导致司法裁判的不统一，因为有的法官可能以法裁判，有的以情裁判，裁判结论大相径庭，这就会破坏法制的统一性，也会影响法律的权威性和公信力。法官裁判应当严格依据法律规定进行，如果将情置于法的前面，可能会给法官过大的自由裁量权力。而且因为法官的个人道德观念不同，其对同一案件的认识可能不同，甚至完全相反，这就可能导致法律适用的不统一，不利于法律秩序的稳定。因此，法官在裁判过程中，虽然也需要考虑情理，但对情理的考量应当在法律规则的范围之内，严格遵守法律规定和法定程序，而不能逾越法律规则，依情理裁判。

本案还提出了另外一个问题，即债权人行使债权不能有损债务人人格权和人格尊严，否则就构成权利滥用。从民法角度看，债权人的债权应当受到法律保护，但这并不意味着债权人行使债权可以以侮辱他人人格尊严的方式达到其实现债权的目的。与财产权相比，人格权应当具有更高的价值位阶，绝不能为了保护财产权而牺牲他人的人格尊严。于欢案从一个侧面折射出实践中不少债权人采取殴打、侮辱、损害债务人人格尊严等方式实现债权，这本身就是违法的，这也从另一个侧面显示出人格权保护的重要性。

　　司法以惩恶扬善为宗旨，理应包含人情。在于欢案中，于欢为保护自己的母亲免受侮辱而杀人，在情理上是符合人们的道德观念的，但由于该行为在法律上触犯了《刑法》，法官在裁判时应当严格依据《刑法》规则裁判。但司法裁判活动并不是机械适用法律规则的活动，如果法官机械理解法律规则，不考虑情理而机械地从字面上理解法律规则的内涵，实际上是司法上的"懒惰"，所作出的裁判也很难真正说是"依法裁判"，且不会产生良好的社会效果。二审法院认定，"于欢及其母亲苏某的人身自由和人格尊严应当受到法律保护，但于欢的防卫行为超出法律所容许的限度，依法也应当承担刑事责任。认定于欢行为属于防卫过当，构成故意伤害罪，既是严格司法的要求，也符合人民群众的公平正义观念"。这就很好地兼顾了情与法的关系。笔者认为，法官在裁判过程中，尤其在量刑过程中，也应当考虑情理，而不能机械适用《刑法》规则，不能让社会公众觉得《刑法》规则是冷冰冰的法律条文，而应当妥当平衡情与法的关系，让法治阳光温暖人心。

立案登记制改革向纵深推进[1]

立案登记制推行以来,对于切实解决人民群众反映强烈的"立案难"问题,保障当事人诉权、发挥司法在解决社会矛盾中的主渠道作用起到了积极效果。但与此同时也带来了案件数量井喷等问题,加剧了案多人少的矛盾。在此背景下,我们应当以明确立案标准为突破口,进一步把立案登记制向纵深推进,更好地发挥立案登记制的积极作用。

推进立案登记制是司法改革的重大成果。党的十八届四中全会决定提出,"改革法院案件受理制度,变立案审查制为立案登记制,对人民法院依法应该受理的案件,做到有案必立、有诉必理,保障当事人诉权"。最高人民法院院长周强指出,"立案登记制改革是推进国家治理体系和治理能力现代化,推进法治中国建设的必然要求,是司法体制改革的重点任务,是践行司法为民的重大举措,是确保公正司法的重要环节"。推行立案登记制,对于纠正实践中出现的有案不立、有诉不理现象,保障广大人民群众的诉权,有效化解社会矛盾具有重要意义。

推行立案登记制有利于保障人民群众的诉权。我国长期

---

[1] 原载《人民法院报》2017年3月6日。

存在"立案难"问题,主要表现在立案条件严格、门槛过高。不仅相关司法解释为立案设置了诉前程序等门槛,有的地方法院甚至额外增设立案条件,许多对立案限制的规定既不公开,也不透明,人为地制造司法壁垒,导致许多当事人告状无门,严重影响了当事人诉权的实现,阻断了当事人通过诉讼获得救济的可能。通过建立立案登记制,就是要达到"有案必立、有诉必理"的法律效果,从而更有效地保障当事人的诉权。

推行立案登记制有利于化解社会矛盾。我国当前处于社会转型时期,各种社会矛盾频发,社会纠纷大量产生,迫切需要通过司法程序予以化解。但由于"立案难""告状难",一些当事人不得不采取信访以及法外方式解决纠纷,从而引发了更多的社会问题,加剧了"信访不信法"的现象,使许多本来可以通过程序化解的纠纷不能得到及时解决,导致"大闹大解决,小闹小解决,不闹不解决"等现象的盛行,影响了社会的安定。立案登记制有利于将社会矛盾通过诉讼和审判机制予以吸收和综合,把尖锐的矛盾转化为技术问题,从而把这些矛盾纳入法律程序解决的渠道,有效地化解社会矛盾,维护社会稳定。

推行立案登记制有利于推进法治建设进程。法治的一个重要特征是"司法程序人人可及"。司法是社会正义的最后一道防线,是社会秩序的基本维护方式,公民和法人之间的各种纠纷,不论是民事的、经济的,还是刑事的、行政的,如果依法院的裁判,会得到更好的解决。所以,实现法治,就必须充分保障当事人的诉权,必须要强化司法在解决社会矛盾中的主渠道作用。为此,就必须降低立案门槛,做到"有案必立、有诉必理"。

2016年,全国法院登记立案1630.29万件,当场登记立案率达到95%。各地普遍简化立案程序,依托信息化手段,完善网上立案平台,探索推行跨域立案,提升立案工作效率和便民程度。福建、浙江法院建立"跨域、连锁、直通式"诉讼服务平台,已在全省范围内实现异地立案,方便人民群众"在家门口打官司"。上海市浦东新区人民法院开发"二维码"自助立案系统,每个案件平均立案时间只要15分钟。当然,推行立案登记制以来,人民法院实际上是把方便留给了人民群众,把困难留给了自己。据统计,立案登记制实行后,案件数量出现了井喷式增长,法院一年立案数量同比增长近三成,也就是说,这一制度的实施几乎使得法院的工作量增加了三分之一,这就进一步加剧了案多人少的矛盾。但从实践来看,法院仍然顶住了巨大的办案工作压力,基本能够按照法律规定的审结期限完成案件审理,实属不易。

现阶段,我们应当以明确立案标准为突破口,同时加快推进案件繁简分流,制定科学的案件审理流程,提高案件审判效率,鼓励当事人采取多元化的纠纷解决机制,引导当事人优先选择成本较低、对抗性较弱、有利于修复关系的途径化解纠纷。通过采取上述措施,可以更好地实现立案登记制改革的目的。

立案登记制秉持"有案必立、有诉必理"的原则,但这里首先要明确此处所说的"案"的含义,是不是说当事人在法院提出的任何主张和请求都能构成"案"?是不是对"案"不能做任何的限制?这本身是一个值得探讨的问题。笔者认为,这里所说的"案"应当是指符合法律规定的立案条件的"案",也就是说那些符合法律规定的立案条件的案件起诉到人民法院以后,法院才应当立案。对于不符合法律规定的起诉条件的案件,法院就没有必要受理。所以,立案登记制要求"有案必立、有诉必理"不是没有条件限制的,而是只有符合立案标准的纠纷,才能因当事人的起诉而获得法院的受理。由此可以说,推行立案登记制改革，首先必须明确立案标准，这既有利于保障双方当事人的合法权益，减少滥诉现象的发生，也有利于节约司法资源。

明确立案标准，应采用正、反两方面结合的方法，即除了正面规定立案的条件，还应同时采用负面清单管理模式，对不宜受理的具体情形进行非常明确的规定，明确列举不宜受理的条件。并且，立案标准应当公开透明，让当事人了解法院应受理哪些情形，哪些情形不能受理，否则，良法再好，标准再合法合理，也会因信息不对称产生不合法、不合理的结果。对此，最高人民法院印发的《关于人民法院推行立案登记制改革的意见》，已经列明了不予立案登记的四项情形：（1）违法起诉或者不符合法定起诉条件的；（2）诉讼已经终结的；（3）涉及危害国家主权和领土完整、危害国家安全、破坏国家统一和民族团结、破坏国家宗教政策的；（4）其他不属于人民法院主管的所诉事项。然而，立案登记制实施以来，滥诉现象和虚假诉讼现象较为严重，与上述四项情形不够具体、较为笼统有关。为此，应加快制定司法解释，出台统一的、明确的立案标准，尤其是要制定更为详尽的不予立案的负面清单。

结合司法实践，以下纠纷似不应由人民法院受理：因学术评价而引发的纯属专业评价问题的纠纷；当事人可能为了出点怨气打"一块钱官司"或者提起类似于"赵薇瞪我"等明显浪费司法资源的纠纷；对律师在法庭上的行为是否违反职业道德、职业操守等的裁决引发的争议，可以通过行业协会进行专业评判的纠纷；法律专门设置了一定前置程序的纠纷，如劳动纠纷、土地纠纷等；民事再审、刑事申诉案件，由于相关法律对有关申诉案件的审理已经作出规定，其能否立案，应当依据法律规定判断，而不应当直接纳入立案登记的范围；涉及本单位员工发放年终奖金等事关福利待遇的纠纷，属于本单位内部的管理事务，不宜由法院受理；小区内某业主违规停车、任意弃置垃圾、噪音扰民、侵占通道等行为引发的争议，纯属业主自治范畴内的纠纷，应首先由业主委员会和业主大会处理。

  总之，通过立案登记制度的改革降低立案门槛，解决长期存在的"立案难"的问题十分必要，但也不能广开立案的大门，是案就立，而应当依据现行法律的有关规定，进行必要的审查，既不妨碍当事人诉权的行使，又不浪费司法资源。

处理家事纠纷理应强化人文关怀

"人不能无群,有群斯有争,有争斯有讼。"① 现代社会,夫妻之间因房产归属等发生纠纷的事件频频见诸报端。

在某个案件中,张先生在和李女士结婚之前就购买了一套房屋,在支付首付款之后将房屋登记在自己名下。二人婚后共同偿还贷款,但后来,双方离婚时发生了争议:张先生认为,房产登记在自己名下,应当归自己所有;而李女士认为,虽然房屋登记在张先生名下,但是由二人共同还贷,该房屋应当属于夫妻共同财产。从物权法角度来看,登记记载的权利人应当是法律上的所有权人,应当以登记作为确认产权的依据,据此,房屋应当归张先生所有,李女士所支付的房贷构成债权关系,应当由张先生还本付息。我国最高人民法院《关于适用〈中华人民共和国婚姻法〉若干问题的解释(三)》第 10 条第 2 款规定认可了这一做法。② 但物权法的规则适用于该案以及类似的家事纠纷时,确实存在不合理

---

① 沈家本:《历代刑法考·附寄簃文存·卷二》,中华书局 1995 年版,第 2235 页。
② 我国最高人民法院《关于适用〈中华人民共和国婚姻法〉若干问题的解释(三)》第 10 条第 2 款规定,在这种情况下,夫妻双方若对房屋的分配不能达成协议,则按照如下规则进行裁判:"人民法院可以判决该不动产归产权登记一方,尚未归还的贷款为产权登记一方的个人债务。双方婚后共同还贷支付的款项及其相对应财产增值部分,离婚时应根据婚姻法第 39 条第 1 款规定的原则,由产权登记一方对另一方进行补偿。"

性,毕竟该房产是双方共同置办的,且如果房产大幅涨价,仅仅由男方对女方还本付息,则不利于保护女方的利益。更何况,女方在离婚后可能无房可住,如果房屋判归男方所有,男方将女方扫地出门,则可能极大地影响女方的基本生活。

那么,司法解释的上述规则是否合理呢?对此,学界存在不同的认识,笔者认为,应当考虑如何进一步强化对弱势群体一方的保护,而不能完全机械地依据物权法的规则确权。毕竟,物权调整的是财产关系,其目的在于充分发挥物的经济效用,而家事关系涉及的是人身关系,对此类关系的调整旨在维护家庭关系的和谐、有序,并维护相关主体的合法权益。所以,从价值理念来看,物权法更注重实现物尽其用,而婚姻家庭法律制度则更注重对人的关爱。笔者认为,对于离婚、分家析产、家庭债务、赡养、扶养等家事案件中的经济纠纷问题,不应当完全按照财产法律关系来加以处理,而应当更加强调人文关怀的精神。之所以在处理家事纠纷中应当强调人文关怀精神,主要是基于如下理由的考虑:

第一,家庭是社会的细胞。俗话说:"家和万事兴。"家庭的和睦关系到整个社会的和谐稳定,是社会和谐的基础。所以在分家析产之类的案件中,首先要考虑的应当是家庭的和谐,法律规则的设计也应当以此为价值追求。在处理家事纠纷的司法实践中体现人文关怀,有利于营造家庭的和谐氛围,巩固作为社会基本细胞的家庭的稳定性。例如,在家庭成员分家析产的案件中,不能完全用简单的平等份额来加以处理,如果涉及儿童、残疾人等弱势群体存在的特殊情况,则应当加以特殊处理。事实上,我国现行立法也采纳了这一思维。例如,《继承法》第13条第2款规定:"对生活有特殊困难的缺乏劳动能力的继承人,分配遗产时,应当予以照顾。"

第二,家庭的组成具有很强的伦理性。作为社会组成的基本单元,家庭需要伦理的维持,所以在处理家事纠纷的过程中,不能仅依靠法律,还需要借助道德、人文关怀及伦理性考虑来加以解决。特定的亲属关系既存在各种法律关系,也存在伦理关系。在家事纠纷中,大量涉及对弱势群体的保护,诸如老人、妇女、未成年人的保护。根据我国已经加入的《儿童权利公约》第3条第1款的规定:"关于儿童的一切行动,不论是公私社会福利机构、法院、行政当局或立法机构执行,均应以儿童的最大利益为一种首要考虑。"也就是说,涉及儿童的问题,应采取儿童利益最大化的原则,但是这种利益并不纯粹是一种经济利益,所以在涉及儿童监护权的纠纷中,并不能仅仅依据各方经济状况来决定子女由谁抚养,而应当综合考虑哪一方对儿童成长最有利,也要尊重儿童的意愿。此外,针对未成年人、老人以及妇女权益保护,我国特别制定了《未成年人保护法》《老年人权益保障法》《妇女权益保障法》等关怀社会弱势群体的法律,这些法律的精神在家事纠纷中也自然应当予以贯彻。

第三,家庭以亲情、血缘为纽带,而非建立在经济基础上的合伙关系。父母对孩子的抚养、孩子对父母的赡养并不能仅凭借财产权利义务来加以解释,这其中所融合的血缘之情是人作为高等生物的自然之情,是人的一种自然本能,并不能通过财产法律知识加以解释。纯粹通过财产法规则来处理家事纠纷,极易在社会中形成一种不良的导向,形成亲情也纯粹是利益纽带的不良风气,所以必须在裁判中贯彻家庭团体主义的思想,形成家事纠纷特别另类对待的裁判理念。家庭是个人心灵的港湾,家庭是情感交织的领域。家事关系具有很强的伦理性,家庭成员之间的法律关系虽然也有一定的财产属性,但更重要的是伦理性,家事关系中的财产关系一般也以身份关系为前提和基础。例如,家庭共有关系、夫妻共有关系的存续应当以家庭关系、夫妻关系的存续为前提。应坚持以人为本,发挥家事审判的诊断、修复、治疗作用,实现家事审判司法功能与社会功能的有机结合。

第四,家庭是个人情感的寄托,若纯粹按照财产关系来处理家事纠纷,不利于化解矛盾。试想,如果一名女子嫁给一个婚前支付房屋首付款的男子,共同偿债十几年,结果在离婚的时候只允许女方要回共同偿债部分的一半款项,而不顾及房屋价值上涨的事实,女方就会认为其利益受到重大损害,对其严重不公平。类似这样的情况,都要求家事纠纷在处理财产关系之时,必须贯彻人文关怀的理念。司法实践中,近些年因为离婚纠纷而引发的刑事案件足以说明婚姻家庭矛盾一旦按照纯粹的财产法规则处理,将难以得到妥善化解,影响个人在家庭中的存在感、幸福感、归属感与安全感。

家事案件中,当事人的心理状态有时是比较复杂的,比如说,一些当事人既希望尽快解决纠纷,又不愿公开;既想解决纠纷,又要考虑今后如何与亲属相处;既要考虑自身的权利,又要考虑子女的抚养和成长。所以,在许多家事纠纷中,一些未成年人虽然了解事情真相,但他不愿意作证,家长也不愿意让未成年人出庭作证。其实,我国古代司法在处理家事纠纷时,就已经非常注重维护家事关系的和谐,并取得了很好的效果,这一传统司法经验值得我们借鉴,可谓是处理家事纠纷的精髓文化。例如,清代的陆稼书在审理一起兄弟争夺财产的纠纷时,并没有具体解决相关财产究竟应当如何分配,而是令案件当事人以兄弟相呼,"此唤弟弟,彼唤哥哥""未及五十声,已各泪下沾襟,自愿息讼"。① 在该案的审理过程中,司法官即考虑到了家事关系的特殊性,并取得了良好的社会效果。梁漱溟认为:"西洋人是先有我的观念,才要求本性权利,才得到个性申展的,但从此,各个人间的彼此要划得很清。开口就是权利义务、法律关系。谁同谁都是要算账,甚至于父子夫妇之间也都是如此。这样生活实在不合理,实在太苦。中国人态度恰好与此相反:西洋人是要用理智的,中国人是要用直觉的——情感的;西洋人是有我的,中国人是不要我的。"② 陈独秀指出:"西洋民族之重视法治,不独国政为然,社会家庭,无不如是。商业往还,对法信用者多,对人信用者寡;些微授受,恒依法立据。浅见者每讥其俗薄而不惮烦也。父子昆季之间,称贷责偿,锱铢必较,违之者不惜诉诸法律;亲戚交游,更无以感情违法损利之事……以法治实利为重者,未尝无刻薄寡恩之嫌。"③ 所以,重视家庭中的情感因素,强化对弱势家庭成员的关怀,也是我们优秀传统法制文化的经验,值得我们借鉴。

正是考虑到近些年家事审判中人文关怀的缺乏,司法效果不佳,最高人民法院《关于开展家事审判方式和工作机制改革试点工作的意见》有关工作理念的部分提到,"树立家庭本位的裁判理念,对家庭财产关系的处理以有利于家庭成员共同生活的团体主义为价值追求。坚持以人为本,发挥家事审判的诊断、修复、治疗作用,实现家事审判司法功能与社会功能的有机结合"。我国一些地方法院也开始积极探索家事审判改革。例如,广东法院进行"以家为本"的改革,其核心即在于贯彻家

---

① 参见晓明、拓夫编:《绝妙判决书·陆稼书判牍》,转引自唐文:《法官判案如何讲理——裁判文书说理研究与应用》,人民法院出版社2000年版,第90页。
② 梁漱溟:《东西文化及其哲学》,商务印书馆1987年版,第152—153页。
③ 任建树等编:《陈独秀著作选》(第一卷),上海人民出版社1993年版,第175页。

庭本位的裁判理念，而家庭本位这一理念就包含在人文关怀这一司法裁判精神之中。这一做法值得赞赏。

我们说，在家事纠纷中要体现人文关怀，这并不是说家事纠纷的处理中无须考虑法律规定，而可以纯粹通过情感来判决。人文关怀的裁判理念要求人文关怀必须有相应的法律依据，或者以此指导相应法律规则的解释，在自由裁量权的范围内贯彻人文关怀这一裁判精神。例如，在离婚案件中，对于身处家庭暴力环境中的妇女，应当事人的申请，法官应当及时签发相关的人身保护令，而不应当再严格按照最高人民法院《关于适用〈中华人民共和国民事诉讼法〉的解释》第108条、第109条所规定的证据证明规则，严格要求当事人尽到相关的举证责任。不能认为"不打不成夫妻"，将家庭暴力视为夫妻间的打架斗嘴。在家暴纠纷中，完全让受害人举证也是很困难，所以，在证据不足或者没有证据的情况下，只要法官内心确信家庭暴力存在的可能性或者危险性较大的，就可以发出人身安全保护裁定，以预防损害的发生，充分保护处于弱势一方的家庭成员的利益。

"失信人彩铃"不宜再响

近些年来,伴随着"老赖"的不断出现,法院的司法公信力面临的挑战越来越严峻,加强执行力度势在必行。经过实践探索,一些地方法院与当地电信部门合作,发明了一些新的执行措施,其中有一项被法院内部所称道的方式即"失信人彩铃"。这一措施的特殊之处在于,如果打通了失信人的电话,拨打者就能听到拨打对象被法院纳入失信被执行人的相关信息。举例而言,如果拨打对象是没有履行法院生效裁判文书的失信执行人,拨打者将听到"您拨打的机主已被××人民法院发布为失信被执行人,请督促其尽快履行生效法律文书确定的义务"这样的铃声,而且该铃声将持续到电话被接通为止。

应该说,这一措施在实践中确实起到了一定的效果,不少媒体也报告了这一措施的功效,被采取这一强制措施的失信执行人也大多能够积极履行义务。究其原因,主要还是利用了国人重面子、熟人社会圈子等因素,借助了失信被执行人生活所必需的"社会名誉",从而使失信被执行人的内心形成重大压力,并最终履行完生效裁判文书所确定的义务。从执行效果而言,"失信人彩铃"确实起到了遏制"老赖"的实际效果,对人民法院强化执行力度、解决"执行难"

问题、提高司法公信力可谓能起到了非常重要的作用。

应当看到，一些"老赖"的行为确实可恶，严重影响了社会的风气，有损司法公信力。媒体曾经报道，江苏2017年出现过一个案件，在这一起标的额为3万元的信用卡纠纷案中，被执行人名下拥有数套房产及跑车，所居住的豪宅价值500多万，还拥有一床名牌包，家中鞋子多到令人吃惊，生活条件极为优越，但2014年生效的判决文书被执行人始终未履行，一直以经济拮据为由互相推诿、拒不履行生效文书所确定的义务。① 对于这样逃避执行义务的行为，若不予以必要的制裁，确实极为不妥，对我国司法公信力的塑造极具破坏性，也与一般社会公众的法治期待相去甚远。对此类人采用失信人彩铃的方式，也会得到社会的认可。但对不少无财产可供执行的人，采用这种方式并不妥当。因为市场本身是有风险的，个人在从事经营活动时出现资金链断裂等情形十分常见，如果因此对其"采用失信人彩铃"措施，可能会影响其后续的经营活动，影响个人的基本经济生活。我认为，对无财产可供执行的人而言，"失信人彩铃"这一强制措施究竟是否妥当仍值得探讨。

第一，"失信执行人"这一概念本身就并非严谨的法律概念。实践中，虽然根据最高人民法院《关于公布失信被执行人名单信息的若干规定》第1条的规定，只有满足"有履行能力而拒不履行生效法律文书确定义务的""以伪造证据、暴力、威胁等方法妨碍、抗拒执行的""以虚假诉讼、虚假仲裁或者以隐匿、转移财产等方法规避执行的""违反财产报告制度的""违反限制高消费令的""被执行人无正当理由拒不履行执行和解协议的"这些情况之一的才属于"失信被执行人"，其共

---

① 曹卢杰、于英杰：《住豪宅开豪车，满屋名牌鞋包的女老赖终于还钱了!》，载http：//www.sohu.com/a/127367408_398109，最后访问日期2018年3月20日。

同点在于，被执行人有财产可供执行而逃避执行。这些人属于典型的"老赖"，对付此类"老赖"，采用彩铃的方式客观上的确有利于督促其履行债务。但在司法实务之中，上述"老赖"的概念其实已经被突破了，因为法院很难判断被执行人是否具有偿债能力，因而，实务中有的法院就将凡是没有履行义务的都归入"失信执行人"的范畴。也就是说，无钱可还债的人也可能是"老赖"，如此一来，"老赖"的范围较为广泛。而对确无财产可供执行的人，采用失信彩铃的方式可能过于严苛，也容易导致制裁面的不当扩大，甚至使被执行人进一步丧失经营能力，从而更没有财产用于执行，这就违背了该制度设计的初衷。

第二，上述司法解释所确认的"失信被执行人"事实上都已经涉嫌拒不执行判决、裁定罪，完全可以以此追究其拒不执行裁判的刑事责任。根据我国现行《刑法》第313条的规定，拒不执行判决、裁定罪是指对人民法院的判决、裁定有能力执行而拒不执行，情节严重的行为，处罚为三年以下有期徒刑、拘役或者罚金。也就是说，如果生效裁判文书所确定的义务人客观上对生效裁判文书具有履行能力，但其主观上希望不履行这一裁判文书、积极追求成功逃债的后果，从而出现了有损执行申请人权益等严重情形的，此时就可以考虑追究失信被执行人的刑事责任。从处罚效果上来说，刑事责任的严苛性是民事责任、行政责任所无法企及的，所以若能通过追究失信被执行人的刑事责任对其形成威慑，这自然将是最为高效的执行手段。事实上，如果"老赖"的行为难以通过拒不执行判决、裁定罪来追究其责任，也完全可以通过其他方式来解决，未必一定要通过这种合法性存疑的失信彩铃手段来实现。比如，可将"老赖"的信息与各类信用信息互联共享，构建"一处失信，处处受限"的信用监督、警示和惩戒的体制机制。比如说，使"老赖"

借款受限、出境受限、乘坐飞机受限、任职资格受限、准入资格受限甚至评优评先等都要受限，"老赖"处处都会感受到一种震慑力，这应当能够有效督促老赖还债，未必一定要通过"失信人彩铃"这种方式来加以惩处。

第三，对无财产可供执行的人而言，"失信人彩铃"这一措施的采用于法无据。在我国现行法律体系之中，从法律到司法解释，均未规定"失信人彩铃"这一强制执行措施。换言之，"失信人彩铃"这一强制执行措施，完全属于法院内部的"独创"，是一种额外的制裁措施。毫无疑问，"失信人彩铃"的根本目的是为了增强执行力度，这一措施的初衷是好的。但笔者认为，施加一种制裁措施必须以现行法律为依据，而不能随意创新，公权力的行使应当严格依据法律规定的条件和程序进行，对个人权利的限制应当有明确的法律依据。因此，即便"失信人彩铃"能够起到良好的执行效果，但在我国现行立法尚未将其规定为强制执行措施之前，法院不宜仅仅为了实现执行效果而采用此种措施。

从民法层面来看，对于那些无财产可供执行的人，采取"失信人彩铃"措施也不利于保护个人的人格权，这种强制措施严重影响了被执行人的人格尊严。此类彩铃形同广告，将个人负债的信息昭告所有的联系人，很有可能导致其社会评价降低，侵害其人格尊严。笔者认为，"失信人彩铃"这一执行措施类似于将债务人"游街"，甚至比"游街"还要严重，因为游街示众只是在一个小的区域范围内羞辱他，而通过设定"失信人彩铃"的方式，实际上等于向失信人的社交圈子将该事实广而告之，是一种新型的"游街示众"。我国《民法总则》明确规定保护个人的人格尊严和人身自由，这也应当是法院在执行过程中的准绳，法院在执行工作中也不得损害被执行人的人格尊严。

最后需要指出的是，对无财产可供执行的人而言，采用这一方式也有侵害公民通讯自由之嫌。从广义上说，宪法上的通信自由包括通过电话与外界进行联系的自由；此类彩铃构成了对其基本权利的不当限制。在失信人与外界联络之前，加以"失信人彩铃"，事实上将影响到失信人与外界的通讯。从比较法上来看，各国一般都对电信隐私依法进行了限制。例如，《德国基本法》第10（1）条宣告："信件的秘密，还有邮政和电信，是不可违反的。"第10（2）条规定："限制的设定只能根据法律来进行。"因此，电信隐私在性质上已经属于一项基本权利，只受法律的限制。还应当看到的是，"失信人彩铃"事实上必将影响被执行人的基本生活，影响了其与外界的联系，这也违背了民事判决的执行不得影响被执行人基本生活安宁的原则。

我认为，加大执行力度可以进一步借助信息化手段，加大查找财产的力度，加大方式、方法的创新。例如，有的地方已经开始由法院向律师颁发调查令，授权律师调查被执行人的财产状况，有效解决了法院人力、物力不足的问题，这种效果在实践中十分明显，此种经验值得进一步推广。同时，应进一步加大对失信人的惩戒力度。例如，最高人民法院联合中国人民银行征信中心等单位，搭建了对失信被执行人的信用惩戒网络，将拒不执行判决、裁定的"老赖"信息公布在网络上，限制其出境、招投标和高消费等，形成了"一处失信、处处受限"的信用惩戒格局。只要把这些方式用好、用足，也足以对失信人形成有效的威慑，没有必要在这之外再创设一些惩戒措施。

"失信人彩铃"不宜再响！

简易案件裁判结果要有可预测性

我经常和一些律师讨论民商事案件，其中有些确实属于简易案件，但裁判的结果却出乎所有人的意料。比如说，一方欠另一方的钱，但债权人多年没有向债务人提出主张，确实早已经过了诉讼时效。债权人认为，欠债还钱，天经地义；而债务人则认为，债权已经过了诉讼时效，其可以不用还钱。对这样的案例而言，相关的法律关系是十分清晰的，但法院的裁判并不统一，有的判决驳回债权人的请求，有的则支持债权人的请求。这就提出了一个问题，即简易案件的裁判是否应当具有可预期性？

所谓简易案件，是指案件事实比较清晰，法律关系比较简单，待适用的法律规则也比较明确，比如欠债还钱、伤人赔偿等之类的纠纷。就简易案件而言，通常依据文义解释或体系解释的方法即可完成相关的法律解释活动。而所谓疑难案件则是指事实的认定或者法律的适用存在较大的争议的案件，疑难案件的解决可能需要综合运用多种法律解释方法。

关于简易案件和疑难案件的法律解释问题，德沃金指出，法律解释只能有一个"唯一正确的答案"（the only right answer），这是法官在判决中应当尽力追求并可获得的结果。① 他曾举过一个例子：如果我们反对种族灭绝，就必须旗帜鲜明地反对，不能模棱两可，似是而非，不能一方面反对，另一方面又允许别人赞同种族灭绝。也就是说，简易案件只能有一个确定的答案。但波斯纳则认为，案件裁判中并不存在非对即错的正确答案，从实用主义的角度来说，只是存在妥当的答案，各种解决方案并不是截然对立的，在价值多元的社会，可接受性最高的结论往往就是所谓的"唯一正确的答案"。② 波斯纳和德沃金之所以持不同观点，与其职业特点有很大关系：波斯纳是法官出身，他比较了解法官的裁判过程，而德沃金作为学者，更强调裁判结果的确定性，充满了对裁判公正的期待，这也是可以理解的。

应当承认，简易案件和疑难案件有较大的区别。对疑难案件而言，很难寻求到所谓"唯一正确的答案"。许多案件事实本身就处于两可之间，属于法官的自由裁量范围，在这个自由裁量范围内，孰是孰非委诸于法官的决断，法官只要在该自由裁量权范围内裁判，都属于依法裁判，这就很难说有唯一正确的答案。因此，不能苛求每一个法官都能就某一疑难案件达成共识。就疑难案件的裁判而言，我更赞成波斯纳的观点。而就简易案件而言，我认为德沃金的看法更为妥当，简易案件的裁判结果应当具有可预测性。从实践来看，许多案件都是简易案件，并没有太复杂的法律关系和疑难案情，也不需要给法官过大的自由裁量权，其裁判结果应当具有可预测性。

在中国传统文化中，历来存在厌讼的文化。老百姓不愿意到法院打

---

① 参见林来梵、王晖：《法律上的"唯一正解"——从德沃金的学说谈起》，载《学术月刊》2004年第10期。

② 〔美〕理查德·A. 波斯纳：《法理学问题》，苏力译，中国政法大学出版社2002年版，第249页。

官司,"一场官司十年仇",打下来对谁都没有好处,浪费时间、精力不说,还会影响人际关系的和睦,甚至会出现赢了官司、丢了人情的结果,即使赢下官司也未必风光。尤其是在中国古代,人情经常变味,以至于出现"人情大于王法""法能为买卖,官可做人情"的局面,一些贪官操两可之说,翻手为云,覆手为雨。所谓"官断十条路,九条人不知",这就是说,人们无法预测诉讼活动的结果,老百姓非常害怕打官司,因此,民间有"饿死不做贼,屈死不告状"的说法。直至今天,这种厌讼观念在人们心中仍然根深蒂固,许多老百姓不到万不得已,都不愿意打官司,一旦想要打官司,大多认为自己是有理的,要求法官给个"说法",伸张正义。打官司之前,很多人也是要反复掂量的,没有一定的把握,都未必会去打官司。如果官司打下来,最后的结果完全出乎预料,这就难免让其对司法的公正性产生怀疑。

简易案件要有可预测性,其实就是要求法应当具有可预测性。许多人认为,法的可预测性是法治的重要价值,法律本身具有公开性和一般性,要产生调整社会生活的效果,这是立法者所追求的。法律上之所以要确立不溯及既往的原则,主要就是为了避免法律"威猛不可测"的效果,法律颁行之前的行为不应当适用颁行后的规则,否则不利于保障人们行为的合理预期。尤其是在简易案件中,裁判结果更应当具有可预期性,否则就有可能导致是非难以判断,影响当事人对法律的确信,甚至有损司法的权威性,因为不可预测的裁判结果可能会动摇当事人的法律信仰。也就是说,人们可能难以按照法律规定安排自己的活动。立法只是将纷繁复杂的人类行为归纳、抽象为一般的、普遍的、非人格化的规范,而司法则是要将这些抽象的规范运用到个案中,赋予个案一定的法律效果。简易案件中裁判结果应当具有可预期性,这也是将"书本上的法律"转化为"行动中的法律"的基本要求,因为在简易案件中,法律事实是十分清楚的,法律的适用也十分简单,法律规则运用到具体的个案中理应产生应有的、可预期的法律后果,这是法律本身应有的效果。西方的法谚曾有句名言:"有权利必有救济,有救济才有权利。"如果简易案件的裁判结果都无法预测,则权利保护也将成为一句空话。

简易案件的裁判结果应当具有可预测性的另外一个重要原因在于,法官、律师作为法律共同体应当在一个法律的平台上进行讨论。亚里士多德说过,法律、法律执业者处于法治的核心地带。没有这个群体对于法律的效忠,法治是很难运作的。① 法律人之间应当具有共同的学术思维和话语,排除法律人间的对话和交流的障碍,避免出现自我封闭、各说各话的现象。例如,在前面的案例中,按照一般的生活经验,欠债还钱确实是天经地义,但法律人在思考这一问题时,就不能仅从生活经验出发,而应当从法律规则出发,其要考虑的问题在于,时效抗辩的主张能否成立,是否存在时效中断、中止、延长等情形,在就这些问题作出准确回答之后,才能得出相应的判断结果。但针对这些问题,法律人之间是容易形成共识的,并不需要进行复杂的论证。

简易案件的裁判结果具有可预测性也是保障司法公信力的需要。霍恩认为,法律的权威性不仅来自于法律自身的效力,还包括社会公众对法律的普遍认可。司法裁判结果的可预期性是人们感知司法公信力的重要方式,保障司法裁判结果的可预期性是提升法律和司法公信力的重要途径,因为法律和司法的公信力本质上是人们对法律和司法的一种合理信赖。如果简易案件的裁判结果都不具有可预测性,则可能使人们对法

---

① Brian Z. Tamanaha, *On the Rule of Law: History, Politics, Theory*, Cambridge University Press, 2004, p. 59.

律和司法活动的公正性产生怀疑，法律和司法的权威性和公信力也难以确立。从这一意义上说，司法的公信力不仅要体现为司法程序的公正，还取决于司法裁判结果的公正性和可预测性。虽然法律规则本身具有很强的专业性，但其不会与社会生活有太大的脱节，更不会明显偏离人们普遍具有的正义观念和道德观念。如果简易案件的裁判结果失去可预测性，明显偏离人们的认知，则将从根本上动摇法的公信力的社会基础。

回到前面的案例，一方欠另一方的钱，如果债权人多年没有向债务人提出主张，且不存在其他导致诉讼时效中断、中止的事由，则该债权的诉讼时效已经届满，此时，如果债务人提出时效届满的抗辩，则其当然可以拒绝债权人的请求。在这一点上，法官裁判不应当出现不一致的情形。

从"天津大妈非法持有枪支案"谈起

据媒体报道，2016 年 8 月至 10 月间，51 岁的赵春华女士在天津市河北区李公祠大街海河亲水平台附近摆设射击摊位进行营利活动。同年 10 月 12 日 22 时许，赵春华被公安机关巡查人员查获，当场收缴枪形物 9 支及配件等物。经天津市公安局物证鉴定中心鉴定，涉案 9 支枪形物中 6 支为能正常发射、以压缩气体为动力的枪支。被告人赵春华于 2016 年 12 月 27 日被天津市河北区人民法院以非法持有枪支罪判处有期徒刑 3 年 6 个月。该案在一审判决宣告之后曾引起舆论哗然，网民几乎一边倒地质疑该案的判决结果。

一审判决之所以认定赵女士构成非法持有枪支罪，是因为上述气枪属于刑法概念上的枪支，且赵女士主观上具有相应的犯罪故意，也即符合刑事犯罪所要求的主客观相统一原则。就客观构成要件"枪支"而言，按照一审法院的观点，《枪支管理法》第 46 条将"枪支"定义为"以火药或者压缩气体等为动力，利用管状器具发射金属弹丸或者其他物质，足以致人伤亡或者丧失知觉的各种枪支"，该条虽然没有界定枪支的内涵，但该法第 4 条明确规定，"国务院公安部门主管全国的枪支管理工作"，所以公安部制定的《公安机关涉案枪支弹药性能鉴定工作规定》《枪支致伤力的法庭科学鉴定判据》均合法有效,可以据此认定何为刑法上的"枪支"。而根据公安部2010年制定的《枪支致伤力的法庭科学鉴定判据》(GAT 718-2007)的规定,枪支最低认定标准为1.8焦耳/平方厘米的枪口比动能。这一标准远远低于其他国家和地区对枪支的认定标准,导致稍微具备一定弹射能力的玩具枪支都属于这一规定中的"枪支"。按照这一标准,本案中赵女士所持有的6把气枪即属于非法持有枪支罪中的"枪支"。同时,赵女士明知自己持有的是上述枪支,也即具有主观上的犯罪故意。上述判决理由看似合理,但是是值得商榷的。

本案争议焦点在于,打气球的气枪是否属于刑法意义上的"枪支"?笔者认为,从加强社会管理的角度看,公安部的上述枪支认定标准确实有一定的合理性,但社会管理的标准不能都作为定罪量刑的依据。从治安管理的角度来看,应当从严,有必要将"枪支"的概念尽量解释得比较宽泛,从而便于管理。但定罪量刑毕竟是涉及对人身自由的限制,应当有非常严格的要求。在我国改革开放后很长的一段时间内,许多农村居民家里也都仍备置一把火铳,主要用于驱赶野狗、野猪,也有人冬天打野兔、野鸭之类的,几乎没有人将这种火铳当做枪支。火铳用了数百年,也没有人质问个人能否持有这种物品。后来,国家颁布了《枪支管理法》,要求登记批准才能持枪,这才开始管理火铳之类的枪支。对火铳之类的猎枪确实应当加强管理,因为火铳伤人在过去经常发生,因此,出于社会管理的需要,可以对枪支的认定标准规定得宽泛一些,但从刑法的层面,作为定罪量刑的标准,则应当对枪支进行严格认定。

从罪刑法定原则的角度而言,行政性管理规范并不属于认定犯罪的"法",我国现行《立法法》也明确规定犯罪必须由法律规定。所以说,上述《枪支致伤力的法庭科学鉴定判据》本身并不能作为理解犯罪构成要件的绝对标准,"枪支"的认定必须从法律规定本身出发。而根据《枪支管理法》的规定,"足以致人伤亡或者丧失知觉"才是"枪支"的必要认定标准。而本案中的"气枪",根据摊主赵女士向记者反映,有时候这些气枪连固定住的气球都打不破,顾客还经常对此有意见。① 从这个层面上说,本案中的枪支显然不可能具有"死伤危险性",公安部的上述技术认定标准因此难以作为定罪量刑的依据,否则将使犯罪的认定泛化。

从本案的主观事实认定而言,法院的逻辑在于,涉案枪支外形与制式枪支高度相似,以压缩气体为动力,能正常发射,具有一定致伤力和危险性,故其具备犯罪故意。但笔者认为,此种观点值得商榷:在该案中,赵女士摆设打气球的摊点,工商等部门收取了相关的管理费用,摊主有足够的理由相信自己所从事的营业为合法营业。更何况,本案中认定让赵女士认识到"连气球都不一定打得破"的气枪属于刑法意义上的"枪支"不具有期待可能性,违背了"法律不强人所难"的法理。

本案裁判结果的最大问题在于,法院机械地适用主客观相统一原则认定所谓的犯罪,忽略了犯罪认定的实质要件,即"社会危害性"要素的满足。现行《刑法》第 13 条"但书"规定:"情节显著轻微危害不大的,不认为是犯罪";由此可知,犯罪的认定本质上在于具有"社会危害性"。笔者认为,在考虑一个行为是否符合特定罪名的犯罪构成要件之前,首先必须考虑该行为是否具有严重的"社会危害性",法律不可能将一个毫无社会危害性的行为作为犯罪加以对待,这不符合刑法的谦抑性,也与犯罪的本质相矛盾。就本案而言,持有打气球的气枪显然

---

① 参见《央视调查:打气球的"枪"怎么打出 3 年半的"刑"?》,载 http://news.sohu.com/20170118/n479048696.shtml,最后访问日期 2018 年 2 月 6 日。

不具有社会危害性,甚至可以说它的危害性可能连持有剪刀、小刀等文具用品都不如。即使符合上述公安部的相关技术鉴定依据,也不能将其认定为刑法意义上的"枪支"。

这个案件之所以引起民众的广泛关注,并不仅仅是因为本案的裁判不符合法理,还在于其与社会公众所普遍具有的法感情相冲突。公众似乎没法接受日常生活中随处可见的"用于打气球的气枪"变成"刑法意义上的枪支"?打气球的"枪"怎么打出3年半的"刑"?在现实生活中,很多公园以及游乐园中,到处都有气球射击这样的游戏项目,摆个摊谋生,就要锒铛入狱,未免过于严苛。正如阮齐林教授所说,"至少这个处理和普通人的常理常识、正常的生活经验冲突太大"。现实生活中,曾发生"追赶小偷导致小偷猝死而被公安以过失致人死亡罪立案""代工友购买火车票收取低额劳务费而被铁路公安作为非法经营罪立案""内蒙古农民收购玉米被定性为非法经营罪"等案件,本案与上述案件一样,之所以让公众难以接受,即在于这些处理违背了公众基于内心善良、朴素法感情的常理,从而难以为公众接受。一个连气球都打不穿的气枪显然不应当属于刑法上的"枪支",因为公众一般理解的"枪支"必须具有杀伤功能。

自古以来,我国的司法活动都强调情、理、法的结合,这可谓我国传统法律文化的精髓,是必须坚持的宝贵经验。一个并不符合情理的裁判结果多半是值得慎重推敲的。法律本身就是正义的文字表达,是人们内心善的成文化表述,所以情、理、法内部应当是统一协调的,法官必须要用情理来检验逻辑推理结果。所谓情理,是社会公众普遍认可的、朴素的、善良的情感,包括社情民意等道理。"三尺律令,人事出其中。""法不外乎人情",这是中国古代人们的一般共识,早在《周礼》

中就有"以五声听狱讼,求民情"的记载,反映了民情、民意对司法裁判的重要影响。管子说,"令顺民心",就是强调法令要符合民心。慎子曰:"法非从天下,非从地出,发于人间,合乎人心而已。"强调司法裁判合乎情理,也是法律人文关怀的一种体现。在刑事案件中,裁判者必须心怀对普罗大众的"爱",具有对人作为主体的尊重。通过司法裁判认定一个人有罪,不仅使本人蒙受牢狱之灾,也会给其家庭、亲友带来痛苦与不安,甚至可能影响被判刑者一生的前途命运。因此,在对于罪与非罪的认定、对于存疑犯罪的认定、对于轻罪重罪的认定之中,刑事司法裁判者必须站在人文关怀的高度,谨慎使用自己手中的司法裁判权。英国哲学家培根说过:"为法官者,应当在法律范围内以公平为念而毋忘慈悲,应当以严厉的眼光对事而以悲悯的眼光对人。"孟子曾云:"恻隐之心,仁之端也。"汪辉祖在《学治臆说》中有句名言:"法贵准情。"这些都说明了情与法结合的必要性。

据说,唐朝有一位判官叫徐有功,他坚持依法判案,拒绝轻罪重判,屡遭陷害。有一次,徐有功被酷吏陷害,锒铛入狱,武则天就召见他,说:"你办案件为什么总是'失出'(重罪轻判)?"徐有功回答:"失出,臣下之小过;好生,圣人之大德。"武则天也认为他说得有理,就没有杀他,而将他判处流放。这个故事也说明了一个道理,即刑法本身应当具有谦抑性,对于具有一定社会危害性的行为,如果通过行政管理等其他方式可以解决,则不应当轻易动用刑事手段。刑罚适用过于宽泛,将会使很多人感到法律的凶猛莫测,担心祸从天降,影响人们对法律的合理预期。

具体到本案,如果打气球的气枪的确具有社会危害性,则应当通过治安管理处罚等方式予以处理,而不应当认定赵春华构成犯罪,并实施刑事处罚。而且公安机关在处理类似事件时,也应当从源头上管理,制止这种气枪的生产、销售,而不应当处罚摆摊者。

沈家本曾言:"以至公至允之法律,而运以至精至密之心思,则法安有不善者。及其施行也,仍以至精至密之心思,用此至公至允之法律,则其论决又安有不善者。"① 这就是说,虽有良法也应当有善用之人,而在法有瑕疵之时,更需要善用之人妥当解释适用,以弥补法之缺陷。值得庆幸的是,赵春华上诉后,天津市第一中级人民法院认为,鉴于其主观恶性程度相对较低、犯罪行为的社会危害相对较小、认罪态度较好等情节,改判其有期徒刑3年,缓刑3年。赵女士得以当庭获释,可以回家过年,这也体现了我国司法历来秉持的实事求是、有错必纠的原则,彰显了公平正义。

---

① 沈家本:《历代刑法考·附寄簃文存·卷二》,中华书局1995年版,第2141页。

司法裁判应秉持正确的价值观

2017年5月2日上午，郑州的杨医生在小区电梯内劝一老人不要抽烟，二人发生争执，几个小时后，老人心脏病发猝死离世。老人家属随即起诉至法院，要求杨医生赔偿40余万元。郑州市金水区人民法院对此事作出一审判决，认为因该老人在电梯内吸烟问题导致其与杨医生发生言语争执，后经小区物业公司工作人员劝阻，杨医生离开，但不久该老人即猝死，该结果是杨医生无法预料的，杨医生的行为与该老人的死亡之间并无必然的因果关系，但该老人确实是在与杨医生发生言语争执后猝死，依照我国《侵权责任法》第24条规定的公平原则，受害人和行为人对损害的发生都没有过错的，可以根据实际情况，由双方分担损失，该院酌定杨医生向受害人补偿1.5万元。

一审判决作出之后，杨医生并没有提出上诉，但老人家属不服一审判决，上诉至郑州市中级人民法院。二审法院认为，适用《侵权责任法》第24条的前提是行为与损害结果之间有法律上的因果关系，而杨医生与老人的死亡之间并不存在因果关系；同时，杨医生对电梯内吸烟予以劝阻合法正当，是自觉维护社会公共秩序和公共利益的行为，一审判决判令杨医生分担损失，让正当行使劝阻吸烟权利的公民承担补偿责任，将会挫伤公民依法维护社会公共利益的积极性，这既是对社会公共利益的损害，也与民法的立法宗旨相悖，不利于促进社会文明，不利于引导公众共同创造良好的公共环境。因此，二审法院认定，一审判决判令杨医生补偿死者家属田女士 1.5 万元错误，依法予以纠正，判决驳回田女士的诉讼请求。

二审判决受到社会广泛好评。笔者对于二审法院所做判决完全赞同，一个重要理由就在于该判决秉持了正确的价值观，存在最基本的是非判断。

应该说，吸烟本身并不违法，世界上也鲜有法令明令禁止吸烟的，但是在电梯等公共场所吸烟本身就是不道德甚至是违法的，世界各国和地区大多都有相关的禁止性规定。我在香港特区就发现，许多电梯都贴了这样的告示：如果在电梯内吸烟，一次最高可罚 5000 港元。即使没有警察罚款，也可能会有人及时制止，甚至向警方投诉。

事实上，内地许多地方也对电梯内吸烟设有禁止性规定。诚如"劝阻吸烟案"二审判决书指出："根据郑州市有关规定，市区各类公共交通工具、电梯间等公共场所禁止吸烟，公民有权制止在禁止吸烟的公共场所的吸烟者吸烟。该规定的目的是减少烟雾对环境和身体的侵害，保护公共环境，保障公民身体健康，促进文明、卫生城市建设，鼓励公民自觉制止不当吸烟行为，维护社会公共利益。"[①] 本案中，杨医生对老人在电梯内吸烟予以劝阻合法正当，是自觉维护社会公共秩序和公共利益的行为。也就是说，在郑州市政府已有明文规定的情况下，不论吸烟者本身是否知情，其吸烟的行为均是不合法的。法律为什么要禁止在电梯内吸烟，这并不是要干涉人们的行为自由，而是要维护社会的公共利

---

① 河南省郑州市中级人民法院（2017）豫 01 民终 14848 号民事判决书。

益，因为在电梯等狭窄的空间内吸烟，会影响他人健康，对他人身体造成不适，一旦引发火灾，后果更是不堪设想。

在该案中，因杨医生对老人在电梯内吸烟的行为进行劝阻，使老人因情绪激动心脏病突发死亡，这确实是一个不幸的结果，也是大家不愿意看到的。但劝阻行为本身并无不当，相反，对在电梯内吸烟的人进行劝阻，乃是履行公民义务的行为，是一种合法且值得鼓励的方式。如果像一审判决那样要求劝阻者承担责任，那么，这一裁判结果的社会导向性将是极为糟糕的，很有可能像2006年的"南京彭宇案"一样，再次产生不良的行为导向后果。一审判决杨医生承担1.5万元的责任，赔的钱确实不多，而且杨医生也愿意接受，并没有提出上诉。但问题的关键在于，要一个从事正当行为的人承担法律责任，从某种意义上说是对其行为作出了否定性的评价，这就不利于鼓励善行。而本案的二审生效裁判事实上是对公民善举的维护、尊重与提倡，其必将对社会正气的形成起到良好的营造作用，可谓情、理、法相融合的判决，既维护了法律的尊严，也捍卫了公民善良的法感情。

一个案例胜过一堆文件。在现代社会，司法的功能在不断扩张，司法在社会生活中的作用在不断增强，其重要的表现在于，司法虽不能直接立法，但司法可以通过判决形成规则，引导人们正确行为。也就是说，司法判例针对的是个案而不是一类案件，但相应裁判规则仍然会具有法律的规范效果，对人们的行为起到规范、指引的作用，并且相应问题也将逐步形成统一的裁判规则。在英国，宪法的原则形成于普通法院的判决。在美国，每一时期法治的进步都是由一个个具有里程碑式意义的个案裁判所推动的，这些个案也讲述着美国特定法治发展时期的故事。所以，讲述美国法的历史，常常需要讲述一个个经典的案例，如

"马伯里诉麦迪逊案""达特茅斯学院诉伍德沃德案""萨利文诉《纽约时报》案"等。这些经典的裁判也可以看做是美国法治发展进步的缩影。在今天我们全面推进依法治国的过程中,也应当重视发挥司法裁判的指引作用,这尤其需要重视裁判对社会公众价值观的引领作用。可以说,一个好的案例通常是秉持了正确的价值观,弘扬了社会公平正义观念,而一个失败的司法裁判则可能在价值观上出现了偏差。

司法应当实现法律效果和社会效果的统一,此种统一就表现在,法官在作出判决时要引导人们正确行为。就像在本案中,如果法院判决杨医生仍然承担责任,在一定程度上就否定了禁止在电梯内吸烟的规则,同时也确立了一个规则,即任何人在劝导他人不要在电梯内吸烟时,如果发生意外,劝导人有可能承担法律责任,这就可能阻却人们进行相关劝阻行为的积极性。事实上,无论是硬法的规则(如国家颁布的法律规则),还是软法的规则(如乡规民约等),要能得到执行,执法者的资源是有限的,要靠民众参与到法律的适用、执法的监督过程中。例如,我在国外生活时经常发现,如果某人自家花园的草坪长期不修剪,杂草丛生,即使政府不派人来干涉,邻居也会举报;如果父母在家里打小孩,违反了相关的法律规定,只要小孩哭出声,邻居就有可能报警。正是通过民众参与法律的适用和监督,才能使法律得到很好的执行。同样,电梯内禁止吸烟的规则,仅靠警察执法是做不到的,而需要靠民众的积极参与,如果判决劝阻吸烟者承担责任,就会阻却民众参与法律监督的热情,相关的法律规则也将形同虚设。

司法裁判传递正确的价值观,就能够引导人们正确行为。如果人人都遵法、守法、护法,就可以为法治建设奠定坚实的基础。

诉前禁令：预防网络侵权的利器

几年前，"钱钟书书信案"曾引起社会的广泛关注。在该案中，钱钟书及其配偶杨季康、其女钱瑗与李某某系朋友关系，三人曾先后向李某某寄送私人书信百余封，这些信件由李某某保存。2013 年 5 月间，中贸圣佳公司发布公告称，将于 2013 年 6 月 21 日公开拍卖上述私人信件，还将在拍卖前举行研讨会和预展活动。杨季康女士认为，这些书信涉及自身以及家人的隐私等权益的保护，便向法院申请诉前禁令，请求法院阻止拍卖活动的进行。北京市第二中级人民法院经审查依法于 6 月 3 日作出禁止中贸圣佳公司实施侵害著作权行为的裁定，中贸圣佳公司随后宣布停拍。

在该案中，北京市第二中级人民法院在充分考虑该案对社会公共利益可能造成的影响后，准确地作出司法禁令，禁止被告从事拍卖书信的行为，既有效保护了著作权人的权利，又保护了原告的隐私权。[①] 这个案例提出了通过禁令预防人格权侵害的问题。在这个案件中，被告尚未从事拍卖行为，但原告认为，拍卖行为将会损害自己的隐私等权利，因

---

① 参见李恩树：《钱钟书书信案引出新民诉法首例诉前禁令》，载《法制日报》2014 年 2 月 26 日。

此，有必要通过禁令对原告提供保护。

禁令是适应网络时代和大数据时代特点的一种措施。传统侵权法规则注重对损害的事后救济，而不注重对损害的预防。我国《侵权责任法》虽注重对损害的预防，如该法第15条确立了停止侵害、排除妨碍、消除危险等预防性的责任承担方式，但其对损害的预防功能有限，例如，停止侵害针对的是正在进行的侵害行为，排除妨碍针对的是已经存在的妨碍，而消除危险则针对的是现实存在的危险，对尚未发生的危险或者侵害行为，《侵权责任法》所规定的侵权责任承担方式的预防作用是有限的。在停止侵害的情形下，还需要法官在裁判过程中具体认定行为人的行为是否已经构成侵权，这可能不利于预防损害后果的发生。而禁令作为保护人格权的方式，只要人格权可能遭受侵害，权利人就可以申请法院颁发禁令，这就更有利于预防损害后果的发生。

在网络和大数据时代，之所以要采用禁令制度，主要是基于如下考虑：一是侵害后果具有不可逆转性。在网络环境下，损害后果一旦发生，就如覆水难收，具有不可逆性。例如，行为人在网络上披露他人的隐私信息，该信息一旦发布，即便事后采取断开链接等方式，也无法再恢复到私密状态。二是损害后果具有不可控性。因为网络环境对侵害人格权的损害后果具有无限放大效应，损害后果一旦发生，即可能被无限放大。例如，在网络上发布他人的不雅照片，瞬间即可在全球范围内传播，并可被无数次下载。同时，网络具有无国界性，侵权信息的传播也会逾越国界范围，难以控制。三是损害难以通过金钱赔偿的方式予以救济。在行为人通过网络侵害他人人格权的情形下，受害人所遭受的主要是精神痛苦，金钱赔偿并不能完全起到弥补受害人损害的作用。因此，在网络时代，更应当注重对损害后果的预防，《侵权责任法》虽然注重对损害的预防，但其预防程度是有限的，这就有必要发挥禁令的作用，将损害预防的时间提前，也就是说在损害尚未实际发生时就要采取预防措施，从而适应网络时代人格权保护的特点。

在互联网侵权中，应当特别重视对禁令的使用。随着现代法治的发展，我国现行立法已经将知识产权领域的诉前禁令制度普及到整个民事诉讼领域，我国《民事诉讼法》第100条第1款规定："人民法院对于可能因当事人一方的行为或者其他原因，使判决难以执行或者造成当事人其他损害的案件，根据对方当事人的申请，可以裁定对其财产进行保全、责令其作出一定行为或者禁止其作出一定行为；当事人没有提出申请的，人民法院在必要时也可以裁定采取保全措施。"由此可知，当特定行为人的行为可能对他人造成损害的情况下，人民法院可以责令其作出一定行为或者禁止其作出一定行为。虽然说，上述法律条文并未明确规定所适用的领域，但应当看到，诉前禁令制度的主要功能在于阻止侵权，其根本上是为了保障他人的合法权益免受侵犯或减轻侵权的程度。由此可知，规制互联网领域的侵权特别需要适用禁令制度，其能有效避免侵权行为造成不可恢复的后果。举例而言，若有人在网络上捏造了他人的桃色新闻，即使事后法院裁判认定行为人侵权，此时对被侵权人所产生的后果将是胜诉判决所难以消除的，侵害被侵权人名誉的损害后果将如覆水难收、难以恢复，有的受害人因此痛不欲生，而诉前禁令制度的运用，将减轻这种不可逆的侵权后果。

还应当看到，互联网侵权的构成要件与传统诉前禁令制度应当是有区别的。传统法学理论认为，诉前禁令制度因为其本身与普通的民事诉讼程序有所区别，所以一般应当慎重使用，通常都是在涉及公众利益、人身安全的情况下才会适用。笔者认为，在互联网侵权的情况下，如果涉及的是人格权，则应当放宽诉前禁令的适用。若互联网人格权侵权的事实已经发生，此时为了防止损害后果的进一步扩大，应当允许受害人在起诉之前向有管辖权的法院申请禁令，以有效制止行为人的侵权行为。如果严格限制禁令制度的适用条件，将不利于防止损害后果的扩大，因为允许网络环境下侵权行为持续进行，损害后果将不断蔓延，其所造成的影响将更为严重，且该结果不可逆，所以在发现侵权行为已经存在的情况下必须于侵权之始就加以制止。

此外，适用诉前禁令制度还有两个问题值得考虑：一是，在侵权行为尚未发生但有可能发生的情况下，可否适用诉前禁令？换言之，若行为人甲威胁乙如果自己的条件得不到满足则将采取网络曝光的方式揭露乙的隐私，此时乙能否申请法院颁布禁令对将来可能发生的行为提前予以制止？对此，笔者认为此种情形下乙不能申请禁令：在侵权行为尚未发生之时，该行为本身是否具有违法性还存在疑问，若允许对这种未来行为采取禁令，法院很有可能禁止的是一个合法的行为。就"钱钟书书信案"而言，虽然实际拍卖看似并未发生，但是发布拍卖公告之类的行为意味着拍卖行为已经进入实质性阶段，正式拍卖前的准备工作一直在进行之中，且这种拍卖行为侵犯作者的隐私是显而易见的。因此，法院采用禁令措施是妥当的。二是申请诉前禁令是否要求申请人提供担保？就此，笔者认为，不宜要求申请人提供担保。禁令虽然可能在一定程度上制止行为人的行为，但通常并不会造成行为人的损害，而且即便造成行为人损害，也可以通过事后赔偿的方式平衡当事人之间的利益。

从责任形式上说，诉前禁令制度与停止侵权这一责任形态究竟是何种关系？能否认为在互联网人格权侵权的情况下，诉前禁令制度就是人格权请求权的一种？对此，笔者存有不同看法：一方面，诉前禁令制度作为程序法上的一项制度，其本身与停止侵权这一请求权存在差别。如果法院已经作出停止侵权的判决，则意味着停止侵权已经作为责任形式为司法机关所确认，权利人可借助生效裁判文书而申请强制执行，这是在已经判断侵权情况下的停止侵权；但是，诉前禁令制度下，法院本身对于行为人行为是否侵权并未做任何实质性判断，只是为了防止事态的扩大而采取防御性措施，其本身并不意味着已经将行为人的行为定性为侵权。另一方面，停止侵权请求权不仅可以通过司法机关加以实现，还可以由权利人直接要求行为人停止实施侵权行为，但是诉前禁令则只能向法院进行申请。准确而言，诉前禁令制度可以被视为是停止侵权这一请求权的程序性保障，其源于这一请求权但又不同于这一权利。

在互联网时代，为适应法律预防损害功能的发展需要，诉前禁令制度才逐步兴起，该制度可以说是遏制互联网侵权的有效措施。从"钱钟书书信案"可知，诉前禁令制度具有防患于未然的作用，所以在互联网人格权侵权的领域，基于人格权的特殊性，更加应当发挥诉前禁令这一制度的功效，保障公民的人格权。我国正在制定的民法典有必要对诉前禁令制度作出规定，以更好地预防侵害人格权损害后果的发生，更好地适应网络环境下强化人格权保护的现实需要。

律师也应"铁肩担道义"

律师不同于古代的讼师

经常有人在私下把律师称为讼师,我认为这个说法并不妥当。虽然律师和讼师都要代理当事人打官司,但二者区别很大:讼师以替人打官司、写诉状为职业,打官司是其养家糊口的一份营生;而律师是法律工作者,是法律共同体的一员。尽管古代也出现过为民伸张正义的讼师,但大多数讼师都以追求利益为目的,因而不少讼师为图一时润笔之资,为金钱利益而"挑词架讼",凭三寸不烂之舌,无中生有,"操两可之说、设无穷之辞","是非无度",坑害生灵,惹起事端,包揽纠纷和诉讼,甚至导致他人倾家荡产。所以古代讼师大多给人一种阴暗、丑恶、贪婪的印象,常常被贬称为"讼棍"。甚至不少朝代如果讼师恶意挑起诉讼,一经查实,就要严惩。而今天我们的律师是一个神圣、光彩的职业,其不仅仅是为了谋生而从事这份职业,更重要的是要维护当事人的合法权益、维护社会的公平正义,律师职业是法治建设的重要推动力量。

诚然,律师需要搜寻对自己当事人有利的证据并呈送法庭,在法庭上也要唇枪舌剑,义正词严,为维护当事人的权益而竭力辩护，所以律师也需要精通辩术、善于辩论。但辩术应当服务于对正义的守护、对当事人权益的保护，而绝非是为了辩护而辩护，绝不能无理搅三分，更不能颠倒是非、混淆黑白。据考证，诡辩术最早出现是在公元前5世纪的希腊，当时就出现了以普罗泰戈拉为代表的智者学派，这些人否定事物的客观性和真理的客观性，以是为非，以非为是，是非无度，无理搅三分，但因其深谙诉讼术和修辞手法，擅长辩论，因此对后世的哲学、逻辑学等都产生了重大影响。其实，最早精通诡辩术的律师是古罗马著名的法学家西塞罗。据说，西塞罗雄辩的口才在古罗马无人可及，因而，请西塞罗出庭辩论的人在其门前常常排起长队。有一次，西塞罗受聘于一个刑事犯罪中的被告，为其做辩护人，在他正准备出庭辩论时，发现被告因穷困潦倒无法支付律师费，西塞罗一气之下又转而接受原告的委托，并在法庭上为原告赢得了官司。此事在古罗马一直被传为佳话。我们经常在电视上看到西方国家的法庭辩论，许多律师把一些毫无道理的案子拿来无理搅三分，一些律师精通诡辩术，口若悬河，慷慨激昂，虽无道义可言，但最后居然能被法官支持。这种律师往往能赚大钱，被奉为律界精英、律师大佬。

其实，从我国古代的法制文化来看，诉讼本身也包含了从辩论中实现正义的内涵。例如，中国古代的"讼"字由"言"和"公"组成，"公"既是声旁也是形旁，表示正义。在甲骨文和金文中，"讼"都有两个"口"字，表示双方进行辩诉。金文中的"公"字旁表示正义，"言"字旁表示公正诉辩。从该字的字义来看，其是指"在法律的公正中辩诉"。所以，辩护应以守护正义为目的。今天，我们律师决不能与讼棍为伍，律师职业的出现是法治文明发展到一定阶段的产物，其本身也是现代法治的重要组成部分。法律职业的分工是与现代法治文明的发展、诉讼程序的完善联系在一起的，律师的产生与正当法律程序的产生和发展密不可分，律师不仅捍卫着程序公正，其对法律案件的介入本身就是程序公正的体现。可以说，没有律师，就没有现代诉讼制度，就没有正当的程序，也就没有现代法治。律师应当是维护正义的力量，律师存在的价值就是捍卫正义。作为实现程序正义和实体正义的重要力量，律师担负着和其他法律人一样的共同使命。法谚有云："律师多的地方最安全。"这也表明，司法公正的实现在很大程度上也需要充分发挥律师的作用。律师并非完全是自由职业，其虽然需要从诉讼代理中获得一定的经济回报，但律师的定位首先应当是法律工作者，是法律职业共同体中的一员。正是从这一意义上说，律师也应当有维护法治、维护司法公正的价值观念。

律师应当"铁肩担道义"

既然律师是法律职业共同体的一员，那么，其就应当有"铁肩担道义"的职责。这个道义是什么呢？此处所说的"道义"首先是指法治的精神和秩序。具体而言，依法维护当事人的合法权益，这就是维护法治、守护法治所应为的道义。鲁弗斯·乔特在哈佛法学院演讲时指出："为国家服务，使律师职业不再仅仅是为了面包、名誉和地位，而是具有了为共和奉献的崇高职责；不再是机敏的工巧、细致灵活的科学，不再是狡猾的逻辑、堂皇的雄辩和野心勃勃的学识，不再是审批紫袍、待价而沽的诡辩家，而是拥有了几乎是政府部门的尊严，成为维护国家繁荣、稳定、长治久安的工具。"① 这就是说，律师也应"铁肩担道义"。

---

① 〔美〕彼得·德恩里科、邓子斌编著：《法的门前》，北京大学出版社2012年版，第222页。

"铁肩担道义",意味着律师在法庭上要真正守护司法正义。在法庭上,律师在辩论时不能以打赢官司为唯一目的。而要维护正义为目的。当然,这并不是说不必重视律师辩论的技巧。毫无疑问,辩论本身是一门艺术。法官裁判所依据的事实是以证据认定的法律事实,证据的认定本身有一定的主观性,对于证据的认定过程、证据的效力等,律师完全可以积极说服法官采信。尤其是从法律适用层面来看,即便认定事实是清晰的,但是在责任承担方面,法律有时也规定了一定的幅度,或者适用法律本身还存在一定的争议,这就给律师辩论提供了极大的空间。例如,一方构成违约,这个事实是毫无争议的,但究竟应当支付违约金还是赔偿损失,违约金能否调整,违约金与损害赔偿能否并用等,这些都是律师可以发挥作用的空间。但是,律师辩论不能颠倒是非、黑白不分,明明是一方违约,非要咬定是对方违约,明明是一方打人,非要说是对方先动手,无理搅乱事实,不当影响法官裁判。

"铁肩担道义",意味着律师要始终以事实为根据,以法律为准绳。律师应该帮助法官查明事实真相,正确适用法律,使每一个案件体现法律和司法的公平正义,这是律师职业道德的基本要求。同时,如果律师的辩论都尊重事实和法律,这本身就是在传播正义和法治的理念。公正的程序具有平等参与和理性对话的价值,可以为人们提供讨论、辩论、充分说理和沟通的基础和平台,这有利于人们充分表达自己的观点和诉求,理性地讨论,避免偏见和无知。而律师的辩论据法力争,最终是为了促成法官做成公正的判决,裁判的公正能够促进社会的公正。所以,律师的辩论越尊重事实和法律,越能够为法官公正裁判发挥作用,这就是律师应当担当的道义。

"铁肩担道义",意味着律师不能完全受经济利益驱动,而应当以守护法治为职责。律师不可造假，不可伪造、隐匿文书，也不能为当事人提供违法的意见和建议，比如，如何以合法的形式行贿，以合法的形式隐匿财产、逃避债务等，对当事人委托的违法事项也不能受理。这并不是说律师在接受委托时只接有道理的案子，没有道理的不接。其实，即便案件的事实很清楚，也总是有一些为当事人维护权益的空间，只要这种空间存在，律师就有发挥作用的余地，这本身也是律师应当做的工作。在辩论过程中，不应该把"钻法律空子"与"无理搅三分"等同起来，而应当客观看待这一现象。与不断变化的社会生活相比，法律本身的确具有一定的滞后性，有些法律规则确实因社会生活的变化而存在漏洞，需要司法填补，律师发现并提出后，对法官裁判有一定的帮助，对于法律的完善也有重要的意义。但如果律师操两可之说，随意曲解法律，误导法官，这可能就不仅仅是钻法律空子，而是有违律师的职业道德。

"铁肩担道义"，还要求律师应该积极参与公益活动，提供法律援助，帮助当事人答疑解惑、服判息诉，在必要时也应当参与多元化纠纷解决机制，以各种形式化解社会矛盾，这也是律师应当承担的社会责任。当前，由于我国处于社会转型时期，各种社会矛盾多发，信访形势严峻，不少上访群众中仍然存在"信访不信法"的现象，加上现在司法公信力不彰，一些诉讼当事人对司法判决的公正性仍然持有怀疑。律师作为第三方，作为法律职业共同体的一员，也应当为相关当事人答疑解惑，对有关判决提供必要的专业分析和讲解，真正为当事人讲明法理，阐述道理，对于没有走诉讼程序而进行"上访"的当事人，要积极引导其依法申诉。总之，通过发挥律师的作用，有利于防止激化社会矛盾，从而维护社会稳定。

律师是法治的重要维护者,也是法治的践行者,民主法治离不开律师。法庭为律师的辩论提供了重要的平台,同时也为律师维护法治提供的广阔空间。

法为民而治

第四编
法治的实践

从严治党　依法治权①

党的十八大以来,全面从严治党取得显著成效,但党风廉政建设和反腐败斗争仍然任重道远。习近平同志在十八届中央纪委七次全会上的讲话指出,深入推进全面从严治党,必须坚持标本兼治。治本的关键是创新体制机制、健全法规制度、强化党内监督,建立和完善制度化、法律化的治理机制,全面推进依法治国,从严治党、依法治权。

从严治党的本质是从严治权、依法治权

中国共产党是执政党,要保障我们党长期执政,必须坚持从严治党、依法治权。从严治党关键在严,要害在治,这就需要强化法治意识、规则意识,依法规范权力的运行,加强对权力的监督。党的十八届六中全会指出,要完善权力运行的制约和监督机制,形成有权必有责、用权必担责、滥权必追责的制度安排。这实际上也是习近平同志关于把权力关进制度笼子的思想和重要理念的具体体现。孟德斯鸠曾经指出,"一切有权力的人都容易滥用权力,这是万古不易的一条经验"。如果法律与党规的堤坝被冲破了,权力滥用就会

---

① 原载《光明日报》2017 年 2 月 13 日。

像洪水一样泛滥成灾。全面从严治党，加强权力监督，就是要把监督制度化、法律化。具体而言，要做到以下两方面：

权力要受到宪法和法律的约束。我国《宪法》第5条第4款和第5款规定："一切国家机关和武装力量、各政党和各社会团体、各企业事业组织都必须遵守宪法和法律。一切违反宪法和法律的行为，必须予以追究。任何组织或者个人都不得有超越宪法和法律的特权。"《中国共产党章程》也在总纲中强调："党必须在宪法和法律的范围内活动。"我们党是执政党，能不能坚持依法执政，能不能正确领导立法、带头守法、保证执法，对全面推进依法治国具有重大作用。所以，依法执政是依法治国的关键。实行依法执政首先要求党必须依据宪法和法律治国理政。坚持依法执政，就意味着对权力的监督必须法治化，形成监督的长效机制，不会因时间的推移和人事的变动而发生变化。

权力要受到党内法规的约束。要管理好一个有着近9000万党员的大党，传统管理方式有诸多不适应的地方。在新的历史时期，党面临的内外部环境日趋复杂，自身建设任务日益加重，这些变化都对中国共产党的领导方式和执政方式提出了更高的要求，客观上都需要依据党内法规体系管党治党。国有国法，党有党规，依法治国、依法执政既要求党依据宪法、法律治国理政，也要求党依据党内法规管党治党。习近平同志指出，要"尊崇党章，严格执行准则和条例"。党内法规是对全体党员和党组织行为标准的要求，而法律则是对全体社会成员行为标准的要求，党内法规所要求的行为标准要严于法律。2016年1月开始实施的《中国共产党廉洁自律准则》和《中国共产党纪律处分条例》明确了党员的高标准和管党治党的纪律戒尺。宪法、法律是保证党依法执政的依据，党内法规则是管党、治党的规则依据。只有将法律和党规有机结合，才能为全面从严治党提供制度保障，也为全面推进依法治国奠定坚实基础。

从严治党、依法治权的核心是依法维护中央权威，确保中央政令畅通

党的领导是中国特色社会主义最本质的特征，也是中国特色社会主义制度的最大优势。从严治党、依法治权，必须坚持、完善、落实民主集中制，把民主基础上的集中和集中指导下的民主有机结合起来。建立党内生活正常秩序，保证全党意志统一和行动一致，必须坚持个人服从党的组织、少数服从多数、下级组织服从上级组织、全党服从中央的根本原则。这一根本原则的基础是少数服从多数，核心是全党服从中央。

坚持党的领导，就必须要维护中央的权威，确保党的集中统一，保证党中央政令畅通、令行禁止，防止和克服无组织无纪律、有令不行、有禁不止、各行其是的行为。要坚决杜绝上有政策、下有对策的现象，不能"你有你的关门计，我有我的跳墙法"。党要依法执政，就要以法律手段确保中央政令畅通、决策落地生根。这就要善于使党的主张通过法定程序成为国家意志，制定成法律法规，并保障其严格实施。在我国，宪法是党和人民意志的集中体现，是通过科学民主程序形成的根本法。党领导人民，依据宪法，通过法定程序制定法律法规，就是在贯彻民主集中制，维护中央权威，保证政令畅通。因为在法治社会，法律是至高无上的，法律具有最高的地位，法治中包含法律面前人人平等，其规则具有普遍适用性。相对于人治而言，其更具有确定性和可预期性。中国古代法家把法比喻为尺寸、绳墨、规矩、衡石、斗斛、角量等，其意在强调法律的统一性、公平性和普遍适用性。所以，确保中央政令畅通，应当建立和完善法治化的保障机制。当前，要维护中央权威、保持政令畅通，还必须以法治思维完善相关制度建设，建立上下级政策部署与落实的衔接制度，保障下级政策建议能及时反馈到上级，并使上级政策部署能有效传达到下级。同时，需要建立政策落实的考核和检查制度，对各个环节的政策传达情况进行评估和检查，对阻碍政策传达的组织和个人应当依法追究责任。

从严治党、依法治权的重点是党员领导干部

我们党是执政党，一些领导干部不仅担任党内职务，同时执掌了公权力，为了保证其依法行使权力，必须要通过法律约束公权力，这也是法治所具有的规范公权的应有内容。从严治党、依法治权的重点是"关键少数"，这就要求党员领导干部必须牢固树立法治意识，培育崇尚法治、尊敬法治、严格依法办事的理念和习惯，始终对法律怀有敬畏之心，牢记法律红线不可逾越、法律底线不可触碰，严格在宪法和法律范围内行使职权，不得违法行使权力，任何人不得享有宪法和法律规定以外的特权。必须坚持依法行政，法不授权不可为，法定职权必须为。党员领导干部要带头守法，做遵守法律的模范，在全社会起到示范作用。从严治党、依法治权还要破解一把手监督的难题，各级领导班子中的一把手是"关键少数"中的"关键少数"，领导干部责任越重大、岗位越重要，就越要加强监督。我国修改后的《行政诉讼法》规定了"被诉行政机关负责人应当出庭应诉"的制度，从法律角度强化了对行政首长的监督。为了确保党员领导干部依法行使职权，还必须健全问责机制，坚持有责必问、问责必严。不明确责任、不落实责任、不追究责任，就很难真正实现从严治党。

当前，我国正处于社会转型阶段，经济体制深刻变革，社会结构深刻变动，利益格局深刻调整，思想观念深刻变化，各种社会矛盾不断显现。法律的基本功能是定分止争，法律将解决各种纠纷的方案和途径予以程序化，为社会矛盾和纠纷的解决提供了最为稳定有效的解决办法。通过法律来化解社会矛盾和纠纷，可以避免纠纷解决中的随意性和差异性，保证公正性。在实践中，一些领导干部法律意识淡漠，缺乏依法行使职权的意识，这不仅不利于化解矛盾，反而可能导致矛盾的进一步激化。在这样的背景下，党员领导干部树立法治思维，善于运用法治方式更为重要。

从严治党、依法治权必须依法依规保障党员的民主监督权利

强化党内监督，重在日常、贵在有恒。而强化党员的民主监督权利是有效防止决策失误、滥用权力的重要措施。从现实来看，有的党员干部徇私枉法，不断触碰法律底线，最根本的原因就是缺乏监督。因此，必须畅通党员参与讨论党内事务的途径，拓宽党员表达意见的渠道，营造党内民主讨论的政治氛围。习近平同志指出，一些党组织和党员缺乏运用批评和自我批评武器的勇气，最终伤害的是党的事业。用好批评和自我批评这个武器，保障党员的民主监督权利，是完善党内监督的重要途径。

强化党内监督，必须建立和完善党内民主监督的有效机制，依法切实保障党员民主监督的权利。根据《中国共产党章程》的规定，每个党员享有批评、检举和要求罢免等监督权。近几年来，我们党十分重视党内监督制度建设，建立了一系列具体的民主制度，如民主生活会制度、民主评议党员制度、党内举报和控告制度、党员权利保障制度等。今年1月份开始实施的两部党内法规既是民主监督制度化的保障，也是民主监督制度化的依据。一方面，监督必须依法依规进行，这就需要通过党规充分保障党员的民主监督权利，从而实现党员民主监督的制度化、法律化。同时，还要采取切实措施，保障党章规定的党员民主参与、民主选举、民主决策、民主监督等民主权利得到充分行使。另一方面，为了进一步发挥党员民主监督的作用，还必须使监督制度化，建立全面、系统的可操作的程序和规则。要不断拓宽和完善党内民主渠道，从而实现党员对党内事务的广泛参与、有效管理和切实监督。此外，还应当拓宽党员检举、揭发、申诉、控告、上访等渠道，制定具体严密、操作性强的制度，扩大党员参与干部管理、监督工作的范围。

从严治党、依法治权的关键是依法惩治腐败，确保法律面前人人平等

全面从严治党，惩治腐败必须紧抓不放。习近平同志指出，坚持反腐败无禁区、全覆盖、零容忍，着力遏制腐败滋生蔓延势头，惩治群众身边的不正之风和腐败问题。惩治腐败必须坚持有案必查，有错必纠。中国共产党十八大以来，党在反腐行动中"打老虎"和"拍苍蝇"并举，严厉惩治腐败，以严肃问责推动责任落实，党内政治生活展现新气象，赢得了党心民心，为开创党和国家事业新局面提供了重要保证。从已经披露的反腐案件来看，真正做到了"反腐无禁区"，对腐败"零容忍"。这表明我国不存在特殊公民，党内不存在特殊党员，真正落实了法律、党规面前人人平等。但必须看到，反腐形势依然严峻，必须对反腐始终保持高压态势。必须通过从严治党、依法治国，依靠制度从根本上防范腐败。要按照全面依法治国与全面从严治党的要求，问责和查处违法违纪案件要严格依法依规进行。敢于查办案件，敢于执纪问责，敢于动真碰硬。同时，要进行组织和制度创新，推进国家监察体制改革，全面整合反腐败的资源力量,建立集中统一、权威高效的监察体系和机制。

习近平同志指出,"民心是最大的政治,正义是最强的力量"。治国必先治党,治党务必从严。全面从严治党,必须依法治权,全面推进依法治国能够为全面从严治党提供长期有效的制度保障。

公权扰私域：从有奖举报办酒席说起

《贵阳晚报》最近的一则报道宣称，遵义市绥阳县等多个地区最近正在举办全民有奖举报操办酒席的活动。没收锅碗，"游街"示众。据《贵阳晚报》的报道看，该活动取得丰硕成果，已成功制止80余场吃喝。相关新闻报道也指出，此次活动的打击对象似乎没有区分党员干部和群众，一锅端。但该报道发出之后，在网络上迅速引起广泛的争议。一些评论甚至直接联想到了"文革"时期的群众运动和群众举报制度，认为全民举报、"游街"示众，是以"文革"的方式整治民众办酒席，不宜提倡。①

应当承认，遵义市绥阳县等地方政府在全国上下反腐倡廉的过程中，积极关注多年来的大办酒席的现象并采取相应的整治措施，在初衷上是值得肯定的。的确，近些年来，随着老百姓物质生活水平的不断提高，相互比阔气、摆排场，婚丧嫁娶大操大办的现象盛行。在这个过程中，也有一些政府官员借超办酒席之名敛财，在群众中影响恶劣。有的小孩出生后，有所谓的小满月酒、大满月酒、满三月酒、周岁煮

---

① 朱玉：《新京报快评丨全民举报、"游街"示众，不要以"文革"的方式整治民众办酒席》，载《新京报》2017年1月25日。

米酒等等，名目百出、花样翻新。我老家来京的一些人说，在老家最担心的就是收到各种各样的请柬。不去得罪人，去了就掏钱；红包小了拿不出手，红包大了又掏不出来。这些年，红包越来越大，互相攀比，你给我不给，就在众目睽睽之下丢了面子。有的办酒席的人不仅在红本上记下彩礼数额，还要当众唱礼（宣布彩礼数额）。给钱少了，被当众宣布，实际上是被当众数落，这样一来，逼得财力有限的亲朋好友只能借钱吃酒。真是"人情大如债，头顶锅盖卖"。

一到逢年过节，趁亲朋好友都返乡过年，不少人就习惯性地认为是该操办酒席的时候了。过去，"酒席"应该是家遇红白喜事，宴请亲友相聚以示庆贺的活动，也是一种民间情感交流的方式。毕竟，在农村，很多农民一年到头忙农活，很难聚在一起举杯话盏，共叙友情。亲朋好友相聚，更是为主人增添喜庆色彩。但近些年来，不少地方的"酒席"成了"面子工程"和"比拼活动"。大量家庭举办酒席，除了图个喜庆之外，不少更是大操大办，彰显阔气，显示气派，挣足面子；甚至一些人将办酒席当成一种获利的手段，大事小事都要摆几桌；还有的人挖空心思，找出各种名目来办酒席，比如乔迁新居、孩子过生日、孩子升学等，都要操办酒席。对很多人来说，经常吃酒席，四处送彩礼苦不堪言。为了回收彩礼，原本不想办酒席的人也跟着办起来了，成了一种恶性循环。因为，如果只出不进，自己不办就是睁着眼睛吃哑巴亏。有的常年在外务工的人，在春节这样的"酒席高峰期"干脆就不回家过年，以逃避繁重的人情债。已经回家过年的亲朋好友也时常感慨，"过年如过关"。长期这样下去，愈演愈烈，世风日下，使得传统印象中的"酒席"不断变味，甚至影响邻里和睦，败坏社会风气。这种风气的确该治一治，以回归"酒席"的原味。

但是，这种不良的风气到底应该如何扭转，则不是一个简单的问题。一方面的确需要政府采取有效的引导措施，但另一方面又需要考虑乡土社会中老百姓的生活情感。遵义市绥阳县等政府积极采取措施，本来是希望整治这股变味儿的酒席风，但开出的药方却明显剂量过大、药效过猛，超出了有效引导这股歪风的限度。

首先，政府明令禁止办酒席就不妥。毕竟，婚丧嫁娶办酒席主要还是私人事务。在几千年的传统社会生活中，婚丧嫁娶办酒席是实现私人之间有效的社会组织和整合的重要工具，是把人与人组织到一块的黏合剂。只要熟人社会还存在，婚丧嫁娶办酒席这样的活动就有存在的价值。政府一纸文件就完全禁止办酒席的做法明显过于武断，彻底否定了酒席活动的文化气息和价值，也与民间习俗、世事人情不符。政府需要做的，是通过一定的方式改变这种变了味的酒席，而不是完全消灭这股中国人数千年来都习惯和在乎的社会生活方式。

利用酒席收彩礼是一回事，但亲朋好友之间在节假日摆几桌酒席、叙叙亲情友情则是另一回事。如果不涉及彩礼比拼的问题，则纯属私人事务，政府没有必要介入。改革开放前，许多村民连肚子都吃不饱，根本没有财力摆酒席。改革开放后，大家日子好过了，手头宽松了，老百姓过年过节摆个酒席吃个饭，也是人之常情。所谓人民的美好幸福生活，除了物质上的富足之外，还需要社会交往的自由和精神情感上的满足。如果普通老百姓摆个酒席都需要申请报批，甚至没有报批还面临锅碗瓢盆被端的后果，这无论如何都没有办法让老百姓高兴起来。从法律的层面来看，这就是典型的私权领域，属于老百姓的自由生活空间，摆酒席也是正常地行使财产权利。只要没有损害社会公共利益和他人的利益，政府没有理由去干涉。明令禁止就更不用说了。借助于公权力来干预私人生活的效果并不好，遇到红白喜事，吃个饭、摆个酒席，既不偷也不抢，既不害人也不伤己，从古到今，习以为常，为什么政府要一概禁止呢？这很难让老百姓理解，让老百姓从内心里支持此类政策就更谈不上了。美国著名法学家德沃金曾经在《认真对待权利》一书中指出："如果政府不认真对待权力，那么，他也不能够认真地对待法律。"一纸文件就可以明令禁止摆酒席，于法于理都没有任何依据，也背离了中国几千年来的传统生活习惯。这实际上是公权力不正当地介入了私生活领域。

其次，即便摆酒席涉及彩礼比拼，政府也不能简单通过一纸禁令来处理，更不可采取乡里有奖举报的方式。虽然一些酒席有些变味，但即便如此，这仍然是一个私人生活领域的事务。政府可以采取的举措主要还限于积极的引导，既包括通过个案式的思想劝诱来引导，也可以通过制定和宣扬相应的乡规民约来劝诫。更何况，政府要想个案式地解决大操大办的问题，也常常面临信息不对称的难题。政府工作人员十分有限，根本没有办法提前了解哪些酒席办过了头，哪些酒席有必要办。明令禁止摆酒席，不仅破坏了一些场合的喜气，而且会干扰老百姓的正常生活。

即便是政府发现了大操大办酒席的现象，如何引导也得讲求方式方法。显然，在酒席当天直接到酒席现场端走人家的锅碗瓢盆是非常不妥当的。锅碗瓢盆被端走，即便当事人嘴上不说，但内心也不太可能接受。操办酒席的人既可能有收取彩礼的动机，但同时也有图个吉利和祥和的想法。且很多时候，后一种想法是办酒席的主要关切之一。在这样的情形下，直接端走锅碗瓢盆，直接破坏酒席的气氛，无论是对办酒席的人还是吃酒席的人，都是一件十分不悦和尴尬的事情。办酒席的人会感到颜面扫地，未来甚至抬不起头来。在农村社会，操办酒席不是一天两天的事情，从发请柬到酒宴当天通常有一个时间差，政府官员要合理引导，可以充分利用这个时间差做一些当事人的工作，而不是当天来搞个突然袭击，甚至把锅碗瓢盆一锅端，有杀鸡给猴看的嫌疑。

最后，遵义市绥阳县等地方政府在治理变味酒席的行动中，采取"发动群众"这样的群众运动来获取大操大办酒席的信息，也是有失妥当的。古话说，万事和为贵。农村社会本来是熟人社会，在熟人社会，最重要的莫过于一个和字。政府通过有奖举报的方式，发动一部分群众去举报另一部分群众，即便是实现了对乱办酒席的临时治理效果，也很可能同时在邻里之间引起新的矛盾，至少是潜在的矛盾。在农村社会，几乎没有不透风的墙，好事传千里，恶性众人知。一般举报的群众被邻里知道，将会严重影响当事人之间甚至整个邻里之间的关系。即便不考虑举报人未来与邻里之间的社会关系和谐问题，举报人所提供的酒席信息的准确性（是否会办过头）也值得担忧。这有可能直接导致一些因为信息错误而引起的错误执法问题。

当然，关于领导干部摆酒席的问题，则应另当别论。如前所述，酒席变味儿除了亲朋好友之间的恶性彩礼竞争之外，另一个不可忽视的问题就是领导干部借酒席之名敛财的问题，这也是我国近年来反腐倡廉中所要解决的重大问题之一。实践中，针对领导干部办酒席的《八项规定》已经得到严格的遵守，在社会中也产生了良好的反响。所以，对领导干部大操大办毫无疑问应当严加管束。但对普通老百姓而言，目前党纪国法还管不到这一块，实际上也没有必要管，否则可能不当介入老百姓的私人生活。

在法治社会，公权必须依法行使，保持适度谦抑，不得越界。而这个界，主要就是不得随意闯入私生活领域，干涉老百姓正当安排社会生活和行使私人权利的自由。老百姓办酒席并不涉及利用公款，也不涉及以权谋私，而是其私人权利，即便是大操大办，行政权力也不得横加干预，而应当多做正面引导，多利用乡规民约等方式进行规范。强行干预，效果可能适得其反。

现代政府职能的转变

拉兹认为，法治的字面含义是"法的统治"，法治有广义和狭义之分。广义的法治是指"人们应该服从法律并受法律的统治"；但是也有学者将法治作狭义理解，即认为法治是指"政府应受法律统治并服从法律"。因此，富勒指出："法治的实质必然是在对公民发生作用时，政府应忠实地运用曾公布是应由公民遵守并决定其权利和义务的规则，如果不是指这个意思，那就什么意思也没有。"[①] 从这个意义上理解，法律首先是规范公权的，其首要功能在于将权力关进制度的笼子中。

一般认为，法治的核心是规范公权、保障私权，这也是国家治理现代化的体现。现代社会，随着政府职能的增强和行政权的扩张，如何规范行政权已经成为现代法治建设的重心。在法治社会，一方面需要扩大行政权的适用范围，但另一方面也需要强化对行政权的控制和制约，规范行政权的行使，防止行政权的滥用。必须要看到，近几十年来，随着经济全球化以及市场经济的发展，与传统行政法相比，现代行政法在内涵和外延方面都在发生深刻的发展和变化，有人将

---

① 转引自沈宗灵：《现代西方法律哲学》，法律出版社1983年版，第209页。

这种变化称为"新行政法"的产生。那么，这种"新行政法"究竟新在哪里？我认为，其很大程度上表现在行政法对政府职能的规范出现了新的变化。[①] 从行政法角度来看，政府职能出现了如下发展趋势：

一是从命令型政府向公众参与型政府转换。传统行政行为是单方管理行为，行政机关在实施相关的行政行为时，既不需要与行政相对人协商，听取行政相对人的意见，也不需要取得其同意，是典型的"我管你被管、我命令你服从、我决定你执行"的管理方式。但随着民主与法治的发展，越来越强调公众参与政府决策，强调尊重人民的主体地位以及民众对政府的监督，而不能仅仅把人民看做是治理的对象。为了防止行政权的专断，将参与式民主和协商式民主引入行政决策过程，也是一个必然的发展趋势。例如，各种论证会、听证会、网上讨论、辩论和征询民众的意见等方式越来越成为行政决策的前置程序[②]，都是行政决策中广泛吸纳民意、凝聚共识的体现。还要看到，现代社会，从国家管理逐渐向社会治理发展，越来越多的社会组织开始承担公共行政的职能，这种现象有其现实合理性，因为与政府相比，相关社会组织在某些公共事务处理方面更具有技术优势和效率优势。

二是从规制型政府向服务型政府转换。行政权不完全等同于其他公权力，其与公民的联系较为密切，一个人可能一辈子都不与法院打交道，但肯定要和政府打交道。在我国，人民之所以选举公职人员组建政府，其目的就是要使政府机构为人民服务，保障人民群众的美好幸福生活。所以，政府也应当承担公共服务的职能。服务型政府与传统的规制型政府相对应，其坚持以人为本，以实现公民的最大福祉为宗旨；而规

---

① 参见姜明安：《行政法》，北京大学出版社2017年版，第40—43页。
② 同上书，第43页。

制型政府则是以权为本,以追求治权稳固和社会、经济秩序为宗旨。当然,服务型政府并不意味着政府要把所有的公共服务职能包揽无余,而只是承担一些必要的公共服务,向社会提供必要的公共物品。服务型政府不是万能政府,而仍然是有限政府。

三是从全能型政府向有限政府转换。19世纪,政府都是充当"守夜人"的角色,市场都是完全通过"看不见的手"调节,但到了20世纪,因为市场失灵和垄断加剧等原因,政府的行政职能大为膨胀,"全能政府"的概念开始出现,而"全能政府"的产生实际上可能导致腐败、滥用权力、官僚主义等问题,尤其是导致对市场的不必要干预,阻碍市场经济的发展。从我国的实际情况来看,新中国建立后一直实行高度集中的计划经济体制,政府对经济的干预是全方位、深层次的,严重地妨碍了市场主体的能动性和积极性,压抑了企业的活力,严重阻碍了经济的发展。改革开放以来,极大地解放了生产力,改革开放的进程就是市场不断发展、企业自主权不断扩大的过程,也是政府从"全能政府"向"有限政府"不断转化的过程。所以,从"全能政府"向"有限政府"过渡,是重要的发展趋势。这种过渡实际上就是要转变和缩减政府的行政职能,减少行政对市场的不当干预,资源的优化配置应主要发挥市场的基础作用,政府主要实行宏观调控,保障经济的有效运行。政府为此需要加强宏观调控的职责和能力,加强地方政府公共服务、市场监管、社会管理、环境保护等职责。

四是从非公开型政府向公开型政府转换。孔子说,"民可使由之,不可使知之"。传统社会,政府把人民当做管理的对象,人民并没有参与社会治理的权利,因此,政府的管理行为也不可能向人民公开。在现代社会,公权力的运作应当公开,这就是我们通常所说的政务公开。政务公开是实现参与民主和协商民主所必需的，人民要参与国家的管理，就必须享有知情权；如果政务不能公开，社会公众不了解政府的事务，就不可能有效参与决策，就相关的重大事项参与、协商和讨论，也难以实现决策的民主化和科学化。有人概括现代社会的特征，就是越来越强化对个人隐私的保护，而对政府的行为越来越要求公开、透明，因为只有加强政务公开，才能形成对政府行为的有效监督。"阳光是最佳的防腐剂。"腐败都是暗箱操作的产物，缺少公开，就极容易滋生腐败，所以，只有实行政务公开，才能使官员不能腐、不敢腐。还应当看到，我们已经进入一个互联网和高科技的时代，借助于现代技术手段，政府信息的公开更为便捷，这也为"阳光政府"的建设提供了有力的技术支撑。

　　五是从人治型政府向法治型政府转换。首先，法治型政府要求公权力"法无规定不可为"，也就是说，行政机关的职权必须受法律的严格规范，只有这样才能真正把公权力关入制度的笼子中，防止公权力过度扩张。一切超越法定职权的行为无效，不具有拘束力和执行力，这就是所谓"越权无效原则"的体现。其次，政府必须依法行政、严格守法、严格执法。政府守法是法治政府的基本要求，因为法治首先是依法治官，依法规范政府和政府公职人员的行为，而不是管理民众。最后，法治政府要求保障公民依法享有的民事权利。依法行政不仅要求政府对行政相对人依法管理，还要求政府应当充分尊重和保障公民依法享有的各项民事权利。这些权利实际上也为政府依法行为划定了边界，只有在该界限内行为，才是依法行政。

　　正是因为政府的职能出现了上述变化，我国行政法也应当与时俱进，顺应上述发展趋势，构建新时代行政法的内容和体系。

法治政府也是有限政府

在 2013 年年初召开的广州市政协十二届二次会议上,广州市政协常委曹志伟展示了他花了十年时间绘制的一幅投资项目审批流程"万里长征图",他看图说话,在广州"一个投资项目从立项到审批,要跑 20 个厅局、53 个处室,盖 108 个章,需要 799 个审批工作日"。① 一年以后,曹志伟在 2014 年晒出了第二张图,在这个图里,主要详细解释了个人办证的麻烦,他绘制了一幅长达 3.8 米的"人在证途"长卷,形象地反映了公民一生中办证的艰难。我们一生到底要办多少个证?曹志伟回答,可能有 400 多个,常用的有 103 个。

为什么要办那么多的证件证明?是不是这些事情都必须经过政府的审批才行?这是"人为证困"背后所应当思考的问题。可以肯定的是,政府管的事越多,机构也越多,据媒体报道,河南某地的政府机关居然设置了"馒头办""西瓜办"等类似机构,引起了广泛讨论。有人提出,因为农民种植和销售西瓜,政府就设立一个"西瓜办",那如果农民

---

① 吕巍:《从一张"万里长征图"到一份"汇总清单"》,载《人民政协报》2014 年 6 月 3 日。

又改种辣椒、茄子、西红柿等，政府部门是不是再设立"辣椒办""茄子办"甚至"西红柿办"？与此同时，政府各个部门的办公楼也分散在城市的各个角落，办公地点越来越多，老百姓找起来也越来越难。国外许多城市都只有一个政府办公地点，称为"city hall"，老百姓在这个地方几乎可以把和政府打交道的事都办完；但在我国，政府机构庞杂且分散，老百姓办事不知要跑多少次、跑多少地方才能把事办妥。

"万里长征图""人在证途""馒头办""西瓜办"等事例，都反映了政府简政放权的紧迫性。李克强总理在政府工作报告中指出，正在加速兑现"任期内把现有行政审批事项再削减三分之一以上"的承诺，进一步释放改革的红利，决心和力度有目共睹、深得民心。简政放权，关键是要在理念上树立起有限政府的观念。推进政府行政体制改革也需要首先明确有限政府的概念。

所谓"有限政府"（limited government），是指规模、职能、权力和行为方式都受到法律明确规定和社会有效制约的政府。① 这一理论最早可以追溯到霍布斯的《利维坦》一书，但一般认为，英国学者洛克较早提出了"有限政府"的概念，后被广泛接受。当然，西方所说的"有限政府"是从西方宪政出发，主要目标是谋求个人权利与自由至上，构建权力受到严格限制的政府。西方"有限政府"的"有限性"主要来源于两个方面：一是来源于分权理论，按照西方三权分立的思想，行政权受到立法和司法的限制和制衡，这有效地制约了行政权的不当扩张。二是来源于法治，即行政权的权限范围和行使方式受到法律的严格限制，有限政府也是法治政府。但我国的政治体制与西方不同。我国并未

---

① 参见陈国权：《论法治与有限政府》，载《浙江大学学报（人文社会科学版）》2002年第2期。

采用三权分立的政制模式，当然，这并不意味着我们不能采用有限政府的概念，我们所说的有限政府是指政府的职权范围、行使方式等都受到法律的限制。党的十八届四中全会决定指出，"各级政府必须坚持在党的领导下、在法治轨道上开展工作，创新执法体制，完善执法程序，推进综合执法，严格执法责任，建立权责统一、权威高效的依法行政体制，加快建设职能科学、权责法定、执法严明、公开公正、廉洁高效、守法诚信的法治政府"。该决定虽然没有明确使用"有限政府"的表述，但其核心理念是通过法治限制政府权力。

有限政府和法治政府其实是从两个不同的角度描述的。一方面，对有限政府而言，其权力来源于宪法和法律。因此，有学者认为，衡量有限政府与无限政府的尺度在于，一个政府在权力、职能、规模上是否受到来自法律的明文限制。① 另一方面，政府权力的行使必须受到法律的严格限制。法治政府的要义就在于调解政府与社会之间的矛盾，遏制政府权力的专横和腐败，从而维护社会的民主自由和正当利益。② 因此，法治下的政府才可能是有限政府。法治政府与有限政府是彼此依存的两个方面，法治下的政府是有限政府，而有限政府又是法治得以实现的基本保障。建立有限政府，就是为了强化对行政权的制约，这就是说，政府的权力并不是无限的。由于公权力天然地具有扩张的本性，应当受到严格的限制，正如孟德斯鸠所指出的，"有权力的人们使用权力一直到遇到有界线的地方才休止……从事物的性质来说，要防止滥用权力，就

---

① 参见陈国权：《论法治与有限政府》，载《浙江大学学报（人文社会科学版）》2002年第2期。
② 同上。

必须以权力约束权力"①，因此，要建立有限政府，就必须依法对政府权力进行限制，只有这样，才能建立起一个高效、清廉、负责任的政府。

建立有限政府，就是要实现政府和社会治理的协力互动，共同实现国家治理体系的现代化。我国长期以来受计划经济体制的影响，政府权力过于强大，以至于形成了"强政府，弱社会"的格局，重政府包揽、轻多方参与的现象普遍存在，社会组织的治理能力普遍较弱，难以形成一种良好的治理状态。② 因此，要建立有限政府，使政府管自己应该管的事情，而将大量不应当由政府管的事留给社会组织和其他治理主体去承担。尤其需要充分发挥基层群众自治组织自我管理、自我服务的作用，发挥社会自治的作用，并形成政府管理和社会自治的有机协调。国家的资源和能力也都是有限的，政府管辖的事项不可能事无巨细；相反，应当把纳税人的钱用在刀刃上，许多事情本来应该是由乡规民约、社会自治、业主自治、公司自治等解决，不应当都由政府大包大揽。比如说，许多地方把村民办酒席当做政府管的大事，不仅立出规矩，而且要督促检查，甚至到村民家里把锅碗瓢盆一锅端走。这些事情自古以来都不应该是公权力干预的事，更不应该是政府花大力气管的事，政府出面管，不一定管得好，甚至可能适得其反。政府管得过多，严重压抑私法自治的空间，使得市民社会难以成长，社会治理逐渐僵化，难以实现从国家管理到社会治理的发展。

建立有限政府，也是要给人民群众预留必要的自治空间，真正实现

---

① 〔法〕孟德斯鸠：《论法的精神》（上册），张雁深译，商务印书馆1961年版，第154页。
② 参见魏礼群主编：《创新社会治理 建设法治社会》，红旗出版社2015年版，第45页。

公民依法自主与责任自负。一方面，政府的权力清单应当清晰透明，使老百姓能够明确哪些事能办、哪些事不能办，办什么事需要什么流程、花多长时间，给老百姓合理的预期。不能能办的事办不成，办任何事都要求人、托人。另一方面，在私法领域，法无禁止皆自由，政府不能过分干预私人事务，每个人对其私人事务应当依法享有决定权，政府不能过度干涉个人的行为自由。政府应当把公民当做理性的个体对待，允许其在法律规则的范围内自由发展，每个人都应当有自己的生活空间，也应当有在法律和公共道德范围内的行为选择自由。同时，每个人应当对自己的行为负责。以股票投资为例，如果个人投资股票赔本，是正常的市场风险，一个理性的公民应当自担风险，没有必要由政府干涉个人的投资选择，但如果出现市场欺诈行为，政府即有权进行必要的介入。

有限政府不仅体现为政府职权的有限，而且应该体现为政府机构设置与数量的有限，这其实也是政府职权有限在逻辑上的必然延伸。现在不少地方政府完全成了"吃饭财政"，庞大的政府机构、臃肿的人员已经使许多地方政府财政不堪重负。因而需要切实落实政府机构法定化原则，这也是政府职权法定的必然要求。公权力天然地具有膨胀的趋势，需要通过法律的途径来予以约束。高效的政府必然是一个职权严格分明的政府。如果政府机构的设置重叠交叉，就会导致机构臃肿，这势必增加政府管理的设置成本以及民众的办事成本，不利于建设高效政府。

建立有限政府，需要处理好政府与市场的关系。经过三十多年的发展，我国已经完成了从计划经济向社会主义市场经济的全面转型。但计划经济时代遗留的陈旧思维观念还没有完全消除，政府随意干预市场、不信任市场调节手段、过度依赖行政干预的情况依然大量存在。地方政府的一些管理部门随意干预市场的现象依然可见，这些对我国市场经济的进一步发展与经济的进一步转型都造成了严重的负面影响。针对这些问题，党的十八大进一步强调要理顺政府与市场之间的关系，发挥市场在资源配置中的决定性作用，激发市场主体自身的活力。与此相适应，中央政府明确提出了简政放权、转化政府职能的一系列举措。这些都是建设有限政府的应有内容。

中共十八届三中全会决议指出，要实行统一的市场准入制度，在制定负面清单的基础上，各类市场主体可依法平等进入清单之外的领域。据此，我国在市场主体的准入方面将以实行负面清单管理制度作为改革的突破口，并以此为深化改革的重要内容。在负面清单模式下，对市场主体而言，"法不禁止即自由"；对政府而言，则实行"法无授权不可为"，"法无授权即禁止"。在正面清单模式下，只有法律法规明确规定的事项，市场主体才有相应的行为自由。但社会经济生活纷繁复杂，法律列举的事项是极为有限的，对许多经济生活的领域，法律法规都没有明确作出规定。特别是随着社会的发展，各种新的业态不断出现，市场主体能否进入这些领域必然成为法律调整的空白地带，成为"法律的沉默空间"。按照正面清单模式，市场主体无法自由进入这些空白领域，这无疑会大大限制市场主体经济活动的自由。而在负面清单模式下，只有法律法规明确禁止的领域，市场主体才无法进入，凡是清单没有列明的领域，市场主体均可以进入，这不仅使得市场主体获得了更为充分的行为自由，同时也是对政府行政审批和管理权的一种有效规范。政府管理要统筹协调好事前审批与事后监管的方式，对于能够进行事后监管的，就没有必要进行事前审批。实行负面清单管理模式，必然有助于建立有限政府。

1959年国际法学家会议通过的《德里宣言》在阐述法治的概念时

指出,"法治原则不仅要求为制止行政权的滥用提供法律保障,而且要使政府有效地维护法律秩序"。① 这就是说,建立有限政府,限制政府权力,并不是为了使政府难以作为,而应当是为了更好地规范政府行为,通过科学、合理的权力配置使政府有效率地运转,这也是有限政府的应有内涵。"法无授权不可为"与"法定职责必须为"密切联系,缺一不可。新时代开启新征程,新使命呼唤新作为,为此,既要加快有限政府建设的步伐,又要确保政府有作为、有担当。

---

① International Commission of Jurists, The Rule of Law and Human Rights: Principles and Definitions, Geneva, 1966, p. 66.

新官要理旧账

"新官不理旧账"至今仍是广为人们诟病的沉疴顽疾。新上任的官员往往不愿意履行上一任官员所作出的承诺和签订的协议，这是一种违约的失信行为，这种失信行为已经严重损害到了地方政府的形象。

在2018年召开的十三届全国人大一次会议上，有的两会代表强烈呼吁"新官要理旧账"。例如，全国政协委员、京东董事局主席刘强东在参加全国政协工商联小组的讨论会时就以京东的投资为例，指出过去十年以来"新官不理旧账"的事情每年发生多次。京东与政府签订了某项协议，但是前任领导离任后，新任领导不予认可，结果协议形同虚设。正是考虑到这一问题的严重性，李克强总理代表政府所作的工作报告中就明确指出"政贵有恒"，决不能"新官不理旧账"。政府必须带头讲诚信，决不能随意改变约定，这也是本次政府工作报告提出的"依法施政"的内在要求。

人们常说店大欺客，像京东这样的大企业尚且存在"新官不理旧账"的遭遇，那么，那些中小企业遇到此类事就可能更加难免。司法实务也暴露出了这个问题的严重性。在全国法院失信被执行人名单信息系统中，被纳入失信"黑名单"的"官员失信"案件目前超过1100件。失信分为政务失信和个人失信,债务主要体现在工程款、借贷款等方面。据了解,不履行法院判决确定的支付、赔偿等义务责任的党政机关和公职人员,长期以来都是各地法院执行工作的难点。部分"官员失信"源于不少党政机关主要领导换人,继任者拿出"新官不理旧账"作挡箭牌,导致历史性欠债无法偿还。"新官"一来,前任答应的优惠没了、谈好的条件变了、做好的规划废了……在一些地方投资经商,地方主要领导变动有时会成为一个不可控的变量。"新官不理旧账"最经典的表述就是"后任推倒重来",最经典的概括就是"合同刚签了,书记(领导)换人了;投资到位了,又说不干了"。这种状况让企业利益严重受损、政府信誉大打折扣,很多地方也因此背上了失信恶名,从而拖累经济发展。

"新官要理旧账"是建立社会诚信体系的关键。中国是五千年文明古国,礼仪之邦,中国传统文化历来倡导诚信做人做事,严守契约,恪守承诺,所谓"民有私约如律令"就反映了这样一种诚信文化。墨子说:"诚信者,天下之结也。"意思是说,诚信是人际关系的纽带。今天,诚信也是市场经济的灵魂和生命。近几年来,国家一直致力于信用体系建设,但建立这样一种体系关键是政府要带头守法,诚实守信,决不能把合同当废纸。正如李克强总理所说的,"新官不理旧账,换了一个官,过去的合同就不算了,政贵有恒,你不能把合同当废纸,对此我们是坚决制止的,而且要予以处罚"。放眼全国,政府守信意识愈强,愈能吸引投资和人才助力当地经济发展。反之亦然。一些地方资源禀赋、产业基础、区位优势都不差,就是引不来投资、留不住人才,恐怕与这些地方长期以来没有形成重承诺、守信誉的政府诚信文化有关。

"新官要理旧账"是保护产权的关键。保护产权是保护生产力、保护市场经济的基础。"新官不理旧账"出现的问题在于,合同签订之后,一些企业按照合同履行了，而政府却不履行，甚至以这些事务是历史遗留问题为由，该办的事不办，直接损害了投资者的合法权益。有些企业很难找政府理论，即便起诉，也很难胜诉。更何况，不少企业害怕得罪政府，遇到这种情况也只能忍气吞声，哪敢和政府对簿公堂，弄不好就会把今后的路堵死。从实践来看，许多侵害产权的事例也是因"新官不理旧账"而发生的。

"新官要理旧账"是建立法治政府的关键。作为一个法治政府，"说真话""说话算话"代表了其对外的基本形象，也是法治思维与法治意识的最基本要求。其实，从民法学基础理论知识来进行分析，政府乃我国《民法总则》规定的特别法人。我国早在1986年的《民法通则》之中就将政府界定为机关法人，也就是说政府对外从事民事活动是以法人身份出现的，其与对方当事人之间处于平等的法律地位，一旦签订协议，就要约束政府机关法人，即便其内部负责人发生变化，政府机关法人仍应当受到该协议的约束。在实践中，不少新上任的领导往往以"谁的承诺谁去管""谁的事情谁去办""以前的领导是谁就去找谁处理"为借口拒不履行前任订立的合同，而这实际上已经构成违约。领导人的变更并不意味着政府之前的意思表示就失去了法律效力，不能因为领导人的改变而改变，这本质上与单位法定代表人的改变不影响单位之前的决定是同一个道理。

"新官要理旧账"意味着领导干部要在法治建设中率先垂范，带头诚实守信，带头遵纪守法，不能朝令夕改，视合同为废纸一张。古人说，"民以吏为师"。契约精神不仅是社会大众应当具备的品质，同样是政府官员必须坚持的品质。法治的实践本身就是从政府带头守法的事例中得到体现的，一个案例胜过一摞文件，政府无论怎么讲法治的重要性，无论怎么宣传法治政府的意义，只要有这种"新官不理旧账"的事件发生，就很难让人相信该政府是法治政府。古人说，"得黄金万两，不如得季布一诺"。市民社会生活中的每个公民也必须以此培育公民精神，甚至对公务员来说也应该秉持契约精神。现代社会是一个复杂的有机体，其高效组织和运行取决于个人、机构和政府等各类社会主体的诚信。社会信用对个人、机构和政府等各类主体都同样重要，是整个社会得以健康运行的润滑剂。无论是个人、机构，还是政府，都需要成为社会信用体系的建设者和维护者。而政府带头讲诚信，依约办事，正是整个社会法治建设的关键。

"新官不理旧账"确实从一个侧面折射了我们的干部业绩评价标准、干部晋升体制等还存在一些需要完善之处。俗话说，新官上任三把火。许多地方的领导干部患有不同程度的"政绩冲动症"。一方面，一些新任领导一旦走上岗位，就急于出成绩、出政绩，为了证明自己有能力、有作为，一门心思琢磨干"出彩"、显示度高的事情，因此，就要大上、快上项目，甚至希望在短时间内产生"改天换地""旧貌换新颜"的轰动效应，以博得上级领导的认可。这样一来，也难免会留下不少"烂账""糊涂账"，给后任领导带来麻烦。另一方面，确实有不少新任领导不具有"一张蓝图绘到底"的理念，认为前任留下的没有干完的事，既不算功绩，也不算政绩，即使干得再出彩，也是替他人做嫁衣裳，所以，即使以前的项目再好，也要另起炉灶。这就出现了"张书记一条街""李书记一条路"的现象。真正要治理"新官不理旧账"的现象，还要进一步完善我们的干部评价标准和考核体系，要严格按照习近平总书记所要求的秉承"功成不必在我"的意识，坚持"一张蓝图绘到底"。既要有所作为，也不能乱作为、胡作为，为此，也需要改革政绩评价体系，把旧账清理纳入对新官的绩效考核之中作为选拔、使用干部的一条标准，而对上任后因盲目上项目而留下烂账、烂摊子的行为也应纳入考核标准，不能让那些"三拍干部"（拍脑袋决策、拍胸脯保证、拍屁股走人）依然获得提拔。

"政贵有恒"。领导干部心中应当想到，我们的事业都是人民的事业，不管"新官""老官"，在任要算"发展账"，离任不留"糊涂账"。笔者以为，"新官理旧账"是职责所系，理的是公信力，更显法治精神、契约精神。不管新官、旧官都是共产党的"官"，都是人民公仆；不管新事、旧事都是人民期盼解决的事，都是建设法治政府应做的事。我们要理的是"党和人民事业的账"。

行政合同之我见

《中国青年报》曾报道了四川省车站建设中第一例"BOT"模式引发的纠纷。据报道，2003年，四川省委、省政府下发了《关于实施经营城市战略的意见》这一文件，要求城市基础设施建设经营向社会资本开放。在这一政策激励下，民营企业家黄德武以广汉市三星堆汽车客运服务有限责任公司法人代表的名义，与广汉市人民政府签订了BOT协议书，双方约定，客运站建成后，在特许经营的40年期间内，由广汉市三星堆汽车客运服务有限责任公司独享经营权。但合同签订后，政府对相关合同条款进行变通解释，拒绝向黄德武移转车站的经营权。因车站长期无法经营，新建的三星堆客运站逐渐荒废，停车场满是杂草，车检系统也已经生锈。[①]

该案属于BOT协议纠纷，关于该协议的性质，存在一定的争议。许多人认为，BOT协议在性质上属于行政合同，应当予以特殊对待，不能完全按照民事合同的规则处理；对行政合同而言，行政机关一方享有行政优益权，行政机关可

[①] 闵捷、白皓《四川广汉客运站建成三年不运营 政府被指不诚信》，载《中国青年报》2009年1月16日。

以据此单方变更或者解除合同。应当看到，行政合同产生和发展，并逐渐取代行政命令，是现代行政法的发展趋势。传统行政行为的方式，如行政命令等，逐渐被行政机关与行政相对人之间的契约关系所取代，在这种契约关系中，行政机关与行政相对人之间更多的是一种伙伴关系。[1]这也使得传统的垂直行政管理关系转化为管理关系与协议方式并重，行政方式日益多样化。

  从我国近几年的司法实践来看，法院受理的行政案件数量大幅增长，有的地方甚至增长了20%。在这些新增行政案件中，相当一部分案件属于行政合同纠纷。但究竟何为行政合同？行政合同与民事合同之间的区别在哪里？这在法律上并没有明确的界定，值得我们探讨。因为对于政府作为当事人所签订的合同而言，对其性质的认定将直接影响当事人之间的权利义务关系，也会对当事人的权利救济产生重大影响。例如，如果将某合同关系认定为民事合同，则在政府一方违约时，非违约方可以依据《合同法》的规定请求行政机关承担违约责任，该纠纷也将适用民事诉讼程序；而如果将该合同认定为行政合同，则可能适用《国家赔偿法》的规则对非违约方进行救济，该纠纷也将适用行政诉讼程序。这就有必要明确行政合同与民事合同的区分标准。

  现在很流行的一种观点认为，凡是行政机关作为当事人参与订立的合同关系，均属于行政合同，如实践中的BOT协议、房屋拆迁补偿协议、政府采购协议等，在性质上均属于行政合同。笔者认为，将行政机关参与订立的合同关系均认定为行政合同并不妥当。众所周知，在不同的法律关系中，行政机关可能扮演不同的社会角色。在进行行政管理时，行政机关与行政相对人是一种管理与被管理的关系；而一旦行政机

---

[1] 参见姜明安：《行政法》，北京大学出版社2017年版，第43页。

关进入市场交易领域,除特殊情形外,行政机关也需要像普通民事主体一样订立和履行合同,此时,其与交易相对人之间属于平等的民事主体。我国《民法总则》单设一章规定了特别法人,其中第97、98条规定了机关法人,这实际上也确认了国家机关的双重身份,即当其以公权力执掌者的身份从事行政活动、行使公权力时,其与行政相对人之间是命令与服从的关系;而当其与其他民事主体之间订立民事合同时,其就不再是以公权力执掌者的身份在活动,而应当属于平等的民事主体,其应当遵循民法的平等、自愿等原则。这就意味着,当国家机关和其他民事主体订立合同关系时,该合同关系在性质上应当属于民事合同,不能认为一方当事人是国家机关,就想当然地认为其属于行政合同,并据此认为国家机关具有指挥与命令的权力,否则,《民法总则》关于机关法人的规定就形同虚设了。我认为,《民法总则》专门规定机关法人,实际上就是要突出其民事主体地位。因此,不应当一概将行政机关参与订立的合同都作为行政合同对待,而应当结合具体的法律关系予以判断。

  行政合同与民事合同虽然都是当事人所达成的合意,但鉴于行政合同之中包含社会公共利益,为强化对社会公共利益的维护,从比较法上来看,行政机关在行政合同中大多享有行政优益权,即行政机关可以单方变更或者解除合同。若将行政机关参与订立的合同一概认定为行政合同,使其享有单方变更可解除合同权,可能助长和掩盖一些政府不诚实守信的行为。例如,政府在与个人订立协议后,发现自己无利可图,或者发现对方可以获得较大利益,便主张行使行政优益权,变更或者解除合同;有些地方政府甚至主张"新官不理旧账",随意否定相关合同的效力,或者以此类合同具有特殊性为由而不遵守,这会对交易安全和交易秩序产生不利影响。还应当看到,行政机关为维持正常运行,也需要参与一些市场交易，介入交易关系，如与相对人订立日用品买卖合同、房屋修缮合同等。从这一意义上说，行政机关的角色具有多元性，其也需要以民事主体的身份参与市场交易，一概将此类协议认定为行政协议，将会使大量的交易关系在效力上具有不确定性，影响交易秩序和交易安全。

市场经济本质上是契约经济，契约是各种交易关系的媒介，也是交易当事人之间的法律，遵守契约，才能有秩序，也才能真正在全社会构建诚信基础。只有政府带头诚实守信，才能带动人民履行契约。古人说，"依法为教，以吏为师"。政府对人民的行为具有重要的示范和引导作用，政府不遵守契约，也会动摇人民遵守契约的观念。与民事合同不同，对行政合同而言，在保护公共利益的情形下，行政机关可能依法享有行政优益权。如果对行政机关参与订立的各类民事合同关系，一概认定其属于行政合同，使政府随时享有解除合同的权利，可能会不当冲击交易秩序和交易安全。

随着行政方式的日益多元化，行政机关越来越多地采用行政合同的方式履行其行政职能，这就需要明确行政合同与民事合同的区分标准。笔者认为，对行政机关参与订立的合同关系而言，除法律明确规定或者当事人明确约定行政机关享有行政优益权外，原则上应当将该合同关系界定为民事合同，行政机关应当严格依据《合同法》的规定履行合同。就前述黄德武与四川省广汉市人民政府的BOT协议而言，即便认定其属于行政协议，在合同履行过程中，如果政府一方主张行使行政优益权，其应当证明合同的继续履行将对公共利益造成危害，而且政府在行使行政优益权造成相对人损害时，应当赔偿相对人的损失。在上述案例中，通过BOT协议的方式修建车站，有利于城市的基础设施建设，有利于实现社会公共利益，而政府一方违反协议约定，拒绝向黄德武移转车站的经营权，导致了资源的浪费，不利于实现社会公共利益。因而以BOT合同应为行政合同，而使政府享有随时解除合同权利的观点显然是不能成立的。中共十八届四中全会强调建设诚信政府，法治政府首先是诚信政府，如果连诚信都做不到，又怎么可能建设法治呢？因此，在法律上严格界定行政合同的概念和类型，从而规范政府的权力、维护交易安全秩序十分重要。

小议"限塑令"

　　塑料购物袋是日常生活中的易耗品,我国每年都要消耗大量的塑料购物袋。塑料购物袋在为消费者提供便利的同时,由于过量使用及回收处理不到位等原因,也造成了严重的能源、资源浪费和环境污染。特别是超薄塑料购物袋容易破损,大多被随意丢弃,成为"白色污染"的主要来源。君不见,一夜北风寒,白色塑料袋满天飞,成为某些地方一道别样的"风景线"。蔚蓝色的海边时常漂浮着许多塑料袋,随着波浪起伏,涌向岸边,给美丽的沙滩带来了塑料垃圾,造成了污染。

　　更有甚者,塑料垃圾成为生态环境的重要污染源,有人在印度尼西亚拍摄过一段潜水视频,海面下时而有海鱼游过,而在海面上,则漂浮着一座座塑料垃圾山,海洋生物惨遭这些塑料垃圾的困扰,触目惊心。

　　正因为这一原因,"禁塑"成为热点,越来越多的国家和地区已经限制塑料购物袋的生产、销售和使用。据统计,英国在 2015 年 10 月通过了一项法令,对超市等场所的塑料袋征收 5 便士的费用。在法令实施之前,英国 7 家主要超市全年的塑料袋使用量为 76.4 亿个,而在法令实施后,这 7 家主要超市的塑料袋使用量锐减为 6.4 亿个,受到环保组织的高度评价。①

在中国广大的农村地区,由于没有相应的市政垃圾处理机构,一些美丽的河流如今也充斥着白色污染。而在城市,塑料垃圾的填埋和处理成为当前困扰城市发展的一大难题。为落实科学发展观,建设资源节约型和环境友好型社会,国务院办公厅于2007年12月31日下发了《关于限制生产销售使用塑料购物袋的通知》。这份被群众称为"限塑令"的通知明确规定:"从2008年6月1日起,在全国范围内禁止生产、销售、使用厚度小于0.025毫米的塑料购物袋";"自2008年6月1日起,在所有超市、商场、集贸市场等商品零售场所实行塑料购物袋有偿使用制度,一律不得免费提供塑料购物袋"。国家实行"限塑令"是为了限制和减少塑料袋的使用,遏制我国面临的严重"白色污染"。

国务院颁布"限塑令"是十分必要的,符合全世界治理塑料袋污染的通行做法,也是维护生态的重要举措。塑料袋在超市购物中的广泛使用给整个社会造成了比较大的污染,增加了整个社会的运行成本。这些成本主要包括两类:一是塑料袋加工生产企业在加工生产环节的成本。塑料袋的生产和加工环节本身就会造成大量污染,包括对大气和土地的污染。在我国当前的立法体系和执法机制中,生产企业给大气和土地造成的污染经常没有得到有效的监控和执行。也就是说,这些成本没有被企业计入生产成本中,也自然不会反映到塑料袋的销售价格中。对塑料袋生产企业而言,也没有动力去主动提高塑料袋的销售价格,毕竟,销售价格的提高会抑制消费,影响商品销量。二是塑料袋被消费者使用完之后的回收和污染成本。塑料袋用时方便,抛时难。对分散的单个消费者而言,大部分人并不会考虑和计算塑料袋抛弃之后的回收和污染成本

---

① 参见陈济朋:《英国拟加大禁塑步伐》,载《经济参考报》2018年3月22日。

问题。然而，对社会整体而言，塑料垃圾的回收、掩埋和其他处理需要花费大量的公共成本。所以，从经济效益上看，实施"限塑令"是十分必要的。

我国"限塑令"的颁布曾受到国外的好评。美国通用电气公司董事长兼首席执行官伊梅尔特（Immelt）认为，这一决定会节约上百万桶石油，避免成山的垃圾，而且他认为，中国政府颁布一个法令就马上实施了，这种决定在美国要讨论若干年，这也是中国权力集中、能办大事的体现，在西方民主制度体制下，这是很难做到的。[1] 但"限塑令"颁布之后效果如何，确实需要认真地评估。我到过不少超市购买商品，发现有的超市需要消费者付费购买塑料袋，有的仍然是免费提供塑料袋。我无意中问过一些超市的服务员，问他们是否知道国家在限制塑料袋的使用，他们大多并不了解。实际上，由于没有执法人员的检查、督促，许多流动小商贩、小超市或者农贸市场里面的店家仍然免费提供塑料袋。有人认为，一个塑料袋不值多少钱，如果消费者购买的商品较多，超市赠送一些塑料袋也很正常的。这也可以看出，在商家看来，塑料袋虽然可能污染环境，但其不值多少钱，如果能够鼓励消费者消费，则赠送塑料袋是理所当然的，至于说，消费者带走这些塑料袋怎么处置，这是消费者的事，与商家无关。从法律层面来看，"限塑令"还没有产生应有的效果。

"限塑令"从一个侧面也折射出中国法治建设中有法不依、执法不严的问题。"限塑令"虽然是良法，但必须从纸面上的法变为行动中的法，才能发挥其应有的作用。如何保障类似的良法发挥实际效用，至少

---

[1] 参见冯玉军：《法治中国——中西比较与道路模式》，北京师范大学出版社2017年版，第187—188页。

有如下几点是我们应当注意的：

一是应当让民众了解法律制定的过程。法律的制定需要遵循严格的立法程序，往往需要经过草案的起草、公布、征求社会意见、听取专家学者建议、反复修改、讨论，最终才能通过。在法律制定过程中广泛征求社会公众意见，既有利于汇集多方意见，保障立法质量，也有利于老百姓充分了解法律规则的内容，从而起到法律宣传和法治观念普及的作用，等到法律正式颁布后，老百姓对于法律的内容就已经了解了，这样执行起来就会容易得多。我们在颁行"限塑令"时，也应当广泛征求公众意见，要老百姓了解"限塑令"的具体要求以及违反"限塑令"的法律后果，让全国人民都对"限塑令"有一个基本的了解。但如果在制订过程中并没有广泛征求社会意见，没有进行必要的宣传和普及，"限塑令"颁行后，许多人并不了解"限塑令"的基本要求，其实施效果也就大打折扣。其他法律规则的制定也同样如此，如果在立法过程中缺乏必要的宣传和普及，相关法律的实施效果也会受到影响。

二是法律一旦制定颁布，就必须严格执行。有法必依、执法必严，这是社会主义法治理念的基本内容。"限塑令"实施效果不好，会导致人们对法律的权威性产生怀疑。法律颁布之后，执法人员应当加强执行，加大对违法行为查处的力度，形成人人不敢违法的局面。就"限塑令"而言，如果法律颁布之后，得不到严格执行，甚至根本得不到执行，那么老百姓就会对法律产生不在乎的心态，因为违法之后没有什么不利后果，自然就没有人愿意遵守法律了。

三是注重发挥市场调节对法律实施的作用。准确的成本核算和定价是提高"限塑令"实际效力的前提条件，因此，需要通过法律建构一套价格机制，将上述两类塑料袋生产和处理环节的高额成本反映到塑料袋商品的流通环节中去，这样才能够真正抑制当前消费者对塑料袋及其污染成本不敏感的现象。在目前的商品物价结构中，一个塑料袋只需要两三毛钱，与消费者所购买的商品价格相比，虽然不至于忽略不计，但对大多数消费者而言，不会构成一个实质性的经济负担。或者说，大众消费者对目前塑料袋的价格敏感度很低，并不会因为当前的收费标准而放弃使用塑料袋。国家有必要通过税收、价格等杠杆调节塑料袋的市场需求。

四是落实执法的检查和督促。我们现在往往注重以文件落实文件，以会议落实会议，而并不重视对执法状况的检查。确实，执法检查过多容易扰民，甚至成为个别腐败官员盘剥老百姓的手段。但如果不进行执法检查，则可能使法律规则形同虚设。在这方面，国外确实有经验可循，即执法人员一般并不出现，但一旦发生违法行为，就会进行重罚，并以案说法，广泛宣传。这就可能起到良好的督促作用。

五是加强社会公共舆论宣传，提高广大消费者的环保意识，让消费者从内心深处认识到白色污染的严重性，有助于从道德修养上促进广大消费者主动选择"绿色购物"，主动自行携带环保的购物包装。然而，这样的道德教化过程毕竟是缓慢的，难以有效应对我国当前所面临的严峻的"白色污染"问题。等到老百姓的环保意识普遍提高的那一天，可能我们身处的自然环境已经遭到了严重的破坏，为时已晚。因此，要解决这个问题，除了加强宣传和教育之外，还需要通过自上而下地推行"限塑令"，抑制塑料袋的滥用现象。

"限塑令"的有效实施虽然只是为了治理塑料袋污染，但它也是依法治国的一项内容，应当落到实处。

从"依法抢劫"说起

2016年,湖北电视台《新闻360》栏目播放了一段监控视频。在视频中,一位身着便衣的食品药品监督执法人员张某在执法过程中,以"样品调查"为由,从一家小商店一次性拿走了36瓶食用油。由于这位执法人员没有提供任何产品质量存在问题的确实依据,面对如此执法,商店老板情急之下说:"你这是抢劫!"面对商户的质疑,这位执法人员语出惊人:"我就是抢劫,我是依法抢劫!"①

这段视频播出之后,"依法抢劫"一词在网络上迅速传开,并引起社会各界的广泛关注,特别是引发了关于行政执法程序和执法内容正当性的讨论。鉴于社会舆论反响强烈,12月25日,黄冈市黄州区委、区政府成立了专门的调查小组,当地纪委对张某停职并作立案调查。

应当说,我国近年来确实出现了许多食品安全问题,需要加强食品安全的检查和执法工作,包括加强对食品的随机抽检,因为过去对食品抽检的频率不够、执法不严,才使得各种不安全食品及恶性损害事件频频发生。习近平同志强调,民以食为天,加强食品安全工作,关系我国13亿多人

---

① 参见陈斌:《"依法抢劫"是个什么鬼》,载《南方周末》2016年12月26日。

的身体健康和生命安全,必须抓得紧而又紧。这些年,党和政府下了很大气力抓食品安全,食品安全形势不断好转,但存在的问题仍然不少,老百姓仍然有很多期待,必须再接再厉,把工作做细做实,确保人民群众"舌尖上的安全"。但同时需要看到的是,并不是市面上所有的食品都存在安全问题,虽然存在安全隐患的食品社会危害性很大,但其只占很小的比例。这也就意味着,行政执法需要严格按照法定程序展开,以保障大多数合规经营者的私有财产权和经营自由。在前述"依法抢劫"事件中,至少有如下几个行政执法方面的问题值得讨论:

一是执法方式和力度的问题。抽检的确是各国普遍采用的一种执法手段,我国《食品安全法》第110条也明确规定:县级以上人民政府食品药品监督管理、质量监督部门履行各自食品安全监督管理职责,有权进入生产经营场所实施现场检查;有权对生产经营的食品、食品添加剂、食品相关产品进行抽样检验。然而,我们应当如何理解该条规定的"抽样检查"呢?显然,"抽样检查"不同于"全面检查"。一般来说,各个国家会根据食品安全风险的发生概率和检查技术水平来确定不同类型食品的检查手段。通常来说,对于那些批量生产的商品,实行一定比例的样本检查,对每一批次的产品进行少量的抽样,以判断整批次的产品是否符合相应的安全标准要求;而对于一些声誉比较好、历史抽检记录良好的商品生产企业,检验机构有可能给予"免检"待遇。但无论如何,"全面检查"都只是例外情况。还应当看到,根据《食品安全法》第87条的规定,食品药品监管部门在对食品进行定期或者不定期抽样检验的时候,应当购买抽取的样品,并支付相应的购买价款。而在前述事件中,执法人员以检验为由,一次性拿走36瓶油,并没有按照法律规定付费,很有可能部分执法人员已将其据为己有。如果部分食品经检验确实存在质量问题，被抽检者应当接受行政处分，但对于抽查合格的食品，则应当检查之后退回被检查者。在这个事件中，对于食用油这类批量生产的食品，按照社会生活的常识，同一批次的油品具有代表性，抽取少量样品就足以检查整批油品的安全性。而执法人员一次性拿走36瓶，明显让样品"走了样"，几乎把"抽样检查"变成了"全面检查"，此种执法手段的合法性值得怀疑。"依法抢劫"事件背后除反映出黄州区食药监局张某个人素质不高，甚至专横跋扈之外，也折射出我国行政执法依然存在的问题。

二是执法程序的正当性问题。行政执法活动是一种国家行为，是公共执法人员代表国家行使公权力的一种活动。人们之所以遵守和配合这类活动，接受执法活动所带来的约束和负担，主要是因为该行为是一种国家行为。与此相适应，执法人员在执法过程中也应当严格按照国家法律规定的执法程序执法，保障公民的基本权利和自由。尤其是，执法人员在执法时应当穿戴制服，这既有利于树立国家公权力的权威，也有利于对公权力行使者本身行为的公共监督。近年来，冒充国家工作人员招摇撞骗的事件屡有发生，假冒便衣警察抓赌、抓嫖，冒充军警人员从事交易活动的事件屡见报端。如果不严格要求公务人员身着制服执法，国家工作人员便衣式执法可能逐渐常态化，这将为违法人员从事招摇撞骗活动提供可乘之机。毕竟，普通老百姓常常没有识别执法人员身份的能力。对身着制服的执法人员的执法活动，被执法者如有怀疑，还可以及时到相关机构和部门去核实和申诉；但如果是便衣执法，则人们将无法辨识执法者的身份，即便怀疑执法者的身份，也难以向有关部门及时核实，这就难以对抗那些冒牌执法者。因此，强调执法人员身份的公示性显得尤为必要。在前述"依法抢劫"事件中，从视频可以看出，执法人员既没有穿执法制服,也没有出示执法证件,因此,执法人员的执法程序本身存在一定的问题。

三是执法中比例原则的适用问题。行政执法行为应当符合比例原则,即行政机关及其工作人员在行政执法过程中,需要妥当协调各种利益关系,尽可能充分保护各种合法利益,在公共利益与个人利益发生冲突时,也应当充分考量各种利益关系,应当选择对相对人造成损害最小的方式实现行政执法的目的。比例原则是控制行政自由裁量权的重要原则,本质上就是要求自由裁量要适当、适度,适度地进行自我控制,减少裁量的不确定性和不合理性,从而使每一个行政执法行为都符合公平正义。比例原则是在具体个案中衡量公益与私益的利器,也是拘束行政权力违法最有效的方法。一旦违反比例原则,就可能构成裁量权的滥用,侵害行政相对人的合法权益。这个案件就充分反映了这一现象。就食用油的检测而言,本来抽检就可以实现检测的目的,而且抽检给相对人造成的损害也是最小的,因此,抽检的方式可以说是符合比例原则的做法。而本案中的行政执法人员一次性拿走商户36瓶食用油,如果该执法人员确实将所有的油都送交检测,虽然也能起到检测的目的,但给相对人造成了较大的损失,并不符合比例原则的要求。

四是执法人员的素质问题。实践中,一些行政执法人员素质不高,粗暴执法、执法寻租,以至于"吃、拿、卡、要"问题突出,有的人甚至吃三喝四,如狼似虎,漠视私权,欺压百姓。这些现象虽然发生在极个别人身上,但也给党和政府脸上抹黑,特别是在互联网时代,野蛮执法、暴力执法等行为一旦被媒体曝光,瞬间就可能成为社会热点,严重影响党和政府的形象,造成恶劣的社会影响。因此,确实需要进一步明晰权责配置、规范行政裁量行为,强化程序约束,严格责任追究,切实为严格、规范、公正、文明执法提供制度保障。法治建设需要良法,但也需要善治,善治需要具体落实到"人"上,就行政执法行为而言,执法人员的素质将直接影响行政执法的水平和社会效果。

前述事件也反映出我们行政执法不统一、协调难的问题。实践中,我国的行政执法机构庞杂,执法权分散,同一件事情往往出现"九龙治水"的现象。行政执法主体不明确、职权交叉、执法过度等情况普遍存在,导致一些企业难以应对。就食品安全问题而言,虽然《食品安全法》规定了由食药监局来统一监管食品安全问题,但在实践中,工商、物价等各种部门都在执法,以至于"多头管理、重复执法"和"相互推诿、无人执法"的现象都时有发生。对有利可图的事情,执法部门都争着上,但对无利可图的事情,各个部门都不愿意介入。目前,许多地方在推行综合行政执法,就是把非警察部门的行政执法先归并起来,建立一个与警察执法部门并行的综合行政执法部门。例如,2016年12月23日,浙江省金华市综合行政执法局正式授牌成立,将把涉及21个方面的543项综合行政执法事项分步划转到市综合行政执法局。把行政执法权归并到综合行政执法部门,是一个可行的方案,甚至可能是一个改革的方向。

法律不可能允许抢劫,法律的功能就在于规范公权,保障私权,防范公权对私权的不当侵害。行政法所要实现的任务,就是防止所谓"依法抢劫"事件的发生,即通过对公权力的规范,保障行政执法行为的正当合法。遏制这种"依法抢劫"现象,也是我们建设法治政府的关键。

在该事件中,36瓶油的价值可能不是特别高,但被抽检的小店是小本生意,一次性被拿走36瓶油,将可能导致这个小商店严重亏损,甚至关门。这也反映出我们的产权保护仍需进一步强化。应当对各种类型的市场主体予以平等保护。目前,国有企业和民营企业在实践中的保护不平等,有些国家机关天然地倾向于保护国有企业,这有违平等保护规则。只有有效保护个人的人身和财产权益,才能增强人们的投资信心、置产愿望和创业动力。在广大人民群众物质生活条件得到极大改善、个人财产不断增加的情况下,对财产安全的保护显得更为重要。保护财产就是保护人们诚实、勤奋的劳动,保护人们对美好生活的期待和向往。

"依法抢劫"事件本质上是公权力对私权的侵犯。据媒体报道,该商店老板反映,行政执法人员直接进店拿走商品已经不是第一回了,这一次实在是拿得太多,老板才敢去过问一下,而执法人员则公然抛出"依法抢劫"的出格言论,"抢劫"和"执法"居然联系在一起了,让人匪夷所思。"依法抢劫"是对私权的粗暴践踏,属于行政违法行为。从这个事例可以看出,公权越规范,私权越安全,规范公权、把权力关进制度的笼子中,仍然是我国法治建设的关键。

执法要体现人文关怀精神

据报载，2018年1月23日，工人欧湘斌在河南省郑州市航空港区新港大道一处二层建筑顶部安装"鑫港校车服务有限公司"十个钛金字的广告牌。城管执法人员认为，"鑫港校车服务有限公司"并没有取得广告牌的安装许可证，因此要求将已经安装好的几个字拆除，并随后将工人安装广告牌的梯子和三轮车撤走。欧湘斌只得用绳索下楼，但因失手坠落死亡。① 事发后，经多部门初步调查，作出了免去相关城管执法人员的职务的决定，并以涉嫌玩忽职守罪将其移送纪检监察机关。郑州警方也将安装广告牌的文印店老板刘某以涉嫌重大责任事故罪予以刑拘。

这个案件经媒体报道后，引发社会热议。该案反映了有的执法人员在执法过程中缺乏必要的人文关怀精神，视人的生命安全为儿戏，执法简单粗暴，态度蛮横，并没有体现对老百姓人身、财产权利的尊重，尤其是缺乏对人的尊严的尊重，这是广为民众诟病的执法通病。

所谓人文关怀，就是对老百姓的人身、财产，尤其是其

---

① 参见李夏：《郑州城管撤梯致工人坠亡 安装方文印店与死者家属和解赔偿》，载《法制晚报》2018年1月30日。

人格尊严等,应当予以高度尊重与关爱,也就是要尊重人、关爱人、保护人,充分尊重、保护人民的权利。黑格尔说过:"法的命令是:'成为一个人,并尊敬他人为人。'"①康德也说过,人是目的而不是手段。其实,中国几千年优秀的文化,最集中的体现就是人本主义的思想和理念。要最大限度地关爱人。在这个案件中,即便认定当事人安装广告牌的行为违法,城管执法人员在执法过程中也应当对他人的人身安全高度关注,其可以采用其他方式阻止当事人安装广告牌,而不应当采用撤走梯子这种严重危及他人生命安全的方式执法。而且城管执法人员在撤走施工梯子后,明显能够预见到工人将无法下楼,这是一般人应具有的常识,但其仍然采取这一措施,显然缺乏必要的人文关怀理念。

  执法要体现人文关怀精神,是由行政执法的目的所决定的。我国进入新时代以后,人们的物质生活水平得到了极大提高,但人们在实现外在物质文化需要的同时也在同步追求精神和心理的满足,不仅希望其人身权、财产权不受侵犯,而且期待其个人尊严、情感得到更多尊重,隐私、名誉、荣誉等人格权得到有效保障。行政执法的最终目的是为了满足人民的福祉,因为公权力的设置和行使最终都是为了人民的自由和幸福,否则就会出现"异化"。所以,执法的每一个步骤、每一个环节都要考虑我们的执法行为是否真正是为了人民的福祉,如果行政执法没有尊重人民的权利,即使执法任务完成了,也不能说满足了人民的需要,甚至可能因为执法行为侵害了人们的权利而构成权力滥用,与行政执法的目的根本对立。

  执法要体现人文关怀精神,是宪法精神的具体体现。人文关怀观念

---

① 〔德〕黑格尔:《法哲学原理》,范扬、张企泰译,商务印书馆1961年版,第46页。

的缺乏在很大程度上与行政机关权利意识的缺乏有关系。尊重和保障人权既是宪法的基本原则,也是行政执法的基本原则。行政机关及其工作人员在实施行政行为时,应当充分尊重行政相对人的人身、财产权益。尊重和保护人民的权利,就是要树立以人民为中心的理念,确立宗旨意识,把一切为了人民、一切依靠人民作为行政执法的标准。只有这样,才能真正树立保护权利的观念。在行政执法中,人们常说,法无授权不可为。但对"法无授权"究竟如何理解?法律的授权大都只是笼统的,不可能对每一项行政执法都有具体的授权。在这一过程中,执法者有一定的自由裁量权,而且这种自由裁量的空间较之于司法自由裁量权甚至更大。如何规范这一自由裁量权,行政法理论提供了比例原则、信赖利益保护等,尤其是老百姓的私权本身也界定了行政执法的边界,这个边界就是不得逾越和侵害老百姓的权利。

执法要体现人文关怀精神,就是要尊重和保障老百姓的权利。保障公民权利是行政执法行为的核心目的和价值。党的十九大报告明确提出"保护人民人身权、财产权、人格权",体现了对人民群众基本权利的尊崇,彰显了人民主体的思想。党的十九大报告将这三项权利的维护写入民生部分,表明最大的民生就是人民的这三项权利,这三项权利得到保障才能真正实现美好生活。维护这三项权利既是保障公民基本人权的需要,表现了党对人民权利的尊重,也是人们美好幸福生活的重要内容,同时又是人文关怀精神的集中体现。如果行政执法行为忽略了对公民权利的保护,就失去了行政执法的目的,其也将异化为权力滥用。从实践来看,执法中侵害公民人格权、损害公民人格尊严的现象时有发生。例如,行政执法简单粗暴,对公民进行辱骂、殴打,甚至对相对人实施游街、示众、罚跪、罚站等行为,就侵害了公民的人格尊严。在前述案例中，行政执法人员根本漠视公民的生命安全，为了执法便利，甚至视人命为草芥，根本原因在于执法人没有真正树立尊重人、关爱人、保护人的执法理念。在行政执法中，还要尊重公民的财产权，关注民生，行政执法行为不得严重影响老百姓的基本民生。对此，我国相关立法也作了规定。例如，我国《行政强制法》第43条规定："行政机关不得在夜间或者法定节假日实施行政强制执行。但是，情况紧急的除外。行政机关不得对居民生活采取停止供水、供电、供热、供燃气等方式迫使当事人履行相关行政决定。"但从实践来看，为了达到行政执法目标，有的行政机关对行政相对人实施"五断行为"（即断水、断热、断气、断电、断路）的现象依然存在，这应当构成行政权的滥用，因此造成行政相对人财产损失的，行政机关应当依法承担损害赔偿责任。

执法要体现人文关怀精神，也是政府工作人员应当具备的基本素质。为人民服务是各级政府的神圣职责和全体公务员的基本准则。公务员说到底是百姓的勤务员、人民的公仆，为人民服务就要坚持"以人为本"的基本理念，就需要尊重、关爱行政相对人。而粗暴执法、野蛮执法不仅与这种宗旨相违背，也是给党和政府抹黑。今天，我们倡导建设服务型政府，所谓服务型政府，就是指政府应当为行政相对人服务、为人民群众服务，充分增进公共利益，保护人民的合法权益。在过去计划经济时代，政府权力干预社会生活的方方面面，个人和政府之间的关系只是"我管理你被管""我命令你服从"的关系，政府怎么做，个人都得听从，根本不存在和政府讨说法的现象。但在今天全面依法治国的时期，人文关怀就是要改变这样一种管理和绝对服从的关系，政府应当更多地树立服务型政府的理念，把满足民众的福祉、实现人民的利益作为政府执法的目的。政府不仅是管理者,更应当是服务者。服务相对于管理,更是目的,而人文关怀正是这种服务型政府的本质特征。罗豪才教授指出:"增进公共利益,保护公民、法人的合法权益,为公众提供各种服务的行政措施等。这些行为有利于社会,只要在行政机关的职权范围内,与法律及法律的精神、原则不抵触,就可以作为"。①

执法要体现人文关怀精神,还应当注重对老百姓的关爱。执法要文明、有礼貌,老百姓到行政机关办事,不能让老百姓"门难进、脸难看、话难听、事难办"。执法中要尽可能地便民、利民、惠民,努力减少扰民的现象。现在不少地方政府开始实行"一站式服务""一个窗口对外",都是为了便民、利民。除此之外,行政机关还应当负有积极作为、防止损害公民生命健康等的义务。也就是说,行政机关如果明知或已经预见到存在损害公民的生命、身体、健康的可能,从依法保障人权的需要出发,行政权应当介入,以防止危险发生。当然,这种危险应当达到一定的程度,具有一定的迫切性。同时,行政权在行使中如果可能造成公民、法人的损害,就有必要尽量减少损害或者避免发生损害。行政权在行使过程中,应当尽可能考量危险发生的可能性,努力避免可能发生的危险。比如在上述案例中,行政人员要随时想到撤走梯子可能带来的危害,不仅不能做这种事,在行政执法中如果发现个人从事活动时发生了危险,执法人员还应当积极消除相应的危险。

富勒指出:"法治的实质必然是在对公民发生作用时,政府应忠实地运用曾公布是应由公民遵守并决定其权利和义务的规则,如果不是指

---

① 参见罗豪才等:《现代行政法的平衡理论》,北京大学出版社2003年版,第18—19页。

这个意思，那就什么意思也没有。"① 所以，依法行政的内含，不仅包括行政权的行使应当有法律依据，真正建立法治政府，还必须认真对待人民权利。行政权的行使并非没有边界，这个边界就是如何保护行政相对人的合法权益。

---

① 转引自沈宗灵：《现代西方法律哲学》，法律出版社1983年版，第209页。

住宅用地如何自动续期[①]

在2007年《物权法》制定过程中，对关于住宅建设用地使用权到期后究竟应当如何"自动续期"的问题存在较大争议，比如，自动续期是否还需经过申请和批准程序、续期的时间有多长、是否收取以及如何收取相关费用等。最后，立法机关回避了这一问题，将其留到《物权法》实施时来进一步研究和解决。但"自动续期"问题很快就成为一个社会现实问题，自2009年青岛出现首例住宅用地到期事件以来便引起了各界的关注。2016年初的温州"20年住宅用地期限到期事件"更显示了解决这一问题的紧迫性，引起了社会各界的广泛讨论。在这一背景下，中共中央、国务院于2016年11月27日发布《关于完善产权保护制度依法保护产权的意见》（以下简称《产权保护意见》）。该意见指出，"研究住宅建设用地等土地使用权到期后续期的法律安排，推动形成全社会对公民财产长久受保护的良好和稳定预期"。该意见是完善产权保护制度的纲领性文件，是党和国家在新的历史时期为发展和完善社会主义市场经济法律体系作出的重大宣示和承诺。这对未来民法典的编撰具有重要的

[①] 原载《学习时报》2017年3月15日。

指导意义。下面结合《产权保护意见》就住宅用地自动续期的几个主要问题谈几点看法。

关于自动续期的程序问题，续期申请是否需要再次经过土地主管部门的批准是争议的焦点之一。《产权保护意见》指出，续期期限要形成公民住宅财产长久受保护的良好和稳定预期。这显然是研究"自动续期"问题的重要指导意见。这首先意味着，续期制度的构建要促使形成公民住宅财产长久受保护的状态，使居民在住宅建设用地上的房屋成为"恒产"。因为只有成为"恒产"，人们才能够产生投资的愿望和置产的动力，因此要形成这样长久受法律保护的状态。全社会对于公民能够享有"恒产"要形成良好和稳定的预期。只有这种预期的客观存在，才能保障交易的顺利进行以及社会人心的安定，增加公众的幸福感。这也是为什么《物权法》在"续期"之前突出强调"自动"实现的过程。也就是说，只要住宅建设用地使用权人在期限届满之前提出"续期申请"，其使用权就自动续期，而无须土地主管部门的批准。这既可以给使用权人提供稳定的预期，以免担心申请被驳回后无权使用土地的后果，也可以防止批准机构的潜在寻租风险。

关于住宅建设用地自动续期的时间长短问题，从长久稳定地保护公民财产权的角度来看，永久续期无疑是很好的选择。然而，永久续期既不符合我国《宪法》和《物权法》等确立的基本经济制度，也不是保护公民财产权的必要之举。一方面，现行法确立了城市土地的国家所有制，城市土地归全民所有。而永久续期就意味着住宅建设用地使用权人享有永久使用权，变成了事实上的所有权。从住宅建设用地使用权的本质来看，其属于法定的用益物权，而为了防止所有权的虚化，各用益物权都有一定的期限限制。因此，对住宅建设用地使用权而言，如果将其认定为一种无期限限制的权利，可能导致国家所有权的虚化。这实际上是混淆了所有权与使用权的内涵和性质，违背了现行法确立的经济体制。另一方面，要保护公民的财产权，并不必然要求采纳永久续期的方式。因为，确立自动续期规则，不仅是要考虑住宅的所有权人，而且还要考虑土地所有权人的利益。采用住宅建设用地"自动续期"而非"一次永久续期"规则，与现行体制是吻合的。

至于续期时间的具体长短，同样需要考虑权利人的稳定预期和投资激励保护问题。续期制度的构建应当致力于使公众有良好和稳定的预期。这种预期可以从产权人自身和全社会两方面来加以理解。产权人本身要产生良好的预期，公民的住宅不是一般的商品，它是公民安身立命之所，也是其终生积蓄所在，是政府长期强调的生存权和发展权的基础。所以，在确定续期期限方面，应当以"产权人对自己拥有恒产能够产生合理期待"为立法目标。从这一意义上说，如果能够通过一次性续期解决该问题，就不应当通过多次续期来解决。否则，产权人难免对其产权安全产生担忧，形成对未来产权保护的不确定性。这就意味着续期的期限显然不能过短，否则就不可能形成"恒产"。还应当看到，住宅本身也是一种商品，其可以成为抵押、转让、继承的对象，因而产权的存续期限越长，其交换价值才可能越大，反之期限越短，房屋价值越会减损。

关于自动续期是否为无偿的问题，目前也存在不同认识。从我国《物权法》第149条的立法本意来看，其并没有就此提供明确的方案。相反，该条就此作了有意的沉默，或者说回避了该问题。这也是引发广泛争论的一大原因，是当前立法需要正面应对和回应的重大问题。在笔者看来，自动续期不宜采用无偿续期的模式。因为，一方面，一律无偿自动续期有违基本的公平原则。住宅建设用地使用权的出让期限越长，住宅建设用地使用权人所支付的土地出让金也越高，若转化到房价成本中，则相应购房人所支付的房价也会较高。在这种情况下，如果对不同出让期限的住宅用地都一律予以平等对待，无偿自动续期，则有悖于公平理念。另一方面，一律无偿自动续期会扭曲土地的市场流通机制。特别是对于满足公民基本居住需求之外的其他住宅用地，如果一概允许无偿自动续期，则可能削弱国家对社会资源的调控能力。再加上，无偿自动续期可能会加剧房地产市场的投机行为，进一步加剧炒房行为，损害大量公民的基本居住利益。目前在我国房地产市场上，不少人购买房屋完全是投资行为，而非出于居住目的。房屋作为一种商品，虽然可以进入流通领域，但也有一定的特殊性，事关广大人民群众居住权的实现，关涉基本民生。因此，从立法本意来看，《物权法》自动续期规则也是为了保障房屋所有权人的居住权，若采纳无偿自动续期论，有可能导致房屋被进一步炒作，不利于保障公民居住权。

进一步的问题在于，应当按照何种标准收取续期费用？在"温州住宅用地续期事件"中，当地国土局曾提出拟按续期时的土地出让金标准要求卖房者补缴相应的土地出让金，否则不予办理过户登记手续。也就是说，续期申请人需要再次重新缴纳所续期间的土地出让金。这一政策动议之所以遭到广泛的质疑，根本原因在于收费标准过高。因为，一方面，住房本身涉及公民居住权的保障，自动续期规则的目的在于保障居者有其屋的权利，使人们能够安居乐业，幸福生活，满足人们对美好生活的向往，同时，也是为了保障公民的基本民生。什么是"民生"？最大的民生就是公民的财产权问题。公民的财产权问题解决不好，就不可能真正解决好民生问题。老百姓购买商品房之后取得了无期限的房屋所有权,如果住宅建设用地使用权续期需要收费,且采纳出让金标准,可能导致收费过高,老百姓交不起续期费用,这相当于变相剥夺了老百姓的财产权,显然不符合《物权法》保护公民财产权的立法目的。另一方面,续期不同于出让。从逻辑上而言,住宅建设用地使用权期限届满后,如果使用权人要继续享有住宅建设用地使用权,则应当进行再次出让。《土地管理法》及《城市房地产管理法》曾采纳这一立场。但是《物权法》确立了自动续期规则,否定了政府与当事人之间通过合意来达成出让合同,这种强制规定就意味着续期不同于缔约,不是一个出让行为。因此,按照土地出让金的标准确定续期的收费标准,因为欠缺"出让"这一大前提,所以是没有依据的。尤其应当看到,许多公民可能因为支付不了高昂的续期费用而无法续期,这就使得自动续期规则不能够得到实际运用,老百姓也不能从中享受到应有的福利和实惠。在无法续期的情况下,也会引发一些社会问题。

　　应当看到,我国住宅的情形十分复杂。中国城市人均住宅建筑面积为32.91平方米,但住房的分布不均衡。有人购房是为了自住,但也有人购房纯粹是为了投资。有的人居住面积较大,但有的家庭居住仍然十分拥挤。因此,完全采用"一刀切"式的标准可能并不合理,而应当在考虑相关因素的前提下确定不同的续期收费标准。有一种方案建议区分首套房和多套房。这有一定道理,但一概免除首套房屋的续期费用也不尽合理。因为,首套房屋的面积可能比较大,其住宅建设用地使用权的期限如果本身较短,其房价也相对较低。在此情形下,如果免于交费,则对房屋面积较小,但因为住宅建设用地使用权期限较长而导致房价较高的居民来说是不公平的。

　　在笔者看来,根据人均居住面积来确定续期的收费标准是一个相较而言更为公平和可行的做法。具体来说，首先应确定最低的居住面积（如确定人均居住面积为30平方米左右）。在这个居住面积以下的，则只应象征性地收取费用，如续期手续的工本费用。如果超过了最低的居住面积，则应当确定一个收费的幅度。由于我国目前不动产登记已经实现了电子化，不动产统一登记已经完成，查询房屋面积已经不存在技术障碍，确定一般的居住标准相对较为容易。关于续期收费的具体幅度，则应当考虑如下因素来确定相应的续期收费标准：一是考虑购房目的。具体而言，续期收费需要考虑购房人购房是用于自住，还是用于投资或兼顾自用与经营。一般来说，一个人购买二套房屋后，有可能就具有了投资的性质，所以，适当提高续期收费的标准也不会影响其居住权的实现。二是考虑人均居住面积。如前所述，考虑人均居住面积来确定收费标准比"首套房屋无偿续期论"更为合理。人均居住面积高，则续期费用也应当更高。三是考虑家庭的规模。完全根据人均居住面积确定续期收费标准也可能存在一定的不合理性，因为当多个人居住在一套面积较大的房屋中时，即使其人均居住面积比单个人居住在一套房屋中的面积要小，但此时，对多个人收取较高的续期费用可能更为合理。

当前，我国正在制定民法典，也迎来了修改和补充既有民事法律制度的机会。对于住宅建设用地使用权"自动续期"这样关涉重大民生的问题，立法机关应当结合《物权法》实施以来各个地方政府在处理相关问题上的既有案例，总结经验，并提出系统性的解决方案。这既是编纂一部现代民法典的需要，也是落实《产权保护意见》的具体举措。

从正月十五前不讨债说起

白毛女的故事家喻户晓，在这个故事里，老百姓之所以对黄世仁切齿痛恨，一个重要的原因在于，他在大年三十到杨白劳家里讨债，并要求以喜儿抵债，这就突破了人们传统的道德底线，犯了众怒。

中国人过春节有许多习俗、禁忌，其中之一就是过年期间一直到正月十五前，债主不讨债。正月十五前之所以不宜讨债，是因为正月是家家团聚之时，债务人也要回家团圆，债主不能逼人太甚，让债务人都过不了年，要给债务人一个喘息的机会，否则不近人情，有过于欺负债务人之嫌。另外，正月里处处要图吉利，图来年事事顺心、万事如意。按照许多地方的风俗，正月里都不能说"败"字，以防破财，而有的地方还有所谓"送穷神"的习俗，以求辟邪除灾、迎祥纳福。唐代诗人姚合曾写道："年年到此日，沥酒拜街中。万户千门看，无人不送穷。"所以，正月十五前讨债对债务人及其家人都是不吉利的事。

正是因为存在正月十五前不讨债的习俗，因此，在古代，人们讨债一般都是在年前讨，穷人还钱也都在年前。过年可以看做是穷人的一个关口，穷人过年，犹如过关，因此有"年关"一说。债主到了大年三十晚上就回家过年了，过了正月十五才会继续讨债,这就是"躲得了初一躲不了十五"这一说法的来源。清代作家袁枚在其小说《新齐谐(子不语)》中描写道:"新岁非索债之时,酒店非肆殴之地。"这也反映出当时确有正月不讨债的习俗。

中国几千年文化中历来存在"杀人偿命、欠债还钱"的观念,人们认为这是天经地义的法则。在古代,债务人不清偿债务可能需要承担严厉的法律后果。例如,在唐朝,如果某人欠债不还,可能会被处以坐牢等刑罚,甚至还需要"役身折酬",即干活抵债。但也应当看到,我国古代民间习惯在强化债权人保护的同时,也注重对债务人的人文关怀,尊重当地习俗,即便是债权人依法主张债权,也不能完全不顾及债务人。"正月十五前不讨债"正体现了这一点。

从今天来看,"正月十五前不讨债"显然难以成为现行法律的一个基本规则。根据债权债务关系的基本原理,只要债务到期,债务人应当清偿到期债务乃法定义务,债权人就享有随时要求债务人偿债的法定权利,法律不宜给债权人设置行使权利的障碍;如果法律禁止债权人讨债,则会损害债权人的利益。因而,现行法律并不禁止债权人在正月十五前讨债。从司法实践来看,目前司法机关在节假日通过司法拘留等方式迫使失信债务人履行裁判文书所确定的义务也屡见不鲜,这一做法也很难说违法。

但是"正月十五前不讨债"的习俗揭示了一个道理,即法律也要注重人性化,体现人文关怀的精神。法律不是冷酷无情的,法律本身是有温度的,法律越有温度,就越能够为人们所接受。正如约翰·萨茫德爵士在著名的《法理学》中所言:"'法律'一词,含蕴着强烈的情感内涵。"中国古代法律制度强调矜老恤幼,强调对社会弱势群体的关爱,这一做法值得我们借鉴。事实上，我国现行法律制度也多少体现了这一人本思想。例如，我国《刑法修正案（八）》第1条即规定："在刑法第十七条后增加一条，作为第十七条之一：'已满七十五周岁的人故意犯罪的，可以从轻或者减轻处罚；过失犯罪的，应当从轻或者减轻处罚。'"该条体现了关怀老年人的价值理念，这显然也是我国古代矜老恤幼价值理念的一种体现。当然，这不是说法律完全不需要严刑峻法。严刑峻法和人文关怀之间并不是矛盾的。从民法角度说，一部民法必须充分体现出保护债权的精神，但保护债权并不意味着就可以苛责债务人、损害债务人的人格尊严和自由。在这一点上，古人的做法有其合理之处，是值得我们借鉴的。

"正月十五前不讨债"的习俗也提醒我们，在保护债权人权利的同时，也应当规范债权人行使债权的方式。在法律上，债权人如何行使权利、实现债权，这也是一个值得讨论的话题。从实践来看，确实出现了不少债权人为实现债权而损害债务人人格尊严、人身自由的事件。电视剧《人民的名义》中有这么一个情节：欠债的大风厂老板蔡成功被债权人抓起来，关进狗笼中。这种做法在实践中其实是屡见不鲜的，一些债权人为了实现债权，不择手段，辱骂、侮辱、殴打、非法拘禁甚至拍摄、传播债务人的裸体照片，社会上出现的所谓"裸贷"、黑社会讨债等，都从一定层面上折射出这一问题。"于欢杀人案"也是这一现象的反映。因此，法律规范债权人行使债权的行为是十分必要的，否则，"于欢杀人案"这样的悲剧将难以避免。当然，正月十五前讨债与以侮辱债务人的方式讨债本质上是有区别的，毕竟正月十五前讨债的方式并没有侵害债务人的权利，只是它不符合民间习俗，不近人情，也有悖善良风俗。如前所述，"正月十五前不讨债"所体现的人文关怀的理念是值得肯定的。即便是讨债，也要尊重风俗习惯，尊重债务人的人格。崇尚吉祥是人类对美好生活的一种向往，特别是在过年期间，人们说话做事都要尽可能地体现"吉祥"，期盼在来年能平平安安、吉祥如意。根据中国的传统说法，新年里被讨债象征以后一年都会被人追着要账，因此，这个时候讨债确实选择的时机不对，也违反了人们的传统道德观念。

现代民法实际上应当是一部关怀人、保护人、爱护人的"良法"，需要凸显出人的主体地位，彰显人文关怀精神，体现出对人的尊重。诚如孟德斯鸠所言："在民法的慈母般的眼里，每一个个人就是整个的国家。"① 一部强化人文关怀的民法典，是一部注重保障人的尊严、意思自治，弘扬私益与私权神圣的观念从而体现了时代精神的民法典，这样一部民法典不仅将是一部垂范久远的民法典，更将引领中国社会迈入一个"个人的自治、有尊严的生活"获得全面实现的美好社会。② 在债权债务关系之中，人文关怀显然不应当仅仅局限于对债权人债权的重视与保护，还应当重视对债务人作为人而享有的人格尊重、人身自由等的关怀。

---

① 〔法〕孟德斯鸠：《论法的精神》（下册），张雁深译，商务印书馆1997年版，第190页。
② 参见王利明、易军：《改革开放以来的中国民法》，载《中国社会科学》2008年第6期。

少一些宫斗剧　多一些包公戏

近几年来，荧幕又开始兴起"宫斗剧热"，媒体还评出了"史上最好看的宫斗剧"，诸如《金枝欲孽》《甄嬛传》《宫心计》《美人心计》《万凰之王》《孝庄秘史》等。这些宫斗剧大同小异，几乎都是以某一封建王朝为时代背景，以后宫嫔妃或者宫女等女性角色为主，其中穿插讲述主人公的情感纠葛、后宫的政治权力斗争等内容，整个故事都充斥着尔虞我诈、各怀鬼胎、明争暗斗、争夺上位等情节。

我们很难用传播正能量或者负能量来评价这些剧目，但较为确定的是，这些剧目所宣扬的都是皇权至上、封建等级、奴才形象，所展现的都是宫廷权力斗争的权术，无益于培养人们的法治观念，不利于传播法治文化。文化是民族的血脉，是人民的精神家园。文化常常以无形的观念深刻影响着有形的存在。也可以说，它是影响人们思想观念和社会行为的深层次的精神力量。它是一种潜移默化、对人们的行为和观念产生持续影响的机制。我们进行法治建设的一个短板就是法治文化的薄弱。正如邓小平同志所指出的，我们这个国家有几千年封建社会的历史，缺乏社会主义的民主和社会主义的法制。而宫斗剧传播的都是一些什么内容呢？其大多传播的是一些皇权思想、官本位、关系学、厚黑学、官场术、潜规则，这些都是封建社会腐朽的官场文化。通过宫斗剧传播这些腐朽的封建的官场文化，使这些观念深入人们的骨髓，就不利于培养人们自由、民主、独立、平等、人权等现代法治观念。

宫斗剧传播的大多是一种潜规则，而不是明规则，其传播的是一种勾心斗角、尔虞我诈的斗争思维和阴谋权术。剧中的权术其实都是拿不到台面上的，而只能在阴暗的角落里操作。在后宫权力斗争中，谁更加阴险狡诈、善弄权谋、长袖善舞，谁就能够最后胜出，而谁直言不讳、缺乏城府和算计，谁就可能沦为后宫权力斗争的牺牲品。为什么会产生这些宫斗？主要是因为中国几千年封建社会，始终实行人治而非法治，始终没有建立一套规范权力的规则。我国古代虽然有所谓"嫡长子继承制"等明规则，但最高权力的更迭都是根据宫廷"暗规则"进行的。这些宫斗剧所演绎的情节可能有些许夸张，但也从某个侧面反映了我国封建社会官场黑暗、权力倾轧、自相残杀的一面。人们为了夺取上位而不惜手足相残，斧声烛影，这些宫廷斗争其实就是古代残酷权力斗争的一个缩影。把这些阴暗的内容传播出来，其实也不利于引导人们的行为，也不能传播人与人之间坦诚交往、诚信做人等理念。有人说中国人与西方人相比，大多表情比较刻板，不苟言笑，缺乏幽默，是因为人与人之间可能需要处处提防，缺乏必要的信任。许多人的聪明才智都用在怎么去整人、斗人之上，而不是用来相互合作、相互协力去做成大事，这与我国几千年封建社会明争暗斗以及相互算计的潜规则是有关系的。

宫斗剧也无益于未成年人的教育。试想一下，如果未成年人在成长过程中长期受这些宫斗剧的影响，其可能并不会选择堂堂正正做人，而总是想着怎么去防范他人，怎么去算计他人。虽然目前有不少儿童电视剧目，但在黄金时段，各类宫斗剧占据了大量的电视频道，且由于青少年自制力较弱，宫斗剧常常凭借剧情的吸引力而成为大量青少年的关注焦点。有人说，中国的孩子与外国的孩子相比较，到了七八岁以后，中国孩子的眼睛缺乏清澈、单纯，而外国的孩子在这个年龄依然保持着纯真。这种说法有没有道理，我们没有考证，但是确实可以肯定的是，这些宫斗剧看多了，对孩子的成长并无太大益处。尤其是在中国广大农村，除了老年人之外，还有大量留守儿童。对于大量留守儿童来说，由于缺乏足够的课余生活和社会交往，不少时间都是在看电视中度过的。大量经验研究表明，违法犯罪行为人来自农村青少年的比例相当高，一些农村青少年的违法犯罪是否与看宫斗剧存在关联，我们没有做过实际调研，但不可否认的是，这些宫斗剧对青少年的成长并无多大益处，甚至会起到反面的引导作用。

公共电视台实际上是一种重要的社会信息传播和教育资源，其对公众价值观具有重要的引导作用，如何有效发挥这些重要公共资源的社会功能，值得我们进一步思考。如果能够将更多的当前用于播放宫斗剧的公共电视资源用来播放一些弘扬优秀传统文化，尤其是传播法治观念、法治理念、法治思维的剧目，广泛传播规则意识、诚信意识，具有重要的社会意义。这对中国法治的进步和发展十分必要。

其实，中国几千年的文化博大精深，源远流长，积淀了大量的优秀文化，有许多值得我们骄傲的地方。除了那些阴暗的宫廷斗争外，我国历朝历代都不乏秉公执法、刚直不阿、明镜高悬的清官，如汉朝不畏权势、不徇私情的张释之，秉公执法、主持正义的强项令董宣，唐朝"南山可以改移，此判终无动摇"的京兆尹李元，宋朝铁面无私铡亲侄、为民请命的包青天包拯，明朝一生刚直不阿、有如包公再世的"海青天"海瑞，清朝被称为"于青天"的于成龙，等等。这些清官故事千百年来给予了庶民百姓莫大的慰藉。这些人能够维护社会的公正、护法、执法如山，不畏强权，为民请命，就像鲁迅所说，他们是中华民族的脊梁。宣扬一些清官戏，能够向人们多灌输一些公平正义的理念，使人们以这些先贤为榜样，激励人们为守护正义、捍卫正义而努力。包公形象影响中国上千年，也为法官树立了公正无私的典范。所以，即便是青睐古装剧，我们也可以多拍摄和播放一些宣扬法治的剧目。电视剧《包青天》就是一个再简单不过的例子。在今天看来，《包青天》这部电视剧的拍摄技术和视听效果显得有些过时，但在剧情和情节上却与各类宫斗剧却存在重大区别。看完《包青天》，除了对包拯的一身正气和判案技能的佩服之外，还会感受到违法乱纪的后果和遵纪守法的价值。而前述宫斗剧则是在传播一些和法治思想、法治理念相背离的观念。

公共电视台在教育孩子时，应当教育其更加阳光、诚实，树立规矩意识、公平正义的理念，这就需要多讲一些法治的故事，多接受一些法治理念的熏陶。"实现法治的一个前提条件是一个社会必须诚实，注重权力制衡，相信法律和法官。"① 法治说到底就是明规则，大家都是按规矩办事。我们应该教育孩子从小树立一种公平正义、诚实守信的观念，一个正直的人应当是有正义感的人，正义是法治的基本理念。

《慎子》有云："法者，非从天下，非从地出，发乎人间，合乎人心而已。"法律本身也是一种文化。法律改革的命运在根本上取决于文化建设的成败，法律问题最终会成为文化问题。我到欧洲访问时，经常见到古老的法院、威严的法庭，还有那正义女神的雕像，这些本身都是其法治文化的重要组成部分。但我国的法治文化仍然十分欠缺，打开电视，经常播放帝王将相、才子佳人的古装戏，其中充斥着封建等级文化

---

① 参见於兴中：《法治东西》，法律出版社2014年版，第2页。

和特权思想，难以弘扬民主、平等、自由等法治文化。现代法治建设需要人们逐步养成遵法、守法、护法的法治意识，而法治意识的培育是一个润物细无声的过程，在电视剧目选择方面，我们提倡少一些宫斗剧，多一些包公戏，这样才能逐步培养人们守规矩、守法律的意识，从而为法治建设奠定良好的社会基础。

今天，我们推进法治，就要让法治精神像徐徐清风一样吹开人们的心扉，像春天的雨露一样滋润人们的心田。因此，我希望少一些宫斗剧，多一些包公戏。

家国同构是一种治理模式①

"家国情怀"一词看上去有些抽象，但却蕴含着十分丰富的价值观念和理想追求。古往今来，深明大义的读书人通过一言一行生动和形象地向我们展示了何为家国情怀。

既为家国情怀，当然要把"家"和"国"这两个维度密切结合起来。用儒学的话来说，就是要修身、齐家、治国、平天下。换言之，家国情怀是齐家治国的情怀。《论语·宪问》中"修己以安百姓，尧舜其犹病诸"的语句，就是对这种精神的经典概括。《大学》有云："古之欲明明德于天下者，先治其国；欲治其国者，先齐其家；欲齐其家者，先修其身。"这段论述深刻表述了中国传统文化中修身、齐家、治国、平天下的观念。

按照这种观念和精神，个人只有完善自身修养，才能把家庭治理得有序，而家庭秩序井然则是国家安定的基础。"修齐治平"，只有提高自身修为，才能治理好国家，安抚天下百姓苍生。可见，个人修养是与社会良知、社会担当以及社会责任紧密联结在一起的，在治理国家中的重要性不言而喻。家国情怀通过家与国的结合，提倡个人道德自律与国

---

① 原载《北京日报》2017 年 3 月 6 日。

家治理的结合、个人价值与社会价值的结合,这为读书人树立了明确的理想追求,从而使自我道德约束与个人奉献社会的理想追求有机地融合在了一起。

家国情怀体现了对家庭的责任感

家庭是社会的细胞,是一个人生命的来源与成长的依靠,是一个人精神的归宿与情感的寄托,也是一个人进步的基础与力量的源泉。习近平同志曾讲道,"家庭是社会的基本细胞,是人生的第一所学校"。家庭也是个人事业发展的起点和基石,人们在社会上所经历的成功与失败,最终还是要与家庭成员共同分享和分担。只有把家庭建设好,使人拥有和睦的家庭、浓厚的亲情并恪守孝道,才能为国家安定提供坚实的基础。而要把家庭建设好,家庭责任感不可或缺。很难想象,一个没有家庭责任感、连家人都不重视与爱护的人,会在国家危难之际为了国家、民族的利益挺身而出。《墨子·兼爱》早就阐释了这种道理:"视人之国若视其国,视人之家若视其家,视人之身若视其身。"据此,只有爱家的人才能爱国,一个连家都不爱的人,岂能爱他的国家?当然,家国情怀绝不是将眼光仅仅放在"家"里,它还要求读书人胸怀天下,济世安民,但做到这一点,家庭责任感是起点。

家国情怀要求实现家国同构

孟子曰:"天下之本在国,国之本在家,家之本在身。"(《孟子·离娄上》)儒学提倡家国同构,即强调家庭和国家在内部构造机理上具有同质性,强调家庭在社会组织中的重要性。家庭承担了国家最基本的社会组织功能。家庭是社会和谐稳定的基础,家庭秩序是国家秩序的前提和保障。家庭有序，国家才能稳固；家庭和睦，国家才能兴旺发达。治家是治国的起点，如果家庭结构不完善，社会、国家的有序治理也很难实现。我们所熟知的"一屋不扫，何以扫天下""一室不治，何家国天下之为"等话语表达的就是这样的含义。将家庭治理好，推而广之，就为治理好国家奠定了基础。具有家庭责任感，才能产生对天下苍生的责任感，才能以民心为心。只有具备这样的齐家治国情怀，才能把国家认同、社会共识、家庭自律和民众追求有机地结合起来，在国家、社会、家庭和个人之间形成良好互动。

需要注意的是，家国同构是一种治理模式，形象地讲，就是保持国家治理与家庭自律的同质化，使个人的家庭伦理和爱国情怀高度一致。而齐家治国情怀是一种理念和精神，是一种社会价值观念。虽然齐家治国情怀与家国同构并不在同一层面，但要真正形成家国同构的治理结构，就离不开齐家治国情怀的支撑。

家国情怀注重爱家与爱国的一体性

古人讲，为国尽忠、在家尽孝。只有在家尽孝，才有可能为国尽忠。儒家所主张的国家秩序实质上是家庭秩序的扩大反映，爱家和爱国由此有了高度的一致性。虽然这种认识产生于中国古代宗法社会，但其现实意义不容忽视。东汉经学家马融在《忠经》中认为："夫忠兴于身，著于家，成于国，其行一也。是故一于其身，忠之始也。"其含义是指，忠的精神和行动是在个人身上形成的，它表现于家庭伦理中的孝慈，而完成于献身国家事业。曾国藩的《家书》提倡尊重长辈、关心平辈、爱护晚辈，又在此基础上将其上升到对国家的尽忠，至今仍有感染力。"家是最小国，国是千万家"，"家"和"国"难以割舍分离。如果把"家"比作小河,把"国"比作大河,小河枯竭了,大河也会成为无源之水。就此而言,齐家是治国、平天下的基石。齐家是为了治国,治国首先就要齐家。从大的方面讲,对家庭的责任也是对国家的责任,而对国家尽责也是为了家庭的和美幸福。正因为"国是最大的家",所以正确认识和处理好家庭关系,倡导恪守孝道、教育好子女、树立好家风,也是家国情怀的重要内容。

家国情怀强调国家、民族利益高于个人利益

"国"是"家"的延伸,"家"和"国"在多数情况下是利益同向的。不过,"国"既不是卢梭所指的个人之间的契约式集合,更不是家庭之间的契约式集合,也不能等同于各个小家的简单集合。"家"和"国"的利益有时也会发生冲突。深明大义的读书人往往会将国家、民族的利益置于最高的位置,家庭、个人利益要为之让步。林则徐说:"苟利国家生死以,岂因祸福避趋之。"千百年来,历朝历代的先贤同时也是以国家民族大义为重的人,他们是中华民族的脊梁。故而,齐家治国情怀还表现为在把个人、家庭利益和国家、民族利益结合的同时,又将国家、民族的利益置于最高地位,在个人、家庭的利益与国家、民族的利益发生冲突时,要取国家、民族的利益而舍个人、家庭的利益。

规矩意识要从小培养

2018年春节，受朋友之邀，我去海南陵水清水湾小住几天。清水湾海滩的风景美不胜收，沙滩在阳光的照耀下泛着银光，蔚蓝色的大海一望无际，与天空连在一起，和煦的海风拂去了周身的疲劳。我时常感叹，这真是一片人间仙境。

但到了晚上，我到海边散步时却发现，时常有一些人带着孩子在海边燃放烟花，偶尔会有工作人员出现，大声高喊："海边不准放烟花！"但喊完之后过不多久，又有人继续燃放。我问一个燃放者，既然不允许，为什么还要放呢？一个正在燃放的人说，小孩要放，为了让孩子高兴。次日凌晨，我起来散步，看见许多烟花的碎屑散落在银白色的沙滩上，还有一些地方留下了黑色的硝烟，直到我离开时仍无人清理。

这件事也反映出政府部门执法的不严格。据了解，海南当地也有相关的规定，禁止在沙滩等场所燃放烟花爆竹，以保护环境，违反者要处以罚款。既然有工作人员在那里，就应该严格执法，对违反者，应当给予严厉处罚。但是我发现，工作人员叫喊了几声，就再也不见人影了，可能他们也需要回去过年，也可能是因为过年了，不愿意因为罚款影响大家过年的好心情，不愿因处罚他人而给大家带来不愉快。如果违反规则的人无须承担责任，则行为人的行为没有外部的强制力，完全依靠当事人自发遵守规则是不可能实现的。因此，对于违反规则的情形，必须予以外部的制裁，从而督促其自觉地遵守相关规则。

谁都知道保护环境的重要性。在这个事情中，家长似乎很有理，过节了，孩子坚持要在海边放，为了孩子高兴，即便觉得在海边燃放烟花爆竹是不合适的，也要燃放。但该行为忽略了生态环境的保护，在这么美丽的沙滩上燃放烟花爆竹，燃放后的碎屑四散，即使有人清理，也是很难清理干净的，不像在平地上那样容易打理。这些碎屑散落在沙滩上一片一片连起来，十分难看。尤其是黑色的硝烟渗入银白色的沙滩后，除非是海水把它带走，否则是很难清洗的。这么美丽的沙滩，如果大家都在上面燃放烟花爆竹，这实际上是在糟蹋美景。过不了多久，这人间仙境也会被我们自己给糟蹋掉。

这件事确实让我感觉，人们的规矩意识还需要强化，首先，每一个成年人都要做遵纪守法的榜样，尤其是在下一代面前，家长更应当以身作则，家长自觉遵守规矩，就是对孩子最好的言传身教。注意从小培养规矩意识，要从日常生活的小事做起。"合抱之木，生于毫末；九层之台，起于累土。"① 如果人们在日常生活中没有规则意识，在重大利益的选择面前就遑论遵法崇德。而要从细微处着手来培养和树立规则意识，应加强规则意识的教育，特别是在儿童与青少年中，要进行规则理念的反复熏陶。我在德国经历的一件事至今记忆犹新。记得有一天晚上，我和德国著名的民法学家卡纳里斯教授在街上走时，没有注意到红灯已经亮起，我们过了马路，虽然路上没有车，但被后面一位小孩远远

---

① 《老子·六十四章》。

看见了。卡纳里斯教授对我说，今天我做了两件错事，一是不该闯红灯，二是让后面的小孩看见了，给小孩树立了一个坏的榜样。后来我们在吃饭的时候，他又谈起这件事，显得很懊恼。这件事对我触动很大。在德国，一个成年人都有这样的义务，即为孩子树立遵纪守法的榜样，这也是社会文明的重要体现，也是德国整个国家和民族让人感到钦佩之处。

　　反观我国，确实在这一点上还有很多欠缺。2018年1月9号，一则"女子带着孩子阻止高铁发车"的视频在网上广为流传。后来媒体作了后续的相关报道。该事件的大致情况为，阻拦高铁发车的当事人是合肥一名女教师，她拦住高铁车门，要求列车等待其丈夫通过安检，登上列车。后来该女子及其家人都成功登车，但造成了该次高铁延误，并导致300多次高铁因此被迫改时间。该事件随后引发了网上热议，有网友表示该女子的行为影响整条线路的运行，更严重的是，这可能给整个高铁安全带来危害。更为奇怪的是，这名女子和她的孩子没有检票，也没有买票居然就上车了。这再次引发了人们的热议。每一个成年人都应该给孩子树立守规矩的榜样，作为一名教师，如果自己都没有遵守规矩的基本意识，那么又如何对孩子遵守规矩进行言传身教呢？

　　其实，家长不是不知道在沙滩燃放烟花爆竹的后果，但为了使孩子高兴而燃放了烟花爆竹。殊不知，这样一来反而给孩子树立了非常不好的榜样，让小孩从小耳濡目染这种违反规矩的行为，认为不守规矩、躲开执法人员，即便对社会造成损害也无所谓。如此一来，孩子将来会不会干违法的事情就很难说了。无论如何，这不是教育孩子的正道。正确的做法应该是，每个家长都需要像卡纳里斯教授所说的那样，要有一种为培养孩子规矩意识做榜样的精神。具体要培养哪些规矩意识呢？

我觉得，首先要从小培养孩子以守法为荣、以违法为耻的意识。要让小孩子从小知道这种基本的是非观念，知耻才能守正，知耻才能自尊。对违反规矩的事要感到脸红，从小要告诫自己不能做违反规矩的事。"勿以善小而不为，勿以恶小而为之。"如果家长鼓励孩子从小做不守规矩的事，而且认为做了这些事没有什么不光彩，那么，小孩小时候就会养成不守规矩的习惯，长大了就会没有底线。在海边燃放烟花，夜深人静，可能没有人看见，但做这种事是不光彩的，要让孩子从小意识到这是一件耻辱的事情。

其次，要从小培养孩子敬畏规矩的意识。"心无序则行无序，行无序则人无序。"对规矩没有敬畏之心，从小就会养成无法无天、目无法纪的习惯。家长应当告诉小孩，规矩就是规矩，破坏规矩是要付出代价的。清代纪晓岚有言：做人要记住一个"怕"字。因此，想问题、做决策、办事情，只有把规矩放在首位，心中有所敬畏，方能严于律己。而游离于规矩之外，按"潜规则"办事，迟早要栽跟头，付出代价。

最后，要培养孩子养成遵纪守法的义务观念。我国宪法和法律都规定公民在享有权利的同时，也负有遵守相关法律规范的义务。对未成年人来说，不仅要从小树立遵纪守法的道德义务观念，而且要了解违反这种义务就要承担相应的法律责任。例如，在这个例子中，如果孩子要求在沙滩上燃放烟花爆竹，家长应当向其说明燃放烟花爆竹的后果，应当向孩子树立保护生态环境的意识，同时，也要讲清楚违反保护生态环境义务将要承担的法律后果。家长不能一味地迁就小孩而不顾规矩。长此以往，小孩也很难养成自律意识，很可能为一己私利而破坏规矩。只有从小培养小孩法律自觉、规矩自觉，认识违规的不良后果，自觉抵制违法行为，才能够使其长大后自觉形成守法的意识，真正形成全社会人们普遍具有的不愿违法、不能违法、以违法为耻的法治环境。

俗话说,"章法有度,自成方圆"。这句话用来强调规矩的重要性是正确的,但事实上,章法虽有,未必能自成方圆。要达到自成方圆的效果,既需要有章法,而且要培育守规矩的文化,如果大家都不守规矩,法不责众,规矩也就形同虚设了。全面推进依法治国,必须以法治社会的建立为基础,社会在法治文化建设中具有一种土壤培育、氛围营造的功能,个人是社会的基本单元,所以,法治文化需要靠每个人守法、尊法、护法来实现。这就必须要求公民具备良好的法律素养,具备作为良好公民所应有的守法、护法意识和法治观念,将法治融入自己的生活之中,将法律的种子深深播种在孩子的心田。

守规矩是国民的基本义务,也是国民素质的基本体现。守规矩,就是心存制约,心存敬畏,心存秩序。遇事要遵纪守法,不逾尺度,这既是一种美德,更应当成为一种理念、一种信仰,但守规矩需要我们从小培养。

法为民而治

第五编
法学教育

人工智能时代提出的法学新课题

随着大数据和人工智能技术的发展，许多院校都开始关注与此相关的法律问题，也分别设立了有关的研究机构，如大数据法律研究院、人工智能法治研究院、未来法治研究院等，大力推动与网络、大数据、人工智能相关的现代科技和法律关系的研究和教学工作。有的研究机构还专门出版了网络、人工智能研究的杂志，凸显出法律界同行已经开始关注网络科技、人工智能等对传统法制提出的挑战。

"问题就是时代的口号。"我们已经进入人工智能的时代，正在开启新的时代。大数据和人工智能的发展改变了我们的生产和生活方式，深刻地影响着社会生活的方方面面。但同时，它们也提出了诸多的法律问题，需要法学理论研究工作者予以回应。

大数据是人工智能的一种重要分析工具，借助大数据分析技术，人工智能可以进行相关的演练和操作。大数据记载了我们的过去发生的一切、现在发生的一切，并能准确地预测我们的未来。现代社会的人就好像"裸奔"一样，我们的一切都有可能被他人"监视"，都时刻可能暴露在"第三只眼"之下。"亚马逊监视着我们的购物习惯，谷歌监视着我们的网页浏览习惯，而微博似乎什么都知道，不仅窃听到了我们心中的'TA',还有我们的社交关系网。"① 我们无论走到哪里,只要携带手机,相关软件借助于 Cookie 技术,就可以时刻知道我们的准确定位。例如,我们下载某新闻软件后,其就可能准确知道我们的地理位置,并相应地推送与该地相关的新闻信息。获取海量大数据信息的主体,可以研究、开发以大数据为基础的各种产品,并凭借大数据无穷的潜力获取利益,从而刺激人们进一步采集、分析人们的大数据信息。随着收集和分析方式越来越先进,成本越来越低廉,大规模数据收集已成为常态,并会越来越普遍,这就进一步加剧了对个人隐私的威胁。大数据的价值并不限于初次利用,经过整合和分析,其可以进行二次利用甚至多次利用,价值也越较原始数据本身为高。很多数据在收集时并不确定其用途,但收集之后,其可能被许许多多的数据收集者进行各种创新用途。人工智能的应用在很大程度上需要借助大数据分析和处理技术,应当专门设置相关的法律规则,防止人工智能应用过程中的数据非法收集、泄露、贩卖等问题,以有效保护个人信息的安全。

人工智能的发展也涉及人格权保护问题。现在很多人工智能系统把一些人的声音、表情、肢体动作等植入内部系统,使得所开发的人工智能产品可以模仿他人的声音、形体动作等,甚至能够像人一样表达,并与人进行交流。但如果未经他人同意而擅自进行上述模仿活动,就有可能构成对他人人格权的侵害。此外,人工智能还可能借助光学技术、声音控制、人脸识别技术等对他人的人格权客体加以利用,这也对个人声音、肖像等的保护提出了新的挑战。例如,光学技术的发展促进了摄像技术的发展,也提高了摄像图片的分辨率,使得夜拍图片具有与日拍图

---

① 〔英〕维克托·迈尔—舍恩伯格等:《大数据时代》,盛杨燕等译,浙江人民出版社 2013 年版,第 193 页。

片同等的效果，这也使得对肖像权的获取与利用更为简便。现在，机器人伴侣已经出现，在虐待、侵害机器人伴侣的情形下，行为人是否应当承担侵害人格权以及精神损害赔偿的责任呢？但这样一来，是不是需要先考虑赋予人工智能机器人主体资格，或者至少令其具有部分权利能力呢？这确实是一个值得探讨的问题。

　　人工智能的发展也涉及知识产权的保护问题。从实践来看，机器人已经能够自己创作音乐、绘画，机器人写作的诗歌集也已经出版，这也对现行知识产权法提出了新的挑战。例如，百度已经研发出可以创作诗歌的机器人；微软公司的人工智能产品"微软小冰"已于2017年5月出版人工智能诗集《阳光失了玻璃窗》；在日本，机器人创作的小说甚至还通过了日本文学奖的初审；有的机器人甚至会谱曲、作画，这些作品已经可以在市面上销售，这就提出了一个问题，即这些机器人创作作品的著作权究竟归属于谁？是归属于机器人软件的发明者？还是机器人的所有权人？抑或赋予机器人一定程度的法律主体地位从而由其自身享有相关权利？人工智能的发展也可能引发知识产权的争议。智能机器人要通过一定的程序进行"深度学习"（deep learning）、"深度思维"（deep mind），在这个过程中有可能收集、储存大量的他人已享有著作权的信息，这就有可能构成非法复制他人的作品，从而构成对他人著作权的侵害。如果人工智能机器人利用其获取的他人享有著作权的知识和信息创作作品（例如，创作的歌曲中包含他人歌曲的音节、曲调），就有可能构成剽窃。但在构成侵害知识产权的情形下，究竟应当由谁承担责任，这本身也是一个问题。

　　人工智能的发展还涉及数据财产的保护问题。我国《民法总则》第127条对数据的保护规则作出规定。数据在性质上属于新型财产权，但数据保护问题并不限于财产权的归属和分配问题,还涉及这一类财产权的安全,特别是涉及国家安全。人工智能的发展也对数据的保护提出了新的挑战。一方面,人工智能及其系统能够正常运作,在很大程度上是以海量的数据为支撑的,在利用人工智能时如何规范数据的收集、储存、利用行为,避免数据的泄露和滥用,并确保国家数据的安全,是亟须解决的重大现实问题。另一方面,人工智能的应用在很大程度上取决于其背后的一套算法,如何有效规范这一算法及其结果的运用,避免侵害他人权利,也需要法律制度予以应对。例如,人工智能通过对一个人在网络交易中取消订单的频繁程度进行分析,可以得出关于这个人社会信用状况和交易能力的评价,此种评价可能对个人的经济生活产生重大影响。目前,人工智能算法本身的公开性、透明性和公正性的问题,是人工智能时代的一个核心问题,但并未受到充分关注。

人工智能的发展还涉及侵权责任的认定问题。人工智能引发的侵权责任问题很早就受到了学者的关注,随着人工智能应用范围的日益普及,其所引发的侵权责任认定和承担问题将对现行侵权法律制度提出越来越多的挑战。无论是机器人致人损害,还是人类侵害机器人,都是新的法律责任。据报载,2016年11月,在深圳举办的第十八届中国国际高新技术成果交易会上,一台名为小胖的机器人突然发生故障,在没有指令的前提下自行打砸展台玻璃,砸坏了部分展台,并导致一人受伤。[①]毫无疑问,机器人是人制造的,其程序也是制造者控制的,所以,在造成损害后,谁研制的机器人,就应当由谁负责,似乎在法律上没有争议。人工智能就是人的手臂的延长,在人工智能造成他人损害时,当然

---

① 薛之白:《深圳高交会出现中国首例机器人伤人事件》,载《联合早报》2016年11月18日。

应当适用产品责任的相关规则。其实不然,机器人与人类一样,是用"脑子"来思考的,机器人的脑子就是程序。我们都知道一个产品可以追踪属于哪个厂家,但程序不一定,其有可能是由众多的人共同开发的,程序的产生可能无法追踪到某个具体的个人或组织。尤其是,智能机器人也会思考,如果有人故意挑逗,惹怒了它,它有可能会主动攻击人类,此时是否都要由研制者负责,就需要进一步研究。前不久,深圳已经开始测试无人驾驶公交线路,引发了全球关注。但由此需要思考的问题就是,一旦发生交通事故,应当由谁承担责任?能否适用现行机动车交通事故责任认定相关主体的责任?法律上是否有必要为无人驾驶机动车制定专门的责任规则?这确实是一个新问题。

今天,人工智能机器人已经逐步具有一定程度的自我意识和自我表达能力,可以与人类进行一定的情感交流。有人估计,未来若干年,机器人可以达到人类50%的智力。这就提出了一个新的法律问题,即我们将来是否有必要在法律上承认人工智能机器人的法律主体地位?在实践中,机器人可以为我们接听电话、语音客服、身份识别、翻译、语音转换、智能交通甚至案件分析,有人统计,现阶段23%的律师业务已可由人工智能完成。机器人本身能够形成自学能力,对既有的信息进行分析和研究,从而提供司法警示和建议。甚至有人认为,机器人未来可以直接当法官。人工智能已经不仅是一个工具,其在一定程度上具有自己的意识,并能作出简单的意思表示。这实际上对现有的权利主体、程序法治、用工制度、保险制度、绩效考核等一系列法律制度提出了挑战,需要应对。

人工智能时代已经来临,这不仅会改变人类世界,也会深刻改变人类的法律制度。21世纪初,华裔著名经济学家杨小凯就提出:如果中国仅仅重视技术模仿,而忽视制度建设,后发优势就可能转化为后发劣势。① 因此,我们不能仅注重技术的引用,而忽视其可能带来的负面效果。不谋万世者,不足以谋一时。法治不仅仅是要考虑当下,也要考虑未来。法治要提供制度环境安排,这一安排的质量将直接决定新兴科技等的发育状况。我们的法学理论研究应当密切关注社会现实,积极回应大数据、人工智能等新兴科学技术所带来的一系列法律挑战,从而为我们立法的进一步完善提供有力的理论支撑。特别是要充分认识和拥抱科学技术对社会生产和生活带来的结构性、革命性的影响,尽早观察和预测未来法治发展的方向,促进良法制定,使我们的法律和未来的发展尽可能地契合,成为未来科技发展的一股制度支持力量,而不能成为科技发展的障碍。

---

① 参见涂子沛:《数据之巅》,中信出版社2014年版,第337页。

法学是实践之学

法学（the science of law）不同于法理学（jurisprudence），它涵盖了民法、刑法、行政法等各个部门法，但法学究竟是什么？这看起来是个十分普通的话题，但始终缺乏共识。

一般认为，法学是经世济民的学问，是治国理政的学问，法学理论博大精深，知识丰富，体系严密，自罗马法以来，经过数千年的发展，法学著述也是汗牛充栋。就我本人研究的民法学而言，也是理论性和科学性极强的法学部门。我自身研究民法四十多年，每每都感到这门学问的博大精深，毕生研究所取得的一点学术成果相对于广博的民法学理论而言，也不过是沧海一粟。法学虽然理论性很强，但又和社会生活、市场交易息息相关，与人类行为密不可分，所以，法学作为研究法的发展及其规律的学科，又可以说是一门实践之学。

法学是一门实践之学，而不是关在象牙塔研究的学问。法学学科以法的发展为研究对象，以公平正义为主要价值追求，其不同于其他学科之处在于其实践性。德沃金指出，"法律是一种不断完善的实践"。[①] 富勒认为，法律制度是一

[①] Ronald Dworkin, *Law's Empire*, Harvard University Press, 1986, p. 44.

项"实践的艺术","人们很容易了解,法律应明确地以一般规则加以表达,是以后生效的,应向公民公布。但是要了解这些事情如何,在什么情况以及在什么样的平衡下来实现,其任务就不亚于充当立法者"。①法学是一门博大精深的科学。法律之学都是以"法律"这样一类社会规范为基础的。作为一类社会规范,法律必然以人与人在社会实践交往和生活中的社会关系为关切要点,正是围绕法律这一类社会规范的属性、来源、应用、效果和发展等多个维度,法律人展开了对法学的研究。

第一,从属性上讲,法学是实践性的知识,不是纯粹理性的、形而上的知识,法学所思考的是应当如何治国理政、解决国家和社会治理中的现实问题。法学要研究的是法律作为行为规范如何有效地调整人们的行为,要检验其是否产生实效,应当与人们的社会实践经验联系在一起。法律作为一种社会规范,是对特定时空背景下特定人群所偏爱的社会价值取向和社会交往方式的确认和制度化。马克思认为:立法者不是在创造法律,不是在发明法律,而仅仅是在表述法律。其实,马克思就是强调法律是来源于社会生活,服务于社会生活,最终要回归社会生活之中。德国法学家萨维尼也指出:"法律并无什么可得自我圆融自洽的存在,相反,其本质乃为人类生活本身。"通常来说,那些被法律所确认和制度化的社会价值取向和交往方式反映了相应社会群体在长期社会生活实践中的经验总结,蕴含了特定群体积累的实践智慧,良法都是来自于社会生活实践,指引良法的法学理论自然也应当来自于生活、来自于实践。

第二,从来源上讲,法律来源于社会生活,产生于交易实践,是对生活经验和社会规律的概括和提炼。《慎子》云:"法者,非从天下,

---

① Lon L. Fuller, *The Law of Morality*, Yale University Press, 1967, p. 94.

非从地出，发乎人间，合乎人心而已。"社会生活虽然是多元开放的，但也并不是杂乱无章的。相反，人类社会生活总是在不同的程度上呈现出社会发展规律。一方面，"物之不齐，物之情也"。鸦片战争以来近二百年的历史表明，完全照搬西方的制度、规则是不成功的，不可能真正实现中华民族的伟大复兴。要建设富强繁荣、安居乐业的现代国家，中国只能选择自己的发展模式，走适合自己国情的道路。法治建设同样如此，必须扎根于本国的实践方能夯实基础、拓宽道路。法律这种社会规范的制定，必然是对这些社会发展规律的呈现和应用。可以说，对人类行为和交往规律把握得越准确，所制定的立法就越贴近社会实践，越有利于指导未来的社会行为与交往。另一方面，法律本身也是一种文化，法治文化作为社会文化的一部分，离开了其他文化要素存在的土壤，法治文化不能独存。"橘生淮南则为橘，生于淮北则为枳"，法治还是不能脱离本国的文化和国情基础。任何成熟、积极的法治体系，都是由这个国家的人民决定的，都是在这个国家历史传承、文化传统、经济社会发展的基础上长期发展、渐进改进、内生性演化的结果。这些都决定了以法律为研究对象的法学必须是实践之学。

第三，从应用上讲，法律规范的生命力也存在于法律适用之中。霍姆斯说，"法律的生命不在于逻辑，而在于经验"。如前所述，法律产生于对纷繁复杂的社会现实生活的归纳和总结，是对复杂的社会现实生活的抽象和概括，法律规则越接地气，越能够产生其应有的实用价值，也越能被人们所认同和遵守。这就意味着，简略抽象的法律条文背后必然对应着鲜活的社会生活故事。执法者和司法者必须要有丰富的社会阅历，能够洞悉人情世故，准确了解社会生活，才能够把看似机械的法律知识变成一种鲜活的社会生活知识和智慧，从而把抽象的法律规则还原和应用到社会现实中去。

第四,从效果上讲,法学和医学一样,都是实践性极强的学问。对于医生而言,其需要根据病人的具体病情对症下药,患者病情千差万别,即便是感冒还有风寒与风热之分。疑难杂症就更不用说了。在医学上,面对疑难杂症,医生一般不会宣称能马上开出一个药到病除的药方,常常要通过不断贯彻和总结药方的疗效来调整和优化药方的内容,从而不断努力去找到治病良方。法律这类社会规范同样如此,法律人在面临快速变迁的复杂社会语境时,采用一种相对弹性的法律观去制定法律,并在法律实施过程中逐步总结法律实施的社会效果,进而反过来重新评估和优化立法,如此才能够保证法律及其实施的科学性,切实有效地反映和指导社会生活实践。

第五,从发展上讲,法律需要不断与时俱进,回应社会生活的现实问题。"问题是时代的声音",社会生活纷繁复杂,变化无穷,法律需要不断适应社会的变化,立法者需要发现问题、提出问题、直面问题、研究问题、回答问题,不断废、立、改。执法和司法者也需要不断应因时代的发展,秉持公平正义等观念,将抽象的法条准确运用到具体的社会纠纷之中。真正的法是"活法"(living law)和"行动中的法"(law in action),而不可能是仅仅存在于"书本中的法"(law in books),这也决定了法律必须密切联系实际。

正是因为法律是一门实践之学,所以,法学教育也要适应这种实践之学的教育。虽然英美法学教育更加侧重实践性教育,大陆法系更强调对理论体系的关注,但从两大法系的毕业生在与国际经济交往密切相关的法律服务市场的占据份额和进入难易程度来看,侧重法律的实践性教育的英美法系的确占有不小的优势。虽然这种优势与相应法律对应的经济发达水平和其在国际经济交往中的地位重要性有关系,但与普通法系国家重视实践教学,注重运用苏格拉底式教学法、法律诊所和其他实践教育方法等不无关系。由于法学是实践性很强的学科,所以,法学教育必须要处理好法学知识教学和实践教学的关系,必须要强化法学的实践教学,打破高校和社会之间的体制壁垒,将实践部门的优质教学资源引进高校;高校法学教育要培养学生的动手能力,也就是分析、解决现实问题的能力。法学教育应当注重实践教学、实践育人,通过法律诊所教育、法律援助、法律第二课堂、辩论式教学、案例讨论等各种方式,使学生真正掌握实用的本领和动手的本领。

强调法学是一门实践之学,并不是说不重视法学理论研究。事实上,中国的法治建设需要法学理论研究的支撑,无论是立法还是司法,都需要法学理论的指导。但法学理论研究应当注重实践理性,坚持问题导向,解决中国的现实问题。文以载道,经世济用,黄宗羲指出"道无定体,学贵实用"。法治真正的土壤在于社会,只有从现实出发,才能发现问题,相关的研究也才具有实际意义。照搬照抄所谓国外的经验可能并不利于解决我国的现实问题。法治是人类共同的治国方略,但法治实现的方式各不相同,各国都有自己的特色,法治的本质就是实践的。那么讲到实践,究竟是谁的实践?我国法治建设的实践就是我国改革开放的实践、经济建设和社会发展的实践、国家和社会治理的实践,实践在社会,经验在民众,我们要走出一条行之有效的法治之路,只能从我国的实际情况出发,而不能完全照搬别国的经验。

"问渠那得清如许,为有源头活水来"。法学学者既要注重理论研究,又不可囿于书斋、关闭在象牙塔中,而应当走进生活,走向社会,密切关注我国的法治建设实践。法学家需要守经,即坚守法治理念,守护法治精神，维护社会正义，同时，也要与时俱进、不断创新，切不可因循守旧、故步自封，更不可定于一尊，奉某一外国法律制度为圭臬，忽视本国法治实践，照搬照抄外国的法律制度，"削中国实践之足，适外国理论之履"。面对任何社会问题，我们都有义务和责任展开相应的法治思考，以法治的方法解决我国的现实问题。随着科学技术的飞速发展和社会矛盾的日益变化，法学研究也面临着前所未有的挑战，随着我国经济转轨、社会转型，社会结构和执法环境发生深刻变化，如何以问题为导向，探索如何利用法律思维解决现实社会问题，也成为当代法学与实践相结合的新思路和新机遇。

智库建设应秉持"实事求是"精神①

"智库"在英文中称为"thinktank",它的词源来自于"坦克",是第一次世界大战中才出现的一种武器。20世纪初,一些学者主张,思想也要有进攻力,像坦克那样具有强大的攻击力,思想(think)和坦克(tank)组合,于是就有了"智库"这个行业。自中华人民共和国成立以来,我们党一直重视调查研究,很早就建立了专门的调查研究机构,但多是以政治研究为主。真正意义上致力于政策研究、助推经济社会发展的现代智库,是改革开放后才开始形成的。近几年来,中央倡导智库建设,为科学决策提供智力支持,智库如雨后春笋般地出现。2016年5月17日,习近平总书记在哲学社会科学工作座谈会上的重要讲话中强调指出,"要加强中国特色新型智库建设,建立健全决策咨询制度"。党的十九大报告更是提出"加强中国特色新型智库建设",这也反映出新时代党和国家对建设高水平智库的需求日益强烈。"才智之民多则国强,才智之士少则国弱"。高端智库集中体现了一个国家的整体智力水平。智库越发达,研究成果的科学性越高、价值越大、成果转化越多,党和国家的决

---

① 2017年在中国人民大学重阳金融研究院组织的有关智库研究研讨会上的发言。

策就会越科学、越合理。

真正高水平的智库需要具备多项要素，但根本的是要秉持"实事求是"的精神。"实事求是"一词出于《汉书·河间献王刘德》，该文中说刘德"修古好学，实事求是"。后来唐代学者颜师古将"实事求是"一词解释为"务得事务，每求真是也"，即把它引申为一种值得提倡的务实求真的学风。毛泽东曾在《改造我们的学习》中作过这样的论述："'实事'就是客观存在着的一切事物，'是'就是客观事物的内部联系，即规律性，'求'就是我们去研究。"实事求是不仅是所有学术研究的基本方法，也是我们治学的根本准则，它对智库建设而言显得尤为重要。

"实事求是"要求智库建设秉持客观性和独立性。智库首先是要服务于政府的决策活动。智库的核心职能就是研究公共政策，供政府选择实施、制政施政，为公共利益最大化出谋划策。党和国家之所以强调智库建设，很重要的原因也是注重民主决策、科学决策，注重听取专业人士的真知灼见。因此，智库担负着为国家决策献言献策、出谋划策的作用。但智库不应简单地成为政府政策的解释工具，智库在性质上与政府下设的研究部门是有区别的，它应当保持一定的独立性，而不是简单地起草领导讲话、解读政府政策。不能说，政府需要什么样的意见，智库就完全按照这个意见提供相关报告，而应当保持一定的客观性。智库要急国家当下之所急，谋国家未来之所需，因此其提供的建议越客观、越准确，就越能保障政府决策的科学性。所以，从事智库研究的学者，应当秉持实事求是的精神，既不唯书，也不唯上，更不能唯洋，要为政府的科学决策提供客观、公正、有价值的参考意见。

实事求是要求智库应当以中国现实问题为导向，回归本土实践。所谓"实事",就是要从实际出发,这就要求我们大兴研究调查之风。没有调查就没有发言权,智库研究工作者不能进行"空中楼阁"式的研究,要深入基层、深入实践,真正了解国情、民情、社情,深入全面地掌握第一手材料,不能先入为主、以偏概全、盲人摸象,也不能提前定调子、找根据,更不能编假、造假。智库研究要注重运用数据研究、实证研究的方法,但绝不能篡改数据、捏造数据。现在有的智库提出"中国全面超越美国"等论断,就不是从中国实际出发,就没有真正做到"唯实、守正",弄清"实事"、摸清国情,容易产生误导。实事求是是马克思主义实践观的基本要求,是政策研究者的基本功,是政策研究的出发点。这就要求智库研究工作者必须坚持一切从实际出发,使研究成果"接地气",具有针对性和可操作性。

"实事求是"要求智库建设必须具有专业精神。所谓"求是",就是探索真理,认识规律。提升咨政建言能力,以科学咨询支撑科学决策,智库研究必须要提倡专业精神,打造专业特色,提供专业咨询和建议。智库不同于政府部门的政策研究机构,而是汇集了一批能够提供专业意见、具有专业水准的人士的平台。一方面,智库研究要提倡求是精神,鼓励大胆探索。智库工作是为党和国家有关机构的决策服务,不是为个别决策者服务,所以要允许智库研究者大胆研究和探索,为党和国家的决策拿出具有专业水准的建议。智库研究者要致力于做社会的"啄木鸟",能看到社会的不足,为社会提供建设性意见,发挥正能量。另一方面,智库研究要抓住党和政府决策急需解决的重大现实问题,开展针对性、前瞻性等政策研究,提出高质量的、专业化的、具有建设性和实用价值的政策建议。尤其应当看到,决策是科学问题,不是凭感觉或靠利益驱使来解决问题的。因此,智库研究一定要提倡实事求是的学风,不能急功近利、东拼西凑、粗制滥造,不能逃避现实、闭门造车、坐而论道,智库要真正发挥作用,关键在于我们所提供的建议是否是从客观情况出发,能否针对现实问题进行科学分析,提供专业的政策建议。

"实事求是"要求智库在功能定位上不同于媒体。智库说到底是建言献策的机构,它与一般的宣传部门是有区别的,因此,智库应当更侧重于研究与提供专业意见。在处理智库与媒体的关系上,智库与媒体都是智慧高地,影响国家走向、引导社会舆论。就当前发展趋势而言,智库与媒体积极互动,有所交叉、有所融合。就成果的传播方式而言,现代智库具有一定程度的媒体功能。就传播的影响力而言,权威主流媒体也可以在一定程度上发挥智库功能。但智库发展需要保持自身独立性,其与媒体有着不同的功能定位。高水平智库需要有深度、专业的研究成果,而不是追随媒体热点,不能赶时髦。智库研究人员是独立的,不应受舆论观点的左右。智库研究尊重的是事实和国家全局利益,坚持实事求是。

务实为本,求理为要。唯实是需要理论勇气的,这是对智库客观性的一大考验。作为新型高校智库,要从国家利益出发,坚持人民立场,在政策研究工作中落实实事求是的要求。希望我们的智库能够推出更多更好的智库成果,为党和国家的决策作出更大的贡献。

法学教育应注重辩论能力的培养

多年前，我在阅读柏拉图的《理想国》时发现，苏格拉底不仅是伟大的哲学家，而且也是辩论式教学的引领者，通过一问一答的对话方式，苏格拉底与其学生就深邃的哲学问题进行了平等对话和相互辩驳，探讨哲学思想的真谛，其中也包括了法律的真谛。从这一意义上说，此种辩论式的探讨方式实际上是铺就了一条探求真理之路（the way of truth）。苏格拉底的提问法对今天的法学教育也产生了重大的影响，英美法学院基本是按照苏格拉底的提问法展开法学课堂教学的过程。

翻阅柏拉图的著作，我们可以发现，其中不仅有提问，而且还存在着辩论，辩论实际上就是与对手争辩的过程，辩论过程伴随着一连串的提问和陈述，反驳对方的观点，并在反驳过程中发现对方回答中的矛盾，这也就是所谓的苏格拉底提问法（Socratic Seminar）。通过研习苏格拉底提问法，读者也可以从中学习思辨能力，并获得探求世界真谛的能力。只不过，这种方式在我国当下的法学教育中并没有引起高度重视。

其实，辩论也是我国古代思想家所推崇的学习方式。今天，我们来看《论语》，就会发现，它实际上就是孔子与学生的对话，它和柏拉图所描写的苏格拉底与他人包括与其弟子的对话非常相似。从《论语》的内容来看，其也不仅仅是孔子单方面的说教，其中也包含了大量孔子与其弟子辩论的内容。《墨子·小取》记载："夫辩者，将以明是非之分，审治乱之纪，明同异之处，察名实之理，处利害，决嫌疑。"也就是说，辩论有助于明辨是非，辨异同利害，解答疑惑。春秋战国时期之所以是我国古代思想最为辉煌的时期，当时学术繁荣，大师云集，群星璀璨，其中最为重要的原因在于，各个派别的思想家可以就治国理政展开自由的辩论，并在辩论中不断修正和发展自己的学说。

法学是一门实践性的学问，学生不仅要理解抽象的法律规则，而且需要将其熟练运用于实践，解决具体的纠纷。司法实务需要不同角色的法律工作者进行互动交流，能够在交流过程中对对方观点提出质疑是法律工作者应当具备的基本法律素养。我们都知道苏格拉底的提问法，但对辩论式的教学方法，大陆法课堂教学实际上仍然是陌生的。在许多人看来，辩论只是一种实习的方式，即偶尔让学生参与一些辩论赛就可以，而没有将其引入法学课堂。但我觉得，法学课堂教学应当进行一些创新，其中很重要的一种途径就是引入辩论式的教学方法。有人概括课堂教学有如下"五种境界"，即沉默（silence）、回答（answer）、互动交流（dialogue）、提出质疑（critical）和辩论（debate）。从这个角度而言，辩论实际上是课堂教学的高级阶段，这个说法是否准确可靠，确实值得探讨。但至少有一点可以明确，即在课堂教学中引入辩论方法，确实有利于培养法科学生的思辨能力和运用法律规则的能力。

现阶段，国内法学教育也开始推动案例教学，让学生学会运用法律，感受"书本中的法律"（law in the book）是如何成为"行动中的法律"（law in action）这一过程，这无疑是重要的。但我认为，法学教育改革不应当局限于突出案例教学，还应当再向前走一步，就是必须培养学生的辩论能力。我们法学实践教学最为重要的平台就是模拟法庭及小型研讨（seminar）之类的课堂，我们的模拟法庭不应当成为学生照着"剧本"熟悉庭审程序的摆设，小型研讨课堂也不应当成为老师单纯授课或学生做主题报告的课堂，而应当更多地培养学生的辩论能力。在高年级法学课堂的教学中，教师应当引导学生对实务判例、社会热点、基础理论问题展开辩论，让学生学会抓住分歧点进行深入论证，同时在这个过程中培养学生的法律逻辑能力和检索资料的能力。

作为一名从事法学教育三十多年的教师，我个人始终在考虑是否有必要以及如何在课堂引入辩论、培养学生辩论能力，经过多年的思考与检验，我觉得，在课堂上引入辩论、培养学生的辩论能力很有必要。之所以持这样的看法，我主要是基于如下几点思考：

第一，表达能力的培养。表达乃法律人最基本的职业素养，法律职业者除了需要熟悉法律规则外，还需要有良好的修辞、表达能力，辩论本身就是一种语言表达能力。意大利最高法院的两侧有两个雕塑，一个是乌尔比安的塑像，一个是西塞罗的塑像，乌尔比安强调规则，西塞罗是古罗马最伟大的政治家和辩论家。据介绍，最高法院两侧之所以陈列这两个雕塑，其目的旨在强调法官应当依法裁判且重视辩论能力。法律除了规则之外，也需要修辞，而辩论有利于培养学生的语言表达和修辞能力。我们的法学教育应当注重培养学生的辩论、修辞能力，如果一个法律人的法学功底深厚，学术精良，但不善于在法庭上唇枪舌剑地展开辩论，则其还不是一个合格的法律人。所以，辩论对于合法法律人的培养具有重要意义。

第二,专业能力的培养。一方面,参与法学辩论的前提是熟练掌握相关的法律知识,这就要求一个人在展开辩论前,需要进行精心准备,尤其是熟悉与辩论主题相关的法学知识,这就可能有效调动学生学习的积极性,提高其专业素养。同时,辩论方法的引入也可以使学生提前了解司法运作过程,明白法律规则释义的多样性和法律价值的多元性,从而以更加开放和包容的心态对待司法裁判结果。辩论过程中的相互攻击和防守很好地展现了法律的论辩性特征。另一方面,辩论并不仅仅是依据法律,还要依据社会生活和丰富的实践,也就是说,参与辩论的人应当掌握大量的社会生活经验,这样的论辩才更有力量。还应当看到,现代社会是价值多元的社会,现代法学方法需要不断寻求价值共识,价值共识的达成需要不同观点之间的碰撞。辩论有助于学生从多个角度看问题,对问题的观察会更为全面,而且在辩论过程中,通过观点的交锋,学生也会知道自己最初观点的不足之处,进而加以弥补和修正,更能形成共识。

第三,应变能力的培养。而应变能力乃司法工作者职业素养的一个很重要的组成部分。司法工作者需要面对纷繁复杂的纠纷,在纠纷的解决过程中,各种情况也是瞬息万变,这就要求司法工作者必须具有很强的随机应变能力,能够积极应对不断变化的案件情况。辩论(debate)不同于讨论(discussion),讨论注重不同观点的沟通与交流,而辩论则强调不同观点之间的对抗性。辩论一定有一个立场的分歧,而讨论则不一定,更多是为了追求目的的一致性,也就是说,讨论只是就某一问题展开探讨,双方只是提出自己对某一问题的看法,参与讨论的双方在观点上可能并不存在对抗,而可能是相互补充的,这就很难培养学生的应变能力。讨论有助于加强学生对某一问题的深入认识,但无法锻炼学生的应变能力，无法全面涵盖法学教育之中学生所需培养的各种能力，这就需要有辩论作为补充。

第四，逻辑思维能力的培养。参加辩论时，学生除了需要认真准备辩论素材外，还需要按照一定的逻辑归纳、整理自己的素材，这有利于培养学生的逻辑思维能力；同时，反驳对方的辩论主张时，也需要从逻辑上分析对方观点的不足，从而实现好的论辩效果。其实，法律思维的核心内容就是逻辑思维能力，辩论中要讲理的，如何讲理，以理服人，就必须要遵循一定的逻辑。辩论的方式需要学生在较短时间内组织自己的素材、语言和表达，这本身就是一个逻辑思维的培养过程。

此外，辩论方式的引入也有利于调动学生学习的积极性与学习兴趣，多年来在教学过程中，我形成了这样一种看法，即没有普遍适用于每一个人的教学法，各种方法只要能够有效地调动学生的学习热情和学习兴趣，启发学生的思维，开启学生的智慧，每节课都能使学生真正从中学到知识，这就是有效的教学法。我在课堂教学中尝试过引入辩论法，发现此种方法确实可以激发学生的学习热情，因为辩论方法的引入，可以将学生置身于问题之中，这就有利于调动学生解决问题的积极性，而且为了解决具体的问题，学生需要充分发挥其逻辑思维能力和文献检索能力。在辩论的过程中，不断的攻防也有利于极大地刺激学生求知的欲望，调动其学习的积极性。

现在，各种辩论赛如国际模拟法庭辩论赛、WTO模拟法庭辩论赛、国际仲裁辩论赛等越来越多学校的关注，参与的学校和学生也越来越多。但辩论赛毕竟不同于课堂教学中的辩论，后者是一种重要的教学方法，当然，在现阶段，这种方法还不能完全代替传统的课堂教学方法，而只能作为一种传统课堂教学方法的有益补充，应当引起我们高度的重视。

努力构建中国特色社会主义民法学理论体系[①]

2017年3月15日第十二届全国人民代表大会第五次会议通过了《中华人民共和国民法总则》，这是我国民法典的总则编，可以说，这实质性地开启了民法典编纂的任务。接下来的任务同样非常艰巨，因为要把现有的《物权法》《合同法》《侵权责任法》《婚姻法》《继承法》等民事法律，按照民法典的体例和要求，进行全面修改，然后与《民法总则》衔接起来，作为民法典进行颁布。更重要的是，针对立法中争议极大的重大立法问题，比如人格权法、债法总则是否单独立法成为民法典的一编，知识产权是否应当纳入民法典等，学术界也要展开进一步的研究，为立法机关提供有益的参考。民法学者如果能够有幸参与法典的制定，这是我们治学报国的最好机遇，一部伟大的法典都是民族智慧的结晶。民法学者参与其间，建言献策，其中有的意见被采纳，这固然是好事，但即便意见、建议没有被采纳，也是从另一个角度提出了相关论证，也与有荣焉。让我们共同努力，"聚万众智慧，成伟大法典"。

就民法学而言，我们要构建具有中国特色的民法学理论

[①] 原载《中国社会科学报》2017年7月5日。

体系。众所周知，自清末变法以来，西学东渐，古老的中国法制实现转型，我国步入大陆法的法律体系。在这个过程中，我国的民法曾经全面借鉴甚至照搬了德国民法。旧中国民法的绝大多数内容都直接或间接来自德国法，今天我们的民法话语体系也基本上来自欧陆国家。我一直认为，人在天地间贵在自立，国家和民族贵在自强。我们的民法，也应当在世界民法之林中有自己的重要地位。作为民法学工作者，我们所做的一切，都应是为着这个目标而努力。习近平总书记指出，我们不能做西方理论的搬运工，要做中国学术的创造者，做世界学术的贡献者。这就要求创建我们自己的民法学理论体系和话语体系。

我们要有这种理论自信。中国已经是世界第二大经济体，也是崛起中的大国，改革开放以来，社会主义市场经济的伟大实践和法治建设的巨大成就，都为民法学理论体系奠定了坚实的理论基础。我们面临一个改革的时代，这是产生伟大法典的时代，也是产生民法思想的时代。在这个改革的时代，我们也会面临许多新情况、新问题，这些问题的解决无先例可遵循，国外的民事法律制度不能为我们提供符合我国国情的解决方案，这就要求我们要以习近平新时代中国特色社会主义思想为指导，积极构建自己的民法学理论体系，有效回应社会转型时代的各种新问题、新挑战。因此，构建具有中国特色、解决中国现实问题的民法学理论体系，是广大民法学人肩负的责任。这就需要我们回归法治的本土实践，以问题为导向，解决中国的现实问题，大胆进行理论创新。我们要多研究中国的案例，讲好中国的故事。有的学术论文在讨论中国当下的法律问题时，还在引国外一百多年甚至二百多年前案例中的观点作为问题解决方案，这实际上是时空错乱，也解决不好中国的现实问题。其实，我们现在有大量的实践资源、案例资源，中国裁判文书网中有几千万份裁判文书，这些裁判文书既是学术研究的对象，也是学术研究的宝贵资源。

我们的民法学理论要体现时代性，要与时俱进。社会在不断发展，理论也要随之不断创新，不断丰富和发展。尤其是我国正处于空前广泛深刻的社会变革时期，有独创性的理论研究，更要总结实践的经验成果，并经过实践检验，从时代出发，发出时代之声。同时，也要积极借鉴国外法治建设的经验和法学理论的有益成果，通过借鉴先进文化和文明成果，丰富我们自身的学科体系、学术体系。但是，不能在外国学者设计的理论笼子中跳舞。我们的民法学研究方法也需要创新，在注重解释方法的同时，也要注重实证研究，并充分借鉴经济学、社会学等学科的研究方法。尤其是要秉持百花齐放、百家争鸣的学术氛围，要开放包容对待学术问题，民法的问题还是要回归到民法的学术平台上进行讨论，有不同的观点非常正常，甚至在争鸣中学术才能发展。但我们一定要秉持开放、理性、平和的态度对待学术问题，以实现民法的发展和繁荣。

培养明法厚德的卓越法治人才①

2017年"五四"青年节前夕，习近平总书记到中国政法大学考察并发表重要讲话，他从全面依法治国的高度强调了法治人才培养的重要性，认为法治人才的培养是全面依法治国的重要内容，也是中国法治事业兴旺发达的重要保障。全面依法治国是我国一项长期而重大的历史任务，法律的生命力在于实施，而法律的有效实施又依赖于法治人才的培养。总书记说，"建设法治国家、法治政府、法治社会，实现科学立法、严格执法、公正司法、全民守法，都离不开一支高素质的法治工作队伍。法治人才培养上不去，法治领域不能人才辈出，全面依法治国就不可能做好"。因此，要有效推进我国的法治建设进程，我们就必须着力培养一大批优秀的法治人才。总书记的讲话使我深刻体会到了法学教育的重要性，高校是法治人才培养的主阵地，作为一名法学教育工作者，能够参与法治人才的培养，献身于我国的法治建设事业，我深感责任重大、使命光荣。

"致天下之治者在人才。"总书记的讲话不仅强调了法学教育的重要性，而且为如何培养法治人才明确了任务、指

---

① 原载《中国高校社会科学》2017年第4期。

明了方向。习总书记讲话是对法治建设与法学教育的最新系统表述。下面,结合总书记讲话精神,对卓越法律人才培养的相关工作谈几点想法。

坚持立德树人、德法兼修,把依法治国和以德治国的方略贯彻到法学教育之中

总书记在讲话中特别强调"法治和德治两手抓、两手都要硬。法学教育要坚持立德树人,不仅要提高学生的法学知识水平,而且要培养学生的思想道德素养"。法学教育所要培养的人才是将来从事国家立法、司法、执法的专门人才,应当做到明法厚德,即不仅要掌握高水平的法学知识,而且要有高尚的品德,培养学生热爱祖国、关爱他人、服务社会等基本公民素质和道德修养。这就要求培养法治人才树立社会主义核心价值观的大德,把人才培养中价值观的"扣子"系得更紧。法学教育应当按照总书记所提出的要求,进一步推进改革,推动中国特色社会主义法治理念进教材、进课堂,引导学生树立"忠于党、忠于国家、忠于人民、忠于法律"的正确价值观和"以我所学、回馈社会"的社会责任感,培养出德智体美全面发展的社会主义合格建设者和可靠接班人。

法学教育还要着重培养学生强烈的正义感和人文关怀,培养对国家、社会具有担当精神的家国情怀,在人性上达到一种更高的境界。一个缺乏良好职业操守的法律人,难以忠实于法律并服务社会。法学教育要塑造法科学生健全的品格,熏陶出健全的人格,注重培育学生正确的的价值取向、世界观。古人说,"富才厚德,人文化成",就是要用人文精神引导人、培养人。国外高等教育奉行的一个基本理念,就是要教导学生做正确的事、正确地做事(do right things, do things right),这其实就是教导学生要怎么做人。近几年来,实践中出现了一些野蛮执法、野蛮拆迁、暴力执法，不少执法者也是法科毕业，这就说明，有的法学教育者在注重法律专业技术性培养的同时，对学生基本人文素养和人文情怀的培养重视不够；有些毕业于法学院的法律人甚至贪赃枉法、颠倒黑白，翻手为云、覆手为雨，这也说明其价值取向出现了问题。如果这方面出了问题，背诵、记忆多少个法律条文都没有用，甚至可以说，法律专业知识学得越好，其社会危害性可能越大，因为他会运用所学的法律知识为谋取一己之私而践踏法律秩序、损害社会公平正义。卓越的法律人才，必须要信念执著、品德优良，必须有坚定的法律理想信念，必须自觉践行社会主义核心价值观，并把这种信念融入到法治工作中去，以实际行动带动全社会崇德向善、遵法守法。因此，法学教育要致力于学生人格教育与社会责任感的塑造，鼓励学生修身正心、格物致知，营造富有人文情怀的校园文化氛围。

坚持以我为主、中外兼顾，把中国特色法学理论的"底子"筑得更实

习总书记强调，我们的国家治理有其他国家不可比拟的特殊性和复杂性，也有我们自己长期积累的经验和优势，在法学学科体系建设上要有底气、有自信。要以我为主、兼收并蓄、突出特色，深入研究和解决好为谁教、教什么、教给谁、怎样教的问题，努力以中国智慧、中国实践为世界法治文明建设作出贡献。这为我国的法学理论研究和法治建设指明了方向。

长期以来，我国的法制建设和法学教育受到国外影响。在20世纪50年代，中国学习苏联的法制模式和法学理论，改革开放后，我国的法学理论又受到英美德日等西方国家的影响。随着我国社会主义建设事业的推进，尤其随着中国特色社会主义法律体系的建立，中国的法治建设和法学理论完全走过了"照着讲"的阶段,走进了"接着讲"的新阶段。中国的法学理论和法学教育完全可以在对中国特色社会主义法治实践进行总结的基础上有所创新,为世界法治建设作出贡献。

法学教育必须不断加强法学基础理论研究,立足当代中国法治实践,研究各项法律制度的中国传统文化元素,吸收、借鉴各国优秀法律文化,完善中国特色社会主义法学理论体系、学科体系和课程体系。在构建这样一个体系的过程中,一是要从中国实践出发,以研究中国现实问题为中心。我们要立足于建设中国特色社会主义的伟大实践,解决和回应现实中存在和提出的问题。改革开放以来法治建设的伟大成就给我们法学理论创新发展提供了前所未有的机遇和挑战,法治实践提出的问题是法学学术创新和理论发展的源泉。学术创新和理论创新都应努力寻求解决当前现实问题的办法,使我国的法学真正成为治国安邦、经世济民的学问。二是要积极借鉴国外法治建设经验和法学理论的有益成果,通过借鉴先进文化和文明成果,丰富我们自身的学科体系、学术体系。但不能做西方法学理论的搬运工,不能在外国学者所设计的理论笼子中跳舞,而要做世界法治理论的贡献者。三是要处理好、把握好历史与当代的关系。我国法学理论体系和课程体系要植根于中国传统文化的基础上,善于从中华优秀的传统文化资源中寻求营养,获取资源。我们要放眼未来,就不能忘记本来。只有扎根博大精深的中国传统文化,才能汲取丰硕的学术营养,并构建我们具有自身特质的学科体系、学术体系与话语体系。同时,法学理论要体现时代性,要与时俱进。社会在不断发展,理论也要随着不断创新,不断丰富和发展。尤其是我国正处于空前广泛深刻的社会变革时期,有独创性的理论研究更要总结实践的经验成果,并经过实践检验,从时代出发,发出时代之声。

坚持立足实践、服务实践，把法律人才实践培养的"台子"搭得更宽

习近平总书记指出："要打破高校和社会之间的体制壁垒，将实际工作部门的优质实践教学资源引进高校，加强法学教育、法学研究工作者和法治实际工作者之间的交流。"这为我们法学教育人才培养模式的完善指明了方向。法律科学是应用性很强的社会科学，法学教育理应重视实践教育，法律人的重要工作就是要面对各类社会矛盾和纠纷、能够处理好这些纠纷。这就要求法科学生具有严密的逻辑、扎实的文字水平和较强的口头表达能力，具有准确陈述法律事实、寻找甄别法律证据、适用法律的实际应用能力，具有与他人进行有效沟通的能力，因此，准确、精练的表达是法律职业者必须具备的职业技能素质。高素质法治人才，不在于能够记忆多少法条和经典，而在于掌握了多少正确运用法律、公正解决纠纷的本领，不完全在于依靠课堂听课、图书馆看书、网络信息获取知识，而需要通过多位一体的实践学习，活学活用，准确分析事实、解决矛盾纠纷。

加强法学教育中的实践教学，要按照总书记所说的，加强高校与法律实务部门的结合。推进人员互聘，鼓励教师到实务部门挂职，聘请校外导师，邀请实务部门人员到学院开坛设讲；强化理论和实践部门的结合。需要进一步完善课程体系、教学方法，增加案例教学、编写高质量的案例教材，办好模拟法庭、法律诊所，鼓励学生参与辩论式教学和辩论大赛。要努力提高学生的法律诠释能力、法律推理能力、法律论证能力以及探知法律事实的能力。要与实务部门深度合作，建设高质量的实践基地，加强第二课堂教学，鼓励学生参与实践、重视并支持学生实践活动，积极开展覆盖面广、参与性高、实效性强的专业实习，引导学生勤于实践、知行合一，在实践中获得知识、运用知识，将理论知识与社会实际相结合，培养学生学有所用的实践精神。应当促进法学教育与法律职业的深度衔接，努力促进学以致用。总之，法学教育应当按照总书记所提出的要求，进一步推进改革，把培养法治创新人才作为突破口，努力提高人才培养质量，实现法学教育与法律职业化和专门化建设的良性互动，培养、造就一大批坚持中国特色法治体系的法治人才和后备力量。

学好法律要多读书、读好书、善读书、用好书

《中国法学》杂志举办"荐书"活动，邀我推荐一部书，并写几句话。反复思考之后，我推荐了几本书，并就法律人如何读书谈一点体会。

多读书

法律是一门博大精深的学问，非下苦功夫不能学好。苏轼曾言："读书万卷不读律，致君尧舜知无术。"其大意是说，自己虽然读了很多书，但没有研读律法，所以无法帮助皇帝成为尧、舜一样的圣人。苏轼写这句诗的本意，是表达对王安石变法中颁布的新法不满，故而以此句嘲讽新法无用，反话正说。但我愿意旧文新解，以此句来概述多读法律书籍的重要性。

法学是经世济民之学。多读法律书，可以启迪我们的智慧，训练我们的逻辑思维、法律思维，帮助我们以法律的眼光观察社会现象、思考社会问题、协调社会关系，解决社会矛盾。可以说，多读法律书籍，大到理解治国安邦之道，中到与人交往乃至为人做事之道，小到理顺生活琐事，都能有所裨益。章法有度，自成方圆。无论是政治国家，还是市民社会，抑或家庭生活，都是有章可循的。法律书籍可以教会

我们遵纪守法、明礼守信，做人做事皆有准绳。

但要学好法律，仅仅阅读法律专业书籍是不够的，还需要博览众长，广泛浏览政治、经济、文化、历史等书籍，通晓社会生活的方方面面，方能理解法律的真谛，把握法律的精髓。正所谓"腹有诗书气自华""读书万卷始通神"。需要强调的是，社会知识在很多方面不仅是相互联系的，而且是可以相互融会贯通的。法律说到底还是一门关于人和人际社会关系的学问。而政治、经济和哲学等其他人文社会科学同样是以人和人际社会关系为研究对象的，只是关注的维度和重点有所差异而已。所以，多读其他人文社科的书籍，对阅读和理解法律背后的社会语境是十分必要的。

读好书

现代社会是一个知识和信息大爆炸的时代，法律图书汗牛充栋，但书籍的质量却良莠不齐。古人云，"开卷有益"，但在信息如此丰富而每个人的时间又较为有限的情况下，必须要有所选择，有所读有所不读。也就是说，要读好书。但是什么是好书，可能仁者见仁、智者见智。就法学领域来说，好书并不是完全没有评价标准的。那些能够经得起时间的检验，在不同的历史时期被反复传阅和推荐的著述，通常都是好书和经典。例如，孟德斯鸠的《论法的精神》、卢梭的《社会契约论》、德沃金的《法律的帝国》等名著，自然在好书之列。

我同时也认为，在法学领域内，也同样涉及博与专的问题。除了前述关于法的一般原理的好书之外，每个专业都有一些经典之作。甚至在不同的时期，都有一批经典作品问世。判断好书不能问作者出身，不能看作者年龄，关键看作品内容，看作品是否有助于丰富读者的专业知识和能力，有助于开启我们的法律智慧，帮助我们思考相关领域的专业问题。例如，我的导师佟柔教授所著的《民法原理》，虽然是个小薄本，但内容丰富，思想深刻，是那一代民法学人的知识和启迪之源。我在这里推荐王泽鉴教授的《民法思维：请求权基础理论体系》，这本书以请求权基础为线索，提供了基础的民法知识，搭建了民法学习的框架。更难能可贵的是，这本书在方法论上给读者以指引，引领读者透过请求权基础的手段掌握研习民法的基本方法。这本书中还有大量的民法案例，将理论的学习和法律实践联系起来，帮助读者在案例中学习知识和运用知识分析案例，既可以加深读者对理论的理解，也可以促使读者将理论运用到实践中去。认识论和方法论的良好互动是这本书的最大特色，我期望读者可以通过研读此书走上通往民法殿堂的阶梯。

善读书

还如苏轼所说，"书富如入海，百货皆有之，人之精力，不能兼收并取"。在信息爆炸的时代，好书不少，但却普遍面临筛选难题。而且，每个人的时间有限，如果打算仔细研读每一本书，几乎是不可能完成的任务。因此，需要区分不同的书籍分别进行浅读和深读。有的书只可"鸟瞰"，以不求甚解的态度来阅读，有的书则需要以"会通"精研的方式进行阅读。就法律领域而言，研习法律要对基础知识认真阅读、领略，对于研究性的著作则要有选择地去读，尤其是要带着问题去读。"为学之道，必本于思。"缺乏问题意识，仅仅泛泛阅读，所看过的知识就像是流星一样，一闪而过，不容易形成自己大脑中的知识。以问题为导向和线索，抱着寻求解决问题的态度去读书将会使我们获得更大的收获。那些广为传唱的好书，通常蕴含着深刻的道理，值得反复研读。对这些书，应该多花时间，一遍不行多读几遍，甚至数十遍，每读一遍都会有新的收获。每读一遍，都可能像是在攫取一缕清泉，掘得越深，泉水越清，心肺浸润，养心明目。

用好书

德沃金指出，"法律是一种不断完善的实践"；富勒认为，法律制度是一项"实践的艺术"，对这些话有不同的理解方式。我觉得其中阐述了这样一个道理，即法学是一门实践性很强的学问，而不是关在象牙塔中作出的学问。南宋学者陈善曾经说过："读书须知出入法。始当求所以入，终当求所以出。见得亲切，此是入书法；用得透脱，止是出书法。盖不能入得书，则不知古人用心处；不能出得书，则又死在言下。惟知出知入，乃尽读书之法也。"所谓"入"，就是要读懂书，真正领略作者的观点、方法和思想。所谓"出"，就是要学以致用，能够将书本中所学的知识灵活运用到实践之中。以我为主，为我所用。王阳明主张"学以致用"，这对法律人尤其重要。读书本身不是目的，无论读多少书，最终的落脚点还是在于用好书，读书的目的还是要会用。法律人尤其需要将书本中所学的知识运用到社会实践中，回应现实提出的亟待解决的重大法律问题，解决社会生活中出现的各种矛盾和纠纷。

对法律人来说，用好书至关重要。沈家本说：法律人"以至公至允之法律，而运以至精至密之心思，则法安有不善者"。简略抽象的法律条文背后必然对应着鲜活的社会生活故事。执法者和司法者必须要有丰富的社会阅历，能够洞悉人情世故，准确了解社会生活，把法律准确运用到纷繁复杂的具体案件中，切不可机械用法。机械用法，实际上就是脱离社会现实语境而"尽信书"，成了本本主义或法条主义的"书虫"，如此执法用法必然有误。对学者而言，同样如此。俗话说，"读万卷书不如行万里路"。这并不是说，读书不重要，而是像鲁迅先生所说的，读书应当与社会实践相结合，不能读死书，否则就成了书奴、书呆子。"纸上得来终觉浅，绝知此事要躬行"；"问渠那得清如许，为有源头活水来"。法学学者既要注重理论研究，又不可囿于书斋、关闭在象牙塔中，而应当走进生活，走向社会，密切关注我国的法治建设实践。不可"削中国实践之足，适外国理论之履"。法学家需要守经，即坚守法治理念，守护法治精神，维护社会正义；同时，也要与时俱进、不断创新，切不可因循守旧，故步自封。只有如此，才能真正作出对国家和社会有用的学问。

法为民而治

第六编
人生感悟

我爱流水,也爱高山[①]

老家的小镇多水,我自幼就喜爱那清澈的流水,不仅因为它给年少的我带来了与小伙伴们嬉戏的欢乐,更因为我深深知道,它是生命之源,没有它的灌溉和滋养,就没有可口的饭菜食材。随着时间流逝,这种自幼就有的爱水"基因"没有消减,反而日益强烈。成年后,流水于我已不再是单纯的自然现象,还是德性象征。老子在《道德经》中说"上善若水,水善利万物而不争,此乃谦下之德也",称赞水具有"柔德"。孔子也曾"遇水必观",并以水之美德来比喻他理想中的君子品德。通过时常对流水的观察和思考,我愈发体会到两位至圣对水的品格的深刻阐释,并坚信做人应有水一样的"柔德"。

小镇是平原,难以见到巍峨的高山,幼年的我对高山没有像对流水那样的直观感受,但书本图画表现出的五岳之美引起我极大的向往。不过,在那个物质匮乏、交通不便的年代,亲眼目睹五岳之美,对我来说只能是梦想,想想而已。在我上大学、参加工作后,幼年的这些梦想才得以逐一实现,爬山也成为我的爱好。一次次地攀上高山,不仅让我获

---

① 原载《学习时报》2017年6月12日。

得了"手可摘星辰"的结果美感,攀登过程更让我暂时放空被工作占据的大脑,获得不少有益的人生感悟,由此我也愈发爱好攀登高山。

流水和高山虽然是各有特质的自然现象,但在我的精神世界里,它们交错共存,无法分离,山无水不灵,水无山不秀。一言以蔽之,我爱流水,也爱高山。

水之善利万物与山之包容宽广,都在无私无偿地滋养生命。古往今来,人类一切文明的发源都和水有着密不可分的联系。人可以缺乏食物而生存,但须臾不可离开水,没有水就没有生命。水哺育万物,它流淌在山间水涯,养育众生,润泽自然,无所挑拣,不仅珠玉可嵌入其中,泥沙也有其位,描绘出生命的清明与壮观。水善利万物,正所谓"高下无不至,万物无不润",小到润泽一棵禾苗,大到滋养一座城市,无论贵贱,水都一视同仁,从不居功自傲,也从不要求回报。这正是孔子所说的"水的至德"之所在。

高山亦包容宽广,滋养了无数生灵,蕴藏了各类花草,容纳了飞禽走兽,"泰山不拒细壤,故能成其高"。当然,并不是任何生物均能存于高山,山愈高,生物的生命力就要愈顽强,低海拔的生物不可能在巍峨高山之上蓬勃生长——那是因为高山往往选择强者,选择生命力旺盛者,坚韧刚毅是它的特质,与其共生也应当有同样的特质。

水之婉转畅达与山之刚毅坚守,都是一以贯之地抱守初心。水是柔软的,既能深藏大地,又能环抱青山;既能静静流淌,又能奔腾咆哮;既能化为江河的粼粼水波,又可变为大海的朵朵浪花。薄雾是水,寒冰是水,飞雪亦是水,它变化万端,从不拘泥于一格。流水奔腾不息,展现出生命的活力。它环抱群山,徜徉林间,溪流淙淙,与山峦沟壑、花草树木组合成美丽的画卷,却也不会忘记自己要一直向前奔走的初心。

水看似有一种随器赋形的品格，遇到艰险和困难就会改变方向，缺少应有的定力和毅力。可实际上，我看到的流水却是永远奔流向前、不歇不止——虽然曲曲折折，但"百川东到海"，不因曲折而断流、不因蜿蜒而止步、不因坎坷而放弃，始终为了远方的目标迈出勇毅的脚步、高扬激流勇进的精神。观乎流水，可看到它具有抱定目标、勇往直前的品格。

我仰望高山，顿悟坚毅的品格。"石可破也，而不可夺其坚"。高山拔地而起，直视苍穹，书写青松磐石风格。高大巍峨，执著挺拔，坦然面对八方风雨，巍然直面风霜雨雪，与四季同变化，与自然同冷暖，高山千年万年屹立不倒，永远巍峨耸立、不改其形，成为让人仰望的存在。走近巍峨的高山，更觉人生应当褪去浮华和喧嚣，学习它的外现沉静、内敛精华。高山总是展示了一种宽阔的胸襟，古人说，"壁立千仞，无欲则刚"，"必有容，德乃大"，高山之所以如此"有容乃大"，正是因其正直、无欲，因其崇高、坚毅。如果人的品格也像高山一样，就能践行"富贵不能淫，贫贱不能移，威武不能屈"的精神品格，坚守住自己心底的一方天地——这和流水的奔腾入海有殊途同归之处，何尝不是一种可赞的人生境界。

水之从容俊朗与山之巍然挺拔，都是胸襟豁达地沉淀自我。水是生命之源，它不事张扬，只流向低处，汇集于最低点，深藏于大地。水不与万物争高下，反而滋润万物；水不刻意固守一点，而是顺其自然、时散时聚。这种特征彰显的是仁者精神，要求我们注重内心的从容，保持守拙、低调和谦虚。流水不拒细川河流，而是接纳了无数的小曲、小溪，汇聚成一条条广阔的河流，气势磅礴地奔向大海，正因为水的包容性，孔子曾言君子不器，就是强调水随器赋形的包容品格。

《诗经》中用"高山仰止"来形容德高望重的人或崇高的品德和美好的名声。古往今来,多少仁人志士的生命就像巍峨的高山,世世代代受后人敬仰。效仿先贤,就像范仲淹所说,"微斯人,吾谁与归"?山之神韵正在于刚健有为,错落的山峰正像大地的一道道脊梁,支撑着千千万万中华儿女高山景行、永远奋进。当我们心中满怀无比崇高的信仰,内心又如山峦一般坚定,志存高远,始终把人民和民族放在首位,无悔于个人于时代中的努力和付出,就既能体会到山之水间的豁达与柔美,又能领悟高山的巍峨与进取,岂不快哉!

水之清莹透彻与山之雄浑稳重,都是澄澈明净地躬身自省。水哺育万物,世间一切生灵都和水息息相关。"洁白依全德,澄清有片心。"没有水的世界不仅是没有活力的,也是难以澄净的,流水涤荡了污垢,换来一片干净和整洁;流水冲散了泥沙,淘洗出一片洁净的生命清流。正所谓"流水不腐,户枢不蠹"。

高山展示了另外一种美,它以深沉的安静呈现生命的深度。高山厚重刚毅、稳如磐石,具有极强的自我修复能力,即便失一土一石,缺几树几木,高山仍为高山。高山是刚强、稳重的,它不像流水那样欢快与悦动,但却能够永远保持自身那份独有的宁静与祥和。它拥有足以抵御外力干扰的沉着意志。巍峨高山,使人产生敬畏,因为它不畏风雨,不惧雷电,永远屹立在世人面前,从不低下它那高贵的头颅。

水之奔流不息与山之巍峨高耸,都是脚踏实地地求新求是。"黄河之水天上来,奔流到海不复回。"流水一如既往地奔涌向前,日复一日、年复一年、永不停歇。水总是向着大海奔去,穿山岩、凿石壁,从不退缩、从不停歇,滚滚向前,润泽万物。郭璞曾在《玄中记》里这样表达他对水的感悟:"天下之多者,水焉。浮天载地,高下无不至,万物无不润。"如果江河湖海停止流动，就会变成死水。朱熹曾在《四书集注》里这样解释"智者乐水"这句话："智者达于事理而周流无滞，有似于水，故乐水。"朱熹着重赞美了水的奔流不息——人之处世亦应似流水，永不止步，心怀远方。时光像流水一样永不停留，但只要我们坚定心中的理想和信念，积极向上，抱定应有的入世精神和家国情怀，我们人生这一叶扁舟就不会在时光的流水中迷失方向。正如流水一般，虽然曲曲折折，但"百川东到海"，不因曲折而断流、不因蜿蜒而止步、不因坎坷而放弃，始终为了远方的目标迈出勇毅的脚步、高扬激流勇进的精神。

高山让我们体会到另外一种进取情怀、求新精神，能够使人树立一种高远的目标，让人们目光远大，心胸豁达，视野开阔。古人说，"会当凌绝顶，一览众山小""登泰山而小天下"，一个人站得多高，心就有多高，人生的格局就能有多大。山之神韵正在于刚健、有为，在于给人永攀高峰的勇气。登临高山之绝顶，能时常激发起人生之远大目标和理想，开拓人的眼界。怕走崎岖路，莫想登高峰，山峦起伏，山路崎岖，登山的过程中从来不存在平坦的康庄大道，攀登者要登顶必须要翻过道道险峻山峰，越过层层深壑沟壑，甚至飞跃万丈深渊，才能登高山之绝顶。征服高山的喜悦也给人带来不竭动力，推动登山者永不止步，不断征服一座座山峰，去攀越更多更高的目标，激励人们精神昂扬、积极向上，抱持应有的进取精神和家国情怀，并以正直身躯抵挡八面来风，接纳天地万物。

水之灵动柔德与山之巍峨刚毅，都是美满人生的必有要素。流水柔美、纯正、涤污、纳流、顺势、无畏、执著、利生、润物，并因长流而充满生命的灵气,但它少一些刚毅,少一点峻峭。高山包容、宽广、刚毅、坚守、巍峨、厚重、内敛、挺拔、雄浑,并因笃定才孕育无限的生机,但它少一抹青绿,少一丝灵气。可以说,仅有流水,不见高山,就会少刚毅;仅有高山而无流水,则缺了柔美。只有水山交融、浑然一体,水光山色交相辉映、叠伴交融,才能把美发挥到极致。水有水的长处,山有山的短处,这是刚与柔的组合、阳与阴的平衡、动与静的协调,这是高与低的搭配,曲与直的衔接。"明月松间照,清泉石上流""千岩盛阻积,万壑势回萦""千岩竞秀,万壑争流,草木葱茏其上,若云兴霞蔚",这样一幅幅美丽的画面无不都是水山融合的真实写照。以水之柔德见山之刚毅,以山之巍峨知水之灵动,因时而动,因势而变,于无垠宇宙与浩渺时空之中,见水之流下、山之绵延,追寻山水的脚步,永不停歇。

自然景致之美离不开流水和高山的错落搭配,做人处世同样也离不开水一般的灵动柔德与山一样的巍峨刚毅,这两种德性之于追求完美的君子,就像阴阳之于太极,只有相辅相成,才能刚柔并济、动静协调、曲直衔接。在人生的道路上,我们需要以发展的眼光、辩证的视角理解山的底蕴,领悟水的气质,既要注重学习水的品性,也要学习山的精神,只有这样,才能既包容不争,又坚毅正直;既灵动多变,又坚守原则;既奔流不止,又沉静内敛;既低调守拙,又刚健有为;既有柔和之美,又充满阳刚之气,兼顾"乐水"之智与"乐山"之仁,以求获得完美的人格。

"洋洋兮若江河!峨峨兮若泰山!"流水和高山固然各有各的精气神,各有所长,各有所短,但只要持平和之心,"登山则情满于山,观海则意溢于海",不仅山水相映成美景,阴阳调和生万物,而且,我们也能融合不同的精神与品格于一身,把亘古又永恒的山水之德性贯穿于生命之始终,在追求完美人格的君子道路上做到"青山不改,绿水长流"。

我爱流水,也爱高山。

我的"七七级":一个时代的记忆

时光如梭,从 1977 年参加高考、踏进大学校门到今天,不知不觉已有四十年了。四十年弹指一挥间,想起当年,作为"文革"后恢复高考公开招录的第一批大学生,我是十分幸运的,而且还有一个特殊的称号:"七七级"大学生。回顾当年,思绪澎湃,浮想联翩。

经历了人生最重要一场考试的一代

我年轻时正值十年"文革"动乱,亲眼目睹了这场浩劫给中国人民带来的深重灾难。每当回想起当年社会的动荡、人民的贫困、精神的桎梏以及对未来的迷茫,我都深深感到我们国家今天的成就是多么的来之不易。我当时在农村插队,每天在田间地头劳作,生活条件极其艰苦,这也使我一直在思考这样一个问题:我们的国家究竟要走一条什么样的道路?中华民族的前途究竟在哪里?

雨过天晴,春风送暖。就在人们普遍陷入深度怀疑和迷茫之时,1976 年粉碎了"四人帮",结束了给国家、民族带来深重灾难的十年"文革",每个中国人的命运因此改变。随之进行的高考制度改革,使我个人的生命轨迹由此发生了根本性的逆转,我从农村走进城市,从一个在田间地头放牛的插队青年变成"文革"后的第一批大学生,踏入了做梦都没敢想的大学校门,并从此与法学和法律结下了不解之缘。

1977年是一个特殊的年份,政治领域的拨乱反正、精神领域的思想解放、教育领域的正本清源,都为这个年代烙上了深刻的印记。这一年所发生的许多事情,让它成为一个时代的符号和缩影:它既是一个旧时代的结束,又是一个新时代的开始。1977年10月21日,《人民日报》第一版发布了恢复高考的消息,社会顿时沸腾。但是当大学招录制度改革的消息传到我插队的村庄时,大家对这个消息都将信将疑,因为高考已经停止十多年,这一消息公布后,许多人都怀疑是真考还是假考。我最初也没有把此事当真,因而并没有认真备考。但过了不到一个月,我的一位中学老师给我寄来一封信,他在信里叮嘱我说,我在中学是班里的学习尖子,有基础,有希望,不管消息是真是假,一定要参加这次高考,哪怕权当一试,也是难得的机遇。我回信说出了心中的顾虑,自己已经很多年没有摸教材,手头也没有数学、物理、化学等课本,不知道该复习什么,怎么复习。老师又很快回信,并随信给我寄来几本"文革"前的中学教材,再次鼓励我努力复习。就这样,抱着试一试的态度,我向生产大队请了假,回到小镇认真备考。我把自己关在小房间近半个月不出门,每天啃点红薯,吃点炒饭,醒了就看书,看累了就睡觉,就这样复习了半个月,迎来了考试的日子。我进考场之后,发现考场里面空座位不少,看来不少人最后还是放弃了。

考试的题目倒是很简单,第一天考政治,第一题是解释什么是"四人帮"。我看到这个题目,几乎要笑起来,觉得这题目太简单了。语文主要是翻译荀子的《劝学》,并写一篇题为"学雷锋的故事"的文章。这个我还比较熟悉,因为我的古文基础比较好,所以语文答题并没有遇到困难。难的是数学考试,题目虽然主要是小学数学知识,但由于多年没有看书学习了,最简单的题目也答不上来。我后来听一位招生老师说,我的数学考得很差,但好在语文很出色,把平均分拉上来了,才勉强被录取。我就这样误打误撞地完成了人生中最重要的一场考试。

我至今还记得,我正在田间除草时,一位乡村邮递员大声叫我的名字,然后给我送来了一封邮件。我打开一看,是大学录取通知书,我当时仍然不敢相信,请身边的几个人仔细看是不是真的,大家都确认无疑,我激动地流下了眼泪。

进到大学以后,同学们聊起来,我才发现大家都有相似的经历,大家都是靠自己多年的老底子应付了人生中最重要的一场考试,一场改变了我们个人命运的考试。我后来才知道,"七七级"高考报名人数达到了两千余万人,但最终录取的人数不到5%,那一年也是高考恢复以来录取比例最低的一年。当时的考生们都是"一颗红心、两手准备",时刻准备接受祖国挑选。这次高考承载着太多的光荣与梦想,太多的记忆与情感,有的人直接从田间地头赶到考场,有的人携手儿女同进考场,有的人看完考试题就离开考场……作为"七七级"的大学生,我们经历了人生最重要的一场考试。

不可复制的特殊一代

"七七级"是激情燃烧年代的特殊一代。我们绝大多数来自农村、工厂、车间、军队,许多人身上都留着泥土的气息。记得当时开学报到时,有人背着行李第一次走出乡村;有人挑着担子,手上还牵着自己的孩子;有的人身穿军装或车间的工作服走进校园。大家走到一起,住在一起,发现年龄差距极大,有"老三届"的,也有像我这样高中毕业只有两年多的，年龄甚至相差十多岁，大家走到一起成为同学，这也是那个时代特有的现象。我记得就在进校的前一年，无论身居何处，人们都不敢轻言国事。串门时若说到这样的话题，主人都要立即打断，或是打开窗户、打开门，看看外面是否有人在偷听。历经多年的政治运动，不知道有多少人因为说错一句话而蒙受牢狱之灾。然而，就是从我们进校后，国家政治环境逐渐发生变化，人们可以议论国家大事，可以提提个人的想法。国家不仅进入了一个改革开放的时代，也进入了一个焕然一新的时代。

我们"七七级"曾经经历了很多磨难，不少同学都有上山下乡的经历，这些经历也是我们宝贵的人生财富，使我们真正懂得了农村，理解了农民，也进一步读懂了国情。不管我们年龄差距有多大，背景如何不同，当我们聚在一起时，依然是"恰同学少年，风华正茂；书生意气，挥斥方遒"。我们当时经常彻夜长谈，讲述各自的故事，畅谈彼此的经历。我们入学时，国家刚刚开始改革开放，这也让我们对国家光明的前途充满了期待和憧憬。作为"文革"后的第一批大学生，每个人都感觉自己应当成为国民表率、社会栋梁。无论是在课堂上，还是在宿舍里，每个人都在关心国家大事。那时宿舍里没有订报纸，我们就到外面公共橱窗栏里仔细阅读每天的《人民日报》《光明日报》，甚至自觉地就这些报纸上发表的文章展开讨论。1978 年，全国开始了真理问题大讨论，我们也积极参与了这场讨论。我们与百废待兴的国家一起度过寂寂无声的年代，迎来激情燃烧的岁月。"七七级"后来涌现出一大批杰出人士，其中不乏政界、学界、商界的领军人物，有人称之为"七七级现象"，这和那个特殊的年代、特殊的风气、特殊的一代是紧密联系在一起的。

"七七级"是艰苦而快乐的一代。我们刚进校的时候，物资极度匮乏，整个武汉市几乎都没有多少蔬菜供应，每天我们都只能吃到一点点蔬菜，几个月见不着一点荤腥，但是没有一个人抱怨，口腹之困无碍于我们高涨的学习热情。我因为家庭贫困，学校每月还给我十多块钱的生活补贴，就靠这十多块钱，我不仅能够支付生活费，还想办法节省一点钱到书店看看，买几本自己喜爱的书。那个时候，由于买不起车票，好长时间都不敢回家。虽然物质条件非常艰苦，但大家是非常快乐的。在入学一年后，随着农村实行联产承包责任制，极大地解放了生产力，农村的市场供应大幅度增加，各种农副产品上市，我们的生活也渐渐得到了改善。

"七七级"是求知似渴的一代。七七、七八级的同学们普遍都有一种"知识饥渴症"。在一个文化断裂的时代，每个人都怀揣着自己的大学梦，梦想成真的那一刻就更加清晰地感觉到求知欲的强烈，努力抓住一切机会给自己补课。我们从上小学开始适逢"文革"，虽然学到了高中毕业，但实际上不间断地停课、闹革命，课堂几乎没有学到多少东西，就像小孩出生后没有足够的营养一样，我们在启蒙教育方面始终是营养不足的，主要是在社会大学中学习，几乎都是靠自学。学校也是刚刚从沉寂中苏醒，很多教室多年无人使用，图书馆的图书也是刚刚解禁，基本没有什么教材，特别是对我们法律专业的学生来说，更是鲜有教材可供学习。老师通过与同学交流和座谈传授知识，主要课程集中在政治理论和文史哲等科目。就在这样一种环境中，重回校园的同学们如久旱逢甘霖、沙漠遇雨水，近乎疯狂地补习，以期弥补十一年间知识的亏空。我们几乎全年泡在图书馆里，真正把读书当成了一种享受、一种快乐、一种满足，每天早早地就去图书馆占座，甚至经常出现图书馆一大早就排起长队的情况。有人甚至中午只带个馒头、带个饼，钻进图书馆就不出来，晚上宿舍熄灯以后，有人仍然打着手电筒在床上看书。那个时候，几乎没有哪位老师在课堂上讲学习的重要性、知识的重要性，但每个人都深深地知道和理解学习的重要性。我们是从大学开始学习英文的，从最基础的 ABC 开始，也没有录音机、录放机，甚至没有收音机。当时很流行的做法是，每天揣个小本，记上每天要背的单词，在食堂打饭、图书馆借书排队或者下课的空隙，拿出这个小本读上几遍或者看上几眼。

"七七级"是独立思考的一代。我们每天都沉浸在学习之中，享受学习的快乐，但不是死啃书本、死记硬背，对书本上的内容都是在认真思考。每次下课之后，老师总要到我们的宿舍里来，回答同学们的各种提问。回答和提问完全是自愿的。每个人都从自己的工作、生活经历谈自己对老师讲解的各种法律问题的看法。那时候，没有要求每个人写论文，但不少人课下就开始针对老师的讲解写学习体会甚至小论文，可惜当时没有多少像样的教材，没有多少可供参考的资料，每个人都是凭借自己的思考在写作。在真理问题大讨论开始之后，大家经常会争论得面红耳赤。那个时候，每个人的生活、想法都很简单，既不追求金钱、权力，也不追求地位、名誉，大家都有做不完的事情，不管是大学毕业之后选择继续深造，还是投身到社会主义事业的建设中，时间于我们是最为珍贵的，我们都想尽快弥补失去的十年。当时我阅读了大量的文学书籍，虽然这些书可能无助于形成完整、系统的专业体系，但为我日后的独立思考精神和人文情怀打下了坚实的基础。我们中的不少人迷恋文学，成为文学青年，写小说、写诗歌、写剧本，希望闯进文学的殿堂，圆上作家梦、诗人梦。我也是这其中的一员，茶余饭后总是在讨论唐诗宋词，讨论当时兴起的"伤痕文学"。文学研讨成为很多人的第二课堂。

永怀感恩之心的一代

四十年春秋，不觉已一晃而过。关于"七七级"，现在回想起来，总是想起两句诗："忽如一夜春风来，千树万树梨花开。"这两句诗写出了我心中的真实感受，也是对那个时代最真实的记忆。

我首先感恩改革开放、感恩高考制度的恢复。我经历了十年"文革"和改革开放，这两个时期的对比对我来说是切身的体会。我们经历过十年"文革"，从"文革"的混乱中走过来，真是像噩梦初醒一样，改革开放给中国社会带来的变化迅猛而震撼。我们这代人是改革开放巨大成就的见证者，更是受益者。改革开放给我们搭建了施展才华的舞台，提供了报效国家民族的舞台。没有改革开放，我们这代人或许只能浑浑噩噩度过一生。我们也感恩高考制度的恢复，邓小平同志一句"尊重知识，尊重人才"的呼吁，让停摆了十一年之久的高考的钟摆，终于又重新嘀嘀嗒嗒地摆动了。实际上，高考制度直到今天仍然让许多像我一样的年轻人拥有走进大学殿堂、实现大学梦的机会。如果没有恢复高考，我们今天仍然可能还是在田间地头放牛、耕地，即便来到城市，也可能被当做"盲流"。所以，我们这一代人打心里感谢改革开放，感谢高考制度的恢复。

教育改变了我们的人生。时至今日，我仍特别怀念大学生活，感恩我的老师们。那个时候，很多老师从农村、工厂、五七干校返回学校，对教育的那种原始而强烈的热爱，驱使他们几乎把所有的精力都奉献给了学生。老师们无私地为大家授业解惑。每次上完课都会主动到宿舍继续跟学生交流，坐下来一聊就是几个小时。老师带给我们的不只是与专业相关的知识和见解，更重要的是对人生、对事业的思考和人生智慧，阅历。每位老师都毫不吝啬、不计得失地把自己的时间花在学生身上。傍晚时分，我们吃完饭，也经常踱步到老师家串门，师生之间敞开心扉，无话不谈。老师对我们的关爱可谓无微不至。记得一次我生病躺在床上，没有吃饭，当时民法课程的任课老师听说后，亲自上街买来一只活鸡，为我熬煮了一罐鸡汤。我感动地几乎要掉下眼泪。当时，师生间的这种交往十分自然。

我们也要感恩那些大学期间第二课堂的老师。那个年代百废待兴，包括法学在内的人文社会科学的知识体系、课程体系都处于重建起步阶段，许多课程根本没有教材。当时法学课程大多讲授的是国家政策而非法学知识。大学四年间，有许多时间我们都是在各式各样的社会实践中度过的。我们走进工厂，走进车间，走进基层的公检法机关，和办案的法官、检察官和警察一起交流；到农村田埂上，到农民家里了解基层火热的生活，由此对中国社会的民生百态有了切身的体会和了解。我们不仅在大学里补各种专业知识，吸收精神养分，而且还脚踏实地地深入社会这所大学，观察、调研、体悟、思考。"纸上得来终觉浅，绝知此事要躬行"，我们热衷于从学校走入社会，从无字句处读书。正是这些社会实践锻炼了我们，"七七级"的学生们都有学以致用、兼济天下的抱负和雄心。

四十年前的滚滚春雷不仅改变了我们这一代人的命运，也为拨乱反正后蓄势待发的中国储备了一大批人才。从此，文化的莽原不再杂草丛生，教育的芳苑复萌返青。更重要的是，实行改革开放、恢复高考，恢复了知识的尊严，重新肯定了知识的价值，昭示着理性的复苏，开启了中国"尊重知识，尊重人才"的新时代。所以，我感谢改革开放，感谢高考制度，它赋予我们的青春浓重的色彩，让我们拥有一段厚重的独家记忆。我希望今天的青年人，像四十年前走进大学的我们一样，始终保持不断前行的初心，珍惜时光，磨砺意志，增长才干，肩负起中华民族伟大复兴的重任。

儿时门前的大柳墩

每当我读到陆游的"痴梦犹寻熟处行"那句诗，老屋门前的那个大柳墩总会浮现在我的眼前，它承载着我儿时的欢乐时光，不时潜入我的梦里，让我流连忘返，让我回忆起那无忧无虑的儿时岁月。

那个大柳墩原是一棵百年大柳树，但在抗战期间遭到了日军飞机的轰炸。听我爷爷说，这棵大柳树根部被炸毁后，大家都认为它已经死了，于是家人就把它的树干锯掉，露出了横切面，原本高高耸立的大柳树就成了一个大柳墩的形状。这大柳墩看着没有生命力，但事实上却在孕育新的生命，慢慢地，柳墩附近长出了不少新芽，新芽边上又不断长出新的柳枝，有几枝越长越高、越长越紧，相互交织、攀扶，渐渐搭成了一个独特的柳枝棚。

大柳墩边上有一条小路，我每天放学就是沿着这条路回家，寒来暑往，日升月落，大柳墩就一直守在路边，每天欢迎我回家。来来往往的人也喜欢在大柳墩边上歇歇脚、停一停。那时小镇没有很多可供玩耍的地方，这个大柳墩就成了我和小玩伴们的最佳去处，我们总是攀爬上去，捉迷藏、捕知了，或者在树根下扒蟋蟀、捉蚂蚱。不仅是我们这些孩子，就连大人们也喜欢三五成群地在这里聊天、唠嗑，东家长、西家短。特别是在夏天,别的地方被炙热的太阳烤得一塌糊涂,而这个柳枝棚却透着丝丝凉气,让人感觉十分清爽,儿时的我觉得这里就是人间天堂。更为神奇的是,在这柳枝棚上有一个喜鹊搭起的小窝,小喜鹊叽叽喳喳地叫着,与柳棚的荫蔽相得益彰,让我总是感到欢快不少。特别是当有客人来时,喜鹊会叫得更欢,好像在高声迎接客人的到来,因此,小镇的人说大柳墩真像是一块福地。

大柳墩旁边有一口古井,这口古井究竟是哪年开凿的已经难以查明,但听老人们说,这口古井的年头可不短了,据说当年陈友谅起事造反时,就曾在这口古井旁歇脚饮水。古井旁边有一蓬野草,长得很葱茏,井台内侧有一圈翠绿的青苔。井水很满,从井口探头一看,里面深幽幽的,印着一圈碧蓝而高远的天空,隐隐约约也能看见小伙伴们的小脸儿。井水冬暖夏凉,在夏天,我们轮番从井里打上水来,掬一捧在手里一饮而尽,凉得心里都清爽通透,有时还把一桶水从头浇下来,更是惬意得不得了。劳作了一天的人们,从田地里回来路过井边,都会到井边洗洗,话几句家常。更为神奇的是,这口井还能与天象配合,如一场暴雨过后,井水就悄然上涨,人们拿桶俯身就能直接取水,根本不用放桶取水;而在冬季,井水水位虽然会下降,但只要把桶放下去三五米,也很容易就能取上水,这水究竟是从哪里渗出的,也让儿时的我百思不得其解。

大柳墩不远处是一大片农田。每到二月,金黄色的油菜花就连接起了天地,一眼望不到头,好像铺上了一层金黄色的地毯,展现出一幅波澜壮阔的画卷,一派欣欣向荣。我们趴在大柳墩上,听着蜜蜂嗡嗡的声音,看着蝴蝶五彩斑斓的身影,暖暖的阳光洒在身上,和煦的春风轻拂着脸颊,好像自己已经融入到了这片田地,心中没有任何烦忧。进入三月,菜花开始结籽,在收割完油菜后,农民就要开始引水入田、整理田地,准备插秧种稻。庄稼人忙碌的时刻又到了。

我那时养了一只小狗,整日里跟着我跑来跑去,围着大柳墩玩耍,爬上爬下。再大点儿的时候,它就到路边的农田撒欢儿跑,一转身就没入了庄稼地里,帮着赶走地里偷食的鸟儿。等我放学时,只要站在大柳墩上一喊它的名字,"黑子——",它就会飞快地从田埂上跑过来,跟着我一路撒欢,扑棱棱惊走几只鸡鸭;它与我一起去井边饮水,陪伴我一同回家。在那条小路上,总能看到我们赛跑的身影。

甜瓜熟了之后,我们有时会缠着父母切一颗瓜解馋,但温热的果肉不好吃,于是大人就会抱着瓜来到井边,打上一桶水,把甜瓜放在桶里,过上个把小时,甜瓜真的就凉下来了。等不及时,我会在柳荫下摇着绳子问大人:"要泡多久啊,什么时候能吃啊?"待瓜切开,我们互相比较着谁的瓜更甜更脆,笑着玩闹。与现在打开冰箱门就能吃到冰镇西瓜相比,那时的时间真的过得慢而有趣,每当想到这些,我总是感慨,一扇冰箱门隔开了一段岁月,也远去了太多回忆。

柳树和井水除了白天为大家庇荫、解渴,等到夏日的晚上也闷热起来时,睡不着的街坊邻居就会拿着小马扎、摇着大蒲扇,围坐在大柳墩旁,女人们端来针线匾、纳鞋底、织毛衣,男人们就天南海北地聊起来,从农耕讲到家国,从三国讲到水浒。我和小伙伴们就数着满天的星斗,七嘴八舌地要长辈讲奇闻和故事,特别是小镇上发生过的那些事——例如陈友谅与朱元璋争夺天下时在此地的逸闻,我们都听得着了迷。

"文革"开始后,大柳树上架起了喇叭,经常播送各种广播,有革命歌曲,也有动员口号。一些造反组织经常在大柳墩附近搞活动,他们从毛泽东诗词中找到一些词汇，就生搬过来成立个什么组织，什么风雷激、追穷寇、全无敌等等，名目甚多。我们那时候都还小，只是在旁边看看热闹，并不知晓其中的意义。记得有一段时间，镇上的一个造反派头目站在大柳墩上演讲，从南讲到北，从天讲到地，从国内到国外，讲各种新闻、逸事，甚至是小道消息，洋洋洒洒一讲就是几个小时，还要大家反复喊"敬祝毛主席他老人家万寿无疆，敬祝林副主席身体健康、永远健康"。突然有一天，他一大早就在大喇叭里召集大家，说有重要消息要发布，我至今还记得他用沙哑的嗓子大声讲："林秃子，大坏蛋，坐了个三叉戟摔死了。"谁也不知道三叉戟是什么，大家听了都目瞪口呆，半天没愣过神儿来，也不敢作声。

有一天晚上，大家都已入睡，突然大喇叭响起，要大家马上赶往大柳墩集合，庆祝最高指示颁布。我那时不知道什么叫最高指示，就迷迷糊糊起床，坐在大柳墩上，等镇上的革委会主任来了，才知道毛主席有了新指示，要大家隆重庆祝。记得那是一个秋天的夜晚，小镇上的人敲锣打鼓、兴高采烈地举着毛主席的像。没有月光，一个年轻的小伙子打着大火把，手上还拎着一桶柴油，大家每走一截路，他就含一口柴油，往火把上一喷，喷出一大团火，把大家吓一跳，就这样折腾了半夜才回家睡觉。好在那个时候，学校停课闹革命，第二天不用上课，就在家里睡懒觉了。

我15岁高中毕业下乡插队后，就离开了家乡小镇，也暂时离开了大柳墩。两年后，我要参加高考，返回老屋复习功课，在那些关起门来准备考试的日子里，我累了就到大柳墩上坐一坐，从水井里打一桶水，洗把脸，脑子瞬间就能清醒起来。有一次，我迷迷糊糊靠在大柳墩上睡着了，醒来抬头一看，蓝蓝的天空中漂浮着一团团白云，就像是整块整块的天鹅绒悬浮在空中,一根根嫩绿的柳条就像是画在天鹅绒上的风景,它们错落有致、张弛有度,从树底下向上看,这景象就像是仙人在天空中所作的画一般。风儿吹来时,柳枝还轻轻摇曳,形成一幅神奇而美妙的景致。后来我看过许多大艺术家创作的油画,但在我心里,那天下午大柳墩上的那幅画更加自然、更加隽永,至今还深深印刻在我的脑海里,从未消失。

  我上大学后,镇上要修建一条新的马路,正好从我家的老屋前经过,这个大柳墩后来被连根拔起,当柴火烧掉了。只剩下那口老井,孤零零的,井盖早已破烂不堪。但大柳墩承载了我太多的回忆,时常在我的梦境中出现,挥之不去。

仁者如射
——谈谈射箭与做人

射箭的历史悠久,故事也多,后羿射日、飞将军李广黄昏射石虎等耳熟能详的故事都与射箭有关。但现代社会不少人未动手射过箭,我也是在不久前的一个周末被朋友拉到一个射箭馆才首次尝试射箭。原想射箭很简单,但一试才知其实不然。那天刚开始,我几轮下来,竟然一只也未中靶,有的甚至射到别人的靶上。我就停下来仔细观察旁边的练习者,发现穿戴装束讲究的他们几乎箭箭都命中靶心,而且,他们有共同的特点,就是站姿坚定、眼神专注,尤其是在弯弓搭箭以后,能感到他们的沉稳和静止,有股会在瞬间爆发的力量。出于好奇,我就问旁边的一位练习者有何秘诀,他说射箭颇讲究技法,身体要与弓箭相互协调,精神要高度集中,全身要完全放松,举弓、瞄准、释弦等动作要连贯一气。根据他的传授,我又练了半小时,累得满头大汗,仍然不得要领。

通过这次切身经历,我深切感受到,射箭既是一门艺术,也是一门技术,古人将其称为箭术或射术。在春秋战国时期,射术为"六艺"(礼、乐、射、御、书、数)之一,包括五种射技,即白矢、参连、剡注、襄尺、井仪。射术是古代对一个人能力考量的重要因素之一。比如,唐代武则天设立武举制度,其中规定的九项选拔和考核人才的标准中就包括射箭。在古文典籍中,有不少关于箭射的心得、方法。比如,《史记·周本纪》和《战国策·西周策》在讲述春秋时期楚国的神射手养由基散射的故事时,提及射箭的标准姿势,即"支左诎(屈)右"。又如,《吴越春秋》记载,射箭时"左足重,右足横"。再如,元好问在《射说》中也写道:"射,技也,而有道焉,不得于心而至焉者无有也。何谓得之于心?马也,弓矢也,身也,的也,四者相为一。"在亲身练习射箭后,再回味古人的这些心得,体会到了箭术的博大精深,它不愧是传承已久的艺术和技术!

透过射箭这门艺术和技术,结合古代圣贤有关射箭与做人关系的高论,我们还能从中得到更深层次的心理感悟,从而能认真品味和深入思考做人做事、为人处世的道理。老子就曾以射箭为喻,指出:"天之道,其犹张弓乎?高者抑之,下者举之,有馀者损之,不足者与之。"(《道德经》)其意思是说,天道的运行,就像拉弓射箭一样,有动有静,有张有弛,有阴有阳。张弓搭箭需要"高者抑之,下者举之",这与天道运行相似。老子以射箭为比喻,形象地指出了天道的最大特性,即至公至平,自然平衡,抑高举下,损强益弱,损上补下,取多补少,克刚扶柔。而儒家学说的代表人物,如孔孟,更是从射箭出发阐述了许多做人做事的道理,并提出了"仁者如射"的著名论断。受此启发,我以为,以下几个方面的道理值得我们仔细领悟:

一是先正其身、端正行为。射术的基本要求是身正,身正而后射。古代常常以一个人射箭的姿势和神态来观察其品德,因为君子射箭必然内心思虑纯正,外形身体正直,手持弓箭稳固有力,继而可以百发百中。因此,射姿随意之人,心气往往浮躁;五心不定之人,目标必定飘移;粗心大意之人,动作必定疏懒;骄傲自满的人,神色必定矜持。《礼记·射义》就说,"内志正,外体直,然后持弓矢审固;持弓矢审固,而后可以言中。"《孟子注疏》则更精辟地总结道:"仁者如射:射者正己而后发"。"仁者如射"形象地指出,仁者亦如射箭者,射箭的人需先端正姿态而后放箭,与此同理,做一个仁义之士,也需行为端正,心怀德性,内存仁义,待人真诚,进而使别人以仁义待己。王阳明一步阐述了"仁者如射",他说:"君子之于射也,内志正,外体直,持弓矢审固,而后可以言中。故古者射以观德。德也者,得之于其心也";"君子之学,求以得之于其心,故君子之于射以存其心也"。(《阳明全集·卷七·文录四·观德亭记》)也就是说,正如射箭的姿势和神态能很好地展现一个人的外在形态和内心活动一样,君子也应心怀良知,端正行为,以此表达其内心之德性。一言以蔽之,仁义之士应心存德性,先正其身,而后才能入世做事。

二是行有不得、反求诸己。仁者如同射箭一般,如果没有射中,不怨天尤人,而是要反躬自问,反求诸己,也即达到射箭时"二人争胜乐以养德也"的境界。孟子曰:"仁者如射,射者正己而后发,发而不中,不怨胜己者,反求诸己而已矣。"(《孟子·公孙丑章句上》)其意思是说,在与他人比试箭法时,应当力求争胜,如果不能获胜,不能怨天尤人,更不能埋怨胜过自己的人,而是应反思内省,找出自身不足,这才是真正的君子。孟子以射喻人为仁,从射箭中感悟出反求诸己的大道理,的确非常形象和贴切。因为射箭本身是一种竞技活动,在冷兵器时代最容易体现射者的体能和技能、勇敢和智慧,常人参与这种活动,容易争强好胜,而君子有所不同,他既要努力争胜,又不可因一时失手而怨天尤人、埋怨胜者,常人和君子由此能分得一清二楚。只有在于己不利处反思检讨自己,才能端正自己心态,认识并克服自己的不足,并不断提升自己,进而令他人折服。"行有不得者,皆反求诸己,其身正而天下归之。"(《孟子·离娄章句上》)

在我看来,所谓"反求诸己",就是要返回本心,扪心自问,在自己身上寻找原因,也就是所谓的"内省"。此种内省说起来容易,但真正做起来很难,因为"不识庐山真面目,只缘身在此山中",尤其人越是身处高位,就越可能被各种喧哗、赞美、掌声所包围,听到的可能是阿谀奉承之词,更难发现自己的不足和短处。在这些限制下,一旦行有不得,往往会归咎于他人,很难解剖自己,从自己身上查找原因,结果是自身修为很难提高。这与射箭一样,如果失利的射手将失败怪罪于胜者、怪罪于他人,而不是反省自己,其技能将难以提高。在此意义上,"反求诸己"实际上也在强调,身教重于言教,要他人做好,首先自己要做好,身体力行;而且,在人与人的相处中,要善于以人为镜,常思己过,内心自省。做到"反求诸己",需要加强自我修养,反思自我,解剖自我,这是一个自我完善的过程。

三是目标专一,心无旁骛。《郁离子·射道》中讲述了这样一则寓言,常羊向屠龙子朱学射箭,屠龙子朱告诉他,当年楚王曾在云梦泽打猎,让看山的官吏赶起一群禽兽,由楚王射取。但禽兽四处奔跑,楚王不知道该射哪一个,正在犹豫不决之时,养叔进言道:"臣之射也,置一叶于百步之外而射之,十发而十中;如使置十叶焉,则中不中非臣所能必矣。"其意思是说,我的射法是放一片树叶在百步以外而射它,十发就十中;但如果把十片树叶放在那里,那么射中射不中,就不是我一定能做到的了。《吴越春秋》也记载,楚将陈音曾为越王讲述射术,他说,射箭应当"左足蹉,右足横,左手若附枝,右手若抱儿,举弩望敌，翕心咽烟，与气俱发，得其平和，神定思闲，去止分离，右手发机，左手不知"。这就是说，射箭时应当凝神静气，全神贯注，身心合一，肌肉放松，然后瞄准目标，箭箭中的。这两则典故讲述的是射箭的基本要领，但同时也包含着为人做事的道理。我们要想有一番成就，就是应当像射箭一样专心致志，目标笃定，持之以恒，坚定地朝着一个目标努力，如果目标分散了，就难以命中目标。看看古往今来，就知此言不虚，凡成大事者，都是不忘初心、目标专一的人。其实，这个道理很简单，人的一生如白驹过隙，时间苦短，而要真正做成事情是需要花费巨大代价的，那就需要把有限的时间和精力集中于一个目标，持之以恒。否则，想得到的多了，就会这山望着那山高，即便有天大的本事，也会因为缺乏专注而难成大事。

四是君子之争应有风范。孔子曰："君子无所争，必也射乎，揖躩而升，下而饮，其争也君子。"（《论语·八佾》）其意思是说，君子本无什么可争之处，如果要有，那就必定是比赛射箭，在比赛前要相互行礼，比赛后则开怀畅饮，此乃君子之争！的确，比赛射箭虽是勇士之争、强者之赛，但君子从事这样的活动也要以礼当先，始终保持谦谦君子风度，这实际上也讲到了生活中做人的道理。君子之争的意思并不是说不该争，不是说要事事谦让、毫无进取、不讲是非、不讲原则，而是说君子不可锋芒太露，不能争强好斗、恃强凌弱、蛮横无理、目中无人。说到底，所谓君子之争，其实指向的是一种人生态度和价值观念，对于原则问题、底线问题，理当像射箭那样一分高下，但对非原则性问题、生活琐事问题，就没有必要事事计较、处处争论，非要论出长短、比出高下。有时不争也是争。尤其是对学者而言，涉及学术争议，应当像孔子所说的那样，君子之争必也射乎，像谦谦君子一样辩论，而不可把对方当敌人那样辱骂、挖苦、攻讦甚至诽谤,不能乱扣帽子、乱打棍子。只有像君子之争那样对待学术争论,始终保持理性、平和、平等待人的态度,才能视野开阔、胸襟广阔,并能广纳百川,以成其强。

仁者如射。射箭不仅是一门艺术和技术,它还包含着做人的诸多道理,值得我们细细琢磨和认真领悟。

敬人者，人恒敬之

人是社会的主体，总处于一定的社会关系之中。在人与人的交往中，尊敬他人，是维持良好社会关系的前提。尊敬之心，人皆有之，但怎么才能真正做到尊重他人、践行尊重人的美德，说起来轻巧，真正做到却并不是一件容易的事。

孟子曰："敬人者，人恒敬之。"（《孟子·离娄下》）也就是说，爱别人的人，别人也爱他；尊敬别人的人，也会被别人所尊敬。基于社会交往的相互性，持君子之道尊重他人，则自己也受他人尊重，最基本的社会文明由此得以形成，故而，尊重他人也是社会文明得以维系的一种基本礼仪。在孟子看来，尊重他人是君子修为的基本内涵，"君子所以异于人者，以其存心也。君子以仁存心，以礼存心"。（《孟子·离娄下》）也就是说，君子超越常人之处，就在于其居心于仁，居心于礼。有仁义者需尊重别人，持礼仪者需恭敬别人，尊重他人是一种美德，也是作为君子的基本素养。古代如此，今天亦然！

在这方面，周总理为我们树立了光辉的典范。从一件小事即可窥见一斑。有一次，周总理坐车外出，路经一段积水的街道，汽车开得速度稍微快了一些，车轮激起的水花溅到了路边的行人身上，周总理发现之后，立即请司机停车并下车亲自向行人道歉。这虽然是一件很小的事,但却折射出周总理伟大而又高尚的精神光芒,体现出周总理时时刻刻作为"敬人者"的高贵品格。周总理之所以成为"世所罕见"的伟人,原因固然多种多样,但毫无疑问,与他这种"敬人者"的高贵品格具有密切的关联。

但如何敬人呢?从孟子的学说来看,至少应当做到如下几点:

敬人者,需有敬人之心。按照孟子的观点,恭敬之心要求从内心里尊重他人,把其他社会同伴视为与自己一样是值得重视的人。"食而弗爱,豕交之也;爱而弗敬,兽畜之也。"(《孟子·尽心上》)这句话的意思是说,对他人仅提供食物而不给予关爱,无异于喂养牲畜;而只给予关爱而不尊重,无异于饲养宠物。这就很形象地说明了内心里尊重别人才是真正地尊重别人。显然,尊重他人属于最高层次的人际交往境界。从外观上看,尊重他人一般表现在某人的具体言行上,如对他人言语恭敬、行为谦让,但并不是说,只要有这样的言行,就可将其归为"敬人者"。"敬人者"还要求言行必须出于内在的尊重之心,这种尊重之心与他人的身份和地位无关。说到底,"敬人者"之所以尊重他人,只因每个人都是值得尊重的社会主体,都是有人格尊严、独立价值的主体,都是与自己一样的社会同伴,与其他因素无关。否则,即便某人的具体言行看上去有尊重他人的态度,也不能将其归入"敬人者"的行列。比如,为了获得好感而对达官贵人嘘寒问暖,为了个人提升而对顶头上司奴颜婢膝,为了趋炎附势而对社会名流顶礼膜拜,就属于把人分为三六九等、区分贵贱贫富的功利性、选择性或暂时性的尊重他人,一旦达官贵人、顶头上司、社会名流的身份消失、地位下跌,其获得的尊重也将随之消散。申言之,要真正成为"敬人者",成为君子,必须有发自肺腑的敬人之心。"敬人之心"不仅是一种浅层次的社交场合的礼貌,更是一种内心深处对他人的尊敬、理解、关爱,这才是最真切、最纯粹、最质朴的尊敬之情。

敬人者,需尊敬众人。"敬人者,人恒敬之",这里所说的人,不是指哪一类特殊的人,而是指一般人。常人对于父母、师长、亲友、上级等,可能能够予以尊敬,这也是基本的道德要求,但能否真正尊敬身边的人、普通的人,甚至比自己地位更为低下的人,就不好说了。按照孟子的观点,对君子来说,应对普通大众或一般的社会同伴给予同等的尊重。陀思妥耶夫斯基就说过,"对他人不尊重的人,首先是对自己不尊重"。这是因为,尊重他人不只是对单个个人的尊重,在更高的层面上,更是把自己作为人群这一特殊生灵群体的一分子,进而对这个群体的敬重。在这方面,先师佟柔先生树立了很好的榜样。佟老师的学生们都知道,老师声名在外,每天访客络绎不绝,不少人素不相识,完全是慕名而来的,其中有来请教治学方法的学人,有来讨教具体问题的学生,有来咨询法律案件的百姓,接待访客占用了佟老师大量的业余时间。而佟老师在校内承担了繁重的教学科研任务,在校外频频参与立法、出席会议,时间和精力均非常宝贵。即便如此,无论来者是何人,佟老师均不会拒之门外,总彬彬有礼地接待,耐心细致地解答,很享受与每一位客人的交流。在我印象中,他房间有一套皮面沙发,因为访客量太大,居然没过多长时间就把沙发皮坐破了,露出了里面的棉絮。看到这种情况,我有时也提醒说:"佟老师,接待访客占用您的时间和精力是不是太多了?"他往往说:"人家大老远来,是尊重你;接待好访客,既是对客人的尊重,同时也能学到很多东西。"正是通过佟老师的言传身教,我深刻地体会到,尊重别人,是一种美德,对知识分子来说,更应如此。

人未必恒敬之,当反求诸己。敬人者,人未必恒敬之。有人可能会错把他人的尊重看成贬低,甚至当做恶意,此时,常人固然会难过、困惑乃至于愤恨,但若持君子之道,则应按照孟子的劝诫进行内省,反思自己是否有不当之处,使他人产生误解。孟子曰:"有人于此,其待我以横逆,则君子必自反也:我必不仁也,必无礼也,此物奚宜至哉?"(《孟子·离娄下》)意思是说,有人对我蛮横无理,那君子必定反躬自问:我行事不仁,或者待人无礼了吗?不然,他怎么会对我如此无礼呢?在孟子看来,正是通过不断地自省,才能够实现心灵净化和素养提升,才能够保持谦卑的心态,从而不断走向至善。否则,就有可能出现问题。陈胜、吴广发起的大泽乡起义人人皆知,陈胜本是贫苦农民出身,在被逼得走投无路的情况下带着大家反抗秦朝暴政,起义开始时势如破竹,但不少前来拜访的同乡农民兄弟举止言行过于粗鲁,陈胜认为对其不敬,将他们都杀了。这件事一经传出,陈胜顿时成了孤家寡人,后来也败于顷刻之间,这也是必然。

敬人是相互尊重的过程。"敬人者,人恒敬之",表明人与人之间的尊重是一个互动的过程,很难说有先后之分,不是说"你尊重了我,我才尊重你",也不是说"人敬我一尺,我敬人一丈"。它强调的是自发地尊重他人,由此来追求自身的完美品格,从而成为真正的君子。正如前文所言,一个人之所以尊重他人,不存在功利性考虑,而是把"敬人"视为一种美德、一种良好的思维观念、一种值得追求的生活方式。正是因为拥有这种德性,人的心灵境界才能得到提升,人的胸襟才会更加宽阔,才能容纳万事万物,成就一番事业。这意味着,无论他人如何对待自己,自己都应持君子之风,将其作为自己的同类而加以尊重,也只有这样才能获得他人的尊重。有一则关于两次被《福布斯》评为世界首富的日本大企业家堤义明的爷爷的故事,讲述的就是这样一个道理。有一次,堤义明家族开的点心店来了一个乞丐,身上破烂不堪还散发阵阵恶臭,众人都避之唯恐不及,但点心店的老板即堤义明的爷爷却亲自招待了他,不仅十分恭敬地把点心递给乞丐,还向他深深鞠了一躬,请他再次光临。这个故事传开之后,小店的生意更加兴隆起来。堤义明家族后来发达起来也与此有关。

敬人是终身追求的一种美德,是终身之事。追求至善永远是一种进行时,尊重他人应该是一生的功课,一个人的社会地位会发生变化,但应当始终保持敬人之心:在其处境卑微时,保持谦逊、尊重别人相对容易,但当其居于高位、位高权重时,俯视他人的心态会疯狂滋长,往往就难以保持谦卑之心。因而不少人随着地位的升迁、财富的增加、声望的提高等,看待周围的人也出现一种"从仰视到平视,再到俯视"的过程变化,内心中尊敬他人的心态也逐渐淡漠,待人接物也发生了相应的变化。既然难有尊重他人之心,也难有尊重他人的言行,久而久之,难免滋生骄傲、自满等情绪,从而影响自身的成长与进步。由此可知,保持尊重他人的心态,是一种需要长久修行才能获得的心境,而非一时兴起就能获得的能力。

"敬人者,人恒敬之。"就像只有播种才会有收获一样,尊重他人就是在播种一颗获得尊重的种子,它是获得被人尊重的果实的基础,没有这颗种子和基础,被人尊重也将失去根本,难以长成果实。佟老师之所以受人尊重,首先是因为他尊重别人。而他受到尊重,也是他尊重别人的回报。多少年过去了,佟老师待人接物的身影一直深深印刻在我的脑海里,随着时间的流逝,不仅没有变得模糊,反而越来越清晰。他成为我待人处事的楷模,这些年来,无论我在院系工作,还是在学校工作,都始终持有这样一种基本观念和心态，就是要尊重每一个人，平等而友善地对待每一位同事，热情而耐心地接待每一位学生，礼貌而细致地接待每一位客人。我自己也从中增长了知识，开拓了眼界，可谓受益匪浅。

"敬人者，人恒敬之"，表明相互尊重也是人类互相传递理解和友爱的基础。就像亚当·斯密在《道德情操论》中所说的那样，人要有怜悯心和同情心，要充分考虑和尊重他人的处境，要用一颗真诚友爱的心去靠近另一颗心，相互传递一种尊敬人、热爱人的情感，才能从中散发出爱的光芒和能量。也就是说，相互尊重才能传递友爱之情，播下善良的种子，而相互漠视和鄙夷，则只能导致误解，并最终发展成相互仇恨。即使是在对手之间，秉持相互尊重之道，也许能使纠纷化解，弥合分歧。此外，"敬人者，人恒敬之"也是相互学习、共同提升的前提。"三人行，必有我师焉。"每一个人穷其一生所能掌握的知识相当有限，因此必须尊重他人，相互学习，形成知识互补，才能实现人类知识的大跨越。正因此，我反复吟念"敬人者，人恒敬之"，强调秉持尊重他人之心，提倡时时处处尊重他人，这不仅是一种道德倡导，更是对自己的省思。

义利相克吗
——从关公成为财神爷说起

每每看到一些餐厅、旅店等经营场所供奉着关公像，我总是会问原因，店主人的回答基本一致，为了求财。这个答案让我觉得有些费解，因为三国历史中的关公是以"忠义之神"的形象存在的，怎么会变成财富的象征呢？为了解除心中的困惑，我查找了大量的资料，发现民间确实有供奉关公求财的说法。一个以"忠义"立身的英雄形象在民间摇身一变成为"财神"，"忠义"和"财富"这一对本来并不相关甚至是相互冲突的概念，在关公身上竟能融为一体，面对这样的矛盾统一体，我不禁对义与利的关系进行了重新思考。

以传统的眼光来看，利益被认为是人们背离道义的主要诱因，"义"和"利"因此是对立的，无论是"见利忘义"的成语，还是为官位抛妻弃子的书生、为钱财害命的强盗、为权利误入歧途的官员等因为利益诱惑而背离道义的现实，均能印证这一点。而且，儒家学说见解也是如此。《论语·里仁》所云："君子喻于义，小人喻于利。""不义而富且贵，于我如浮云。"据此来看，"义"和"利"相互冲突，重义还是重利，是区分君子和小人的重要标准，君子应重义轻利。儒家学说非常重视"义"，如《论语》中提到"义"

字达24次,《孟子》中"义"字则使用了108次。但是,仔细思考供奉关公求财的这种民间习俗,不难看出,"义"和"利"还有另一种关系——和谐相生。

"义"和"利"是融合的,两者能共存。孔孟主张君子人格、圣贤人格,强调"君子固穷,小人则滥矣"。在此认识下,"义"和"利"相克对立,无法融合共存。但儒学发展到了荀子,观念开始发生改变,《荀子·荣辱》云:"先义而后利者荣,先利而后义者辱。"在此,"利"和"义"不再是对立的,而是有了共存的空间。只要能"先义而后利","义"和"利"即可共存,以行义为荣、背义为耻的荣辱观念也由此逐渐形成。特别是随着宋明理学的兴起,儒家思想由章句、门第礼学向人伦日用之学转变,经商治生也被儒家认为无碍圣人之道,只要符合道义,寻求利益就是常态的伦理之道。朱熹就认为"利"可以分成"自然之利"和"贪欲之私"两重涵义,其中"自然之利"由"义"所生,是依循天理所自然产生的物质利益和精神利益。显然,在朱熹看来,"自然之利"和"义"是融合的,是一致的。可以说,儒家的义利观是随着社会发展而不断变迁的,认为义利不能共存,是后人对于儒家学说以及观点曲解、误读的结果。

"义"和"利"是辩证的,两者能合一。正如前述,在春秋时期,经由荀子的发展,义利合一的观念已经悄然成型,并在后世的发展中逐渐普及,这就能解释为何在民间信仰中会把作为"忠义"化身的关公供奉为财神。一言以蔽之,人们供奉关公求财,求取的是有道之财、忠义之财,关公在此已经成为"义"和"利"合一的实体象征。其实,孔子也说过"不义而富且贵,与我如浮云",即通过不当手段获得的富贵不可长久,因这些财富是没有诚信之本的"不义之财",其中也蕴含了义利合一的观念。在这种观念下，君子并非一定要固穷，义利也非区分君子和小人的择一标准，而是要理顺义利的正确关系，以见利思义、以义取利作为行为规范和道德准则。必须强调的是，在当代社会的大环境下，我们必须正确认识"利"的积极作用，因为没有利益，社会的发展将会失去动力。"天下熙熙，皆为利来，天下攘攘，皆为利往"。在此认识前提下，我们应倡导良性循环的义利观和见利思义的义利观，把利益的获取放在"义"的约束之中，鼓励人们追求合法的利益，并在"义"和"利"两种价值发生冲突时，作出正确的选择，以实现"君子爱财，取之有道"。

"义"和"利"是相生的，两者是相互促进的。朱熹曾说："正其义则利自在。"利是从义而生的，正义明道，自然生利，在某种意义上可以说，义为利之母。义生利，利促义，整个社会由此进入一个良性循环。《近思录》云："循天理，则不求利而自无不利。殉人欲，则求利未得而害已随之。"如果你的行为遵循天理、符合道义，那么利益自然能够随之而来。但是如果你钻营取巧，为了满足一己私欲而作出有违道义之事，则会招致灾祸。"义利"相生，表明在追求利益时，人们须谨记仁义，不能见利忘义，如果人们能够谨慎地对待每一次利益得失，见利思义，先义后利，以义取利，取利有道，久而久之势必养成良好的道德习惯，成为品格高尚的人。"义利"相生，不仅适用于个人，更适用于整个社会和国家，荀子说，"商贾敦悫无诈，则商旅安，货财通，而国求给矣"，也就是说，良好的诚信行为，即符合"义"的行为能够使商业兴旺、国家繁荣。

我国传统的自然经济社会是熟人社会，人口流动较小，人与人之间的纽带较为牢固，而且社会财富积累并不充分，实现义利的有机融合和统一较为容易。而现代社会是陌生人社会,在社会转型时期,人们的价值观念是多元化的,各种利益冲突也较为尖锐,此时,正确理顺和把握义利观就有一定的难度。我国处于新时代变革的转型时期,为了适应和推动新时代的发展,我们必须倡导见利思义的新观念。

一是见利思大义。所谓大义,就是国家、民族的利益。孟子说"舍生取义",就是说为了国家和民族的利益,牺牲生命也在所不惜,这种精神也是墨家提倡的大仁、大义、大勇精神。古往今来,无数的仁人志士为了国家、民族之大义而不计个人安危,舍生取义。无论在哪个时代,讲大义观念,均不过时。与生命相比,大义尚处于更优先的地位,当大义与物质利益冲突时,舍弃利益而取大义,更是自然之举。从历史发展来看,陈嘉庚等不少爱国商人为了救国救民族,慷慨解囊、无私奉献,展现了顾大义而舍私利的精神,成为一段段佳话。更有一些革命者抛家舍业、舍弃小我,全身心投入革命,留下一段段可歌可泣的壮举,也体现了大义观念和精神。我们说义利可以融合,但在大义面前,应当见利思大义,把国家和民族的利益摆在第一位。

二是见利思正义。"义者正也"。义的含义即适宜、应当、公正、正义之谓。君子不取不义之财,为人做事以理为先,要有公正、公平、正义的心怀。行义以中正,就要求人要为人正直,清廉自守。正义的观念是法律的观念,在利益面前也要固守法律底线,履行法律义务,随着时代的发展我们应该更加关注其中的法律义务,强调法律义务、道德义务和权利的统一。利也不仅仅是单纯的物质利益问题,一方面,今天所讲的利同时也包括权利问题;另一方面,利应当是合法的利益,应当是法律允许范围之内的利。在道家的劝善书《太上感应篇》里讲:"取非义之财者,如漏脯救饥,鸩酒止渴,非不暂时饱,死亦及之。"取不义之财就好像是吃了有毒的肉，喝了有毒的酒，不仅不能填充饥饿、满足温饱，反而可能招来杀身之祸。现代市场经济社会，虽然追求利是值得提倡的，但取得利益时应当考虑取利行为是否合法，不能被利益迷惑了双眼而忘了法律底线。实践中，一些黑心商人利欲熏心，为了追逐蝇头小利，制造有毒有害食品，建筑中偷工减料，危害社会屡屡突破法律的底线，最后身陷囹圄、悔之莫及。

三是见利思仁义。传统上，"义"和"利"的问题是个人私德问题。一方面，获利要讲诚信，契约义务也是法律义务，它是当事人约定的义务，对当事人具有法律拘束力。"民有私约如律令"，当事人之间的约定，只要不违反法律的强制性规定，不损害公共利益，在当事人之间就具有法律拘束力。其实，只有讲诚信，才能获得最大利益。古人云："得黄金万两，不如得季布一诺。"小生意旨在得利，大生意旨在得人，信用才是最大的资产。另一方面，获利要讲道德仁义，法律只是社会规范的一种，不是所有的正义均能显身于法律之中，也不是所有的正义均能转换为法律义务，在法律之外，道德等其他社会规范也是"义"的重要存在场所，它们就体现为仁义。在利益面前，必须换位思考，多替他人着想，"勿以恶小而为之，勿以善小而不为"，如掺杂使假、坑蒙拐骗，既是为法律所禁止的，也是为道德所禁止的。

在义利相融、见利思义的观念下，商家供奉关公的积极价值会大幅提升，它倡导商人应见利思大义、思正义、思仁义，若能如此，诚信将成为交易的主要色彩，黑心商户将成为过去时。仔细想来，这种观念实际是每个人应秉持的正确观念，有这样的观念指导，我相信，我们的社会会更加美好！

尊师、从师与超师

在中国古代,"桃李"一词有很多意象和内涵,除了可以象征青春年少和美好品质之外,还总是与师生联系在一起。具体来说,它有两层含义,一是指师长的教诲,可以用来表达对老师的赞美,人们常用"桃李之教"来感念师德。二是指贤才俊彦。宋朝杨万里在《送刘童子》中说:"长成来奏三千牍,桃李春风冠集英。"清朝金人瑞在《吴明府生日》中说:"菖蒲夜雨平郊堋,桃李春风动学墙。"还有我们现在所说的"桃李天下""桃李满园",都是指桃李结出的硕果,用以比喻优秀的学子。

为什么"桃李"在象征师生关系时会有上述两重含义呢?我想,这其中可能蕴含了很深的哲理。教师就像是桃李之树,而优秀学子就好似桃李结出的果实。"青青园中葵,朝露待日晞。"桃李虽然朴实无华,但却能开出鲜艳美丽的花朵,结出丰硕甘甜的果实,这是一种无私无言的奉献。更重要的是,当桃李的果实撒播在地下,春暖花开之际,果核就会破土而出,长出新芽;经过日晒甘霖,春去秋来,就可以成长成才,结出新的果实;新苗可能比原来的果树更有生命力,长得更为茁壮。由此,师生关系便可用桃李之树和桃李之果的关系来比喻,古人上述的双重含义可以从这个角度来理解。

俗话说,"铁打的营盘流水的兵"。每年夏天,大学的校园都会送走一批毕业生,也迎来一批新的学子。每当看到新生走进校门时,我都会想起桃李的双重含义,所以在给新生致辞时,我总是想谈三点思考,那就是尊师、从师与超师。

一是尊师。为什么要尊师?尊师不仅是对老师个人的尊重,更是对知识的尊重。"为学莫重于尊师"。因为老师是传道、授业、解惑,无私地传播知识的人。在古代,即便是皇帝,在学习时也要对老师恭恭敬敬,在课堂上规规矩矩。一个不尊重老师的人,一定是一个十分狂妄自大、目空一切的人,是一个不懂得修身遵礼、谦虚为怀的人——如果一个学生连自己的老师都不尊重,又能指望他尊重谁呢?又怎能指望他尊重知识呢?如果一个学生会怠慢自己的老师,那么他又能真正学到多少知识呢?所以,谦虚有礼应当是学生的基本品行。

不过,在中西方不同的传统文化背景下,师生之间的关系有不同的含义。在古代中国,师生之间的关系十分亲密,徒弟往往从端茶送水开始,一边伺候师傅一边学习师傅的技艺,直到学成,所以中国有句俗话叫"一日为师,终身为父",学生必须遵从老师的教诲,老师在学生面前具有天然的权威和地位。西方的尊师观念则要淡薄得多。我在一些西方国家的学校访问讲学时,发现学生可以随便叫老师的名字,这种师生关系看起来是相互平等的。英语中"你"和"您"没有区别,一概都统称为"you",所以父子之间、师生之间也没有什么礼节性的称谓,这和中国传统的师道尊严相差甚远。我在美国学习和访问时,发现不少学院的导师和研究生之间可以说是一种雇主和雇员、老板和员工的关系。后来我在香港某大学教书时,发现学校的共识是:师生之间是一种消费关系，学生支付了高额学费，就是消费者，应当获得学校提供的应有的教学服务；而老师只是作为经营者一方的代表，负责给学生提供知识服务。甚至有些名校教授认为，师生之间是一种合同关系，一方收取学费作为指导费，就有义务教授另一方学习约定的知识。这种关系就更纯粹是一种经济利益关系了。这样的关系其实是很简单的，老师上完了课，就相当于是履行了合同义务，下课就可以走人了。学生是否学到东西，学生的道德品行是否健康，学生的成长是否顺利，这些似乎都不是老师需要过问的，老师也没有义务去管这些事。我认为，简单地把师生关系理解为一种消费关系、合同关系，并不适合我们的教育现状。其实，教育应该是一种超乎经济利益之上的一种更为高尚的关系，师生之间是一种教书育人的关系，老师并不仅仅是提供一种知识服务，而更应该教会学生如何做人，如何明大德、守公德、严私德，应当帮助学生树立正确的世界观、人生观、价值观，使他们具备高尚的品德，从而真正让学生立大志、成大器、做大事，真正成为栋梁之才。

二是从师。师承关系不仅意味着学生要尊重老师，还意味着学生要跟随老师学习，老师是学生求学路上不可或缺的领路人和指导者。一个学生的求学生涯光靠自己摸索是不行的，必须通过向他人学习、获得他人的指导，才能取得更快的进步和更大的成就。我们所提倡的师生关系，理应是一种教育者与受教育者之间的关系，是一种知识的传授者与接受者之间的关系。从这个角度来看，师生之道应当是教学相长的过程，首先，学生要向老师认真学习知识、领悟智慧；其次，学生要向老师虚心学习做人的道理；最后，师生关系是向善的、是纯粹的，是为了追求真理，从师不应当是盲从。

无论是东方还是西方,在师生关系上有一点认识是共同的,可以体现在亚里士多德的那句名言中:"吾爱吾师。吾更爱真理!"这句话的背景其实是,亚里士多德从17岁开始入师门,跟随柏拉图学习达20年之久,亚里士多德对老师是很崇敬的,师徒二人也是很好的朋友。然而,在追求真理的过程中,亚里士多德非常勇敢、坚决地批评老师的错误和缺点,在哲学思想的内容和方法上都与柏拉图存在严重分歧。于是有些人就因此指责他背叛了老师,亚里士多德对此回敬了这句流传至今的名言。在真理面前,人人平等,没有长幼之分、师生之分。真正良性的"从师",应当是建立在不断对真理进行探求的基础上,不应是盲从,甚至是盲目崇拜,而是共同追求真理。这并不是对"从师"的违背,恰恰是符合师道的本质。

三是超师。超师是学生向老师学习的最高阶段。古人云:弟子未必不如师;又云:青出于蓝而胜于蓝。这就是学习的最高境界,意味着学生在老师的基础上有所突破和创新,像桃李孕育出了崭新的、繁盛的枝丫。《荀子·劝学篇》指出:"青,取之于蓝,而青于蓝。"韩愈曾在《师说》中这样写:"是故弟子不必不如师,师不必贤于弟子,闻道有先后,术业有专攻,如是而已。"当学生学到了老师的全部知识,甚至可以通过自己的思考而有所进步和突破时,就实现了对老师的超越。超师应当是每个学生的努力方向。当然,教师也要不断努力,在知识更新方面需要"苟日新,日日新,又日新"。古人云:"学如逆水行舟,不进则退。"如果故步自封,知识陈旧,被学生超越也是自然的事情。

我的故乡在长江边,小时候,我经常在岸边看奔腾而过的江水,看那百舸争流的景象,真正领略到了"长江后浪推前浪"的深刻含义。在这个世界上，"江山代有人才出，各领风骚数百年"，社会在不断发展，知识也在不断创新，总是需要一代代新人不断攀登知识的高峰。如果学生不能超越老师，人类的创新就会停止，理论的发展就会停滞，社会就不可能真正发展进步。所以，我期盼每个学生超越自己的老师，期待着每一株桃李都能绽放自己的芳华。

致广大　尽精微

我在学校工作数十载，每年迎新，最想对新同学说的一句话就是："致广大，尽精微。"

子曰："君子尊德性而道问学，致广大而尽精微，极高明而道中庸。"（《礼记·中庸》）这句话的意思是说：君子尊崇天赋予的道德本性，又通过求教和学习，使自己的知识既进入宽广博大的境界，又深入到精微细妙之处；使自己的德行既高尚文明，又能遵循不偏不倚的中庸之道。我很喜爱"致广大而尽精微"这句话，因为它表明，无垠的宇宙与细微的尘埃，汪洋的大海和涓细的河流，无一不是大千世界的现实存在，它们构成了宇宙万物的客观存在，也是世间万物的完美结合。由此扩展地看，它辩证地道出了我们为人处世、治学从业的深刻哲理，这就是既要有至广至大的格局、情怀和视野，又要注重至微至小的细节，只有两者兼得，才能取得好的效果。

"致广大而尽精微"，首先讲的是"致广大"，其道理很深刻，我认为，以下三方面尤其重要：

一是目光要远大，要有远大的理想、宏伟的志向。"不谋万世者，不足谋一时；不谋全局者，不足谋一域"，讲的就是这个道理。用现代的话来说，就是"心有多高，梦想就有多远"。目光远大,需要登高望远,鸟瞰路径,"望尽天涯路"。目光远大,还要有远大的抱负,要立鸿鹄志,做奋斗者。理想坚定,信念执着,不惧困难,勇于开拓。在此方面,王阳明先生堪称适例。他年少时就有读圣贤书、做圣贤人的志向,"岂科高第恐未为第一等事,或读书学圣贤之人"。他说,"志不立,天下无可成之事",在立志后终其一生加以追求,才取得了巨大成就,后人认为他是历史上少有的集立德、立言、立功于一身"三不朽"的圣贤。

二是胸怀宽广,容得下万事万物。做人要有大格局,心胸宽阔,这样才能做到"宰相肚里能撑船",也才能成就一番事业。兹举齐桓公和管仲的事为例:齐桓公年少时曾被管仲追杀,并中过一箭,他的确一直难以释怀,但在掌权后,他不仅不计前嫌,还让管仲当了宰相,并最终完成九次集合诸侯、匡正天下的大业,并被奉为一代霸主。孔子对此评论道,"桓公九合诸侯,不以兵车,管仲之力也。如其仁!如其仁"!"微管仲,吾其被发左衽矣。"(《论语·宪问》)唐太宗李世民在一次科举考试结束后,站在午门城楼上看着新进的进士们鱼贯进入朝堂,十分高兴,对身边的人说道:"天下英雄尽入吾彀中。"由此也看出他广纳贤士的宽阔胸襟,正因如此,才使得英才汇聚、贤士云集,从而开创了"贞观之治"的大业。

三是志在无疆、品格坚韧。"仁者无忧,智者不惑,勇者无惧"。猝然临之而不惊,无故加之而不怒,意外得之而不喜。卧薪尝胆的越王勾践、忍胯下之辱的韩信、遭受宫刑的司马迁,均是这方面的杰出代表,他们坚守心中的目标,能大能小,能屈能伸,最终成就大事业。

但致广大与尽精微是辩证统一、有机结合、相辅相成的。在现代社会,"尽精微"首先强调的是精细,精心思考,细致准备,每项工作都要有预案、有布置、有落实、有督促、有评估;其次是要严谨,把好每一道关口,抠严每一个环节,真正确保环环相扣、滴水不漏。客观地讲,与"致广大"相比,我们比较缺乏"尽精微"的精神。按照日常观念,说某人"精细",往往是说其斤斤计较或锱铢必较,是说其小气、没肚量,是个贬义词,而不是说其有精细的思维。遇到困难和问题之后,人们习惯于"难得糊涂",做事也追求"差不多就行了",这些观念在日常生活中颇有市场。胡适的"差不多先生"对此有入木三分的描绘:"你知道中国最有名的人是谁?提起此人可谓无人不知,他姓差,名不多,是各省各县各村人氏。你一定见过他,也一定听别人谈起过他。差不多先生的名字天天挂在大家的口头上,因为他是全国人的代表。"① 正是这样的"差不多",导致我们往往善于宏大叙事,既能上下五千年,也能纵横千万里,但日常忽略了细节,以至于做起事来虎头蛇尾,不能善始善终,甚至功亏一篑,酿成大祸。"千里之堤,溃于蚁穴",生活中许多悲剧的发生往往都是因为忽视细节所造成的。

着眼于现实,这样的事例也为数不少。因为工作关系,我接触过很多基层干部,他们讲起国际国内、古代现代,都一套一套,一开讲就收不住,但只要提及如何做成、做好一件具体的事,就思路简单、语焉不详、一笔带过。也正是因为这一原因,现在不少决策设计思路很好,但往往缺乏落地的细节,习惯于以会议落实会议、以文件落实文件,虽有文山会海,但这些决策最终成为海市蜃楼,难以在实践中扎根结果。又如,前些年发生的一些重大事故,起因均在于细节的缺失,而这种现象仍屡见不鲜。几年前,我爬香山时,就看到有人就在香山附近放鞭炮,

---

① 参见胡适:《差不多先生传》,载林语堂、傅斯年、鲁迅等:《闲说中国人》,北方文艺出版社2006年版,第138页。

多人围观但无人制止，我前去讲理，说"现在树枝干枯，放鞭炮容易引起火灾"，但放鞭炮的人说，"你多心了，没那么严重"。这种认识就是事故发生的根源，如果真的引发火灾，后果是不堪设想的。再如，中国制造闻名世界，但是我们许多产品因不注细节，做工粗糙、简陋，不能像西方同类产品那样精工、精美，甚至长期连圆珠笔头都造不出来，由此缺乏竞争力，绝大多数产品只能拼价格、赚小钱。

基于上述现实情况，可以说，无论再怎么强调"天下之事，必做于细""魔鬼在细节里""细节决定成败"都不为过。但这样说，绝不是只顾"尽精微"而舍弃"致广大"，而是说在我们的生活、习惯和习性中，相较于"致广大"，我们更应在"尽精微"上多下工夫。

其实，无论是从孔子的原意来看，还是从现实情况来说，"致广大"和"尽精微"二者都不可偏废。这样说终归抽象，那让我们看一个具体事例吧。徐悲鸿先生也特别钟爱"致广大而尽精微"，将其视为中国绘画艺术的座右铭，并身体力行。在他看来，这句话既包涵了艺术造型的手法和效果，也体现了绘画应当秉持的艺术理念，是至善尽美的绝妙结合。正如我们所见，徐悲鸿先生的传世佳作，无论是马等动物画还是愚公移山等人物画，既有致广的意境、奔放的笔墨、宏达的风格、大气磅礴的气势，同时也讲究精细超凡的技巧、细腻的着笔、会心的造物，每一笔勾线、每一点调色、每一处染墨均透着精微之美。正可谓"水墨淋漓障犹湿，真宰上诉天应泣"。其实，不光徐悲鸿先生的画作如此，放眼望去，真正艺术大师的作品，无一不是"致广大"与"尽精微"的完美结合。

绘画如此，治学又何尝不是？胡适有一句名言：治学要大胆设想，小心求证。古往今来，无论是自然科学，还是社会科学，治学者都要眼光远大、志向远大、胸怀远大,具备宽阔的学术视野,与此同时,又要认真调研,潜心研究,明察秋毫,容不得半点粗心和马虎。就治学而言,"广大"和"精微"是两种不同向度。"致广大"要求治学应广博,达到宽广博大的宏观境界;而"尽精微"则要求治学应精细,深入到精细详尽的微观之处。如果治学仅仅"致广大"而不能"尽精微",就会完全归于抽象,成为不接地气、不切实际的空想,缺乏可用性;反之,如果治学仅仅"尽精微"而不能"致广大",就会缺少灵魂主线,最终沦为难成完整体系的"碎片",缺乏理论或知识体系。

治学如此,为人处世又何尝不是?无数的先贤事例均表明,要想人格完善、事业有成,我们既要有海纳百川的胸怀,也要有水滴石穿的态度;既要有抬头仰望星空的梦想,也要有脚踏实地的苦干精神;既要树立远大的理想与抱负,也要有从点滴做起的细节观念;既要气魄宏大,也要精耕细作。只会致广大而不能尽精微,不过是夸夸其谈、好高骛远、纸上谈兵,不能做事、成事,此类人也必将误国、误民、误事。而只会尽精微不会致广大,则容易目光短浅、视野狭隘,甚至"一叶障目不见泰山",难以做成大事。为人处世说到底,就是要"致广大而尽精微",在理想、信念、目标的指引下砥砺前行,达到滴水石穿、跬步千里的效果。

大千世界,浩渺星空,我们每个人都是一颗颗微粒,我们的眼睛可以装下世界上许多的事情,但大多时看不到更深层次的内涵;我们的心胸能宽广到包容所有的梦想,但往往缺乏迈向它的微弱步伐。"致广大而尽精微"指出了我们观察世间万事万物的方法,这两者如同阴阳两面、事物两极似的辨证存在着,既和谐共鸣,又相运而生。离开了"精微"的"广大",只能是一纸空谈;离开了"广大"的"精微",也势必会趋于狭隘。如果说"广大"是空间，那么，"精微"就是轴心，空间让我们宽阔，轴心让我们务实，因此，当我们的思想仰望天空时，也要有低头看路的习惯，我们必须把憧憬抱负与脚踏实地合二为一。

"致广大，尽精微"包含了做人、做事的深刻哲理，理解好它、实践好它，将使我们受益无穷，这就是我最想说这句话的原因。

后 记

本书是继《人民的福祉是最高的法律》《法治：良法与善治》《法治具有目的性》之后我的第四部随感集，在本书写作过程中，得到了北京大学法学院常鹏翱教授、北京理工大学法学院孟强副教授、中央民族大学法学院王叶刚博士、中国人民大学熊丙万博士、谢天武等同志的大力帮助，在此一并致以谢意。

王利明

2018年8月6日

图书在版编目(CIP)数据

法为民而治/王利明著.—北京:北京大学出版社,2018.10
ISBN 978-7-301-30010-7

Ⅰ.①法… Ⅱ.①王… Ⅲ.①随笔—作品集—中国—当代 Ⅳ.①I267.1

中国版本图书馆 CIP 数据核字(2018)第 240672 号

书　　　名	法为民而治 FA WEI MIN ER ZHI
著作责任者	王利明　著
责任编辑	郭薇薇　罗　玲
标准书号	ISBN 978-7-301-30010-7
出版发行	北京大学出版社
地　　　址	北京市海淀区成府路 205 号　100871
网　　　址	http://www.pup.cn
电子信箱	law@pup.pku.edu.cn
新浪微博	@北京大学出版社　@北大出版社法律图书
电　　　话	邮购部 010-62752015　发行部 010-62750672 编辑部 010-62752027
印　刷　者	北京中科印刷有限公司
经　销　者	新华书店
	965 毫米×1300 毫米　16 开本　30.5 印张　363 千字 2018 年 10 月第 1 版　2022 年 8 月第 2 次印刷
定　　　价	78.00 元

未经许可,不得以任何方式复制或抄袭本书之部分或全部内容。
版权所有,侵权必究
举报电话:010-62752024　电子信箱:fd@pup.pku.edu.cn
图书如有印装质量问题,请与出版部联系,电话:010-62756370